詩

意的對話與影響

元和詩人交往詩論

鍾曉峰 著

謹以此書敬獻給我的祖父　鍾彰德先生

目次

元和詩人交往詩論

提要

　　本論文以元和詩人的交往詩為研究對象，探討詩歌交往行為
中的對話特質與相互影響，以及在人我互動中所衍生、開拓的詩學
新面貌。在唐代詩歌研究史中，不乏從詩風新變、語言創新、主題
開拓等角度研究元和詩人的專著。而且元和詩人的交往互動行為，
學界也早已有所注意，然多聚焦於唱和、贈答等形式中，沒有正視
「交往」乃是獨特的「詩式社會文化行為」。故本論文適度參考西
方社會學關於「交往」、「對話」、「關係」等界說的基礎上，以
元和詩人作品為分析、詮釋的對象，在歷史情境與文學語境相互
參照下展開論述。此一論題的探討不僅僅是對於唐詩史特定時段的
研究，更著意於以特定角度及新視域說明元和時期的詩學語境。對
此語境的詮釋分析，既有助於深刻理解當時詩歌創作的現象；同時
也把詩文本回歸到它們之所以產生的社會文化情境中。因為，「交
往詩」是以人事交游為前提，重複進行詩篇的往還交換行為，整個
過程既是詩學的，也是社會的。其中所發生的藝術觀念交流、精神
意識對話，性情主體的相互影響等等，都與「詩到元和體變新」的
出現密切相關。再者，元和詩人的交往詩，不只涉及詩歌的交換，
創作主體的對話，也是文學社會化的標誌，更是詩人意識得以獨
立、詩人身分愈形明確的表徵。本文經由詩歌文本的分析、意義的
詮釋，將元和詩人交往詩簡略分為顯性、隱性兩種主要模式。顯性
交往指具體可考的唱和集編纂、交往詩數量的繁多等表現；而隱性
交往則指詩人之間主要透過精神意識的相互影響、生命情境的對話
等，是一般文學史較易忽略者。至於元和詩人的詩歌交往行為，亦
可進一步歸納成三種詮釋範型，分別為「互為主體詮釋型」、「目

的規範型」、「自我實現型」。「互為主體詮釋型」以白居易與元稹、劉禹錫與白居易為主要代表，他們以同理心看待對方，參與對方的生命歷程，開拓出政治對話、追憶主題等特質。「目的規範型」則以韓愈和孟郊、韓愈和張籍為主要代表，他們之間的詩歌交往，具有理想的追求、典範的形塑等特質。「自我實現型」則以姚合的交往詩為主要代表，在以詩人角色作為自我表述這一點，他深受元和詩人影響；在詩人意識與詩人形象的表現上，又具體實踐於與他同時代詩人的交往對話中。

經過上述詩人交往詩的分析，詮釋與歸納，本論文的學術價值，約可概括為以下三點：一、不僅可從新的角度認識元和詩變的特質，也在既有流派、唱和詩研究的基礎上，掌握元和交往詩的社會性特質與詩性特徵。二、初步擬構元和交往詩的兩種模式與三種範型，為後續群體研究、文學創作互動研究提供參考。三、揭顯「對話」與「影響」在詩人交往活動中的重要意義，及其中所具有的社會性質、詩學價值。

關鍵字：元和詩人、交往詩（唱和詩、酬贈詩）、對話、影響

第一章 緒論

第一節 研究動機

目前唐代文學研究已在「作家研究」取得豐碩的成果，重要文人的年譜、箋校、箋注等陸續出版。但此一研究多集中在譜主的個別交游、生平經歷、創作分期等，較少從整體的文學環境來對詩歌進行觀察和研究。另一方面，近年來，唐代研究的視野已從早期的宏觀研究，轉向多元視域的開展與特定主題的深入探索，如政治制度、宗教民俗等等，議題愈趨細密，然而詩歌史研究却仍有極豐富的拓展面向與闡釋空間。事實上，文學的研究除了告訴讀者這一歷史時期發生什麼事，還可以從創作活動與作家精神，詮釋出更為細微深刻的意義。觀察他們的文學觀念與寫作是如何產生細微的變化，並反映在作品當中。蔣寅針對此點指出：

> 在唐代文學研究的現階段，我們認為「史」這一層次的研究
> 相對作家研究來說更為急迫。這裡說的「史」既包括作家們
> 生活、寫作、交往、影響的過程，也包括文學觀念、寫作範
> 式、藝術手法的演變，因而其材料既是顯在的，又是隱在
> 的。[1]

所謂的「史」，非如一般文學史書寫模式：以時間為軸，羅列重點作家，描述文學發展。而應該是以某一範疇作為研究的主要材料和討論焦點，不僅要照顧到顯性特徵，也要發掘出隱藏其中的意義。綜觀目前多數唐代時段研究，在敘述個別作家與歷史發展時，

---

[1] 蔣寅主編：《中國古代文學通論－隋唐五代卷》（瀋陽：遼寧人民出版社，2005年），頁611。

往往有精闢深入的見解，提供了翔實的文學史材料。而一旦面對文學創作中群體與個人如何互涉、如何透過對話精進詩藝、如何相互影響等問題時，則仍有待更深入的闡發。上述問題尤其容易發生在作家林立、作品數量龐大、文學史意義複雜豐富的中唐時期。近代以來，與中唐相關的論文、專著蔚為熱潮，中唐文學的豐富性、多元性、變革性等特徵正獲得越來越多現代研究者的重視與投入。中國大陸唐代文學研究者為韓愈、柳宗元成立專門的研究會，其他大家如白居易、李賀等人的論文數量也是相當驚人。日本學者川合康三等人，也有類似中唐研究會的成立，推動日本學者對中唐文學的研究。更重要的是，中唐文學的豐富性與複雜度受到更大範圍的開拓，如美國學者宇文所安結合中唐文化與文學，對於當時文人獨具的詮釋行為、觀念轉變等現象提出解釋；而日本學者川合康三在《終南山的變容—中唐文學論集》書中，將韓愈、孟郊等文學表現與個人的自我意識聯繫在一起，深刻地闡述了中唐文人精神世界與藝術內涵。上述二人的研究，不但緊扣文學與文化之間的聯繫，也深入地探討當時文人的內心世界與思維特徵。此種闡述文化與文學之間的研究進路，更能夠突顯中唐文學的豐富特質。台灣學界也有《中唐士人文化反省研究》、《中唐文人社會意識之研究》等相關學位論文，但研究重點多非文學本身。[2]以上這些研究成果顯示，中唐文學的複雜性、多變性遠超過盛唐，不同的詮釋角度可闡發出特質各異的精神面向和文學意義。如果善用前賢所建立的諸如個別作家、宏觀時段、流派詩派以及主題學式的研究成果等，勢必可對中唐文學有更為深刻的認識。

中唐的代表性詩人，如孟郊（751-814）、韓愈（768-824）、元稹（779-831）、李賀（790-816）、柳宗元（773-819）等，創作活動時間主要在西元825之前；劉禹錫（772-842）、白居易（772-846）、張籍（766-831）、王建（766-834）、賈島（780-843）、

2 　胡正之：《中唐士人文化反省研究》（臺北：輔仁大學中國語文研究所博士論文，1996年）。金太熙：《中唐文人社會意識之研究》（臺北：文化大學中國文學研究所博士論文，2004年）。

姚合（779-846）等，創作活動時間則延續至武宗會昌年間（840-846）。看似獨立的各個詩人，實際上透過唱和、聯句、集會等方式，形成複雜的文學活動；並且在風格表現、創作觀念、文體討論等方面互有交涉，形成複雜、豐富的文學交往網絡。研究中唐詩者，也多注意到詩人之間彼此交往關係的密切，以及對於流派意識、群體精神的促進作用，茲舉代表性三家：

> 盛唐詩人的交往或者屬於「私誼」性的，是純粹朋友關係；或者「社交」性的，是因同為文人，在某種場合即有唱詠的可能…而元和文人的交往性質，除了私誼與社交之外，有時已類似現代所謂「文學活動」的性質。[3]

> 中唐文壇的一個特殊現象，就是自覺結合的文人集團的出現。……雖然沒有後來的文學宗派或文人結社那樣固定的形式、明確的綱領和有組織的活動，但其成員由於在社會地位、政治觀點、文學傾向等方面的類似，結成了親密的關係，互相支持、互相影響，實際上成為一種不太固定、比較鬆散的文學群體。[4]

> 以韓孟、元白為標誌，中唐開始出現了各種社交型與理論性兼具的文學流派，出現了不僅作品具有某種程度的一致性（題材、體裁、審美情趣甚至創作風格）而且具有一定群體聚落的、社交型的、自覺的文人集團和文學流派。[5]

從「類似現代所謂的文學活動」、「社交型與理論性兼具的文學流派」、「自覺結合的文人集團」這些用語中，不難發現，研究

---

[3] 呂正惠：《元和詩人研究》（臺北：私立東吳大學中文所博士論文，1983年），頁71。

[4] 郭英德：《中國古代文學集團與文學風貌》（北京：北京師範大學出版社，1998年），頁189。

[5] 吳懷東：《唐詩流派通論》（北京：新華出版社，2004年），頁16。

者都意識到中唐時期文學創作活動的獨特性。因此也就不難理解，當追溯中國文學流派、詩派意識時，莫不以中唐為肇始期。[6]故二十世紀以來，韓孟詩派、元白詩派、新樂府詩派、險怪詩派等專著，陸續出現。然而，上述詩派研究與群體研究，多強調同一性，傾向宏觀論述，還未將重點放於詩人彼此之間的交往互動。事實上，從元和時期（806-820）開始，詩人之間的交往互動，不再如六朝那樣，是以帝王、公侯、貴族為中心；也非如初、盛唐時期的作家，彼此之間雖有文學交往，卻難以在有限的作品材料中，自覺到交往行為所帶來的文學創造性與時代精神。元和時期則不然，詩人已普遍自覺到，群己之間透過對話與相互影響，既溝通了情意，也交流了詩藝。舉最具代表性的白居易為例，他於元和十年（815）回顧自己與元稹詩歌交往歷程時，如此說道：「小通則以詩相戒，小窮則以詩相勉，索居則以詩相慰，同處則以詩相娛，知吾罪吾，率以詩也。」[7]從「相戒」「相勉」「相慰」「相娛」這些用語看來，白居易很清楚詩歌的價值與意義是透過人我的對話與交往所彰顯。這種表現已超越儒家「詩可以群」的認識，其人文內涵與文學特質，很值得進一步探討。此外，劉禹錫與白居易對文學交往行為帶給彼此的刺激作用，也是相當自覺。劉禹錫〈樂天寄洛下新詩兼喜微之欲到因以抒懷也〉：「松間風未起，萬葉不自吟。池上月未來，清輝同夕陰。宮徵不獨運，塤篪自相尋。一從別樂天，詩思日已沉。」[8]而白居易〈與劉蘇州書〉：「得雋之句，警策之篇，多因彼唱此和中得之。他人未嘗能發也，所以輒自愛重。」[9]從劉禹錫「不獨運」、「自相尋」以及白居易「因彼唱此和中得知」等語，可知他們二人都深刻而自覺地闡明對方對於自己創作的重要

6　相關研究可參見郭英德：《中國古代文人集團與文學風貌》；陳文新《中國文學流派意識的發生和發展—中國古代文學流派研究導論》（武昌：武漢大學出版社，2003年）。

7　白居易著，朱金城校注：《白居易集箋校》（上海：上海古籍出版社，2003年），卷45，〈與元九書〉，頁2795。

8　劉禹錫著，陶敏、陶紅雨校注：《劉禹錫全集編年校注》（長沙：岳麓出版社，2003年），卷8，〈樂天寄洛下新詩兼喜微之欲到因以抒懷也〉，頁507。作於大和三年（829）。

9　《白居易集箋校》，卷68，頁3696。

性。即使是「餘事作詩人」的韓愈，其交往行為也呈現出鮮明的特徵，他與孟郊所留下的聯句創作，正是競爭意識之下的對話；而〈和侯協律詠筍〉：「侯生來慰我，詩句讀驚魂。屬和才將竭，呻吟至日暾。」[10]也說明，韓愈對於創作的競爭性有著異乎尋常的執著。其他中唐詩人的表述，如張籍〈逢王建有贈〉：「新作句成相借問，閑求義盡共尋思」；〈喜王六同宿〉：「十八年來恨別離，唯同一宿詠新詩。更相借問詩中語，共說如今勝舊時」；賈島〈酬姚少府〉：「刊文非不朽，君子自相於」；項斯〈送蘇處士歸西山〉：「早晚重相見，論詩更及微。」[11]等等，均可視為對以詩交往之行為的自覺省識。在此不禁令人好奇：這種以詩交往，形成人際互動的常態，在當時的社會意義，以及對於詩歌創作與詩學發展上的價值和作用為何？由此看來，中唐時期，特別是元和詩人的相互往來，除了可作為考證生平的史料文獻之外，其文學性與社會性的價值意涵還有待闡發。而從以詩交往的互動行為中，實可尋繹當時詩歌創作中豐富而複雜的內涵與面貌。其中的詩學價值與意義，更是文學史中常被忽略的問題。在相互影響與對話的過程中，各種新異的創作特質紛呈競現，這些問題與現象，值得深入的考究與釐清。

第二節　論題的界定

一、元和詩人

本論文以元和詩人為論題，而不以中唐詩人為題，原因在於，第一，中唐的概念遠較元和寬泛，學界大多將大曆詩人和元和詩人統稱為中唐詩人，而本論文主要討論的多是元和時代即建立交往關係的詩人。第二，安史之亂開啟所謂的中唐，已是學界廣泛的共

---

10 韓愈著，錢仲聯集釋：《韓昌黎詩繫年集釋》（上海：上海古籍出版社，1998年），卷9，〈和侯協律詠筍〉，頁982。

11 張籍著，李建崑校注：《張籍詩集校注》（臺北：華泰文化出版，2001年），卷5，〈逢王建有贈〉，頁252；卷7〈喜王六同宿〉，頁340；賈島詩見卷3，〈酬姚合〉，頁80；項斯詩見，彭定求編：《全唐詩》（北京：中華書局，2003年），卷554，〈送蘇處士歸西山〉，頁6415。

識，目前僅對於哪年才是中唐的結束，還有些不同的意見。[12]田耕宇檢討晚唐詩時界劃分的問題時，認為武宗會昌元年（840）為晚唐開端，是較為合理的分法。[13]其依據之一是，劉禹錫、白居易、張籍等作為元和詩人代表的作家，在此一時間點相繼辭世。這種把詩人生命歷程作為世代劃分與詩史分界的作法，顯然較具合理性。因為，在此背景下，創作主體的完整性與獨特性可獲得更清楚的彰顯。第三，白居易曾自云「詩到元和體變新」，說明元和時期的詩人也自覺意識到元和年間是唐詩變新出奇的時代，這與本論文強調當時詩人交往詩中明顯的對話性、相互影響，有著密切的關聯。從明確的時間定義而言，元和時期是指元和元年(806)至元和十五年（820）這十五年的時段。但是，這個概念主要與政治皇權的更替有關。而在實際的文學史、精神史的發展演變中，並不適合以截然劃分的態度來面對歷史。後人認為一清二楚的歷史脈絡下，往往潛藏著縱橫交錯的暗道。想要進一步溝通釐清，回到歷史本身的前前後後，不失為基本態度。因而，本論文所謂的元和詩人，最主要是指在元和年間建立詩歌交往關係，以及在元和詩學精神影響下創作的重要詩人。清人許學夷在《詩源辨體》所認為的「元和詩變」，主要就從當時詩人的創作活動而言，「元和間，韓愈、孟郊、賈島、李賀、盧仝、劉叉、張籍、王建、白居易、元稹諸公群起而力振之，惡同喜異，其派各出，而唐人古律之詩至此為大變矣。」[14]許氏所說的各派，若從彼此的交往關係來看，可發現有相當明顯的一致性。首先韓愈、孟郊、劉叉多創作古體詩；賈島與許氏未提及的姚合則以五言律詩為主；李賀、張籍、盧仝等在樂府歌行為主要題材上有著突出的表現。至於白居易、元稹、劉禹錫等，則隨著創作觀念與時間的演進而有不同的變化，情況較為複雜。雖然這些詩人真正的創作歷程分佈於德宗貞元年間至武宗會昌年間，但上述諸人或在元和時期達到創作高峰；或在元和時期就已確定詩學交誼關

12　如趙榮蔚即將晚年劉禹錫與白居易的創作歸入晚唐。見氏著：《晚唐士風與詩風》（上海：上海古籍出版社，2004年），頁35-63。
13　田耕宇：《唐音餘韻─晚唐詩研究》（成都：巴蜀書社，2001年），頁9-17。
14　許學夷：《詩源辨體》（北京：人民文學出版社，1998年），卷24，頁248。

係，這也是本論文為何以「元和詩人」為論題的原因之一。此外，呂正惠《元和詩人研究》、尚永亮《元和五大貶謫詩人及其文學考論》、宋立英《元和詩壇》等論著，均以「元和詩人」指稱包括韓愈、柳宗元、劉禹錫、白居易、元稹、賈島等人。這不僅與本文討論對象一致，也大致符合歷史情形。而本論文各章所論的元和詩人，以姚合較多歧見，蓋學界多將姚合視為晚唐前期詩人的代表。雖然其確切生卒年難有定論，但姚合的卒年大約是會昌年間（841-846）。這表明，其生存的年代，其實與劉禹錫、白居易的晚年，有著高度的重疊。在其詩集中，也的確留下多首與劉、白唱酬的作品。從詩人世代之輪替的角度看來，姚合確實是從元和過渡到晚唐前期的詩人。其基本詩風的確立，以及詩名的遠播，正是在長慶年間（821-824）擔任武功縣主簿時。聞一多已指出，在元和至長慶年間，韓孟、元白以及賈姚，是「詩壇動態中的三個較有力的新趨勢。」[15]說明賈、姚在某種程度上也可視為廣義的元和詩人。當然，其在詩壇發揮影響力，主要仍在晚唐前期。[16]有鑑於此，本論文分析姚詩，主要說明他和元和詩人詩歌交往時所受到的啟發和影響。而賈島的交往詩創作，其對象既沒有像姚合一樣廣泛，當時在創作主題與行為上的影響，更沒有像姚和一樣，受到同輩、後輩詩人的尊崇。如此看來，在當時的詩壇地位，也不若姚合，所以暫時不列入主要討論範圍。

二、交往詩

欲界定「交往詩」，先必須瞭解中國古代對於「交」的相關論述。事實上，古代典籍較少出現「交往」這個詞彙，卻有「交際」、「交游」、「交接」、「交通」等語詞，這幾個詞彙均有往還交接、接觸往來的涵義，與本論文所用的「交往」一詞相近。如

---

[15] 聞一多：〈賈島〉，《唐詩人研究》（成都：巴蜀書社，2003年），頁15。

[16] 晚唐詩人的體派之別，自晚唐五代以來，各有不同意見，然這些爭論與張籍、賈島、姚合之詩史地位的評價有著密切關係。李建崑在前人研究的基礎上，分成姚合系與賈島系，從所考察的名單來看，其主要影響力多在武宗會昌年間之後。詳見氏著：〈姚合在晚唐詩人體派地位之評議〉，《敏求論詩叢稿》（臺北：秀威科技股份有限公司，2007年），頁139-173。

萬章曾問孟子交友的原則，孟子云：「友也者，友其德也，不可以有挾也。」[17]提出要以道德為衡量標準的交友原則。這種觀念與先秦時期崇禮的文化社會情境密切相關。所以當萬章又問孟子：「敢問交際，何心也？」孟子直接回答：「其交也以道，其接也以禮，斯孔子受之矣。」[18]提出以「禮」、以「道」作為人倫交際規範的準則，這是聖賢所許可的。稍後，又有「交游」、「交通」等詞彙，如《荀子‧君道》：「其交游也，緣義而有類。」[19]《史記‧魏其武安侯列傳》：「諸所與交通，無非豪傑大猾。」[20]上述「交接」、「交際」、「交通」詞彙，均涉及人與人之間的接觸往來，屬於人倫範疇。東漢以降，出現更多論「交」的文章，如東漢文人王符《潛夫論》〈交際〉篇專論世風澆薄、道德衰頹。至魏晉，則有曹丕〈交友論〉，提出「交乃人倫之本務，王道之大義，非特士友之志也。」[21]將「交」定義在人倫與王道的範圍內。至葛洪則有「交道」一詞的說法，其《抱朴子外篇‧交際》：「交之為道，其來尚矣。」[22]並對自古以來的朋友一倫，提出明確的理想標的，其云「且夫朋友也者，必取乎直諒多聞，拾遺斥謬，生無請言，死無託辭，終始一契，寒暑不渝者。」[23]可以看出裡頭寄寓了強烈的人倫規範與道德理想。孫吳周昭〈立交〉，則強調交道在政治層面的積極意義。劉廙〈新議〉：「夫交接者，人道之本始，紀綱之大要，名由之成，事由之立，交之於人也，猶脣齒相濟。才非交不用，名非交不發，身非交不立。」[24]上述以「交」為論述中心的篇章，有其特定的內涵與用法，關注重點在於群己關係中的情禮衝突

17　孟子著，朱熹集注，蔣伯潛廣解：《孟子‧萬章下》（臺北：啟明書局），頁240。

18　同前註，《孟子‧萬章下》，頁243。

19　荀子著，李滌生集釋：《荀子‧君道》（臺北：臺灣學生書局，1979年），卷20，頁268。

20　司馬遷著：《史記‧魏其武安侯列傳》（臺北：鼎文書局，1980年），卷107，頁2847。

21　嚴可鈞校輯：《全上古三代秦漢三國六朝文》（北京：中華書局，1999年），卷7，曹丕〈交友論〉，頁1091。

22　葛洪著，楊明照校箋：《抱樸子外篇校箋‧交際》（北京：中華書局，1996年），卷16，頁436。

23　同前註，頁431。

24　嚴可鈞校輯：《全上古三代秦漢三國六朝文》，卷73，劉廙〈新議〉，頁1444。

與道德自處，並與魏晉名士的處世態度有著密切的聯繫。[25]由此可知，對於人如何與群體交涉，從先秦以來即有眾多的討論。

在西方學術傳統中，交往研究的展開與論述主要來自主客體關係的思考、人與人之間各種互動關係的反思，現代德國學者哈貝馬斯（Jürgen Habermas 1929～），可視為交往研究的集大成者，提出體大思深的交往行動理論。哈貝馬斯：「我把以符號為媒介的相互作用理解為交往活動。相互作用是按照必須遵守的規範進行的，而必須遵守的規範規定著相互的行為期待，並且必須得到至少兩個行動的主體的理解和承認。」[26]強調以符號互動為形式的主體行為。這與中國文化傳統中強調人倫道德實踐的「交往」有著頗大的差異。但是，「交往」所具的溝通、對話意涵，則無分古今中外。汪懷君認為「交往就是主體間的相互交流、相互溝通、相互理解、相互合作。」[27]並指出精神交往比起物質交往，更能顯出人之主體價值：「以語言、道德、價值、情感為內容的精神交往具有存在的獨立性，有著自身的發展規律。」[28]這種分類，正印證從交往角度研究文學的價值與意義。因為，以文字為符號媒介的文學創作，正是人類道德、價值、情感的最佳媒介。

西方的交往研究傳統，當然不能硬套於自成體系的中國文化與社會中。但是他們關心的主客體關係、自我意識，卻是人類共同面對的重大課題之一，這在先秦至魏晉六朝文人論述「交之為道」的文章即可看出。中西文化傳統皆重視「交往」的倫理內涵與主體內涵，因此，若能客觀理解、適當參考西方論述，由此參照、抉發中國自身傳統的文化內涵，此詮釋視域不失為一客觀的有效方式。事實上，「交往」在中國文學傳統中，即不乏充滿濃厚社會學色彩的主題範疇與理論命題，諸如孔子的「詩可以群」，魏晉六朝的贈答詩類、唐宋文人的唱和酬贈詩類等等，莫不涉及人我互動與交往概

---

[25] 詳細內容可參看張瑀琳：《遊與友：魏晉名士的交往行動》（臺南：成功大學中文系碩士論文，2008年）一文。

[26] 哈貝馬斯（Jürgen Habermas）著，李黎、郭官義譯：《作為意識型態的技術與科學》（上海：學林出版社，1999年），頁49。

[27] 汪懷君：《人倫傳統與交往倫理》（濟南：山東大學出版社，2007年），頁23。

[28] 同前註。

念。故《唐五代人交往詩索引》的編纂結構，就收錄唱和、贈別、懷念、訪問、宴集、應制、酒令等主題，幾乎可視為唐代詩人各類交往活動與心靈精神的縮影。[29]

在現實生活應用中，「交往」此一詞彙指人與人之間（包括個人對個人、個人對群體）在某一領域（諸如社會、經濟、政治、文學等方面）所建立的某種相連關係。然唐人詩中則多用「交游」、「交道」指稱。在詩中出現「交游」者，有高適〈秋日作〉：「歲月不相待，交游隨眾人」；孟郊〈送丹霞子阮芳顏上人歸山〉：「仙村莫道遠，枉策招交游」；白居易〈初夏閒詠兼呈韋賓客〉：「世事聞常悶，交游見即歡。」[30]均指稱群己之間相互往來的社會關係。如果說「交游」偏向描述現實中具體的人際往還，那麼「交道」則把具體的人際關係轉化成理想的道德價值。如唐人詩中以「交道」出現者，有駱賓王〈詠懷〉：「少年識事淺，不知交道難」；李白〈古風三十首〉之三十：「世途多翻覆，交道方嶮巇。」；錢起〈罷官後酬元校書見贈〉：「心期悵已阻，交道復何如」；孟郊〈病起言懷〉：「交道賤來見，世情貧去知」；白居易〈效陶潛體詩十六首〉之十四：「貴賤交道絕，朱門叩不開。」；許渾〈過鮑溶宅有感〉：「無因展交道，日暮倍心傷。」[31]等等。可以看出，「交」之所以成為一種理想價值的「道」，正因為它投射出個體如何應對群己、安頓自我的本質思考，也是任何個體必須面對的日常課題之一。這也是為何從先秦以來，「交往」行為本身就具備一定的社會規範與人倫價值。而本論文之所以採用「交往」此一詞彙，主要原因在於，「交游」涵義較為寬泛，傾向現實人際關係；「交道」則多指人倫交際的理想典範；而「交際」、「交

---

[29] 吳汝煜：《唐五代交往詩索引》（上海：上海古籍出版社，1993年）。

[30] 上述詩例見劉開揚箋注：《高適詩集編年箋注》（北京：中華書局，2000），〈秋日作〉，頁81；《孟郊詩集校注》，卷8，〈送丹霞子阮芳顏上人歸山〉，頁366；《白居易詩集校注》，卷32，〈初夏閒詠兼呈韋賓客〉，頁2436。

[31] 上述詩例見《全唐詩》，卷79，頁861；李白詩見李白著，王琦注：《李太白全集》（北京：中華書局，1999），卷2，〈古風五十九首〉之59，頁155；錢起詩見《全唐詩》，卷238，頁2663；孟郊詩見華忱之、俞學才校注：《孟郊詩集校注》（北京：人民文學出版社，1995年），卷3，〈病起言懷〉，頁140；白居易詩見謝思煒校注：《白居易詩集校注》，卷5，頁514；許渾詩見《全唐詩》，卷532，頁6083。

接」等語詞,雖古已有之,卻較少出現於文學作品中。與上述語詞相比較,唐人雖不使用「交往」一詞,卻廣為詩歌研究領域所接納。以唐代研究而論,即有吳汝煜的《唐五代人交往詩索引》、陳玉雪的《裴度交往詩研究》以及單篇論文羅宗濤〈貫休與唐五代詩人交往詩淺談〉;尚永亮〈開元、元和兩大詩人群交往創作及其變化的定量分析〉;李建崑〈試論李頎交往詩之人物形象與史料價值〉;羅琴〈論李頎的交往詩及其人物素描〉等,都是直接在題目中出現「交往詩」一詞。然而,這些論文,主要還是以研究單一詩人的交往對象為主,較少涉及交往雙方的互動過程,以及交往行為中所產生的文學互動、思想對話等。在學位論文中以詩人交往為主題探究詩學問題的論著,如陳玉雪《裴度交往詩研究》、金南喜《魏晉交誼詩類的研究》,張瑀琳《遊與友:漢晉名士交往行動探究》等。,[32]可看出,多集中於魏晉六朝這一時段。而事實上,唐人「交往詩」在文獻考證與作家生平資料上的價值與效用,已獲得不少研究者的關注。[33]體現在各類交往行為中的詩作,在吳汝煜《唐五代人交往詩索引》書中,有著最具規模的呈現。而此工具書的出現,也表示唐代交往詩的文學意涵與社會意義,具有豐富的文獻史料作為背景。雖然此書面世將近二十年,然真正從事此課題的研究,仍有待更深的開拓。而本論文從選題、構思到寫作,即是呼應此一議題。

　　所謂「交往詩」,是指以詩歌作為人際往還的工具,展現的形式當然是詩,這與六朝以文論「交」,以集會、群體形式所呈現的「交往」有著內涵及表現本質上的差異。此種以文學作為人我互動媒介的表現,在春秋時代已有孔子以「詩可以群」作為理論命題。到了魏晉六朝,又以贈答、酬和的形式出現在當時的詩壇,頗為具體地展現了當時文人的群己關係與文學互動,為後世文學奠定重要

32　金南喜:《魏晉交誼詩類研究》(臺北:國立台灣大學中文系博士論文,1993年)。
　　張瑀琳:《遊與友:魏晉名士交往行動探究》(臺南:國立成功大學中文系碩士論文,2008年)。
33　謝大寧:〈論應酬詩在古籍整理的價值—以唐大曆詩人作品為例〉,《逢甲人文社會學報》第6期(2003年),頁29-42。

的美學基礎與示範意義。[34]到了唐代，以詩交往更是包羅萬象，舉凡情感志意的相互溝通、個人喜怒哀樂的抒發共感、甚至生活瑣事的接洽往返等。從抒情傳統的角度來看，會認為這些以唱和、酬贈、交際為主的詩類缺乏感動與真實；但如果放在社會關係與文學創作的視野中去審視，則會發現其間處處是層次豐富的內心交流、細微深刻的文學互動。

然而，作為生活於社會中的個體，尤其是特定的菁英集團，必然時時涉及與他人的互動交際，所留下詩文類，當然也在交往詩範疇。但如此一來，交往詩的研究就會顯得無邊無際，沒有焦點。因此，本論文的「交往詩」，強調詩人之間交往時間長，交往程度密切、深刻，且具有一定的詩學意涵者，非指與一般對象的酬贈寄送之作。在此情境中，文人之間的交往行為是由文學作品代替「語言」，因此，其關係顯示出更純粹的文學性和更複雜的社會性。他們彼此互動、唱酬所存在的影響或關係，除了可以用來解讀詩歌文本外，我們也應嘗試去把這種影響或關係放進某一時間歷程中進行全面的考察：探究文人們在相近的時間點，各自因為地理空間、政治、親友的關係而相聚，彼此間以詩作為情感、政治對話、個人價值理想的聯繫，這樣互動頻繁的文人交往現象，以及由此帶出的詩文追求，形成何種文學特徵與變異呢？[35]這是很值得加以討論的。本論文的寫作，即以元和詩人交往詩作為討論文本，希望更細膩、更全面的審視元和詩歌在詩史上的豐富內涵。

詩學交往既是中唐最顯著的創作活動，前人也多有所闡發，故進一步辨析交往詩的獨特性質，也是相當重要的工作。在目前的研究中，唱和詩與詩人群、詩派研究，是最容易與交往詩有重疊的領域。唱和詩一直是唐詩研究中的重點，因為唱和詩的興盛與詩歌觀

---

[34] 關於魏晉六朝的贈答詩研究，可參考梅家玲：〈論建安贈答詩及其在贈答傳統中的意義〉、〈二陸贈答詩中的自我、社會與文學傳統〉，載《漢魏六朝文學新論—擬代與贈答篇》（北京：北京大學出版社，2004年），頁101-200。

[35] 日本學者川合康三對中唐的研究，即相當具有啟發性。透過檢視韓愈交往詩中的孟郊、盧仝、劉師服形象，深刻地詮釋了韓愈獨特的精神面貌與詩歌風格。其研究方式是結合創作主體的內在精神與作品外在風格，比單純以外緣環境解釋韓詩獨特性更具說服力。其論點詳見氏著：《終南山的變容—中唐文學論集》，（上海：上海古籍出版社，2007年），頁141-171。

念的進展、詩人群體的形成等問題有密切的聯繫。如吳承學對於唱和詩的界定：

> 唱和詩這種創作型態的勃興正反映出一種新的詩學觀念，即以詩歌作為社會交際、感情交流的工具。唱和大體可分為文人間的唱和與奉命唱和兩種：前者是文人之間意氣相投的詩藝交流，後者主要是君臣之間、上下級之間的應酬交際之作。文人之間的唱和尤其值得重視，因為原作與唱和詩在題材與體裁等方面往往是比較相近甚至相同的，所以這種創作型態，對於詩人們來說，既可以文會友，在藝術上起一種切磋促進作用，也是潛在的競賽和優劣的比較，唱和活動甚至對於文學集團與文學流派的形成都有一定的促進作用。[36]

　　有趣的是，唐代唱和詩創作最繁榮的時期，正是元和年間。花房英樹、林明珠、岳娟娟均曾對中唐時期的唱和現象與文學活動有所探討。所以，唱和詩與本論文所謂的「交往詩」有著最多的重疊關係。如此說來，從唱和詩之外另立交往詩研究是否是多此一舉呢？從狹義而言，唱和詩是彼唱此和，兩相互動，是非常明顯的交往行為。然而，更深微的情意互動、藝術性開拓，並非全然可在唱和詩中印證，而是要具體落實於交往雙方的互動歷程與精神特質上。其中關鍵在於，唱和詩的研究重點主要在於詩歌文本的形式、內容，而非行動的主體與行為意義。[37]所以，唱和詩只能說明部分交往活動，而不能完全概括創作行為中隱而未顯的層面與意義。「交往和唱和，使自訴為主的詩歌創作產生了很大變化，也在切磋上延續並發展了詩可以群的精神。」[38]也就是說，交往和唱和，同屬於詩可以群這個大命題，但各自的涵義與效用，仍有差異存在。

---

[36] 吳承學：〈詩可以群：從魏晉南北朝詩歌創作型態考察其文學觀念〉，《中國古代文體型態研究》，（廣州：中山大學出版社，2002年），頁89。

[37] 鞏本棟：〈關於唱和詩詞研究的幾個問題〉，《江海研究》第3期（2006年），頁161-170。

[38] 鄧喬彬：〈進士文化與詩可以群〉，載《誰是詩中疏鑿手──中國詩學研討會論文集》，頁84。

譬如元稹與白居易的唱和詩，兩人在體制上、詩意上的突破創新，已有一定的研究成果，如果換成是交往的角度來看，兩人以詩相交往的行動過程，在詩學與社會學均具典範地位。又如劉禹錫，如果只從唱和詩的研究角度來看，其晚年創作缺少自主性，可是一旦釐清其具體的交往情境，就會深刻理解其心境與價值。

另一個與「交往詩」研究較為重疊的主題是群體、詩派或集團研究。此種研究，是把具有相互關係的群體作為研究對象。群體研究，在魏晉六朝領域頗為流行，然嚴格說起來，「魏晉六朝的『詩可以群』主要行於公宴、朝會，屬遵命文學；真正的詩人言志抒情的詩歌創作，是很少以群的狀態出現。」[39]因此，所謂的建安七子、竹林七賢、二十四友等集團稱謂，主要還是以家族、政治背景為主。個體之間的創作交流，並不是非常成熟。在唐代文學的研究中，發展出更多樣的分類，例如以主題而言有田園詩派、邊塞詩派、山水詩派等；以人而分又有韓孟詩派、元白詩派等。這些研究有其特定的時代背景與意義，也確實推動學術的進步。近年賈晉華對此提出反思，認為「詩人群」的概念更符合「詩可以群」的文學現象：

> 在一定的時間段裏，曾經聚集於一定地點從事詩歌唱和或其他文學活動，彼此聯繫密切而又相互影響的一定數量的詩人所形成的群體。雖然此類詩人群體往往表現出相近的文學傾向，但其最突出的特徵卻是社交人事關聯，體現了中國古代詩人在孔子《詩》可以群的觀念影響下所形成的特殊聯結紐帶，比詩歌流派的概念更切合中國古代詩歌發展的傳統，特別是唐以前詩歌發展的傳統。[40]

賈晉華所論，實對唐代詩派研究提出頗具建設性的修正意見。蓋主題或詩派的研究，多捨異求同，強調群體的共同性，無法兼顧由同趨異或者由異趨同的動態發展、變化。例如研究者普遍將中

---

39 同前註。
40 賈晉華：《唐代集會與詩人總集》（北京：北京大學出版社，2001年），序言，頁2。

唐的詩派分為韓孟與元白，又各以「奇險」、「淺俗」概括各自特色，以此來論述整個中唐詩風。這種作法，很容易忽略韓愈與孟郊、元稹與白居易獨特的個體性，以及彼此的相互影響與對話特質。而以詩人群的角度來把握創作活動，可相對減少帶有特定框架與標準的詩派研究。但賈氏關注的重點仍在於集會，即文獻明顯可徵的詩歌聚會活動，例如大曆年間浙東、浙西的聯句活動以及大和年間的洛陽詩壇等。由此來看，「詩人群」研究取徑的遺憾之一是，無法凸顯文人之間較為隱性的交往狀態。

綜合上述，本論文選定具有特定交往關係的詩人作為研究對象，顯然是較為符合唐代文學本身的發展情形，也較能把握元和時代詩體變新出奇的現象。這種作法不僅可避免唱和詩研究過於著重形式的傾向；也適度修正集團、詩派、群體研究的同質性強調。交往詩類的研究，可讓我們更進一步深入瞭解元和詩人透過人我互動，不僅更加認識自我；也經由詩意與詩藝的交流，讓我們得以更具體掌握現實情境中的心靈狀態與精神意識，以及認識當時詩歌主題的拓展、風格的衍變、創作行為的轉變等現象。

以下簡單說明各章安排。在詩歌交往行動和情意感通中，總有一位詩人居於中心地位，像韓愈、姚合，以這個中心人物為論述，既可說明詩人們之間的相互關係，也更能夠清楚突顯出此一詩人的影響力及在詩歌史上的核心意義。這也是為何本論文以第二章以韓愈為中心，第五章以姚合為中心的原因。用社會學觀念來說，韓愈與姚合亦是典型的理想型人物。[41]第三章主要探討白居易與元稹的詩歌交往行為。白、元常被放進集團文學或詩派的研究視野中，前賢探討已多。而陳家煌對呂正惠以元白集團研究進路提出疑問，認為：「元白二人的交誼雖然是以同年同僚開始，但是彼此對於在文學道路上的互相扶持，才是二人情誼深厚的主要原因，政治上或人際關係，並不見得跟文學創作有絕對的關係。因此所謂的「元白文學集團」是否真是有那麼一個具體集團存在，還是元白的文學創

---

[41] 「理想型」的定義與方法效用，參考本章的研究方法一節。

作與互相影響僅止於元白二人之間的文學互動，與他人並無太大干係，或許還須要更加地斟酌的考量。」[42]這種提問很清楚的顯示出，研究白居易與元稹，不僅要注意其形成集團的政治性因素，更不能忽略兩人純粹的文學互動因素。故第三章單獨處理白居易與元稹的詩歌交往。白居易文學集團文學活動與當時政治的聯繫等問題，陳寅恪、呂正惠、馬銘浩等學者的論述已詳盡而深刻，本論文則著重於元、白二人交往活動呈現的特質、開拓性。透過這種觀察角度，更能說明元、白詩歌創作的社會性與藝術性。

三、交往詩中的對話與影響

　　魏晉文士的群體自覺表現與文學創作有著密切的關係。此項議題，目前已有不少學者著手研究。[43]研究者普遍認為這一時期文士的交往行動對於文學創作有著積極的促進作用，但是魏晉交誼詩類的形成，主要是藉由王侯世族作為聯繫中心，個人的主體性並未真正獲得彰顯。[44]正如王夢鷗所指出的：「曹氏父子是漢末重振貴遊文學作風的一個關鍵，也造成魏晉以下文體變遷的導引者。」[45]梅家玲的研究也注意到這個現象，認為魏晉六朝的贈答詩有社會交際與群己溝通的功能，為唐、宋以後詩歌的藝術性與社會性建立典範意義。[46]只是魏晉六朝在作品有限，史料闕散的限制下，「贈答雙方因回還往復而生的美感趣味及人我互動，遂未能充分得見。」[47]

---

[42] 陳家煌：《白居易詩人自覺研究》（高雄：中山大學中文研究所博士論文，2007年），頁65-66。

[43] 如張瑀琳：《遊與友：魏晉名士交往行動探究》；張朝富：《漢末魏晉文人群落與文學變遷—關於中國古代「文學自覺」的歷史闡釋》（成都：巴蜀書社，2008年）。

[44] 從金南喜對魏晉交誼詩類結構的分析來看，雖有抒情的成分，但是主要還是敘述飲飲時間、地點、分別場景等。其中的對話性、相互影響以及交流詩藝，還沒有真正成為詩歌的主題。詳見氏著：《魏晉交誼詩類研究》（臺北：臺灣大學中文所博士論文，1993年），頁159。

[45] 王夢鷗：〈漢魏六朝文體變遷之一考察〉，《傳統文學論衡》（臺北：時報出版社，1987年），頁85。

[46] 梅家玲討論漢魏六朝時期的贈答詩主要見於〈論建安贈答詩及其在贈答傳統中的意義〉、〈二陸贈答詩中的自我、社會與文學傳統〉二文，詳見氏著《漢魏六朝文學新論：擬代與贈答篇》，頁101-200。

[47] 同上注，頁157。

這種限制，在史料保存相對完整、詩歌創作成為社會風氣與自我表徵的唐代則較少形成研究的困難。雖然魏晉六朝時期已有著名的建安七子、竹林七賢、二十四友等文學集團，但集團之中成員的互動來往，並不熱絡、明顯。即使以「文學交」來稱謂這些群體交往方式，但此行為本身還不是創作自覺的表現，「由曹氏父子與建安七子引領出的文學活動，形成了具有獨特風貌的文學交，同題共作為交的具體形式，但文學交的成形，不必然象徵著文學自覺，但確實表達出某些以文為遊的興味。」[48]確實，魏晉「文學交」的重點似乎不在創作本身，但所帶來的創作氛圍卻對文學觀念的發展起著關鍵性作用。正如張瑋琳指出的：「文學交的特質不在於對文學自覺的發現，而是在於以文為遊戲方式的成熟，從而成為一種類型化的交往行動。」[49]認為魏晉文學交最重要的意義並非在於文學自覺的確認，而是遊戲行為中所確立的創作活動與群體互動。這種解釋確實更深刻地掌握了創作行為與文人交往之間的關係。

　　到了唐代，有更多文化、政治、社會的因素影響著文人的交往行為。例如盛唐詩人在渴求建功立業，揮灑生命個性的主體意識下，不僅使得交往詩數量大增，也衍生出「知己意識」的高漲。[50]隨著政治與文學環境的劇變，詩人之間的交往呈現出愈為濃厚的社會色彩和文學個性。以詩賦取才之科舉的實施也間接促使「詩可以群」之內涵發生質變、對現實政治的改革促使詩人更加聲氣相通。[51]安史亂後，士人之間對於如何重振儒家傳統、如何更有效的處理現實政治困境，有著更頻繁的討論。日本歷史學者內藤湖南在研究中國歷史時，特別指出自中唐開始，「政權自從離開貴族之手以後，由婚姻或親戚關係而形成的朋黨漸衰，而由政治上的見解，

---

[48] 張瑋琳：《遊與友：魏晉名士交往行動探究》，頁119。

[49] 同前註，頁120。

[50] 蔡玲婉曾針對盛唐詩人，特別是李白的「知己意識」有詳細的討論，認為在「知己意識」的影響下，李白創作出大量的交往詩。但蔡氏整體的論點偏重個體文學的表現，強調主體對於「知己」的自覺表述，而非聚焦於交往雙方在互動中的創作表現。可參見氏著：〈李白詩的知己意識〉，《南師學報》第1期（2004年），頁217-236。

[51] 鄧喬彬：〈進士文化與詩可以群〉，莫礪鋒編：《誰是詩中疏鑿手─中國詩學研討會論文集》（南京：鳳凰出版社，2007年），頁72-90。

或由共同利害的原因，結成黨派。」[52]這種政治結構的改變，對於理解元和詩人的交往詩創作有極大的助益。然而，探討劇烈變化的中唐文學，我們除了要明白當時文人交往熱絡的外部因素外，更須對交往的形式、所產生的影響、對詩風的促進作用等等，展開更深入的研究。這種研究意識，馬銘浩在研究中唐社會與元白文學集團關係時有所表述：「唐代文學作品的繁富，若是能通過文人間的交往行為為考察線索，探討其間的脈絡與文學的關係，可能會對現有的唐代文學史的架構，會有結構性的改變，諸如初唐宮廷文人集團、中唐大曆文人集團、中唐韓愈文人集團等。」[53]從最近的唐代文學研究看來，此一論題確實還有極大的闡釋、評價空間。取得代表性成果者，當推賈晉華〈論韓孟詩人群〉一文。文中不採用傳統韓孟唱和詩的研究方式，而是從生命歷程與創作歷程的互動，來審視韓孟二人的相互影響與學習。[54]這種現象說明，唐人交往詩中的理論深度和詩學價值，值得進一步闡發。唐人交往詩的文學價值與理論意義，也體現在以交往為主之工具書的編纂上。吳汝煜編《唐五代人交往詩索引》時，即特別注意交往對於文學創作和研究的重要性。此本工具書的編纂，正是體到到唐人以詩進行人際交往，幾乎滲透於各個方面，這是唐代詩歌發展的重要標誌之一。吳汝煜在序言還指出：

> 既然一種詩體的從產生、發展到成熟需要藉助於詩人之間的頻繁的唱和活動來推動的，那麼，一個詩人的藝術風格的建立和發展，一種詩歌流派的醞釀與形成，整個唐詩的聲律與象的賅備和藝術風貌的幾次大的變化，不也與詩人的頻繁的交往活動有關嗎？因此從交往的角度來研究單個的詩人、

---

[52] 內藤湖南：《中國史通論》（北京：社會科學文獻出版社，2004年），頁331。
[53] 馬銘浩：《唐代社會與元白文學集團關係研究》（臺北：學生書局，1991年），頁179。
[54] 例如賈晉華認為韓愈早期學習孟郊常使用的意象隱喻、排比句式。洛陽聯句之後，孟郊則從韓愈發展成熟的新詩風吸收養分，諸如嘲謔筆調、象徵手法、組詩構造等。這種研究方式，是建立於對韓孟詩歌交往歷程完整觀察，以及細膩的分析、闡釋，顯比唱和詩研究更能掌握彼此的詩歌互動與創作變化。詳見氏著：《唐代集會總集與詩人群研究》（北京：北京大學出版社，2001年），頁499-518。

詩歌流派和整個唐詩,無疑會使這種研究呈現出一種新的面貌。[55]

　　吳汝煜深刻地指出交往活動對於一種詩體之成立發展、流派之形成、藝術風貌的變化,具有重要意義。這種觀念可以追溯至陳寅恪的《元白詩箋證稿》一書,都指出一條新的研究門徑。說明只從唱和、贈答等角度研究詩人之間的互動關係,是不夠的。因為「交往」,不僅包涵唱和、贈答等形式,更具有深刻的社會意義與文化內涵。尚永亮更以統計數據來說明元和詩人頻繁的交往特性,並將交往分為內部與外部交往兩種,認為元和詩人之所以開創作出另一詩歌高峰,原因在於他們不僅擴大外部交往,更致力於內部交往:

> 與開、天詩人群相比,元和詩群在擴大外部交往的同時,
> 將更多的精力用在群體內部,他們更重視群體成員間的詩歌
> 唱酬和人際往還,其結果,必然使得群體成員間的聯繫更趨
> 緊密,更具有一種協作意識和群體精神。[56]

　　雖然尚氏未進一步論述「協作意識」與「群體精神」對於元和文學的影響,但其論點甚具啟發性。尚永亮接著指出,形成此種現象的原因包括藩鎮割據的外部因素、面對盛唐詩成就的挑戰等,因此採取群體的行動進行創新。[57]此分析固然說明元和詩人重視交往以及當時文學群體活動繁盛的原因,但仍多偏重於外部因素的考察與統計,較少觸及文學內部的變化發展。吳懷東論中唐政治格局與文人群體性時,也是從此角度加以解釋:

> (中唐時期的)三大問題(指宦官亂政、藩鎮割據、朋黨之
> 爭)日發嚴重,皇權與宮廷的控制力逐漸減弱,直接導致文

---

[55] 吳汝煜:《唐五代交往詩索引》,前言,頁3。
[56] 尚永亮:〈開元、元和兩大詩人群交往創作及其變化的定量分析〉,《唐代詩歌的多元觀照》(武漢:湖北人民出版社,2005年),頁369。
[57] 同前註,頁369。

人活動範圍擴大、官僚文人之間的交往逐漸活躍，文人的社交、酬唱活動很多，這種政治鬥爭的集團化與交往的群體性進一步造成了群體性詩歌流派的產生。[58]

　　同樣傾向以外緣因素解釋文學創作的變化與熱絡，並將問題的答案歸因於政治背景，也並沒有就詩歌交往本身展開更進一步的討論。如此看來，「交往詩」的重要性與價值，學界雖早已有所注意，但將其作為研究課題，仍有待更進一步的詮釋。其中因素，或與「交往」一詞極易與所謂的「交游」、「交際」等詞意相混，常變成交游人物的考證或關係研究。如果將「交往詩」的價值與意義給予明確界定，由此展開文本分析與意義詮釋，或可開展出新的研究面向。

　　本論文「交往詩」的核心概念是將詩篇作為人際往還的符號，在交流互動中進行詩藝的對話與影響。顯然，存於社會的個體，其間的交互往來，必然具有對話的現象。正如人倫思想中的「交往」一語與日常用語的「交往」詞同而義別一樣，西方哲學用語中的「對話」，也不是指一般日常生活的對話或交談。在此不妨參考西方理論家關於「對話」現象的思考，俄國文論家巴赫汀（Bakhtin Mikhail）提出對話主義、狂歡主義等概念，將語言的交往視為建立主體性的重要活動。「巴赫汀把主體的建構看成一種自我與他者的關係—人的主體是在自我與他者的交流、對話過程中，通過對他者的認識和與他者的價值交換而建立起來的。主體的建構靠對話與交流實現，對話與交流的出發點是具體個人的活生生的個體感性存在。」[59]指出對話本身即是主體感性存在的依據。德國哲學家海德格爾透過分析荷爾德林作品來探討詩之本質所在，將詩視為「我們—人—是一種對話。人之存在建基於語言；而語言根本上惟發生於對話中。可是，對話不僅僅是語言實行的一個方式，而毋寧說，

58　吳懷東：《唐代流派通論》（北京：新華出版社，2004年），頁241。
59　劉康：〈引言：巴赫汀對話論—轉型期的文化理論〉，《對話的喧聲：巴赫汀文化理論述評》（臺北：麥田出版社，2005年），頁20。

只有作為對話，語言才是本質性的。」[60]將對話視為人與語言之所以存在的本質，而詩正是最為接近此在之處。雖然巴赫汀與海德格爾有各自的哲學體系與論述脈絡，然將「對話」視為主體存在之本源的思想卻是一致的。綜而言之，西方自馬丁布伯（Martin Buber）開始，即強調將「我」與「你」的對話視為交往行為與文化互動的重要內涵，歷經海德格爾、哈貝馬斯等人的發揚光大，已具有相當的理論深度和文化意涵。但真正將交往行為中的對話應用於文學研究，還是以俄國巴赫金與接受美學為代表。特別是巴赫汀將對話理論應用於小說文體的本質內涵，尤屬突出。[61]西方文學研究對於交往行為和對話理論的省察和應用，不僅讓我們思考，中國古典詩學中的對話思維其實也值得進一步深思、探究。葉維廉：「對話裡，有許多暫行的意念，等待對方的首肯，一切慢慢的在多次來來往往的磋商後才成為一個意向脈絡清楚的單元。如果這裡面有統一性，這統一性不是理則和線路，而是氣氛和精神的回響。」[62]葉氏的思考，是立基於其所建構的詩學「傳釋」行為中，卻深刻說明了「對話」所具之相互溝通、相互影響的詩學本質。如此看來，唐代社會將詩視為重要溝通媒介，藝術活動，詩人彼此之間頻繁而密切的互動，這種詩歌交往行為中的「對話」因素，無疑是相當值得重視的。正是意識到「對話」在詩學領域中的深刻意義，已有學者嘗試建構「對話詩學」的體系，將「對話」視為開啟古典詩學新闡釋的主要課題。[63]但總的來說，中國古典詩學乃至其他文類的對話思維

---

[60] 德‧海德格爾（Martin Heidegger 1889～1976）著，孫周興譯：〈荷爾德林和詩的本質〉，《荷爾德林詩的闡釋》（北京：商務印書館，2002年），頁41-42。

[61] 巴赫金在《陀思妥耶夫斯基詩學問題》中，以陀氏小說為研究對象，提出「復調」等概念，並觀察其中「微型對話」、「大型對話」等特質。但必須特別注意的是，這是立基於巴赫金小說文體觀念之下的理論闡述，並非針對詩此一體裁。見氏著，白春仁、顧亞鈴譯：《陀思妥耶夫斯基詩學問題》，《巴赫金全集》第5卷（石家莊：河北教育出版社，1998年）。接受美學的奠基者姚斯，曾概括出審美活動中的五種互動模式，包括聯想式、欽慕式、同情式、淨化式、反諷式。詳見氏著，顧建光等譯：《審美經驗與文學解釋學》（上海：上海譯文出版社，1997年），頁234-287。

[62] 葉維廉：〈與作品對話—傳釋學初探〉，《中國詩學》（北京：三聯書店，1996年），頁141。

[63] 楊矗：《對話詩學》（北京：人民出版社，2009年）。此書以探討對話的詩學為核心，但偏重闡述中、西各類文學理論中含有對話思考者，與本論文實際分析元和詩人文本的研究方式、寫作意識迥異。

研究，仍屬於未被開發和關注的領域，許多詩學議題與創作現象，或可藉此視域獲得更清晰的理解和說明，相當值得其他研究者給予後續的闡發和深入。

　　「詩的影響是一門玄妙深奧的學問」。[64]如果機械式的說某位詩人受另一位詩人影響，很容易陷入刻舟求劍、削足適履的窘境。本論文所謂的影響，強調的是在詩歌交往行動中的相互影響。如果說對話意謂著在意識、語言上的交流、共享、溝通，那麼，從深層次的「交往」中，釐析出可能的影響關係，也是值得關注的詩學問題。然而，影響的研究容易陷入自由心證與主觀想像的弊病中，而從實際的人事、詩歌交往著手，可相對減少盲目揣測的缺失。呂正惠在探究六朝詩人對杜甫之影響時，特別指出影響研究要避免資料的堆積和沒有重點的比較，最重要的是掌握「基本精神」，而「歷史感」與「文化意識」則是理想的入手處。[65]元和詩人交往詩的寫作，對象多是同時代人，不僅對話性質鮮明，影響的發生更是具體而實際，相當值得仔細探討。故本文關注影響問題時，強調的是詩人透過交往行為，以詩歌進行對話，在此過程中對於詩學的開拓性發展、詩歌交往過程中產生的精神迴響、心靈共鳴等現象。其中，個體與群體之間的相互「對話」、「影響」是研究交往詩最值得注意的特質。

第三節　研究方法

　　研究方法的設定，與文獻材料之性質和視域角度之選定有著密切的關係。以社會學視域釐清文學史問題者，顏崑陽與侯雅文是重要的代表。相對於顏崑陽的系統性理論，[66]侯雅文研究明代文學流派意識時，取徑方式不一，基本精神則一致。明代文人具有異常明

64　哈羅德·布魯姆（Harold Bloom 1930～）著，徐文博譯：《影響的焦慮》（臺北：久大文化股份有限公司，1990），頁6。
65　呂正惠：《杜甫與六朝詩人》（臺北：大安出版社，1989年），頁186-187。
66　顏崑陽在詮釋社會學的觀照下，提出「詩用學」，見諸於其系列文章，其中〈用詩是一種社會文化行為模式－建構中國「詩用學」初論〉一文，最為扼要地闡述其理論建構，《淡江中文學報》第18期（2008），頁279-302。

確的流派意識和成熟的群體操作意識，欲釐清其中問題，一一分析各家文本有其自身的困難度，故侯雅文在論文第四章第三節特別建構出「特化性社會與文化關係」，來說明常州詞派的「群體意識」的四個特性，分別是「威服性的師生關係」、「襄贊性的朋友關係」、「合作性的傳受關係」以及「悅服性的私淑關係」。[67]這些關係的界定，對於明人結社行為與創作活動的研究，提供積極的參考意義。綜觀顏、侯二氏的研究成果，他們均採取適應於研究對象的分析方法與解決方式。而本論文既聚焦於「交往詩」，則必然觸及到詩人之間的相互關係。這種相互關係，其實存在於普遍的社會行為中。然而，並非任何只要建立交往關係的兩位詩人，都有深刻的意蘊值得闡發，故第一步必須在研究對象的選定上有所擇取，才能掌握元和交往詩的真正內涵與獨特意義。

如前所述，先秦時期的《論語》已有「詩可以群」這個古老的命題，以及魏晉人對於「交道」的論述。然而，不論是「詩可以群」，還是「其交游也，緣義而有類」、「交乃人倫之本務，王道之大義，非特士友之志也。」其關注的重點仍是儒家人倫中的群己關係與政治道義，論交者，莫不以政治力量、道德價值作為表述核心。此種文化意識和價值觀念，或許導致古人不把人與人之間的互動視為純粹社會性的展現。在此情形下，以文學創作為主要內涵的交往活動，當然更少獲得重視。擺脫六朝政治格局的唐代，交往行為對於當時詩人創作活動的影響與意義，有著愈為明顯的傾向。其間的文人互動與創作表現，與前人有著很大的差異。雖然當時的詩人對於交往缺少系統的理論表述，但所留存下來的詩歌互動與交往活動，卻是相當的豐富。早在二十世紀末，吳汝煜等人已編有《唐五代交往詩索引》，整理出唐人豐富的詩歌交往材料。此書雖以工具書的形式問世，其開拓性與理論性其實更值得注意。也就是說，唐人所留下的文獻材料，已足夠梳理出當時的文學交往活動

---

[67] 侯雅文：《常州詞派構成及變遷析論》（桃園：國立中央大學中文所博士論文，2002年），頁231-244。侯氏稍後有〈從「社會學」的視域論「文學流派」研究的新方向〉一文，對於如何以社會學視域開闢文學流派研究，有更進一步的方法論省思與體系建構。詳見氏著：《淡江中文學報》第16期（2007），頁261-284。

特質、現象等。但因為中文學術傳統較少對於群己在社會中如何互動展開論述，因此在問題視域上，適當資借西方社會學的論述，同時注意其本身的侷限與對象。在實際的論述內容上，仍以元和詩人的詩文本作為主要論述材料，以時代語境和生命情境作為理解交往詩之意義構成的核心。在具體的操作上，將詩人之間互動頻繁的詩歌交往行為作為論述對象，特別選出：韓愈與孟郊、張籍；白居易與元稹；劉禹錫與白居易；姚合與元和詩人及同輩詩人。準確來說，這些詩人之間的詩歌交往行為，屬於社會行為，是社會活動中的一類。透過交往行為創作詩歌，當然不限於本論文所選定的元和詩人。而欲理解紛繁複雜的交往詩內涵，現實上、方法上不可能一一討論每個交往類型。因此，以「理想型」的觀念，作為分析詮釋元和詩人的交往詩，就成為本論文的基本方法之一。「理想型」是德國社會學家韋伯（Max Weber 1864～1920）所提出的重要研究方法，並實際應用於對新教徒與資本主義的研究中。在其社會學著作中有著複雜的概念和運用，但基本上，「理念型乃是一種概念工具，它基於特定的觀點，由雜多的現實裡抽離出某些特徵，整理成邏輯一致的思想秩序，反過來可以作為衡量現實的尺度。」[68]也就是說，從諸多現象擇取重要代表，以達成從個殊理解普遍，從現象詮釋本質的目的。美國社會學家舒茲（Alfred Schutz 1899～1959）對韋伯「理想型」理論提出的修正，更適於理解詩歌交往行為。對舒茲而言，韋伯忽略行為的主觀意義與客觀意義之區別，以及對於所謂「意義」的理解。依此，舒茲建構出「個人理想型」。[69]因此，舒茲更強調「意義被建構成一個互為主體的現象」。[70]這種觀點的提出，對於理解詩的本質意義、詩人的創作行為，有著更切實的效用。本論文所選定的元和詩人，詩歌交往行為要能符合「理想型」之基本要求。正基於此研究概念，談元稹與白居易的創作互動，並

---

[68] 韋伯（Max Weber 1864～1920）著，顧忠華譯：《社會學的基本概念》（桂林：廣西師範大學出版社，2005年），導言，頁17。

[69] 舒茲（Alfred Schutz 1899～1959）著，盧嵐蘭譯：《社會世界的現象學》（臺北：桂冠出版社，1991年），明確的「個人理想型」定義，見氏著，頁210。

[70] 舒茲著，盧嵐蘭譯：《社會世界的現象學》，頁31。

未處理兩人的樂府諷諭主題，這原是理解他們非常重要的部分，但是陳寅恪等人已有精微深刻的闡發。此外，在第四章談劉禹錫與白居易，而不論劉禹錫與柳宗元，因為，劉、柳的交往詩內涵，在詩學意義、價值上不若劉禹錫與白居易來得重要；第五章之所以著重姚合與元和詩人的聯繫，而不強調姚合與賈島的交往，原因在於姚合與賈島的交往型態，與元和詩人有著迥異的特質，要深刻說明賈、姚，勢必延伸到晚唐五代，與本論文強調「元和」時期有所不符。即使同樣性質的創作主題與互動行為，本論文也是擇取最能彰顯對話性與相互影響者。例如聯句創作，韓、孟的聯句，對話性質最明顯，影響對方創作表現也能透過分析看出。但是劉禹錫的聯句創作，不但對象沒有韓愈固定，其創作意義與詩學價值，也不若韓孟之聯句創作來得有突破性，故本論文不針對劉禹錫晚年聯句展開討論。在姚合一章，本文著重闡釋他與元和詩人之間的相互影響與對話，並兼及姚合與同時代人如賈島、馬戴等人的交往詩。之所以如此安排，是因為賈島與姚合之間的詩歌關係，有大量的前行研究資料可資理解。而姚合與元和詩人之間的交往，不僅有待闡發說明，更是學界較少觸及者。簡言之，本論文所處理的對象，是詩歌交往行為中最能彰顯對話與相互影響者。同時，前行研究闡發已多已詳、實際文本數量有限者，則會在註解中說明。

從本論文結構來看，韓愈、白居易、劉禹錫、姚合不僅詩壇地位高，且具有一定的社會影響力，以這些人作為研究「交往詩」的對象，最足以彰顯詩歌在互動、對話中的本質意義與影響效果。「透過理想型的架構與檢證，才能層層解釋人類行為的主觀意向意義，並進而瞭解對社會現象的意義。」[71]也就是說，透過「理想型」詩人的分析，元和詩人交往詩的詩學精神與對話特質、相互影響等內涵，才能獲得清晰的說明。

如前所述，「理想型」是本論文研究方法的基本概念，但落實到具體的分析工作時，則需要運用更具體普遍的論證方法。近代學

---

[71] 舒茲著，盧嵐蘭譯：《社會世界的現象學》，頁4。

者陳寅恪的研究，則頗有啟發之用。他在討論李紳、元稹、白居易新樂府作品時，曾云：

> （論李紳、元稹、白居易之新樂府後）今並觀同時諸文人具有相互關係之作品，知其中於措辭（即文體）則非徒仿效，亦加改進。於立意（意旨）則非徒沿襲，亦有增創。蓋仿效沿襲即所謂同，改進增創即所謂異。苟今世之編著文學史者，能盡取當時諸文人之作品，考定時間先後，空間離合，而總匯於一書，如史家長編之所為，則其間必有啟發，而得以知當時諸文士之各竭其才智，競造勝境，為不可及也。[72]

說明，陳寅恪已意識到，詮釋詩歌作品的意義，離不開時序的排列，彼此的相互關係才能清楚說明。故陳氏進一步提出所謂的「比較研究法」：

> 夫元白二公，詩友也，亦詩敵也。故二人之間，互相仿效，各自改創，以蘄進益。有仿效，然後有似同之處。有改創，然後有立異之點。儻綜合二公之作品，區分其題目體裁，考定其製作作年月，詳繹其意旨詞句，即可知二公之於所極意之作，其經營下筆時，皆有其詩友或詩敵之作品在心目中，仿效改創，從同立異，以求超勝，絕非廣泛交際率爾酬和所為也。關於此義，寅恪已於〈長恨歌〉、〈琵琶引〉、〈連昌宮詞〉諸章闡明之，茲亦可取用參證，即所謂比較之研究是也。[73]

此論雖是針對元稹與白居易二人，但同時適用於存在密切頻繁交往關係的其他詩人。韓愈、元稹、白居易、劉禹錫均有詩文集編年出版，為他們交往歷時性的排序提供方便。即使是孟郊、賈島、

---

[72] 陳寅恪：〈長恨歌〉，《元白詩箋證稿》（北京：三聯書店，2002年），頁9。
[73] 同前註，〈古題樂府〉，頁309。

姚合、張籍等人,彼此之間重要的交往事件也多可考。因此,確定以「理想型」詩人為分析對象、詮釋範圍後,下一步即是透過歷時性的比較法,將詩人彼此之間的交往詩,找出他們自身最常重複、最為重視的質素,加以理解、分析、給予綜合詮釋。詩作為文類體裁之一,其「意義的構成,在內容上是以主觀情志為必要條件。它表現了人對自身存在的感受經驗與價值判斷。」[74]因此,在分析解釋詩歌文本時,不是文獻材料式的整理,而是客觀理解與主觀詮釋的綜合。經由文本的比較、分析與詮釋,才能主客觀融合地理解交往互動的詩人。同時,將參考西方社會學關於人際交往與社會互動的相關概念,希望能從一個不同的角度對於元和詩人豐富的交往文本有一新的理解。

---

[74] 顏崑陽:《李商隱詩箋釋方法論─中國古典詮釋學例說》(臺北:里仁書局,2005年),頁68。

第二章　韓愈與孟郊、張籍

　　韓愈作為中唐最重要的作家之一，其地位獲得確認與他提倡文章復古有著密切的關係。《新唐書‧文藝傳》即指出：「大曆、貞元間，美才輩出，擩嚌道真，涵泳聖涯，於是韓愈倡之，柳宗元、李翱、皇甫湜等和之，排逐百家，法度森嚴，抵轢晉魏，上軋漢周，唐之文完然為一王法，此其極也。」[1]指出作為古文大家的韓愈，以領袖的氣勢帶動當代文人去關注道與文之間的種種關係。前賢也對韓愈文章復古的觀念、成就等多有論述。本章關注的是，韓愈的詩歌創作和其文學交往對象之間到底存在著怎樣的一種關係？韓愈目前留下的詩作，幾乎每兩首即有一首屬於交往詩範疇。尤其是酬贈類。王紅麗認為「破體為詩」、「注重詩歌的敘事功能」、「語言的戛戛獨造」，[2]是韓愈酬贈詩在藝術方面的創新發展。誠然，此三項表現特色可視為韓愈改造酬贈詩傳統的特殊貢獻，但又何嘗不是韓愈整體詩歌表現的基本面貌之一？也就是說，韓愈本身的文學創造力是表現於各個題材、體製，如此說來，此一歸納顯然還不足以充分說明韓愈與他人詩歌交往的獨特表現。倒是日本學者川合康三透過幾個韓愈詩中的人物形象，包括孟郊、盧仝、劉師命，生動而具體地指出，這既不是寫韓愈自己，也不是寫詩中的特定人物，「而是將他們與韓愈連結起來的線的延伸上描繪出來的形象。」[3]這就告訴我們，要深入地理解一個詩人，單單閱讀其文字作品是不夠，而要將其周遭的交往人物結合起來，才能描繪出較為飽滿生動的個體精神。並在此基礎上，才能去掌握、理解那個時

---

[1]　歐陽脩、宋祁：《新唐書‧文藝傳》（北京：中華書局，2003年），卷201，頁5725-5726。

[2]　王紅麗：〈論韓愈酬贈詩的藝術創新〉，《青海社會科學》第5期（1999年），頁70-73。

[3]　川合康三著，劉維治、張劍、蔣寅譯：《終南山的變容—中唐文學論集》（上海：上海古籍出版社，2007年），頁171。

代的群體圖像和文學風貌。斯蒂芬・歐文（Stephen Owen）在論韓愈之重要性時，認為：「他對於一個重要文化時刻的卓絕的策劃最終成為促成變革的強勁的原動力……此後三十五年文人社團的形成，構成了非常獨特的一代，這在此前三十五年的作家群中是看不到的。」[4]即敏銳而準確地指出了韓愈與文人社團之間的聯繫，這對於我們理解中晚唐的社會文化也有莫大的助益。近代許多研究者或將韓愈、孟郊視為一詩派；或視為詩人群體之一，也都顯示出不論韓愈置身何種文學群體，均散發出領袖群倫的人格特質與充沛的文化創造力。因此，單從語言文字本身是無法準確認識韓愈所發揮的影響力，只有回到具體而真切的存在現場，分析他與重要人物的交往歷程、互動特色、文學表現，才能夠從另外一個角度去掌握韓愈在詩歌史上的重要性與獨特性。

從目前韓愈詩集來看，與其保持最密切詩歌交往的詩人，莫若孟郊與張籍。從孟、張兩人的出身背景與仕宦歷程看來，他們都是來自南方的貧寒士人，後來常得力於韓愈的推薦。從這一點看，韓愈確實是在實踐超脫功利態度，出自道義的交往態度。再從當時的詩歌創作來說，孟郊與張籍的詩風差異甚大，卻與韓愈同樣保持密切的聯繫，這是值得思考的地方。而沈亞之雖然自稱：「嘗得諸吏部昌黎公，凡遊門下十有餘年」，[5]但他自身的詩作卻僅留存十幾首而已，無法看出他與韓愈以詩交往的情形。如此看來，探討交往詩的內涵，還必須具備客觀條件，例如交往詩的數量，以及兩人在文學上的互動等。

第一節　韓孟的交道表述

要對韓愈的交往行為作出恰當的解釋，則不能忽略其困頓長

---

[4] 斯蒂芬・歐文（Stephen Owen）著，田欣欣譯：《韓愈和孟郊的詩》（天津：天津教育出版社，2004年），導論，頁8。斯蒂芬・歐文即美國唐詩研究者宇文所安（Stephen Owen）中文的音譯。

[5] 沈亞之著，蕭占鵬、李勃洋校注：《沈下賢集校注》（天津：南開大學出版社，2003年），卷9，頁171。

安的經驗。韓愈的父兄不論在操守上或是文壇表現上，均有一定的成就。這應該會對韓愈造成不小的心理壓力。而長兄韓會早逝，整個家族的生計依靠鄭氏勤持，這對韓愈的衝擊不小。在此多重的壓力之下，韓愈在貞元年間苦心求仕，除了學優則仕的傳統觀念外，更有著光耀門楣、以俸祿養家的動機。但貧寒的出身背景，又孤身在京城求取功名，韓愈體會到許多的心酸與痛苦。此心路歷程在其貶謫時期的〈縣齋有懷〉詩有清楚地表露，雖然志向遠大，才能出眾，所謂「事業窺皋稷，文章蔑曹謝」，但現實的困阻卻是那麼殘酷：「人情忌殊異，世路多權詐。蹉跎顏遂低，摧折氣愈下。」[6]因此，如何讓自己為眾人所知，有利於科舉得第，也在社會上累積聲響，接交朋友就成為重要的社會行為策略，正如他自己所說：「名聲荷朋友，援引乏姻婭。」[7]這當然不是韓愈獨有的感受，而是多數滯留長安準備科考之士子的必經體驗。在長安求取功名期間，韓愈不由發出：「朋友道缺久，無有相箴規磨切之道」，[8]說明韓愈所謂的「朋友道」，主要著眼於道德上的相箴磨切。因此，他在擇友時就顯得謹慎而固執，如其自敘：「京師之進士以千數，其人靡所不有，吾常折肱焉，其要在詳擇而固交之。善，雖不吾與，吾將彊而附；不善，雖不吾惡，吾將彊而拒。苟如是，其於高階猶階而升堂，又況其細者邪？」[9]這種表態與堅持，從韓愈與張籍的論交歷程可以看得很清楚。韓愈並不因為張籍批評自己的以文為戲而對之大動肝火，反而將張籍視為臨終前的重要託付者。

　　道德理想的堅持總與現實世界有某種緊張或衝突的關係，韓愈一方面確立道德為主的生命主體，一方面卻也在適應著現實世界的規範制度，〈出門〉這首詩即深刻地表達了置身長安，卻茫然徬徨的年輕韓愈：

6　韓愈著，錢仲聯集釋：《韓昌黎詩繫年集釋》（上海：上海古籍出版社，1998年），卷2，〈縣齋有懷〉，頁229。
7　同前註，卷2，〈縣齋有懷〉，頁229。
8　韓愈著，馬其昶校注：《韓昌黎文集校注》（上海：上海古籍出版社，1998年），卷3，〈答馮宿書〉，頁191。
9　同前註，卷4，〈送孟秀才序〉，頁259。

長安百萬家，出門無所之。豈敢尚幽獨，與世實參差。古人
雖已死，書上有其辭。開卷讀且想，千載若相期。出門各有
道，我道方未夷。且於此中息，天命不吾欺。[10]

與世參差不僅是因為貧賤無依，也指個人在社會群體中的孤
獨。古人的生命雖已然消逝，但留下的文辭仍讓今人充滿無盡的想
像，於是除了結交君子之外，尚友古人也成為行事立志的重要依
據。除了獲得心理的踏實感之外，韓愈仍相信「天命」不會辜負勤
苦正直者。這種思想同樣表達於相近時期的〈君子法天運〉詩中：

君子法天運，四時可前知。小人惟所遇，寒暑不可期。利害
有常勢，取捨無定姿。焉能使我心，皎皎遠憂疑。

內心對於理想的擔憂與疑惑，韓愈寄望從天之運行的法則得
到解答，因此標出君子、小人之別。有這種信念，也就不難理解為
何韓愈在貞元初年會對李觀、孟郊等人如此傾心，詩作的贈寄對象
多為來自南方的貧寒士人，如孟郊、歐陽詹等。因此，也就不難
理解韓愈詩集中，不少交往詩正作於貞元八年（792）中進士這一
年。〈落葉送陳羽〉、〈北極贈李觀〉、〈長安交遊者贈孟郊〉三
詩作於相近時期，均是韓愈在長安參加科舉時認識的朋友。這些贈
詩，題目直接取詩的開頭與贈詩對象之名，透過賦詩贈言的行為來
達成相互的溝通共感。但其中仍有細微的差別，〈落葉送陳羽〉，
僅是韓愈一般的應酬詩，此明顯的體現在「飄颻終自異，邂逅暫相
依」，以隨風而落的樹葉，暗寓他與陳羽的相遇乃因緣際會之巧
合。但寫給孟郊、李觀的詩，卻展現了迥然不同的情感特質，〈北
極贈李觀〉：

北極有羈羽，南溟有沈鱗。川源浩浩隔，影響兩無因。風雲

10　《韓昌黎詩繫年集釋》，卷1，〈出門〉，頁4。

一朝會，變化成一身。誰言道里遠，感激疾如神。我年二十五，求友昧其人。哀歌西京市，乃與夫子親。所尚苟同趨，賢愚豈異倫。方為金石姿，萬世無緇磷。無為兒女態，憔悴悲賤貧。[11]

詩中分別以羈鳥喻己，以沉鱗比李觀，在風雲變幻的聚合之中，化成一身，藉此表達自己與李觀結為知己的殷切之意。這種鯤鵬之喻，即將其引為同道，故有「乃與夫子親」之語，點明結交的願望，並非追求名利，而是基於個人立身處世的共識。具體而言，就是遵從儒家價值觀，展現超越貧賤的道德優越感與生命力。這種觀念同樣體現於韓愈送給孟郊的詩中，其〈長安交游者贈孟郊〉：

長安交遊者，貧富各有徒。親朋相過時，亦各有以娛。陋室有文史，高門有笙竽。何能辨榮悴，且欲分賢愚。[12]

個體於社會之中，必有各種人際關係的建立，韓愈眼中看到的卻是以貧富、陋室高門作為劃分依據的冷酷現實。貧寒無依如己，舉目所見，無非他人入門各自娛。然而，韓愈卻在古聖賢的教示中，找到另一種存在價值，那就是不以政治上的窮達作為評價標準。這種求之在己的志意，韓愈透過寄詩向孟郊傳達。而來自南方的孟郊，同樣對此世態有著清醒的認識，甚至有更為激烈的批判。這種想法頗為具體地表現於其系列論交詩，〈結交〉詩：「結交遠小人，小人難姑息。鑄鏡圖鑑微，結交圖相依。」[13]遠離小人，以友為鏡，君子結交以相互依靠，共同對抗衰頹之世俗。因此，孟郊擇友同韓愈一樣，特別標榜君子之德，其〈擇友〉即通篇論此：

獸中有人性，形異遭人隔。人中有獸心，幾人能真識。古人

11　同前註，卷1，〈北極一首贈李觀〉，頁8。
12　同前註，卷1，〈長安交游者一首贈孟郊〉，頁10。
13　孟郊著，華忱之、喻學才校注：《孟郊詩集校注》（北京：人民文學出版社，1995年），卷3，頁120。

形似獸，皆有大聖德。今人表似人，獸心安可測。雖笑未必
和，雖哭未必戚。面結口頭交，肚裏生荊棘。好人常直道，
不順世間逆。惡人巧諂多，非義苟且得。若是效真人，堅心
如鐵石。不諂亦不欺，不奢復不溺。面無吝色容，心無詐憂
惕。君子大道人，朝夕恒的的。[14]

孟郊認為人與獸的區別不在於形貌軀體，而是在於存心之善
惡。接著感嘆今人道德之淪落，雖具人形，卻包藏獸心；口是心
非，哭笑不由其衷。在此世風澆薄的情形下，孟郊特別欣賞不諂不
欺，不奢不溺的君子，其心地是如此光亮皎潔且專心如一。其〈衰
松〉更是針對近世時人交友態度的澆薄展開批判：

近世交道衰，青松落顏色。人心忌孤直，木性隨改易。既摧
棲日幹，未展擎天力。終是君子材，還思君子識。[15]

世風的澆薄敗壞，使原本歲寒不凋的松也隨時改易變性，因為
人心對孤直的猜忌怨恨，導致松之本性也隨之變遷。雖然如此，松
之為松，正在於其本性，因此，孟郊仍在心中存有一絲希望，高貴
的本性仍值得固守，等待知音的賞識。這首詩表面上以松為喻，說
明世道凌遲之下的道德衰微。事實上，更像是孟郊對於自我該如何
處世之掙扎心態的隱喻。在〈傷時〉詩中，孟郊感嘆貧賤之士受到
富者以嘲笑態度視之，「古人結交而重義，今人結交而重利」，[16]
由此得出古之「重義」、今之「重利」這兩種不同的結交方式。重
義者生死與之，排人危難；重利者以財勢衡量人之親近。正因為今
人多人形獸心，因此在擇友時須格外謹慎，其〈審交〉詩就從人之
心、性的優劣來強調「金石交」：

---

[14] 同前註，卷3，〈擇友〉，頁123。
[15] 同前註，卷2，〈衰松〉，頁78。
[16] 同前註，卷2，〈傷時〉，頁87。

種樹須擇地，惡土變木根。結交若失人，中道生謗言。君子
芳桂性，春榮冬更繁。小人槿花心，朝在夕不存。莫驪冬冰
堅，中有潛浪翻。唯當金石交，可以賢達論。[17]

　　此詩主要宣揚謹慎結交的重要，認為與小人為友將帶來難以
預料的危險後果，綜言之，即強調君子才是交往的最佳對象。這種
「求友須良」的觀念，更為清楚地表達在〈求友〉一詩中：

北風臨大海，堅冰臨河面。下有大波瀾，對之無由見。求友
須在良，得良終相善。求友若非良，非良中道變。欲知求友
心，先把黃金煉。[18]

　　此詩可說是從〈審交〉「莫驪冬冰堅，中有潛浪翻」的發揮
詮釋，意味與小人交往的惡果，很可能為自己帶來滅身的危險。
因此最後有「欲知求友心，先把黃金煉」，論說求友之心乃須時
間、本性的考驗。從上所述可知，孟郊對於個人如何在社會中與他
人交往，以及對世俗交往態度的批判，有著比年輕韓愈更為清醒的
認識和表述。從感嘆近世社會人情到如何抉擇君子、小人，均體現
於〈審交〉、〈擇友〉、〈求友〉、〈衰松〉、〈傷時〉等詩中。
除了這些專論「交道」的詩作外，孟郊還在其他贈寄詩作中有所
表述，如「而我獨迷見，意求異士知……大雅難具陳，正聲易漂
淪」、「志士貧更堅，守道無異營。……何以報知音，永存堅與
貞。」[19]從上述詩作看來，孟郊希望擇取的志同道合者，要具備志
向堅定、道德優越、超越世俗的獨特人格等特質。當韓愈與孟郊相
遇於長安，對於「交道」的設定，很有可能受到孟郊的啟發。因此
其〈長安交遊者贈孟郊〉之內涵與立意，正與孟郊一系列的論交詩
暗合。或許正是這種超越貧賤，以君子道德節操自勉的人格精神，

17　同前註，卷2，〈審交〉，頁74。
18　同前註，卷3，〈求友〉，頁115。
19　同前註，分別見卷7，〈答姚怤見寄〉，頁332；〈答郭郎中〉，頁333。

成為韓、孟建立忘年之交的共識。雖然貞元八年（792）孟郊落第，但韓愈對他的欽佩絲毫未減弱，當次年孟郊欲往徐州謁見刺史張建封時，韓愈有〈孟生詩〉。這首詩以「孟生」為題，生動詳細地刻畫出孟郊的文學理想與處世行為，我們也可從此詩窺見韓愈心目中的孟郊形象。詩的一開始凸顯「古貌古心」的孟郊，從讀書到作詩，均是奉行古道。這既是寫孟郊，其實也是自己的寫照。接著寫孟郊來到京城之後的挫敗和不適，用意當然是希望得到張建封的同情。但也正如川合康三說的，韓愈詩中與世不諧的孟郊形象，多少帶有自己的身影。[20]特別是寫到孟郊與社會的格格不入時：「異質忌處群，孤芳難寄林。誰憐松桂性，競愛桃李陰」，不也正是韓愈一再感嘆的主題嗎？這首詩雖寫到孟郊作詩三百首，但還未對其詩作有更詳細的論述，表示當時韓孟的文學交往正處於最初階。但孟郊的出現，無疑讓韓愈找到尋覓知己的理想方向，張籍、盧仝等人會成為韓愈論交的對象，也是這種心態的表現與實踐。例如韓愈在〈此日足可惜一首贈張籍〉詩，也描述張籍與眾不同的特質：「長老守所聞，後生習為常。少知誠難得，純粹古已亡。」[21]而韓愈自己更是輕視眼光狹小，只關心個人眼前飢飽的陋儒，所謂「齪齪當世士，所憂在饑寒。」[22]在〈幽懷〉這首詩中，韓愈道出自己的憂世之音：

> 幽懷不能寫，行此春江潯。適與佳節會，士女競光陰。凝妝耀洲渚，繁吹蕩人心。間關林中鳥，亦知和為音。豈無一尊酒，自酌還自吟。但悲時易失，四序迭相侵。我歌君子行，視古猶視今。[23]

　　感嘆時光易逝，個人志業難成，正是詩題所謂的「幽懷」。但這首詩最值得注意者，卻是最末二句「我歌君子行，視古猶視今」

---

[20]　川合康三：《終南山的變容—中唐文學論集》，頁158-161。
[21]　《韓昌黎詩繫年集釋》，卷1，〈此日足可惜一首贈張籍〉，頁84-85。
[22]　同前註，卷1，〈齪齪〉，頁100。
[23]　同前註，卷1，〈幽懷〉，頁123。

語。在〈孟生〉詩中韓愈以「嘗讀古人書，謂言古猶今」來形容孟郊的立身處世。而這種「視古猶今」的思想也常出現於孟郊的詩中。韓、孟此種心態正表明：自我的發現與確認，往往是在個體與群體的互動過程中不斷深化而豁顯。此正是重新審視唐人唱和、贈答等種種文學交往行為的積極意義。

貞元時期的韓愈，以寒素之士進入長安求取功名，又屢挫於科場，見盡人情冷暖，既需要身分背景相似的同道者，更期待人格理想一致的知音。貞元初年所結識的李觀、孟郊，即是韓愈理想的結交對象。李觀、孟郊不僅與自己同樣出身卑微，更共同具有文章復古的理念，於是自然成為最佳的交往人選。有了這些朋友，除了壯大自己聲勢，堅定自我的理想之外，還可讓時人聽到自己的聲音。這種思想可在韓愈贈李觀的詩中得到印證：

> 天行失其度，陰氣來干陽。重雲閉白日，炎燠成寒涼。小人但咨怨，君子惟憂傷。飲食為減少，身體豈寧康。此志誠足貴，懼非職所當。藜羹尚如此，肉食安可嘗。窮冬百草死，幽桂乃芬芳。且況天地間，大運自有常。勸君善飲食，鸞鳳本高翔。[24]

認為李觀之得病是因為宇宙秩序的失常和混亂，雖然他超越小人怨嗟的層面，卻因為內心憂世傷時導致疾病。因此韓愈對李觀提出善保身體安康的勸慰，希望朋友能夠像寒冬不凋的幽桂。只要善飲食，待天常，即可度過此次疾厄，仍保高翔之姿。韓愈論交是以同樣有志於古道，寒素背景出身者，這種思想可見於貞元十五年（799）之〈駑驥贈歐陽詹〉詩：

> 駑駘誠齷齪，市者何其稠。力小若易制，價微良易酬。渴飲一斗水，饑食一束芻。嘶鳴當大路，志氣若有餘。駃騠

---

[24] 同前註，卷1，〈重雲一首李觀疾贈之〉，頁26。

生絕域，自矜無匹儔。牽驅入市門，行者不為留。借問價幾
何，黃金比嵩丘。借問行幾何，咫尺視九州。

饑食玉山禾，渴飲醴泉流。問誰能為御，曠世不可求。
惟昔穆天子，乘之極遐遊。王良執其轡，造父挾其輈。因言
天外事，茫惚使人愁。駑駘謂騏驥，餓死餘爾羞。有能必見
用，有德必見收。孰云時與命，通塞皆自由。

騏驥不敢言，低徊但垂頭。人皆劣騏驥，共以駑駘優。
喟予獨興歎，才命不同謀。寄詩同心子，為我商聲謳。[25]

此詩通篇以駑、騏設喻，說明有才者的遭遇往往不如平庸者
順利安穩。「人皆劣騏驥，共以駑駘優」這種遭遇韓愈知道非自
己一人，所以說「寄詩同心子，為我商聲謳。」從閩地北上的歐
陽詹，當然理解韓愈詩中所說有志之士因為出身低賤而不為世用的
牢騷感，故歐陽詹答詩中對此也有詳細的回應。從某種程度說，這
種生活經驗直接影響韓愈一生的論交態度，他對於前輩詩人孟郊的
敬佩與親切；他對於後輩侯喜、李賀、賈島等的提攜、交遊；以及
對張籍、盧仝的幫助等等，無不是此種「交道」的具體實踐。憑藉
個人的力量，盡其所能幫助這些在現實世界不如意的寒貧之士。這
些行為當然不能視為如明代文人的結社立派，但韓愈確實表達了明
顯的群體意識，例如希望「四方上下逐東野」；或如在〈贈侯喜〉
詩中以「吾黨侯生」稱謂侯喜。而張籍後來追憶與韓愈認識的過程
時，也說：「觀我性樸直，乃言及平生。由茲類朋黨，骨肉無以
當。」從「類朋黨」這句話可知，不僅韓愈，甚至張籍也隱約意識
到，以韓愈為中心的文人群，在生命際遇、文化理想、詩文創作上
均有共同點。這些成員後來還加進盧仝、李翱、張徹、皇甫湜等，
在貞元、元和之際，形成彼此認同、相互肯定與幫助的文人群體。
而這些文友，既是韓愈在現實社會的重要同道，也是精神世界的
支柱，更是詩歌創作領域的重要對話者。韓愈貶謫陽山時，孟郊

---

[25] 同前註，卷1，頁115。

詩云：「願君保玄曜，壯志無自沉」，[26]給予積極的精神力量；韓愈仕宦順達時，孟郊勸導其莫忘初心，「願君保此節，天意當察微。」[27]當韓愈以文為戲時，張籍給予忠懇的勸誡。這種道德節義上的相互勸勉，特別明顯地表現於韓、孟的交往歷程中，元和九年（815），韓愈為準備赴幕任職的孟郊送行，寫下〈江漢一首答孟郊〉：

> 江漢雖云廣，乘舟渡無艱。流沙信難行，馬足常往還。淒風結衝波，狐裘能禦寒。終宵處幽室，華燭光爛爛。苟能行忠信，可以居夷蠻。嗟余與夫子，此義每所敦。何為復見贈，繾綣在不諼。[28]

與貞元年間相比，此刻的孟郊與韓愈，不論在生命際遇或是仕宦功名上，已有窮達之別。但韓愈這首詩反覆表明的卻是儒家的道德修養之道，如「處幽室」所代表的慎獨修德；「行忠信」所代表的道德實踐。而「此義每所敦」中的「每」字，說明儒家道義乃是二人結交以來念茲在茲的處世原則。

由此來看，韓、孟二人從早期以古道古義論交，到後期的相互提醒，正彰顯出韓、孟「交道」的可貴之處。北宋梅堯臣即對韓、孟以古道理想彼此勉勵的情誼，心嚮往之，曾作詩加以推崇：

> 昔聞退之與東野，相與結交賤微時。孟不改貧韓漸貴，二人情契都不移。韓無驕矜孟無靦，直以道義為己知。我今與子亦似此，子亦不愧前人為。[29]

對於韓、孟交誼不因富貴貧賤而有改變的節操，來對自己和歐

---

26 《孟郊詩集校注集》，卷6，〈連州吟三首〉之2，頁257。
27 同前註，卷6，〈贈韓郎中愈二首〉之二，頁299。
28 《韓昌黎詩繫年集釋》，卷8，〈江漢一首答孟郊〉，頁919。
29 梅堯臣著，朱東潤校注：《梅堯臣集編年校注》（上海：上海古籍出版社，1980年），卷15，〈永叔寄詩八首並祭子漸文一首因采八詩之意敬以為答〉，頁287。

陽脩的交情作一對比，從此也可看出，韓、孟等人的交往情誼，至宋代成為文人心嚮往之的生命情境與交往典範。

第二節　韓愈與孟郊

一、韓愈與孟郊的相互詮釋

　　貞元八年（792），韓愈、李觀、李絳、王涯、歐陽詹等人進士及第，這些文士於文章、政事「皆天下選，時稱『龍虎榜』。」[30]孟郊雖然落榜，但卻在此過程中與上述諸人建立友情，並影響其日後的生命際遇與詩歌創作。當時，韓愈、李觀不僅相繼安慰落第的孟郊，更對其詩給予高度評價，均慎重推薦給當時的文壇宗主與貴宦。韓愈及其日後以他為中心的文人群，如李翱、張籍、盧仝等，均對孟郊古詩成就感到由衷敬佩，並相互薦舉推獎。李觀向梁肅推薦孟郊時，稱「孟之詩五言高處，在古無上，其有平處，下顧兩謝。」[31]稍後，李翱將孟郊推薦給張建封時，說得更為具體：「郊為五言詩，自前漢李都尉、蘇屬國，及建安諸子、南朝二謝，郊能兼其體而有之。」[32]把孟郊五言詩直推兩漢、建安，是對其古詩成就的最高肯定。張籍〈贈孟郊〉：「苦節居貧賤，所知賴友生。」[33]韓愈〈孟生〉：「顧我多慷慨，窮簷時見臨。清宵靜相對，髮白聆苦吟。」[34]都說明孟郊與他們的詩歌唱酬並不僅是文人詠唱的社交而已，而是推心置腹地將彼此視為同道中人。在處世情懷與人格表現之相互欣賞的基礎上，韓、孟在詩藝的交流上也逐步深入，表現出相對獨特的質素。這個特質稍後更進一步深化為詩史意識，除了對李、杜典範的承認追蹤，也有復古傳統的自覺繼

---

[30]　歐陽脩、宋祁著：《新唐書》，卷203，歐陽詹傳，頁5786。
[31]　董誥等編，孫映逵等點校：《全唐文》（太原：山西教育出版社，2002年），卷534，李觀〈上梁補闕薦孟郊崔宏禮書〉，頁3206。
[32]　《全唐文》，卷635，李翱〈薦所知於徐州張僕射書〉，頁3789。
[33]　張籍著，李建崑校注：《張籍詩集校注》（臺北：華泰事業股份有限公司，2001年），卷8，〈贈孟郊〉，頁477。
[34]　《韓昌黎詩繫年集釋》，卷1，〈孟生詩〉，頁12。

承。例如貞元十六年（800）的〈醉留東野〉詩中，韓愈將自己與孟郊並舉，表達對李白、杜甫的敬仰之情，所謂：「我與東野生并世，如何復躡二子蹤。」[35]至元和元年（806）的〈薦士〉詩，更把孟郊置於復古傳統的系譜中，揭明自陳子昂、李白以來的詩歌復古理想與實踐，對於孟郊在此傳統中的位置深具信心。

值得注意的是，這種交往意識與內涵並不侷限於韓愈和孟郊而已，同時擴及到與韓、孟為中心的文人群體中。李翱、張籍本從韓愈學古文，共同具備復古意識與理想，並以文學創作為手段，也都對孟郊之古詩成就傾心不已。貞元十六年（800），韓愈對現實生活中落落寡合、貧窮又倔傲的孟郊，充滿憐惜同情：「足下才高氣清，行古道，處今世；無田而衣食，事親左右無違，足下之用心勤矣，足下之處身勞且苦矣！混混與世相濁，獨其追古人而從之，足下之道其使吾悲也。」[36]將孟郊描述為孜孜奉行古道，實踐仁義道德的君子形象，但自許比孟郊「奸黠」一些的韓愈知道，一旦抱持如孟郊的道德立場，勢必面臨絕對的孤立，以及必然的痛苦。因此在信末，韓愈希望孟郊經過和州時，可去拜訪張籍、李翱。這封信透露出，韓愈不僅將孟郊視為志同道合者，也希望在現實生活中能多找幾位孟郊的知音。這種想法，更明確地體現在次年所寫的〈送孟東野序〉中。貞元十七年（801），孟郊離洛赴溧陽尉時，韓愈寫下〈送孟東野序〉相贈。除了「不平則鳴」的創作觀念外，序之內文所展現的群體意識也頗值得關注：

> 唐之有天下，陳子昂、蘇源明、元結、李白、杜甫、李觀皆以其所能鳴。其存而在下者，孟郊東野始以其詩鳴，其高出魏晉，不懈而及於古，其他浸淫乎漢氏矣。從吾遊者，李翱、張籍其尤也，三子者之鳴信善矣，抑不知天將和其聲，而使鳴國家之盛邪？抑將窮餓其身，思愁其心腸，而使自鳴

35　同前註，卷1，〈醉留東野〉，頁58。
36　《韓昌黎文集校注》，卷2，〈與孟東野書〉，頁137-138。

其不幸邪？[37]

　　在此篇序文中，韓愈開始建構唐代文士自身的復古傳統，列舉出自陳子昂開始，延續至當代李觀等人（當時李觀已卒），並突出「存而在下者」孟郊的重要位置。上述詩人名單，常被後人視為關懷現實，提倡風雅的復古詩派。除了孟郊之外，韓愈更舉出跟自己學文從游的李翱、張籍，認為他們與孟郊一樣，雖然文學才能卓越，在現實世界卻不被重視。而前一年所作的〈與孟東野書〉，也提及李翱、張籍，只是比較偏向家常閑話與友朋之間的相互關懷。但將此兩篇文章相較，可說明韓愈的群體意識有更進一步明確的發展。但不可否認，上述三人在當下卻是窮愁不遇，故韓愈以「自鳴其不幸」之反話，說明他們高卓出俗的文學成就與人格，仍有獲得施展的機會。稍後，元和元年（806），韓愈寫下〈薦士〉詩，希望藉著推揚孟郊的詩歌成就來幫助他在仕宦上的發展，其中再次確認孟郊實為接續陳子昂、李白、杜甫之詩歌傳統者。「國朝盛文章，子昂始高蹈。勃興得李杜，萬類困陵暴。後來相繼者，亦各臻閫隩。有窮者孟郊，受材實雄驚。」[38]但韓愈的期望顯然落空了，孟郊於元和九年（814）窮愁潦倒地死於奔波道途中，韓愈沉痛地寫下〈貞曜墓誌銘〉。據銘文所敘，貞曜之名，是張籍感念孟郊道德節操之光耀而私諡之。在這篇墓誌銘中，可看到韓愈對孟郊詩歌創作總結性地評述。銘文先云：「及其為詩，劌目鉥心，刃迎縷解。鉤章棘句，搯擢胃腎。神施鬼設，間見層出。唯其大翫於詞，而與世抹鑷，人皆劫劫，我獨有餘。」[39]深刻地描述出孟郊創作詩歌時嘔心瀝血、生死許之的神態。但孟郊如此用心用力寫詩，並非為了討好世俗，博得浮名，而是執著於自己所認定的古道理想與古詩典範，正如銘詞所說的「維執不猗，維出不訾。」是以舉世薄之，而韓愈卻許為共同追攀李白、杜甫之文學同道。銘詞最後二

---

[37] 同前註，卷4，〈送孟東野序〉，頁233。
[38] 《韓昌黎詩繫年集釋》，卷5，〈薦士〉，頁527。
[39] 《韓昌黎文集校注》，卷6，〈貞曜先生墓誌銘〉，頁444。

句對孟郊以生命寫詩，獨立不倚的人生下了結語：「維卒不施，以昌其詩。」直到生命終點，孟郊並未在現實政治上有所作為，但透過以其詩鳴世所彰顯的人格價值與文學意義，卻贏得韓愈等人的敬重。故韓、孟在當時已不僅有「孟詩韓筆」之稱號，中晚唐以降的文人也每將韓、孟等人的文章與情義交誼，視為文人群體之交往的典範。[40]

這些「友生」情誼固然奠基於相近的生命理想與政治觀念中，詩歌文章的風格追求與價值確認卻是最為後人津津樂道者。韓愈、李觀均注意到孟郊詩追求建安高古雄健與大謝清壯麗峭的風格，而且更是從五言古詩說。李觀〈與右司趙員外書〉：「今之人學文一變訛俗，始於宋員外而下及嚴秘書、皇甫拾遺（嚴維、皇甫冉）。世人不以為經，呀呷盛稱，可嘆呼？」[41]表達了對當代文壇風氣的不滿。此段文字雖是論文，但詩壇上的現象也出現類似的現象。而孟郊專就五古著力的創作，在當代確為異數，則也是為何受到具有復古理想者如韓愈、李觀等人的極度推崇。韓、李等人本身即持復古思想與矯俗理念，但二人均將創作重點放在文章、功業，而孟詩正讓他們找到詩章方面的理想典範。

與韓愈屢在詩中稱引孟郊之詩不同，在現存的文獻中，孟郊鮮少正面描述韓愈詩歌風格及觀念的文字。這種現象有點令人好奇，畢竟，孟郊仍在不少作品中表現出個人的批評，如在〈戲贈無本二首〉、〈送淡公十首〉等詩。雖然如此，孟郊詩中所提及的韓愈，仍然值得注意，除了聯句之外，另有詩例如：

> 曹劉不免死，誰敢負年華。文士莫辭酒，詩人命屬花。退之如放逐，李白自矜夸。萬古忽將似，一朝同歡嗟。何言天道正，獨使地形斜。南士愁多病，北人悲去家。梅芳已流管，

40　晚唐人顧陶《唐詩類選序》列舉有唐一代詩人，包括韓愈、孟郊、張籍，認為「多為清德之所諷覽，乃能抑退浮偽流蠱之辭」，見《全唐文》，卷765，頁4690-4691。《唐語林校證》（北京：中華書局，2008年），卷2載：「韓公文至高，孟長於五言，時號『孟詩韓筆』」，頁146。其他類似記載可見諸如五代王定保《唐摭言》、梅堯臣與歐陽脩詩。

41　《全唐文》，卷533，李觀：〈與左司趙員外書〉，頁3199。

柳色未藏鴉。相勸罷吟雪，相從愁飲霞。醒時不可過，愁海浩無涯。[42]

長安秋聲乾，木葉相號悲。瘦僧臥冰凌，嘲詠含金痍。金痍非戰痕，峭病方在茲。詩骨聳東野，詩濤湧退之。有時跟蹌行，人驚鶴阿師。可惜李杜死，不見此狂癡。[43]

第一則詩例出自〈招文士飲〉，其主題是感嘆「文士莫辭酒，詩人命屬花」，貞元十九年（803）韓愈貶謫陽山，開始觸發孟郊詩人生命短暫且多舛的感嘆。同時對於自己屈就縣尉，充滿失意，這首詩約寫於貞元十九至二十年之間。生命本身不長久，當一個詩人又多磨難艱辛，因此，孟郊表達了以放狂姿態勸詩人多飲酒的想法。這首詩可注意處在於將韓愈和李白對舉，而李白也正是韓愈一直強調的盛唐詩人典範之一。第二則詩例是寫於元和六年（811）〈戲贈無本二首〉之一，形容無本和尚作詩的風格姿態分別具有自己與韓愈的某一精神。此種表述，也無意中透露孟郊在某些時刻仍將韓愈視為並列的詩友。經歷過元和元年的系列聯句，韓愈的詩才狂想，很難不讓孟郊產生這種並比。所以我們會發現孟郊以「濤」這種氣勢澎湃、滔滔不絕的自然物象來狀擬韓愈之詩，與自己孤聳、堅硬的「骨」相對舉。以「濤」形容韓愈之詩，無疑是相當具有代表性。不僅是韓、孟聯句創作時，如江海之濤奔湧不絕的形象描述，更重要的是主體表現出的精神氣勢與力量，這些都是韓愈本身的詩學特徵。但孟郊對於韓詩的描述是那麼的輕描淡寫，且出現於贈送第三者的作品中。倒是與〈招文士飲〉相近時期的〈連州吟三首〉之三，能旁敲側擊出孟郊是如何看待他與韓愈的文學關係。〈連州吟三首〉是孟郊懷思貶謫連州的韓愈而作，前兩首詩先描繪構築出一連綿不絕的自然阻隔，無法跨越的遙遠距離，讓其他生物也感受到孟郊對韓愈的憶念，無論是「哀猿哭花死，子規裂客

---

[42] 《孟郊詩集校注集》，卷4，〈招文士飲〉，頁175。
[43] 同前註，卷6，〈戲贈無本二首〉之1，頁301。

心」，或是「怨聲罍」這些誇張極端的意象與措辭，正是孟詩「矯激」的本色。在第二首詩中，孟郊表達出即使客觀世界限制兩人「相追」，卻無法阻礙心靈的自由連結。很清楚地，孟郊認為韓愈是「正直被放者」，是「賢人」，因此表達了「壯志無自沉」的祝願。這是韓孟之間典型的道德規範語言。除了其中真摯誠切的關懷之意外，第三首的「雙劍」、「雙蛟」之喻，最足以探究孟、韓之間的文學關係：

> 朝亦連州吟，暮亦連州吟。連州果有信，一紙萬里心。開緘白雲斷，明月墮衣襟。南風嘶舜管，苦竹動猿音。萬里愁一色，瀟湘雨淫淫。兩劍忽相觸，雙蛟恣浮沉。關水正迴幹，倒流安可禁。空愁江海信，驚浪隔相尋。[44]

到了第三首，孟郊展開更奇恣壯闊的想像，書信的往來，讓孟郊也接觸到韓愈南貶詩中神異驚怪描寫，在詩中想像自我擁有穿透自然山嶽的神奇力量，他與韓愈的相遇是劍、如蛟，是經過變形的神異之物。這種奇特之喻，可注意處在於孟郊提供了一種創作方式，突破典型平淡的寄贈詩傳統，為韓愈打開眼界。韓愈後來〈雙鳥詩〉中誇誕的想像、怪異的情節，正與此詩有著諸多的暗合。[45]即使是以韓愈為對象的贈寄詩作，孟郊也少有觸及描述對方詩歌，寫於元和九年（814）年的〈贈韓郎中愈二首〉：

> 何以定交契，贈君高山石。何以保貞堅，贈君青松色。貧居過此外，無可相彩飾。聞君碩鼠詩，吟之淚空滴。
>
> 碩鼠既穿墉，又囓機上絲。穿墉有閑土，囓絲無餘衣。朝吟

44　同前註，卷7，〈連州吟三首〉之3，頁257。
45　韓愈〈雙鳥詩〉中所謂「雙鳥」的確實指涉，自宋代以來就有諸多不同的解釋，有李杜說，有佛老說，有韓孟說等。日本學者川合康三的解釋則頗為新穎，認為雙鳥之喻的關鍵字是「鳴」，是中唐詩歌創作世界之表現力的彰顯。這個解讀對於理解韓、孟的詩歌交往、文學觀念，甚至聯句創作，顯然更具說服力。川合康三之論見氏著：〈詩創造世界嗎？—中唐詩與造物〉，《終南山的變容—中唐文學論集》，頁31-37。

枯桑柘，暮泣穿杼機。豈是無巧妙，絲斷將何施。眾人上肥華，志士多饑贏。願君保此節，天意當察微。[46]

　　在韓愈詩集中已難找到孟郊所云的「碩鼠」詩，綜觀詩意，贈詩旨意主要是抒發自身的貧窮，以及巧妙無所施的不遇感。但孟郊也沒有停留於自嗟自怨，反而以內在的道德生命力激勵境遇稍微好一些的韓愈。孟郊贈詩中的「碩鼠」，已非《詩經》中的貪吏之比，而是身處社會上流階層的「肥華」之輩。這些人將原本貧窮的孟郊，逼入絕境，所謂嚙絲穿機，使得孟郊無所用於世。對於窮愁潦倒、與世不諧的孟郊，韓愈常表達出深切的同情，毫不吝嗇地給予推薦，在〈醉留東野〉詩中甚至曾以「奸黠」形容自己得官居位，對照東野的「龍鍾不得官」。因此，孟郊的這兩首詩，其實無非是主動答謝一向給予他同情、替己抱不平的韓愈。如此看來，〈贈韓郎中愈二首〉所涉及的，偏向道德節義上相互慰勉，而非詩歌交流的討論。在這些描述彼此詩歌之中，不難看出韓愈非常激賞孟郊在人文世界所持的復古精神，以及面對自然宇宙時的無邊想像；孟郊則認可韓愈文字的狂才雄放，對世俗世界的超越精神。

二、對話：韓、孟聯句

（一）韓孟聯句的創作意義：詩語創造力的競爭

　　生活於同時代的文學大家，面對同樣的文學傳統與創作環境，彼此之間的唱和酬贈，實涉及更豐富的文學史意義。雖然李、杜並稱從中唐以來就相沿不絕，但事實上兩人的詩歌相互關係卻呈現出極度不平衡的現象。雖然杜甫在憶念李白的詩中說過「何時一樽酒，重與細論文」，[47]但現在我們卻很難在各自的文本中找到他們「論文」的蛛絲馬跡。也就是說，我們很難從現存的文獻中去探究

---

[46]　《孟郊詩集校注》，〈贈韓郎中愈二首〉，頁298-299。此詩華忱之雖繫之於元和九年韓愈任比部郎中史館修撰時，但從詩意內涵來看，其確實繫年仍待考論。

[47]　杜甫著，仇兆鰲注：《杜詩詳註》（北京：中華書局，1999年），卷1，頁52。

李杜二人在創作上存有相互影響、交流的關係與可能。[48]但韓愈與孟郊則不一樣，他們之間的聚會即使不如元白、劉白那樣頻繁密切，甚至不像元白留下具體可徵的唱和集，但仍從他們的交往詩中，發現兩人詩歌創作上相互影響與交流的痕跡。[49]特別是韓、孟以聯句為主的創作交往，體現出最為鮮明的詩學意涵。與元稹、白居易等人的唱和酬贈相比，韓愈與孟郊的詩歌交往，聯句是最值得關注的一個表現。

聯句作為特殊形式的詩體，其結構本身即是設計用來作為群體創作。雖然聯句詩體早在南朝時期即已成熟，但當時詩人並未給予太多的投入。[50]這其中當然有許多因素可加以解釋，最為合理的是，聯句的完成與創作目的，是因應著創作者的意圖而有所不同。主要提倡者必須先找到詩才與自己旗鼓相當者，此一創作才可能成功。詩的發展從南朝到唐代中葉這一漫長的時期，在題材、體製、風格等各方面均有鮮明的突破與繁榮的發展，但聯句始終是較少有人加以探索、實踐的詩體。從創作傳統來看，聯句不僅是詩人社群獨特的藝術形式，其遊戲性、社交性更是其存在的重要理由。[51]這種特性，更充分表現於唐代大曆年間，以浙東浙西詩人群為主的創

[48] 就整體而言，開元、天寶時期詩人之間的交往顯比中唐鬆散、疏離，但因為李白與杜甫的影響力及詩歌成就，李、杜的文學交往關係成為歷來研究者關心的重要話題。茲舉代表性著作，如日本學者松浦友久認為杜甫受到李白道教求仙的思想以及詩歌政治性、社會性的自覺等影響，但李白卻幾乎不受杜甫任何影響。參見氏著：《李白詩歌抒情藝術研究》（上海：上海古籍出版社，1996年），頁156-168。這個事實也說明，李、杜在詩學上的交往，缺乏相互性，以及對共同理想追求。此外，葉嘉瑩〈說杜甫〈贈李白〉詩一首—談李杜之交誼與天才之寂寞〉一文，推翻前人李白輕視杜甫之說，深刻解析兩人在生命與心靈上的相通。適正說明，心靈上的相知未必代表文學上的互動、交流。葉文詳見：《迦陵論詩叢稿》（石家莊市：河北教育出版社，2000年），頁158-176。

[49] 在闡述韓孟詩歌創作之間的相互影響之研究著作中，以斯蒂芬•歐文（Stephen Owen）及賈晉華所論最具代表性。斯蒂芬•歐文（Stephen Owen）認為這些聯句創作，具有孕育和實踐詩歌傾向的重要性，詳論可參氏著：《論韓愈和孟郊的詩》，頁107-127。而賈晉華在〈論韓孟詩派〉一文認為，孟郊從與韓愈聯句的創作中所受的影響，導致後來有三個方向的重要發展，包括嘲謔筆調、象徵手法及組詩構造。可參氏著：《唐代集會總集與詩人群研究》，頁509-514。以上論述，均是前人論韓孟交往較少觸及的角度，由此也證明，如何從交往詩之文本中，詮釋出詩史所遺落或沒有注意到的詩學問題或詩人心態，實為可繼續深入的研究方向。

[50] 孫康宜：《抒情與描寫：六朝詩歌概論》（上海：三聯書店，2006年），頁160。孫氏認為聯句在謝朓手中得到格式化，並創立了一種以山水為其主要內容的描寫模式。

[51] 同前註，孫氏認為謝朓及其文學成員把聯句的創作視為「提高自己對仗技藝的一種遊戲」，見頁162。

作活動中。而韓、孟的聯句緊接其後，其背後的文學意義也就特別值得注意。[52]

　　晚唐皮日休認為：「如聯句，則莫若孟東野與韓文公之多，他集罕見，足知為之之難也。」[53]皮日休正是看出韓孟聯句中競爭、挑戰的創作心態，因此從「多」與「難」的角度加以肯定。「多」不僅是從創作篇數上說，也是指篇幅的宏大，例如〈城南聯句〉，多達一千五百句，這是前所未見的。這又與其「難」相關，為了競爭取勝，韓孟競相變換對句的數量，一開始從二句，再擴為八句或十句等。這種變換，既為了逞現詩才與學識，也為了競勝對方。除了句法篇章的變化與增長，有時韓、孟二人還有意識地在詩句中作一種想像力的競爭，例如以怪奇物象、古奧的字句、奇險的音韻等。對此表現，他們自己也多有自覺而清楚的表述，例如孟郊在〈遠遊聯句〉曾說：「觀怪忽蕩漾，叩奇獨冥搜。」[54]說明他追求的目標正是以「怪」、「奇」為主。而〈雨中寄孟刑部幾道聯句〉詩，是韓孟描寫雨景的作品，有第三閱讀者孟幾道的存在，更能看出韓孟聯句的本質。從孟郊「吟馨鑠紛雜，抱照瑩疑怪。」可看出創作詩歌可幫助孟郊清除紛雜的思慮，也可以使疑惑解除。韓愈則說「研文較幽玄，呼博騁雄快。」說明他重視的是相互競逐、爭勝的創作觀念。由此可知，雖然韓孟二人一重視外在、一重視內在，但同樣都在聯句的創作中找到紓解自己精神壓力與創作慾望的管道。雖然孟郊的整體創作傾向於「幽玄」，與韓愈傾向「雄快」有所差異，但兩人在聯句過程中，卻是相互激發、合作，直至創作出一篇融合二人之長的作品。一方面體物入微，才能寫出前人所未道者；另一方面又要擺脫拘束，無所掛礙，才能抒發自我的胸懷。孟郊在〈納涼聯句〉的詩句，可作為對照點：

---

[52] 關於浙東浙西的聯句，學界已有一定的研究成果，可參看蔣寅：〈鮑防、顏真卿與大曆兩浙聯唱詩會〉，載《大曆詩人研究》（北京：北京大學出版社，2007年），頁125-146。而賈晉華不僅對兩浙聯句有所闡論，也作了聯句文獻的整理，可參看氏著：《唐代集會總集與詩人群研究》，頁74-101。不論是蔣寅或賈晉華，都一致認為大曆詩人的聯句創作，在形式、題目、內容等方面發展了原本具有社交、遊戲功能的聯句詩體。

[53] 《全唐詩》，卷616，皮日休〈雜體詩〉序，頁7102。

[54] 《韓昌黎詩繫年集釋》，卷1，〈遠遊聯句〉，頁45。

殷勤相勸勉，左右加礱斲。賈勇發霜硎，爭前曜冰槊。微然
草根響，先被詩情覺。感衰悲舊改，工異逞新兒。誰言擯朋
老，猶自將心學。[55]

「相勸勉」、「加礱斲」即意謂著聯句的完成需要兩人既競爭
又合作的微妙關係，這種雕琢勸勉的過程，對於彼此詩歌創作所發
生的影響，是頗值得注意的。接下來孟郊連用兩個比喻來形容他與
韓愈創作時「爭前」、「賈勇」的競爭情形。以鋒銳、冷酷的兵器
來形容對句情形，正生動地形容出聯句創作時競爭取勝的緊張。因
此，為了取勝，即使草根發出幽微細小的響動，也要被作詩的情志
發覺而寫進篇章中。而「工異」更直接點出二人聯句爭奇致勝的心
態，就是要創作出新奇殊異的語詞，來完成聯句。

在聯句過程中表現出取勝對方的渴望與強調，還集中呈現於
〈城南聯句〉中，詩中對於昔日長安城南文學活動，表達傾慕與讚
美。也正是看到昔日「嘉詠」的輝煌，韓、孟在諸多聯句中對〈城
南聯句〉傾注了最多的心力與筆墨。由於此詩篇幅宏大，本文只指
出韓孟對於運用文字描述城南的自覺表述：

吐芬類鳴嚶。窺奇摘海異，（韓愈）
恣韻激天鯨。腸胃繞萬象，（孟郊）
精神驅五兵。蜀雄李杜拔，（韓愈）
嶽力雷車轟。大句斡玄造，（孟郊）
高言軋霄崢。芒端轉寒燠，（韓愈）
神助溢盃觥。巨細各乘運，（孟郊）[56]

這一段最足於代表韓孟創作聯句時的詩歌觀念與思想。首先，
兩人共同對詩歌創作行為之功能、效用、歷史等致以崇高的敬意。

55　同前註，卷4，〈納涼聯句〉，頁419。
56　同前註，卷4，〈城南聯句〉，頁482。

詩句的創作猶如鳥類吐出的美妙音樂，這個比喻在韓愈詩文中具有特殊而重要的意義。[57]「窺奇」本來就是其喜怪好奇的傾向表現，韓愈將此種行為形容成入海摘異。孟郊的對句，一方面以「激天鯨」來回應韓愈入海摘異的說法，一方面又以「腸胃繞萬象」來表達詩歌聯句創作時無所不包，世間萬事萬物為己所用的雄渾氣象。接著韓愈以更極端的意象來表達創作時緊張而又強大的力量，所謂「精神驅五兵」。將詩思的運作、文才的展現比喻為兩軍對壘時的戰爭行為，又以典範詩人李白、杜甫作為拔城斬將的豪傑，來喻示自己與孟郊的聯句創作。在接下來的對句，孟郊將破城斬將的雄渾氣勢，轉化為更為巨大的自然力量，所謂「嶽力」、「玄造」。這已將描寫世界宇宙的文字功能，轉化為本身具有的創作動能。因此韓愈又以「高言」對大句，表達詩句的威力可直達上天，讓化生天地萬物的上帝改變原本運轉的秩序。需要特別強調的是，這些形容詩歌創作的文句，不僅是韓、孟聯句創作時的特質，更是中唐文學特質所在。美國學者斯蒂芬・歐文就認為，這是韓孟早期喜以詩歌進行道德說教的轉變標誌。[58]這些對句也可看出，韓、孟二人在〈城南聯句〉的寫作過程中，賦予創作行為神聖的意義和新奇的特質。這些是以往聯句創作者鮮少觸及的議題，從此也可看出韓孟在對句時，既要出奇致勝，更要順著對方的語脈更推進一層。一唱一對的方式，本是聯句創作的基本型態，但是韓孟在〈城南聯句〉中，進行一種聯繫更緊密、困難度更高的對唱。即一人開始先寫出句，接續者除了應以押韻對句外，更需要提供下一出句，這表示需要聯句者關照前後，不像一般的聯句只要自寫一聯即可。這倒有一點像魏晉清談，言者先送一難，應者對答解圍之外，又回送一難，言者應答之後，復送一難，這樣迴環往復，機鋒疊起，精采紛呈。因此有人認為韓愈、孟郊在寫作〈城南聯句〉時，「當是商量定篇法，然後遞聯句耳：…他人聯句……若夫一人唱句，一人對句，更

57　關於鳥類鳴叫在韓愈詩文中特殊意義，可參考川合康三：〈詩創作世界嗎─中唐文學的特質〉，載氏著：《終南山的變容─中唐文學論集》，頁31-37。

58　斯蒂芬・歐文：《韓愈和孟郊的詩歌》，頁112。

唱迭對者，則自韓、孟始。」[59]前人又評論這種相互推動彼此創作的模式認為「二人聯句，較其自作，又各縱橫怪變，相得之興，卻有此理。」[60]認為聯句比起他們自己單獨創作的詩篇顯得更為「縱橫怪變」。比起個人作品，聯句有相互競藝、相互鬥勝的體製功能，自然造成奇之又奇、驚聳的效果。正因為具有共同的信念與態度，兩人在聯句詩中，常出現強調對方之重要的語句，例如韓愈〈遣興聯句〉：「苟無夫子聽，誰使知音揚？」或如孟郊〈同宿聯句〉：「欲知心同樂，雙繭抽作紙」，甚至韓愈〈納涼聯句〉：「此志且何如，希君為追琢。」不論是不可缺的知音，或是比喻為吐絲綿綿不絕的雙繭，抑或是相互追隨琢磨的寄望，均表示兩人內心都明白，對方的存在與回應，是聯句創作，甚至詩歌活動不可少的重要因素。而這些表述也生動地刻劃出韓孟二人聯句時的互動情形，說明聯句雖然在本質上與遊戲娛樂的性質相聯繫，但在韓孟手裡，卻是詩情詩才的極致展現。透過相互對句、競爭，兩人將聯句的藝術性、表現性發展到一個新的高度。從「納涼」、「鬥雞」、「會合」、「秋雨」等題目來看，雖然帶有遊戲玩樂的心態，但孟郊自己在〈鬥雞聯句〉的結尾說：「君看鬥雞篇，短韻有可採」，說明在其意識深處，聯句並非遊戲筆墨的行為而已。

　　韓愈的聯句創作態度，與其文學觀念息息相關，簡言之即是「自樹立」的創作觀：「夫百物朝夕所見者，人皆不注視也。及睹其異者，則共觀而言之。夫文豈異於是乎？……若皆與世沉浮，不自樹立，雖不為當時所怪，亦必無後世之傳也。」[61]用韓、孟自己在〈城南聯句〉中所說的話來說是「畢景任詩趣，焉能守硜硜。」正是因為有這種不守聯句舊法的自覺體認，兩人終以雄渾、怪奇的創作手法為聯句帶來新的風貌。與韓、孟同時代的呂溫，在其〈聯句詩序〉這麼說：

59　轉引自《韓昌黎詩繫年集釋》，卷5，〈城南聯句〉集說朱彝尊語，頁523。
60　轉引自《韓昌黎詩繫年集釋》，卷5，〈城南聯句〉集說程學恂語，頁524。
61　《韓昌黎文集校注》，卷3，〈答劉正夫書〉，頁207。

其或晴天曠景，浩蕩多思，永夜高月，耿耿不寐；或風露初曉，怳若有得；或煙雨如晦，緬懷所思，則何以節宣慘舒，暢達情性，其有易於詩乎？乃因翰墨之餘，琴酒之暇，屬物命篇，聯珠迭唱，審韻協律，同聲相應，研情比象，造境皆會。……俾後之觀者，知吾黨所立之濫觴。[62]

以此來看，呂溫眼中的聯句活動，還停留於南朝至大曆詩人的寫作模式中，視聯句為佐歡宴集、紀錄詩酒聯誼的創作活動。而韓孟的表現，卻超越這種認識，不論是與稍前的浙東浙西聯句相比，或是對照稍後劉禹錫、白居易等人的聯句，韓孟獨樹一幟的聯句詩風，為原本著重遊戲、宴集的聯句創作，發展了雄奇驚險的藝術面向、深化聯句作為對話性詩體的功能。韓孟的聯句之作，在文學史上，其所具的意義與價值是值得重視的。這雖是學界的共識之一，但對於這種創作現象的說明，仍然值得進一步探討。

（二）韓孟聯句創作對相互的影響

韓孟的聯句創作為各自帶來何種影響，當然是一複雜的問題，但若能釐清其間關係，無疑有助於理解韓孟的文學研究。日本學者齋藤茂曾對此作出個人的觀察，認為孟郊「從聯句中所獲得的經驗為基礎，探索新的作詩方法，可供選擇的也許不能不是連作詩了。」[63]這是從孟郊晚年創作數組怪險驚奇的組詩如〈秋懷十五首〉、〈峽哀十首〉等觀察出來的可能聯繫。其實，在聯句過程中所獲得的寫作經驗與觀念，可能無形地融化入個人的思慮中，我們也只能給出一大概的推測。清人趙翼曾對韓、孟之間的聯句創作，有一段頗為深刻的評論：

凡昌黎與東野聯句，必字字爭勝，不肯稍讓；與他人聯句，

---

[62] 《全唐文》，卷582，呂溫〈聯句詩序〉，頁3742。
[63] 齋藤茂：〈關於孟郊的〈石淙十首〉—從聯句到連作詩〉，《中國文學研究》第4期（1996年），頁31。

則平易近人。可知昌黎之於東野，實有資其相長之功。宋人疑聯句詩多係韓改孟，黃山谷則謂韓何能改孟，乃孟改韓耳。此語雖未免過當，要之二人工力悉敵，實未易優劣。昌黎作〈雙鳥詩〉，喻己與東野一鳴，而萬物皆不敢出聲。東野詩亦云：「詩骨聳東野，詩濤湧退之。」居然旗鼓相當，不復謙讓。蓋二人各自忖其才分所至，而預定聲價矣。[64]

　　韓、孟在聯句過程中是否有相互潤色是宋人的一大爭論。趙翼則以比較的方法，認為韓愈與孟郊聯句時，爭勝之企圖明顯強烈，反觀韓愈與李正封的聯句，則「平易近人」。之所以會如此，是因為韓愈所面對的聯句對象不同。趙翼顯然認為，韓、孟聯句之所以開闢新局，是有賴於雙方在詩藝競爭、詩語創新方面的相互激勵。從事實看來，孟郊思想的矯激、敏銳的感受以及執著情懷，比韓愈更為強烈一些。這一點也多少會給韓愈帶來不小的震撼與影響。因此，在聯句的過程中，為了競勝克敵，銳意開展「詩情」的幽微深細，也擴大了可成為「詩趣」的任何素材與內容。這個體認對於韓、孟日後的創作勢必產生觀念上的衝擊。我們可以看見，韓、孟在元和元年聯句創作的高峰之後，並沒有進入創作的衰退期，而是各自進入詩風的另一個階段。諸如韓愈城南諸絕句的平淡精深、孟郊組詩的奇奧想像，都是在各自風格的基礎上又作進一步的變化。

　　以下我們以元和元年的〈會合聯句〉為例，說明聯句創作與韓孟晚期詩風的聯繫。孟郊在〈會合聯句〉說道「劍心知未死，詩思猶孤聳」，以形象性的動作「孤聳」，來形容詩歌創作的思慮。而「聳」字正是孟郊晚年一系列組詩中常出現的字，是其敏感緊張個性對外界的顯著表現，例如〈石淙十首〉中的「空谷聳視聽」、「冰條聳危慮」。有時也用來形容空間位置的獨特性，如〈立德新居十首〉中的「都城多聳秀」、「西南聳高隅」。到了〈秋懷十五首〉則是結合上述兩種用法，如「商聲聳中夜」、「聳耳噎神

────────
64　趙翼著，霍松林、胡主佑校點：《甌北詩話》（北京：人民文學出版社，2005），卷3，頁29。

開」。這些用法不僅是孟郊獨特的措辭表現與語彙使用，更是其矯激孤絕之情感的載體。此外，這首詩中孟郊首次使用「詩老」，用來指稱老年的自我形象，也成為他往後常用的表述型態。

在韓愈這方面，他與孟郊在〈征蜀聯句〉中對於大火的描寫，及在〈納涼聯句〉對於酷熱的刻畫，都可以在元和三年（807）所作的〈陸渾山火一首和皇甫湜用其韻〉看到蹤影。在兩人的聯句作品中，我們也常看到對於戰爭的描寫與刻劃，不論是現實世界發生的戰爭如〈征蜀聯句〉，或是對動物的相鬥爭殺如〈鬥雞聯句〉。其意象用詞與寫作方式我們也可以在韓愈的其他作品中看到，如韓愈一再使用以戰爭比喻詩歌創作的慣例。戰爭的血腥與猙獰，對於人的傷害，我們則可在孟郊組詩〈峽哀十首〉看到淋漓盡致的表現。宇文所安從「工異逞新兒」這一句看出韓孟聯句創作的重要特徵及影響：

> 在聯句中，異指的是獨創性，每一個競爭者在聯句中都力爭在獨創性方面超越其他人，每一種性質必須更多；對細節的觀察必須更細致更敏銳，修辭手法必須更誇張。在以後的日子裡，這種態度被韓愈和孟郊年輕的追隨者發展和演變成一種尚奇的風尚。[65]

認為韓孟創作聯句時的態度與觀念，直接影響到日後的怪奇詩風傾向，諸如與韓愈有交往關係的後輩詩人如李賀、賈島等人。事實上，我們還可舉出韓愈自己的話來印證宇文所安的論點，此即〈石鼎聯句〉詩序。這首聯句是一非常獨特的存在，是否全為韓愈虛構，或者寓意諷喻，歷來眾說紛紜。雖然不是他與孟郊的聯句創作，卻相當可以代表韓愈對聯句的創作表述。詩中主角是一帶有傳奇色彩的道士，以及韓愈的兩個學生。道士在聯句過程中展現的行為可謂驚世駭俗，讓韓愈的學生侯喜、劉師服相形失色，俯首拜

---

[65] 斯蒂芬・歐文：《韓愈和孟郊的詩歌》，頁118-119。

伏。韓愈作為被告知者，卻有詳細的詩序記載此事，其中寫到侯、劉從輕視道士，到相顧失色慚愧的過程：

> 二子相顧愀駭，欲以多窮之，即又為而傳之喜。喜思益苦，務欲壓道士，每營度欲出口吻，聲鳴益悲，操筆欲書，將下復止，竟亦不能奇也。……其不用意而功益奇，不可附說，語皆侵劉、侯。[66]

對於聯句創作活動過程的生動刻劃，足以說明在韓愈內心，對於聯句創作所具有的競爭特質有清楚的自覺意識。同時，在描述侯、劉竭盡思力與道士對句時，正可看出韓愈本身所持的詩歌觀念。諸如「以多窮之」、「思益苦」、「不用意而功益奇」等描述，也可以視為是韓愈本身的文學表現特色，更淋漓盡致地體現在他與孟郊的聯句創作中。〈石鼎聯句〉約寫於元和七年（812），韓愈得以如此生動又深入地描述聯句創作經驗，與他六年前即元和元年（806），與孟郊的系列聯句創作大有關係。「以多窮之」、求「奇」「苦」思等表現，還可在〈城南聯句〉、〈鬥雞聯句〉、〈征蜀聯句〉中找到。從這個角度來說，韓、孟作於元和元年的諸多聯句，既是二人詩歌發生相互影響與聯繫的最佳證明，也標誌著韓愈與孟郊前期詩風的總結與後期詩歌創作的發展傾向，更與中唐後期的詩歌發展有著密切的內在聯繫。

在聯句創作史上，韓孟聯句所樹立的典範意義與詩史影響，可謂深遠，其中尤以歐陽脩〈讀蟠桃詩寄子美〉詩有著最為精當的詮釋：

> 韓孟於文詞，兩雄力相當。篇章綴談笑，雷電擊幽荒。眾鳥誰敢和，鳴鳳呼其皇。孟窮苦霙霙，韓富浩穰穰。窮者啄其精，富者爛文章。發生一為宮，揪斂一為商。二律雖不同，

《韓昌黎詩繫年集釋》，卷8，頁850。

合奏乃鏗鏘。⁶⁷

這是詩的前半部份，強調韓愈、孟郊平分秋色的詩才，才能合奏出鏗鏘之音，從歐陽脩所用的比喻性語言與修辭來看，他是韓、孟真正的知音。因為歐陽脩不僅瞭解韓、孟兩人的獨特性，所謂「窮」、「富」之別；更對他們「合奏」之聯句在詩史上的成就給予極高的肯定，所謂「眾鳥誰敢和」。而詩中的「綴談笑」、「擊幽荒」等意象，均可視為對韓愈詩的理解。歐陽脩寫這首詩的用意，是為了推崇梅堯臣與蘇舜欽的創作，因此以韓、孟的共鳴，來對比梅、蘇的並世而存，這與韓愈拿李白、杜甫來隱喻自己和孟郊的關係，實不謀而合，更可看出韓孟交往詩對北宋詩人的影響。

第三節　韓愈與張籍的詩學關係

一、韓、張文學交往的意義：詩藝的平衡

「韓孟」並稱，自中唐以後即相沿不絕，至近代文學史論述又多直接以此兩人作為險怪詩派的代稱。如上節所論，孟郊在韓愈詩中呈現出最為生動、深刻的詩人形象，這是韓愈觀念中的詩人特質：與世對立，執著追古。如果要在韓愈的身邊找出另外一位極具分量的詩人，則非張籍莫屬。事實上，除了孟郊之外，韓愈與張籍的唱酬寄贈之作，數量頗為可觀。韓愈曾以「張生得淵源」、「詩文齊六經」來褒揚張籍。而張籍的詩名與仕宦，更與韓愈有著直接而密切的關係，這是張籍自己銘感於心的。在當時，張籍的樂府詩最為時人所知，如白居易在〈讀張籍古樂府〉說：「尤工樂府詩，舉代少其倫。為詩意如何？六義互鋪陳。風雅比興外，未嘗著空文。」⁶⁸將張籍的樂府詩比為符合儒家六義，充滿風雅比興。而

---

⁶⁷ 歐陽脩著，洪本健校注：《歐陽脩詩文集校注》（上海：上海古籍出版社，2009年），卷2，頁59。

⁶⁸ 白居易著，謝思煒校注：《白居易詩集校注》，卷1，〈讀張籍古樂府〉，頁8。

元稹〈授張籍秘書郎制〉云：「以爾籍雅尚古文，不從流俗，切磨諷興，有助政經。而又居貧晏然，廉退不競。」[69]又指出張籍除了寫作具有諷興的樂府詩外，也以「古文」著名於世，在〈祭退之〉這首詩中，張籍也自稱「當時號韓張」。除此之外，後輩詩人姚合的贈詩，提供我們認識張籍的另外一個面向。此即〈贈張籍太祝〉所說的：「妙絕江南曲，淒涼怨女詩。古風無手敵，新語是人知。飛動應由格，功夫卻過奇。」[70]詩中高度讚揚的不僅是樂府歌行，還有古風與新格律詩。這說明，後期的張籍，其詩歌創作是較為全面的。其中，「飛動應由格，功夫卻過奇」，是我們理解張籍詩學轉變的重要關鍵。「格」者，與姚合所說的「新語」有關，很可能指的就是格律詩之中，形式格調與詩人體性的統一，這的確是張籍律詩的重要表現。而所謂「功夫卻過奇」，或可用王安石評價張籍詩的話，作進一步的詮釋，此即「看似尋常最奇崛，成如容易卻艱辛」，[71]說明張籍的「功夫」是一種鍛鍊之後自然的表現。從張籍與中晚唐之際喜好苦吟的詩人有著廣泛的交往看來，似乎不難理解。張籍的寫詩風格，用韓愈的話來說，頗似「不用意而功益奇」，或者在〈醉贈張秘書〉中所說的：「張籍學古淡，軒鶴避雞群。」雖然文學史上慣以張籍王建並稱，但事實上，韓愈與張籍在詩歌上的聯繫顯得更為複雜而有趣。在私人情誼上，張籍自稱他與韓愈「由茲類朋黨，骨肉無以當」，並維持了三十年未曾更移的情感。在文學關係上，張籍也自豪地宣稱：「公文為時師，我亦有微聲，而後之學者，或號為韓張。」這是指文章方面。但張籍在同一首詩中也說自己雖然「學詩眾體」，卻因為有韓愈的相助，才「名因天下聞」。事實上，韓愈寫給張籍的詩作中，提供頗多線索，宋人葛立方即曾有獨特的看法。以下擬透過韓愈與張籍的交往詩作，除了檢討前人所論的韓張詩學關係外，並勾勒出兩人之間可能存在

69　元稹著，冀勤點校：《元稹集》（北京：中華書局，2000年），外集卷4，〈授張籍秘書郎制〉，頁661。
70　姚合著，劉衍校考：《姚合詩集校考》（長沙：嶽麓書社，1997），卷4，〈贈張籍太祝〉，頁53。
71　王安石著，《王荊公詩李氏注附沈氏勘誤補正》（台北：鼎文書局，1979年），〈題張司業詩〉，頁171。

的相互影響。

孟郊在韓愈眼中是一如此執著於復古的詩人，於年齡差距上又可算是前輩，因此，綜觀韓愈與孟郊之間的往來詩作，除了聯句外，多以嚴肅性的主題為主，例如寒士不遇、復古理想與詩學傳統等。而韓愈與張籍的酬贈詩篇，則多了日常生活的情感面向。當然，韓愈寫給張籍的詩作中不乏有著與寫給孟郊類似傾向的作品，如通篇以誇張、諧謔手法描述自己與張籍創作情形的〈病中贈張十八〉。而〈此日足可惜贈張籍〉是韓愈寫自己所經歷的彭城之亂，對於動亂中個人身家性命之危慮、朋友之闊別思念，娓娓道來，敘述詳盡。這類主題卻不曾出現於韓、孟之間的交往作品中。張籍寫於貞元十九年（803）的〈寄韓愈〉：

> 野館非我室，新居未能安。讀書避塵雜，方覺此地閑。過郭多園墟，桑果相接連。獨遊竟寂寞，如寄空雲山。夏景常晝毒，密林無鳴蟬。臨溪一盥濯，清去肢體煩。出林望曾城，君子在其間。戎府草章記，阻我此遊盤。憶昔西潭時，並持釣魚竿。共忻得魴鯉，烹鱠於我前。幾朝還復來，歎息時獨言。[72]

寄居野館，在寂寞之中不失平和之性，對友人的思念之情也是雍容和雅。整首詩有著張籍特有的平易，也反映出張籍個性並非如孟郊那樣極端強烈。這種個性上的差異，是我們觀察詩人交往時不可忽視的因素之一。從這個角度看，我們就不難理解，為何飽經政治風險的晚年韓愈，留下最多與張籍往還的詩作。韓愈不僅令其子學詩於張籍，臨終前還特別招於榻前交代後事，這些都說明韓、張二人關係之密切以及高度的相互信任。

那麼，張籍在韓愈的詩學交往中到底有何種特殊位置與意義呢？首先，與韓愈折服於孟郊的詩學堅持和矯激傾向不同，韓愈與

---

[72] 《張籍詩集校注》，卷8，〈寄韓愈〉，頁468。

張籍之間保持著一種更為平衡又平等的關係。此可透過韓愈〈醉留東野〉與〈調張籍〉來加以說明。在〈醉留東野〉中，韓愈先為李白與杜甫的「不相從」感到遺憾，然後思考自己與孟郊如何避免這種命運。接著筆鋒轉向自己對於孟郊的崇敬，或以「奸黠」作自我調侃，或以「低頭拜東野」、「四方上下逐東野」表達自己對孟郊的追隨、拜服。而寫於同一年的〈病中贈張十八〉，是早期韓愈少數通篇以遊戲、諧謔筆法寫成的作品。雖然韓愈也會偶而跟孟郊開玩笑，但文字簡潔、情感相對節制。如〈答孟郊〉詩，分別從「文字覷天巧」與「古心自鞭」兩點來肯定孟郊的詩藝和為人。唯獨在最末「弱拒喜張臂，猛拏閑縮爪。見倒誰肯扶，從嗔我須籔」，以誇張的筆調來形容孟郊。〈醉留東野〉也通過不同的比喻來達到自我解嘲、遊戲的目的，但是畢竟是通過「醉」來達成。諧謔的程度都控制在一定的限度之內。而〈病中贈張十八〉是韓愈在生病的狀態下寫給張籍，通篇都是描述兩人寫詩的過程：

> 中虛得暴下，避冷臥北窗。不蹋曉鼓朝，安眠聽逄逄。籍也處閭里，抱能未施邦。文章自娛戲，金石日擊撞。龍文百斛鼎，筆力可獨扛。談舌久不掉，非君亮誰雙。扶几導之言，曲節初擶擶。半途喜開鑿，派別失大江。吾欲盈其氣，不令見麾幢。牛羊滿田野，解袿束空杠。傾尊與斟酌，四壁堆罌缸。玄帷隔雪風，照爐釘明釭。夜闌縱捭闔，哆口疏眉厖。勢侔高陽翁，坐約齊橫降。連日挾所有，形軀頓胮肛。將歸乃徐謂，子言得無哤。回軍與角逐，斫樹收窮龐。雌聲吐款要，酒壺綴羊腔。君乃崑崙渠，籍乃嶺頭瀧。譬如蟻蛭微，詎可陵嵱嵷。幸願終賜之，斬拔枿與樁。從此識歸處，東流水淙淙。[73]

與描述古心古貌的孟郊不同，韓愈在開始即強調張籍以「文章

---

[73] 《韓昌黎詩繫年集釋》，卷1，〈病中贈張十八〉，頁63。

自娛戲」，因此。這種基調的確立，可在兩人相互交往的詩作中得到明顯的印證。韓愈一方面稱讚張籍筆力雄健、辯才無礙；另一方面又以「派別失大江」暗喻其詩歌創作上的缺陷。按照一般交往詩作，多是讚揚友人的詩才與學識，但在這首詩中，韓愈不僅指出張籍可能存在的毛病，所謂「派別失大江」；而且還記錄下自己如何導正這種缺失，整個過程是從「吾欲盈其氣」到「從此識歸處」。在表達的形式上，也是別開生面，以戰爭設譬託喻，以誘敵深入、殲敵等戰事來比喻他導正張籍的過程。因此《唐宋詩醇》認為：「此篇當就用韻處玩其苦心巧思，大略以軍事進退為比，皆就韻之所近，而詞義乃各得其所儕。……於此見長篇險韻，定須慘淡經營，不可恃才鹵莽也。」[74]與韓愈毫不吝惜推崇孟郊出眾的詩歌不同，在這首詩中，卻是毫不避諱的寫出張籍對自己崇敬，例如以水之源頭「崑崙渠」對比水之支派「嶺頭瀧」、又以高峻之「崆峒」對渺小的「蟻垤」。這表明，在張籍面前，韓愈對自己的文學才能是頗為自負的。

　　但同時，我們也不應忽略張籍的仕宦與際遇確與韓愈的推薦息息相關。這點在張籍自己〈祭退之〉詩中表達了由衷的感念之情。雖然，文學上韓愈對張籍的氣勢與口吻是如此的高傲，但韓愈也並未輕視張籍之文學修養與人品。因為在隔年所寫的〈此日足可惜贈張籍〉云：「開懷聽其說，往往副所望。孔丘歿已遠，仁義路久荒。紛紛百家起，詭怪相披猖。」詩中感嘆儒學不振，詭怪相披，但是張籍所言所行卻是讓韓愈感到與自己的理想有共通之處。在元和元年所寫的〈會合聯句〉，韓愈相當推崇張籍：「張生得淵源，寒色拔山塚。堅如撞群金，眇若抽獨蛹。」[75]張籍成為得到儒家淵源的君子，卓然超群，如高聳的寒山，這種形象與〈醉贈張秘書〉中所說的「張籍學古淡，軒鶴避雞群」一樣，都指出張籍有著與孟郊一樣獨立不凡的人格與文才。前兩句主要是寫張籍的學識與品行，後兩句則是讚揚其創作，以「堅」和「眇」來形容。所謂

---

[74] 清高宗敕編：《唐宋詩醇》（瀋陽：春風文藝出版社，1995年），卷30，頁687-688。
[75] 《韓昌黎詩繫年集釋》，卷4，〈會合聯句〉，頁410。

「堅」，可指其深得道之淵源的修為下創作，其文字自然金聲玉振而有力；而「眇若抽獨蛹」則形容張籍道德內在充實之後，孜孜不倦而左右逢源地創作。到了元和末年，韓愈筆下的張籍顯得更為崇高，在〈題張十八所居〉中，韓愈一方面安慰仕宦不遂的張籍，一方面又高度肯定其為文侔六經的文學事業，所謂「名秩後千品，詩文齊六經。端來問奇字，為我講聲形。」[76]將〈病中贈張十八〉與這些詩比較，可以明顯的發現，張籍的形象是逐漸為韓愈接受並高度認可。日常生活細節之主題、平等而平衡的交誼關係，既是韓愈與張籍之間的獨特交往模式。這種關係的確立，成為晚年韓、張詩歌相互影響的基礎。眾所周知，韓愈偏重奇險、雄怪的氣勢與精神，同時也追求高古的風格，用他在〈醉贈張秘書〉詩的話來說，就是：「險語破鬼膽，高詞媲皇墳。至寶不雕琢，神功謝鋤耘」[77]在此所標示的境界是奇險高古的語詞，出之於自然，而非刻意取巧。因此我們在韓愈詩中常看到兩個不同的傾向，有如〈條山蒼〉、〈青青水中蒲〉、〈琴操〉等語詞高古、立意蒼老之作；同時也有如〈月蝕詩效玉川子作〉、〈雙鳥詩〉等奇險奧澀的作品。這兩種看似相互矛盾的傾向，韓愈是如何調和的呢？可以發現，不論是與孟郊的聯句，還是韓愈本身看待孟郊，都是偏向奇險一面；至於高古方面，則恰巧是張籍的主要風格。張洎〈張司業詩集序〉是這樣評價張籍：

> 公為古風最善，自李杜之後，風雅道喪，繼其美者，唯公一人。……其為當時文士推服也如此。元和中，公及元丞相、白樂天、孟東野歌詞，天下宗匠，謂之「元和體」。又長於今體律詩。貞元已前，作者間出，大抵互相祖尚，拘於常態，迨公一變，而章句之妙，冠於流品矣。[78]

76　同前註，卷9，〈題張十八所居〉，頁986。
77　同前註，卷4，〈醉贈張秘書〉，頁390。
78　《全唐文》，卷872，張洎〈張司業詩集序〉，頁5378。

除了肯定張籍古風樂府的傑出成就外，也強調在「今體律詩」方面的重大影響。且張籍的律格之作不拘於常態、不涉舊體，故在中晚唐成為重要詩歌宗主之一。張籍創作律格的成就，韓愈不可能視而不見，只是在前期，韓愈似乎並不重視，這可在〈調張籍〉詩看出。〈調張籍〉詩除了說明韓愈詩尊李杜的的觀點外，也是觀察他與張籍詩學交往歷程的重要材料。韓愈在詩末以「顧語地上友，經營無太忙」，似乎調侃張籍苦心而忙碌的經營。韓愈的嘲笑在後代引起兩種截然不同的論調，一派站在認同韓愈戲語的觀點下，認為張籍詩名有被誇大之嫌；另一派則是從韓愈宣示李杜之偉大的角度，認為韓愈此詩是有意傳張籍詩學正宗。事實上，考慮到此詩屬於諧謔體，韓愈對張籍說的話，正可反映出某種深層的意識。韓愈並非簡單的否定張籍之苦吟，因為張籍自己也說兩人曾經「清宵靜相對，髮白聆苦吟。」因此，韓愈不是那種對苦吟者加以輕視的人。更何況，正如姚合、王安石對張籍詩的評論，其詩之特色表現在於是經過鍛鍊之後的自然平易，與簡單的平易及苦心造奇是不同的。因此，造語平淡、情感溫和的張籍，恰巧成為平衡孟郊之影響的最佳人選。〈調張籍〉是韓愈元和年間所作，正是其雄奇險怪詩風最張揚的時刻。而長慶年間（821-824），飽經二次貶謫，從潮州九死一生返朝的韓愈，在情感上也漸趨平緩，類似〈詠雪贈張籍〉中所謂的「狂教碑屼」，以及雕刻搜求，被一種平靜、節制的情感籠罩。這個時候，他對張籍的接受就頗為明顯。除了留下最多的酬贈詩篇外，在詩歌風格上也向張籍格律詩靠攏。

從詩歌主題上看，長慶年間韓愈與張籍的交往詩，主要是藉景抒懷、詠物等，同時也多集中於早春、遊春。如長慶二年所寫的〈早春與張十八博士籍遊楊尚書林亭寄第三閣老兼呈白馮二閣老〉：

> 牆下春渠入禁溝，渠冰初破滿渠浮。鳳池近日長先暖，流到池時更不流。[79]

---

[79] 《韓昌黎詩繫年集釋》，卷12，頁1239。

韓愈七絕在其詩集中的數量並不多，或許這種體制會束縛住其奔放不羈的想像力。但這首詩仍帶有韓愈以奇崛營造高古的寫作意識，二句之內，「渠」即重複三次，與原本應力避重複的七絕故意背道而馳。同一時期另有〈同水部張員外曲江春遊寄白二十二舍人〉：

　　　　漠漠輕陰晚自開，青天白日映樓臺。曲江水滿花千樹，有底忙時不肯來。[80]

　　韓愈與張籍同遊曲江，然後作詩寄與白居易。與前詩相比，表現得更為成功，除了顯示出詩情的細微之外，還用了「有底」這種口語。韓愈寫作早春之遊的主題，主要寄贈對象是張籍，而張籍同時也受白居易之邀，如白居易有〈曲江獨行招張十八〉詩。張籍對於白居易的早春之遊約，給予真摯的回答，有〈酬白二十二舍人早春曲江見招〉詩，其中有「仙掖高情客，相招共一過。」[81]由此看來，韓愈寫作這個主題，主要是因為與白居易、張籍的人際交往。早春主題至長慶三年仍出現韓愈的詩中，是韓詩中最為成功的七絕之一，〈早春呈張水部員外二首〉之一：

　　　　天街小雨潤如酥，草色遙看近卻無。最是一年春好處，絕勝煙柳滿皇都。[82]

　　此詩用平凡的語言，卻深刻地勾勒出早春之時的景物情趣，其中用「潤如酥」喻雨，以「遙看近卻無」描摹早春在細雨掩映中初發的嫩草，皆清新可喜。韓愈的敏銳多感，導入了平易近人的生活情味，如果我們對照張籍同樣寫早春的詩，可以發現兩者的聯繫：

80　同前註，卷12，頁1238。
81　《張籍詩集校注》，卷3，頁158。
82　《韓昌黎詩繫年集釋》，卷12，頁1257。

曉陌春寒朝騎來，瑞雲深處見樓臺。夜來新雨沙堤濕，東上
閣門應未開。[83]

水北原南草色新，雪消風暖不生塵。城中車馬應無數，能解
閒行有幾人。[84]

　　從詩中語氣之轉折與描寫風景的詞彙來看，與韓愈寫早春的
七絕頗為類似。從這裡我們也可以瞭解，七絕不似長篇古詩，以驅
駕語詞、展現精神魄力與學識為表現手段，而是要求在有限的字詞
內，表現出個人的獨特情感與巧妙構思。除了描寫春景的詩作，長
慶四年韓愈還與張籍一起效擬阮籍詠懷詩，此即〈與張十八同效阮
步兵一日復一夕〉。當張籍與其好友王建共同拜訪，韓愈有〈翫月
喜張十八員外以王六秘書至〉：

　　前夕雖十五，月長未滿規。君來晤我時，風露渺無涯。浮雲
　　散白石，天宇開青池。孤質不自憚，中天為君施。翫翫夜遂
　　久，亭亭曙將披。況當今夕圓，又以嘉客隨。惜無酒食樂，
　　但用歌嘲為。[85]

　　順著翫月的時序過程書寫，不用驚人之語，卻充分透顯出翫
月之人性情的高古不凡。更重要的是，整首詩寫出主人與客人之間
的溫情，是發自內心深處的情意。清人朱彝尊評此詩曰：「清空寫
意，不拘在題上藻飾，但說自己意思。詩雖未工，卻得詩言志之意
旨，胸次自超。」[86]可以看出，用簡單的語言寫與朋友的聚會，紀
錄情感的相互聯繫，形成語淡情深風格，這是白居易所長，也是張
籍詩之本色。[87]這首詩與〈南溪始泛三首〉，同樣代表晚年韓愈回

---

[83]　《張籍詩集校注》，卷7，〈春日早朝〉，頁389。
[84]　同前註，卷7，〈與賈島閒遊〉，頁342。
[85]　《韓昌黎詩繫年集釋》，卷12，頁1285。
[86]　轉引自《韓昌黎詩繫年集釋》，卷12，〈翫月喜張十八員外以王六秘書至〉集說朱彝
　　尊語，頁1286。
[87]　雖然韓愈晚年七絕寫的平淡語深，與張籍詩歌往來是重要因素，但與韓愈本身生命歷

歸自我精神深處的心境寫照。這三首泛溪詩並非如韓詩早期那樣，對於外在景物有一覽究竟，搜奇抉怪的企圖，而是敘寫一個因為衰老、活動力有限的老人，如何愜意自適地觀覽山水。組詩中的寫景比例並不多，反而更傾向於抒懷寫志。景句諸如「點點暮雨飄，梢梢新月偃」、「亭亭柳帶沙，團團松冠壁」，均寫得清新自然。最特殊者在第二首：

> 南溪亦清駛，而無檝與舟。山農驚見之，隨我觀不休。
> 不惟兒童輩，或有杖白頭。饋我籠中瓜，勸我此淹留。
> 我云以病歸，此已頗自由。幸有用餘俸，置居在西疇。
> 囷倉米穀滿，未有旦夕憂。上去無得得，下來亦悠悠。
> 但恐煩里閭，時有緩急投。願為同社人，雞豚燕春秋。[88]

通首並未著墨於泛溪的景觀，反而像在說明自己的一次突兀奇遇。年老的他闖進桃花源似的農村，當鄉民希望他作一短暫停留時，他卻滿足於自己在現實世界所能獲得的一切。從「頗自由」、「上去無得得，下來亦悠悠」用語看來，韓愈的心境是愉快知足的。當張籍回憶他與韓愈遊泛南溪，所表現出的風格與情感，與韓愈〈南溪始泛三首〉頗為接近：

> 黃子陂岸曲，地曠氣色清。新池四平漲，中有蒲荇香。北臺臨稻疇，茂柳多陰涼。板亭坐垂釣，煩苦稍已平。共愛池上佳，聯句舒邇情。偶有賈秀才，來茲亦間并。移船入南溪，東西縱篙根。劃波激船舷，前後飛鷗鶴。[89]

程和文學風格的變化密切相關。且這種表現不僅表現於詩歌創作，也體現於散文中。關於韓愈散文創作階段的特色，王基倫曾有詳細的解析。如早期「文以明道」的文學觀、平正古樸的語言；中期主要是大膽實踐與創新，追求雄怪新變；晚期筆調成熟、風格漸趨平緩。王基倫的觀察雖針對散文，但同時通用於詩歌創作階段的分期。詳見氏著：〈韓愈散文分歧意義之探討〉，《漢學研究集刊》第1期（2005年），頁49-66。

88　《韓昌黎詩繫年集釋》，卷12，頁1280。
89　《張籍詩集校注》，卷8，〈祭退之〉，頁488。

此外可注意的是，張籍提到「聯句舒邅情」，表示他與韓愈晚年也有聯句創作，但現已不存。即使如此，這句話也深刻地反映出，韓、張聯句強調的是「舒邅情」，而不是韓孟聯句中以力量和驚奇相互取勝克敵，以及以一種緊張關係競藝的傾向。同時，從上述詩作來看，張籍同時也是韓愈與其他詩人發生聯繫的重要媒介。不論是王建，還是賈島，都是張籍作為中間人把他們介紹給韓愈認識。從這個角度來說，張籍在中晚唐詩壇的重要性，除了他本身的創作成就外，還有他作為溝通元和詩人和後輩詩人之聯繫的橋樑。

關於該如何定位張籍於文學流派中的位置，有各種不同的意見。韓愈自己也曾說過張籍與李翺曾學文於門下，因此不少宋人就從私人情誼與文章師承的角度將張籍視為韓愈門人之一。而近人錢鍾書則從詩風的表現上，認為張籍「雖出韓之門牆，實近白之壇坫。」[90]這些觀察都各有其立足點，都從不同的角度反映出文人之間文學交往的複雜與相互性。宋人葛立方在《韻語陽秋》論韓愈與張籍的詩學關係，條舉韓、張往來詩作，為便於檢討其說，詳列如下：

> 張籍，韓愈高弟也。愈嘗作〈此日足可惜〉贈之，八百餘言；又作〈喜侯喜至〉之篇贈之，二百餘言；又有〈贈張籍〉一篇，二百餘言，皆不稱其能詩。獨有〈調張籍〉一篇大尊李杜。而末章有「顧語地上友，經營無太忙」之句。〈病中贈張籍〉一篇，有「半途喜開鑿，派別失大江，吾欲盈其氣，不令見麾幢」之句，〈醉贈張徹〉有「張籍學古淡，軒鶴避雞群」之句。則有籍有意於慕大，而實無可取者也。及取其集而讀之，如〈送越客〉詩云：「春雲剡溪口，殘月鏡湖西」。〈逢故人〉詩云：「海上見花發，瘴中聞鳥飛」。〈送海客〉詩云：「入國自獻寶，逢人多贈珠」。「紫披發章句，青閨更詠歌」。如此之類，皆駢句也。至於

語言拙惡，如「寺貧無施利，僧老足慈悲」，「收拾新琴譜，封題舊藥方」。「多申請假牒，祇送賀官書。」此尤可笑。至於樂府，則稍超矣。姚秘監嘗稱之曰：「妙絕江南曲，淒涼怨女詩」。白太博嘗稱之曰：「尤攻樂府詞，舉代少其倫。」由是論之，則人士所稱者，非以詩也。[91]

葛立方不厭其煩地一一列出韓愈贈送給張籍的詩篇，來說明張籍以樂府歌行勝，其他體裁則是不甚高明，更認為韓愈對他多有所勸導。這個結論看似合理，其實卻不然。我們可以發現，韓愈學習李、杜之雄怪、狂放的詩作，多是五言古體、七言歌行這類可以自由無礙地想像、馳騁的詩體。而葛立方批評張籍的作品多是五言律體，這也是韓愈所不太寫的體裁。既然葛立方的結論是立基於不同的詩歌體裁，其最後的結論自然不具說服力。倒是錢鍾書認為「張籍〈城南〉五古似韓公雅整之作，〈祭退之〉長篇尤一變平日輕清之體，朴硬近韓面目，押韻亦師韓公〈此日足可惜〉。」[92]其觀察頗具參考價值。蓋〈城南〉詩寫於長慶末年韓愈臥病長安之際，而〈祭退之〉更是張籍衷心悼念韓愈知遇之恩與道德文章的長篇，均與韓愈有著密切的關係。因此，與其討論張籍是否歸入韓愈的門下，不如藉由探討實際作品來觀察他與韓愈之間到底存在哪些層面的相互影響與學習。

從〈調張籍〉詩看來，韓愈一開始不太欣賞張籍溫和的作詩，他追求李杜雄怪的一面，但他在後期逐漸能肯定張籍「詩文齊六經」、「古淡」純粹的作詩方式。而他的詩學觀念，卻也不時在與張籍的詩作中表現出來，貞元年間的〈病中贈張十八〉雖然沒有明說他導正張籍詩學的哪一方面，卻儼然以宗主、老師自居，其間以戰爭譬喻的情節，固是雄奇。而元和十一年的〈調張籍〉，又以無端崖之詞，詭怪的言說方式，對於自己詩學李、杜處，作一宣示。

91　葛立芳：《韻語陽秋》，載何文煥輯：《歷代詩話》（北京：中華書局，2001年），卷2，頁497。
92　錢鍾書：《談藝錄》，頁224。

如果簡單地說韓愈在教張籍如何寫詩、如何學習李、杜，失之於簡單平面。因為這樣無法解釋他為何以「詩文齊六經」來肯定張籍，甚至請他為自己的兒子授詩。應該說，韓愈本身喜歡雄壯氣勢、驚人的詩學傾向，是他接受李、杜的重要原因之一。但是這種傾向確不適合拿給初學者作為學詩的階梯，這點在孟郊寫給韓愈兒子詩中有明確的表述。孟郊〈喜符郎詩有天縱〉：

> 念符不由級，屹得文章階。白玉抽一毫，綠瑉已難排。偷筆
> 作文章，乞墨潛磨揩。海鯨始生尾，試擺蓬壺渦。幸當禁止
> 之，勿使恣狂懷。自悲無子嗟，喜妒雙喈喈。[93]

孟郊一方面為符郎詩歌的天才感到驚喜，那種「海鯨始生尾，試擺蓬壺渦」的雄奇氣勢，固然有其父風範，但孟郊也提出箴言，所謂「幸當禁止之，勿使恣狂懷」，希望韓愈能夠適當地加以節制、教導，不要過於狂放。對於如何節制詩歌創作時的過度，韓愈是相當清醒的。從這個角度來看，韓愈雖然與張籍的詩風有別，但他也是很清楚張籍的詩歌自有其價值與意義。或許無法壓抑與其個性緊密結合的創作嗜好與傾向，故時時忍不住嘲笑調侃詩風不同於自己的張籍。我們也可以發現，韓愈板起面孔，似乎在教導張籍作詩正確途徑、示以詩學正源的詩作如〈病中贈張十八〉、〈調張籍〉都是韓愈帶有遊戲傾向的作品。韓愈這種心態，張籍或許是清楚的，故不因韓愈的遊戲而與之疏遠，最後仍誠心推崇其「德義動鬼神」、「人可為信常」的偉大。[94]

93　《孟郊詩集校注》，卷9，頁450。
94　《張籍詩集校注》，卷8，〈祭退之〉，頁487。張籍規勸韓愈的影響及重要性，羅聯添在〈張籍上韓昌黎書的幾個問題〉一文曾進行詳細的考辨，認為韓愈著文立說，維護儒家正統，尊崇孔孟以及將對儒家義理之學的發揚等，與張籍的激勵密切相關。由此可說明，韓愈、張籍的詩學交往，固然是韓愈主導，但在思想義理上，張籍的地位也不可輕忽。詳見氏著：〈張籍上韓昌黎書的幾個問題〉，載《唐代文學論集》（臺北：臺灣學生書局，1989），頁453-496。

二、關於典範的對話

　　對於李白、杜甫的接受和學習，是中晚唐詩人不得不去面對且必須認真看待的重大議題之一。白居易、元稹、韓愈都曾對李、杜作出評價，或討論其詩，或詮釋其詩史地位。清人趙翼認為：「韓昌黎生平，所心摹力追者，惟李、杜二公。」[95] 並指出韓愈「一眼覷定」杜詩之奇險處，於此「闢山開道，自成一家。」[96] 以中唐詩人而言，韓愈確是較早認真看待李、杜詩之評價與學習者，如貞元十四年（798）〈醉留東野〉中發出「昔年因讀李白杜甫詩，長恨二人不相從。」說明他早期對李、杜詩作有一定的涉獵。[97] 但這首詩主要是從李、杜二人交誼著手，來說明他與孟郊詩歌交往關係的比擬。李、杜詩在哪一方面給予韓愈啟示呢？在貞元年間很難看出。但在元和年間，韓愈的態度有明確的表態，下文簡表是韓愈和孟郊在詩中提到李、杜者：

時間	詩作	詩句
貞元十四年（798）	韓愈〈醉留東野〉	昔年因讀李白杜甫詩，長恨二人不相從。
貞元二十年（804）	孟郊〈招文士飲〉	退之如放逐，李白自矜夸。
元和元年（806）	韓愈〈城南聯句〉	精神驅五兵，蜀雄李杜拔。
	韓愈〈薦士〉	勃興得李杜，萬類困陵暴。
	韓愈〈感春〉	近憐李杜無檢束，爛漫長醉多文辭
	韓愈〈石鼓歌〉	少陵無人謫仙死，才薄將奈石鼓何。
元和六年（812）	韓愈〈酬司門盧四兄雲夫院長望秋作〉	若使乘酣騁雄怪，遠追甫白感至誠
	孟郊〈戲贈無本二首〉之一	可惜李杜死，不見此狂癡。
元和十一年（816）	韓愈〈調張籍〉	李杜文章在，光焰萬丈長。

---

[95]　趙翼著：《甌北詩話》，卷3，頁28。
[96]　同前註。
[97]　韓愈詩中提及杜甫，以及如何學習杜詩精神與詩藝，李建崑曾有詳細的辨析說明，參見氏著〈韓杜關係論之察考〉，《唐代文化研討會論文集》中國唐代學會編輯委員會主編（臺北：文史哲出版社，1991年），頁275-298。

　　此表繫年主要是根據錢仲聯《韓昌黎詩繫年集釋》而來，其中某些詩的確切創作時代，一些學者已提出修正，例如〈調張籍〉詩，應該創作於貞元年間韓、張建立交往關係不久。[98]藉由不同時間點、詩作的實際指涉，我們可更清楚地知道，韓愈如何看待這兩位盛唐典範詩人。首先，韓愈較常在寫給孟郊的詩作中提及李、杜，再對照其〈送孟東野序〉所列的詩人譜系，以及〈薦士〉詩中的唐朝復古詩人群像，我們就會明白，孟郊是韓愈真正所許可一起學習李、杜詩的同道。韓愈不僅將孟郊列於陳子昂、李白、杜甫以下的系統，事實上，他也是如此自我期許。此可從〈石鼓歌〉以及〈調張籍〉兩首詩得到最明顯的證明。在〈石鼓歌〉中，韓愈感嘆李、杜死後，再也沒有雄健有力的詩人來寫石鼓的傳說。而〈調張籍〉通篇都是歌頌李杜詩歌之難以追及，以及自己如何心膜神拜地苦心追隨。這首詩是否是韓愈示張籍詩派正宗的宣言，抑或是針對元稹、白居易論李杜的回應，自宋以來多有爭辯。關於這個問題，常思春的意見相當值得參考，其文先考證〈調張籍〉詩的繫年，認為遠早於元、白論李杜，是韓愈貞元十三年（797）冬或十四年（798）「在汴州與張籍相交初期以張籍師自居的論詩之作。」[99]依此來看，此詩與張籍的關聯反而令人尋味。這首詩如下：

　　　　李杜文章在，光焰萬丈長。不知群兒愚，那用故謗傷。蚍蜉撼大樹，可笑不自量。伊我生其後，舉頸遙相望。夜夢多見之，晝思反微茫。徒觀斧鑿痕，不矚治水航。想當施手時，巨刃磨天揚。垠崖劃崩豁，乾坤擺雷硠。惟此兩夫子，家居率荒涼。帝欲長吟哦，故遣起且僵。剪翎送籠中，使看百鳥翔。平生千萬篇，金薤垂琳琅。仙官敕六丁，雷電下取將。流落人間者，太山一毫芒。我願生兩翅，捕逐出八荒。精誠

[98]　常思春：〈韓愈論李、杜新探〉，《四川師範大學學報》第1期（2006年），頁63-69。

[99]　同前註，頁66。常思春並認為〈調張籍〉一詩除了證明韓愈讓李、杜在詩史上受到重視之外，還有改革大曆詩風的意圖。此與張籍成長於江南的經歷也密切相關。詳見氏著，頁63-69。

忽交通，百怪入我腸。刺手拔鯨牙，舉瓢酌天漿。騰身跨汗漫，不著織女襄。顧語地上友，經營無太忙。乞君飛霞佩，與我高頡頏。[100]

　　以「調」為題，說明韓愈有意識地運用調侃、戲謔的筆法與態度，向張籍傳達某種詩歌觀念與看法。因此，這首詩的重點並不是其中的遊戲心態，而是背後隱藏的意見主張。雖然不是正言立說，卻可深刻反映出韓愈當時的詩學主張。誠如杜甫寫作〈戲為六絕句〉般，以「戲」為題，卻是自己創作觀念的表達、以及對詩史批評的反省。而韓愈這首詩在表現形式上比杜甫的以詩為戲走得更遠。韓愈一開始先提出李、杜定位論，是輕薄小輩無法任意否定的。接著韓愈寫自己如何努力地追隨李、杜，用的是想像、詭怪的方式，以上天入地、遨翔雲霄等情節喻示李、杜詩歌的雄奇。以此來看，韓愈學習李、杜很強調「怪」、以及與天地精神相交通的浪漫。這個觀點也出現於其他論及李、杜的詩句中，有時著重於李、杜好飲酒而個性狂放的表現，例如「近憐李杜無檢束，爛漫長醉多文辭」、「若使乘酣騁雄怪，遠追甫白感至誠」，可見「雄怪」是韓愈之所以重視李、杜詩歌的精神面向，也是韓愈本身詩學李、杜的具體展現。李白「興酣落筆搖五嶽，詩成嘯傲凌滄州」，以及杜甫「筆落驚風雨，詩成泣鬼神」的創作氣魄和精神境界是與韓愈相通的。我們只要檢視韓愈寫給周遭詩友的作品，即理解這種相同的精神特質與創作信念。而被韓愈許為李、杜傳人的孟郊，也是非常重視李白杜甫詩歌中的「狂」。而孟郊在贈給韓愈的詩中，也直接以李白和韓愈並列，可見在推尊與接受李、杜這一點上，韓、孟是相當具有一致性的。例如孟郊看待後輩詩人賈島，就用「可惜李杜死，不見此狂癡」半讚美半調侃地形容賈島癡狂於詩歌的態度。韓愈、孟郊均強調李、杜詩歌中的「狂」、「雄怪」，所以〈調張籍〉詩中上天入地，百怪入腸等超越常軌的方式表現，也是韓愈詩

---

[100]　《韓昌黎詩繫年集釋》，卷9，頁989。

的重要特質，並且拿來作為教導後輩的創作觀。

　　與韓、孟大肆宣揚李、杜詩不同，張籍的態度卻不是很清楚。最值得注意的材料不在張籍作品中，而是載於筆記中。五代時期馮贄所編的《雲仙散錄》，記載張籍將杜甫詩卷燒成灰後，以蜜和之入口，用來改易肝腸。「張籍取杜甫詩一帙，焚取灰燼，副以膏蜜，頻飲之，曰：『令吾肝腸從此改易』」[101]這個傳說的真實性頗令人懷疑，因為目前很難在張籍詩中找到推尊杜甫的語句，即使從語言風格、詩學傾向、藝術手法等方面來考察，也難以證明張籍如此瘋狂地崇拜杜詩。[102]但是這個傳說得以被記錄下來，正說明杜甫在元和詩人心目中的重要性。而張籍燒杜詩飲灰的傳言，即很可能與韓愈〈調張籍〉詩有很大的關係。或許韓愈「顧語地上友，經營無太忙」這句話，讓後人都相信，張籍被韓愈教導要學習杜詩，才有這則瘋狂燒杜詩而飲灰的傳說。這則傳說若與張籍詩中出現的杜甫對照，有可獲得一更清楚的說明。張籍詩〈送客遊蜀〉是唯一提及杜甫者：

　　　行盡青山見益州，錦城樓下二江流。杜家曾向此中住，為到
　　　浣花溪水頭。[103]

　　從詩題看，也是因為送別一位即將出發到蜀地的友人，順帶提及杜甫之名。這首詩除了告訴我們張籍知道杜甫曾於蜀地停留過，且懷有幾許景仰之意外，其餘則所言不多。這與韓、孟明確提到杜甫詩歌之特色與風格是很不同的。從張籍的詩風看來，韓愈藉這首詩宣揚李、杜詩境，並未真正影響張籍日後的創作。既然如此，我們可再把焦點放於韓愈寫這首詩的創作意圖上。

　　如前所述，「怪」、「雄」固是韓愈尊李、杜，調笑張籍的詩

---

[101] 馮贄編，張力偉點校：《雲仙散錄》（北京：中華書局，2008年），頁153。
[102] 蔡振念曾考察杜甫對於韓孟詩派的影響，認為影響範圍包括韓愈、孟郊、賈島、劉叉、盧仝等人。這一份名單恰巧沒有張籍在其中，可見張籍詩學上與杜甫的聯繫，確實比較難以證成。詳見氏著：〈杜甫對韓孟詩派的影響〉，《第五屆唐代文化學術研討會論文集》（高雄：麗文化事業股份有限公司，2001年），頁253-278。
[103] 《張籍詩集校注》，卷7，〈送客遊蜀〉，頁356。

學認識，而主張這些是為了取得「驚」的效果，誠如杜甫自己說的「為人性僻耽佳句，語不驚人死不休」、「筆落驚風雨，詩成泣鬼神」、「閱書百紙盡，落筆四座驚。」[104]不管是描述自己的詩學主張；還是形容李白的狂放雄才；或是讚嘆他人卓越的書筆，杜甫用「驚」來形容那種與眾不同的文學藝術才能。宋人葛立方即特別注意到杜甫讚送他人詩作皆作「驚人語」的表現特色：

> 詩人讚美同志詩篇之善，多比珠璣、碧玉、錦繡、花草之類，至杜子美則豈肯作此陳腐語邪？〈寄岑參詩〉云：「意愜關飛動，篇終接混茫。」〈夜聽許十一誦詩〉云：「精微穿溟涬，飛動摧霹靂。」〈贈盧琚詩〉云：「藻翰惟牽率，湖山合動搖。」〈贈鄭諫議〉詩云：「毫髮無遺憾，波瀾獨老成。」〈寄李白〉詩云：「筆落驚風雨，詩成泣鬼神。」〈贈高適〉詩云：「美名人不及，佳句法如何。」皆驚人語也。[105]

　　葛立方舉出的例句，包涵的美學風格又比「驚」更為廣泛而全面，但超越世俗，自鑄驚人語的表現則是一致的。杜甫的這些驚人語，已不僅僅是語言文辭的變新出奇，而更意味著杜甫作為一個讀者與聽眾，在閱讀他人詩作時，相當強調是否帶給自己驚奇的感受與想像，並與此作為評鑑的標準。韓愈在這一點上，與杜甫如出一轍。如形容與詩友們激烈的創作與爭辯：「雜作承間騁，交驚舌互齦」；[106]或者形容孟郊言語行為的脫俗高古：「東野動驚俗，天葩吐奇芬」；[107]或者形容後輩詩人如何得到自己賞識的原因：「之罘南山來，文字得我驚。館置使讀書，日有求歸聲」、「侯生來

---

104 杜甫著，仇兆鰲註：《杜詩詳註》（北京：中華書局，1999年），卷10，〈江水值水如海勢聊短述〉，頁810；卷8，〈寄李十二白二十韻〉，661；卷16，〈八哀詩·贈左僕射鄭國公嚴公武〉，頁1384。
105 葛立方：《韻語陽秋》，載《歷代詩話》，卷3，頁502。
106 《韓昌黎詩繫年集釋》，卷5，〈喜侯喜至贈張籍張徹〉，頁620。
107 同前註，卷4，〈醉贈張秘書〉，頁390。

慰我，詩句讀驚魂」；[108]或者形容盧全那首著名的月蝕詩：「往年弄筆嘲同異，怪辭驚眾謗不已。近來自說尋坦途。猶上虛空跨綠騮。」[109]至於〈酬司門盧四兄雲夫院長望秋作〉一詩，最能夠說明韓愈學習杜甫以詩「驚」人的創作表現，節引如下：

> 雲夫吾兄有狂氣，嗜好與俗殊酸鹹。日來省我不肯去，論詩說賦相喃喃。望秋一章已驚絕，猶言低抑避謗讒。若使乘酣騁雄怪，造化何以當鐫劖。嗟我小生值強伴，怯膽變勇神明鑒。馳坑跨谷終未悔，為利而止真貪饞。高揖群公謝名譽，遠追甫白感至誠。樓頭完月不共宿，其奈就缺行攲攲。[110]

　　盧雲夫的狂氣與俗人迥然相異，對這種人格氣質的重視，也是韓愈賞識盧全、皇甫湜、孟郊等人的原因。正因為有這種狂放，不拘於世俗的精神氣質，盧雲夫的望秋詩深得韓愈許可，因此用「驚絕」加以讚嘆。接著韓愈假設盧雲夫若能藉酒酣的力量，詩作當更進一步，可以直達如「造化」「鐫劖」萬物般的功力與境界。這種觀念其實不是韓愈所獨有，而是中唐這個時代普遍的詩歌觀念。[111]這種詩歌觀念發展到極致，便成為韓愈詩中充滿雄怪奇險、驚駭世俗的表現，也可以從這個角度來理解韓愈不僅欣賞盧全的月蝕詩、皇甫湜的山火詩，更親自動筆加以唱酬效擬。除了以這個標準來提攜後輩或寒士詩人，韓愈並為這種詩歌觀念寫下〈雙鳥詩〉。雖然這首詩自宋之後就聚訟紛紜，但將此詩視為韓愈以詩驚駭世俗的觀點，卻是頗為符合中唐時期新發展出的寫作意識與精神氣度。〈雙鳥詩〉最為關鍵者在於：「自從兩鳥鳴，聒亂雷聲收。鬼神怕嘲詠，造化皆停留。草木有微情，挑抉示九州。」[112]述說了兩鳥之鳴叫擾亂天地秩序，萬物為之驚駭。確實，韓愈喜歡用蟲鳥之「鳴」

---

[108] 同前註，分別見卷7，〈招楊之罘一首〉，頁771；卷9，〈和侯協律詠笋〉，頁982。
[109] 同前註，卷7，〈寄盧仝〉，頁782。
[110] 同前註，卷7，頁809-810。
[111] 這個觀點日本學者川合康三則詳細的討論，見氏著〈詩創作世界嗎？—中唐詩與造物〉，載《終南山的變容—中唐文學論集》，頁26-48。
[112] 《韓昌黎詩繫年集釋》，卷7，〈雙鳥詩〉，頁836。

來譬喻詩人之創作，如〈送孟東野序〉所假設的「不平則鳴」之命題。此外，在〈調張籍〉這首詩，韓愈也以「剪翎送籠中，使看百鳥翔」來形容李白杜甫的困頓不遇。所以即有論者以為所謂兩鳥就是李、杜。宋人葛立方先批判兩鳥為佛老、為李杜的說法後，認為：「所謂雙鳥者，退之與孟郊輩爾，所謂「不停兩鳥鳴」等語，乃「雷公告天公」之言，甚其詞以讚二鳥爾。」[113]這個解釋顯然較為符合〈雙鳥詩〉原意。韓愈將自己與孟郊的創作視為驚動天下的鳴叫，所隱含的詩觀即是：詩歌可創造出另一個與現實世界抗衡的天地。值得注意的是，這種觀念也在孟郊、李賀作品中出現。如孟郊〈贈鄭夫子魴〉：「天地入胸臆，吁嗟生風雷。文章得其微，物象由我裁。宋玉逞大句，李白飛狂才。苟非聖賢心，孰與造化該。勉矣鄭夫子，驪珠今始胎。」[114]天地萬物進入創作者心胸後，從精微處剪裁物象，再化為「大句」、「狂才」，因此可與造化者相比擬。孟郊也在戲贈給賈島的詩作中表現了相似的看法：「天高亦可飛，海廣亦可源。文章杳無底，劚掘誰能根。夢靈仿佛到，對我方與論。拾月鯨口邊，何人免為吞。燕僧擺造化，萬有隨手奔。」[115]孟郊此詩非常接近韓愈詭奇的想像、雄壯的氣勢，而所謂「擺造化」、「萬有奔」，可視為「與造化該」的另一種說法。後來李賀的〈高軒過〉詩中更是明確提出「筆補造化天無功」的命題。由此可看出，韓愈獨特的雙鳥鳴叫驚駭天地、改造原有世界運行秩序的狂想，在孟郊、李賀的詩中也可找到類似觀點。這是我們研究中唐詩歌之變背後不可忽視的因素之一。

與韓愈同時代的李肇，在《國史補》只以「位卑而著名者」稱杜工部，在其所列舉的「二人連言者」，並無「李杜」之稱。說明在貞元、元和年間，李、杜齊名或並稱的說法還未形成風氣。因此舊說〈調張籍〉詩乃韓愈反擊元、白獨尊杜甫之說，與事實並不盡然符合。元稹肯定杜甫，或有遵循墓誌銘讚揚墓主的寫作本意

詩意的對話與影響：元和詩人交往詩論

113　《韻語陽秋》，卷6，載《歷代詩話》，頁535。
114　《孟郊詩集校注》，卷6，〈贈鄭夫子魴〉，頁294。
115　同前註，卷6，〈戲贈無本二首〉之一，頁301。

在；白居易肯定杜甫則是站在樂府諷喻之題裁以及長篇敘事詩。而李白也確實不以長篇敘事詩及格律詩擅名，因此元、白高度肯定杜甫格律詩的成就，正符合詩史的原貌，並不必然寓有貶抑李白的動機。[116]如此看來，真正從詩史傳統與價值定位立場將李、杜並稱，韓愈確實是重要的先驅。而自韓愈屢以李杜並稱之後，到李商隱、杜牧的時代，李杜所代表的詩史意義，已成定說，晚唐詩人如司空圖、皮日休、陸龜蒙等人莫不在此基礎上另立己說。至於韓愈尊李、杜的行為所帶來的影響，從某種程度來說，在詩史上比元積、白居易更為深遠。與韓愈在文章上有師承關係的皇甫湜，在其少數僅存詩作〈題浯溪石〉中，也像韓愈將孟郊列入復古傳統一樣，把韓愈視為陳子昂、李杜之後的傳統，並在最後說：「先王路不荒，豈不仰吾輩。」[117]雖然皇甫湜不以詩聞名，但他也將李白、杜甫置入陳子昂至元結的譜系中，顯然涉及詩歌歷史觀的建構。其中尤可注意者乃是韓愈的加入，雖然皇甫湜是以韓愈的學生身份提出此說，卻也充分證明，韓、孟詩人群對此傳統的重視程度。因此「仰吾輩」已不僅是文學史意識而已，更展現出具有理想性與實踐性的群體意識。[118]正如方世舉在評韓愈〈薦士〉詩時，認為：「昌黎之論詩，至李、杜而止，言外亦自任。」[119]以文道詩道「自任」，不僅是韓愈歷史意識的表現，也是文學觀念的實踐，這種精神氣度的展現，透過對〈調張籍〉詩的追索、分析，可獲得清楚的展現。

---

[116] 關於元積、韓愈對李、杜的接受與評價，評價不一，其中以清人沈德潛所論最為恰當公允。沈氏認為「元微之尊杜抑李，昌黎則李杜並尊，各有見地。」沈氏也認為韓詩所謂的「群兒愚」，不可認為是元積。見沈德潛：《唐詩別裁集》（上海：上海古籍出版社，2008年），卷4，〈調張籍〉詩評論，頁126-127。

[117] 《全唐詩》卷369，皇甫湜〈浯溪石〉，頁4150。

[118] 彭萬隆在〈傳統、經典與元和詩歌〉一文中云：「元和詩人的文學史意識，或者說是延續、建構復古文學傳統的意識是相當強烈。」載氏著：《唐五代詩考論》（杭州：浙江大學出版社，2006年），頁21。

[119] 轉引自《韓昌黎詩繫年校釋》，卷5，〈薦士〉集說方世舉語，頁540。

第四節　韓愈交往詩中的遊戲性

　　以詩歌作為戲謔，不僅代表文學主題的拓展，更意味著創作心態與觀念的變遷。這點已在杜甫詩中有不少的呈現。到了元和時期，成為許多詩人競相寫作的主題之一。個性迥異的韓愈、白居易都拿自己牙齒掉落這件事，來跟自己或身邊的人開玩笑，[120]但本質上卻代表著兩種不同面向的諧謔態度。更重要的是，白居易諧謔性多以園林景物為中心而展開，[121]而韓愈則以周遭朋友的個性、交往為主。如果韓愈的戲謔詩風與其個性有關，倒不如說他所選擇的朋友都類似奇人異士，均為個性強烈、形象鮮明的人物。因此，韓愈的諧謔詩可作為一類主題來討論，與他所交接的詩友們有著密切的聯繫。多數帶有戲謔、詼諧筆調的詩作，均是韓愈周圍那些個性獨特、性情彼此相近、詩歌創作觀念相近似的朋友。例如寫盧仝的古怪避世、與張籍的詩歌競賽、與侯喜一起釣魚等等。雖然韓愈之前的權德輿，其詩作中已有非常明顯的遊戲傾向，但卻少有如韓愈那樣將戲謔對象設定在交往的詩友，以詼諧奇詭的筆調描寫他們的故事與人生，並凸顯其古怪不合世俗的形象。這與權德輿從聯句詩歌活動中發展且帶有臺閣典雅風格的戲謔詩風具有明顯的差異。[122]

　　韓、孟詩人群的以詩為戲，明顯創造出獨特而屬於他們自己風格的作品，也與主要領袖人物韓愈的詩歌觀念密切相關。韓愈以詩為戲的特色，用他自己的話來說，即是「寄詩雜詼俳，有類說鵬鷃。」[123]這種特色，是以「戲」為題之詩歌傳統的進一步發展與創新。所謂「詼」者，有遊戲笑樂、滑稽之意，本身包含「戲」

---

[120] 韓愈〈落齒〉：「語訛默固好，嚼軟頓還美。因歌遂成詩，持用詫妻子。」見《韓昌黎詩繫年集釋》，卷2，頁172。白居易詩則見《白居易詩集校注》，卷35，〈病中詩·就暖偶酌戲諸詩酒舊侶〉：「頭風若見詩應愈，齒折仍誇嘯不妨。」頁2636。

[121] 如白居易有〈池鶴八絕句〉、〈代林園戲贈〉、〈戲答林園〉等，最足以代表其戲謔詩特色。

[122] 關於權德輿遊戲詩風的源頭與發展，可參考蔣寅：《大曆詩人研究》（北京：北京大學出版社，2007年），頁383-387。

[123] 《韓昌黎詩繫年集釋》，卷6，〈崔十六少府攝伊陽以詩及書見投因酬三十韻〉，頁702。

意;而「俳」則類似俳優以戲劇性動作、情節進行戲謔嘲笑,正如莊子的鵬鷃之寓言,以情節性的故事、多變的敘述話語作為工具,達成諧謔、遊戲的目的。因此,兩者的結合,當然比純粹的遊戲筆墨多了人際的交往互動。自覺地以詩歌表現帶有詼諧奇譎的遊戲寓言,這種意識,是韓愈文學創作的重要成就之一,不僅詩歌如此,也實踐於文章上,如引發時人爭論的〈毛穎傳〉即為顯例。這種表現特色在當時曾引起不少人的論爭,裴度、張籍均對韓愈表達過不滿;柳宗元則給予支持。面對張籍的詰難,韓愈曾以《詩》「君子善謔」來進行自我辯解。這裡頭也深刻反映出韓愈對於以詩為「詼俳」的自覺。這種創作意識,在其交往詩中展現得最為淋漓盡致,即使在寫給意見不同的張籍,也多有所表現。在〈寄盧全〉詩中,韓愈在描述盧全創作特色時,所用的「嘲」、「怪辭」等,正與「詼俳」「鵬鷃」的寫作特色相符合。韓愈甚至進一步有效盧全月蝕詩,說明其支持立場。在〈李花二首〉之二這首詩中,盛開之李花照耀天地,日月為之玄亮,於是韓愈帶領盧全與張徹「乘雲共至玉皇家」。這種以恢詭之筆墨寫花者,是韓愈所獨有,也與〈調張籍〉、〈醉贈東野〉等詩的想像有相通之處。而這種寫詩的方式,也是盧全喜用者,如其〈月蝕詩〉,即將通篇焦點集中於人間與天上世界的相互聯繫。這種遊戲正是韓、孟詩人群獨特的交往模式之一,因此,即有論者以為〈李花二首〉之二「似有意學玉川,語皆遊戲耳。」[124]

　　韓愈詩中詭譎、奔放的想像,固然與其詩學李杜之「狂」、「驚」有關,但也有所發展。雖然杜甫詩中也會出現如「杜陵野老」等落魄失意的自我形象,但多屬於自我認識。韓愈則是喜歡在詩友面前自我解嘲、自我調侃,以此達到所謂的「俳」。除了盧全、張籍之外,韓愈常開玩笑的對象也包括劉師服、侯喜、崔立之、澹公等等。如早期的〈醉留東野〉中稱自己「奸黠」得官;還是向友人描寫自己的貧窮:「有時未朝餐,得米日已晏。隔牆聞讙譁

---

[124] 同前註,轉引自卷7,〈李花二首〉之二集說程學恂語,頁781。

呼，眾口極鵝雁。」[125]都是以嘲笑自己為表現方式。此外，對於牙齒掉落這件事，韓愈更有不同面向的自我解嘲，或羨慕劉師服「羨君齒牙牢且潔，大肉硬餅如刀截」，但到最後又發出豪語「共飽鯨魚膾。」[126]而在〈落齒〉詩中，則用道家思想來安慰落齒這件事，所謂「語訛默固好，嚼軟頓還美。」但在最後卻不忘把這種件事寫成詩歌，拿來和妻子開玩笑。本來令人感到衰老、悲傷的事，透過「詑妻子」這個動作而取得了獨特的戲劇性效果。由此可知，韓愈的遊戲文學實結合戲與俳兩個因素。除了笑自己牙齒掉落，韓愈也不憚在友人面前展現「腰腹空大」的自我形象，其實到最後也不過是為了凸顯友人所贈之簟的珍貴。[127]

韓愈從傳統的詠物詩開發戲謔成分之外，還將之前不入詩的俗事醜態也寫入詩中，例如鼾睡，中唐之前少有人將其視為詩歌題材看，但在韓愈筆下卻具備了諧謔性。從某種程度上來說，〈嘲鼾睡二首〉也是韓愈「寄詩雜詠俳，有類說鵬鷃」詩歌觀念的具體展現。首先，韓愈所戲謔的對象是和尚澄公。其次是鼾睡的難寫，因此韓愈用類似莊子的鵬鷃寓言之筆，例如寫鼾聲的雄哮震動天地，驚恐萬物等細節。例如「馬牛驚不食，百鬼聚相待」、「鐵佛聞皺眉，石人戰搖腿」等，正如其寫月蝕詩、山火詩、聯句詩一樣，充滿奇譎鬼怪的想像與激烈的情感。而詠筍，本是文人寄託高情雅志的載體，卻在韓愈筆下充滿了戲謔的因素，如描寫竹筍「成行齊婢僕，環立比兒孫。驗長常攜尺，愁乾屢側盆。」對竹筍進行遊戲性的歌詠，這種本來應該是閑情雅事的創作活動，韓愈卻用「詩句讀驚魂」來形容，且是伴隨著類似他與孟郊聯句創作時才有的：「屬和才將竭，呻吟至日暾。」。[128]其背後所反映的詩歌觀念，正是韓愈喜從尋常事物發現驚異怪奇的表現，以及對於詩歌這種「餘事」的耽溺。

除此之外，韓愈在詩中以戰爭譬喻詩歌的特色也頗值得注意，

---

125 同前註，卷6，頁702。
126 同前註，卷8，〈贈劉師服〉，頁843。
127 同前註，卷4，〈鄭羣贈簟〉，頁387。
128 同前註，卷9，〈和侯協律詠筍〉，頁982。

如〈贈崔立之評事〉：「念昔塵埃兩相逢，爭名齟齬持矛楯。子時專場誇觭距，余始張軍嚴轡靷。爾來但欲保封疆，莫學龐涓怯孫臏。」[129]將自己早年與崔立之競賽寫詩之行為描寫兩軍對壘、一觸即發的戰爭場面。而這種手法，更早即在〈病中贈張十八〉出現過。有趣的是，兩詩都用了龐涓、孫臏的典故，蓋兩人同學兵法於鬼谷子，龐忌孫才，設計謀害。孫臏殘足之後，與龐領軍相戰，誘敵深入而殲滅之。韓愈以詩國領土的概念，譬喻詩歌時創作時兩方爾虞我詐、廝殺對壘的情形。這種生動的描述，也反映在他寫給孟郊、張籍等人的詩中。

　　韓愈這類唱和寄贈詩主要是以戲謔態度、寓言手法表現，是詩人群體內部交往模式的一大突破。如果站在詩歌應該反映現實關懷的方向去思考，或許會有以下批判：「韓孟集團雖然大力發揚了唱和詩的友誼功能，卻仍然沒有深入到政治層面，而且他們唱和的顛峰是以鬥才力為主要目的的聯句，在思想意義上無甚突出。」[130]但是，正是這種不涉及實際功用的創作觀念，充分發揮個人想像力的寫作意識，帶來濃厚的想像空間、神奇詭譎的色彩。更重要的是，詩人之間的互動在政教之外，得以展現純粹、藝術的精神面向。

第五節　「文字飲」：眾聲喧嘩的詩歌聚會

　　韓愈作為中唐的文章宗主，後人多關注於他的古文表現，加上他說過「餘事作詩人」之論，即認為其對於詩持一遊戲輕鬆的態度。事實上，我們可在他的交往詩中發現，其熱衷於吟詩的程度，並不亞於作文傳道。更重要的是，以詩作為溝通人我群己之媒介時，韓詩不論是在表情達意或是形式結構上，實體現了驚人的創造力。元和元年（806）〈醉贈張秘書〉可視為韓愈對詩歌交往的綱領性主張：

---

[129] 同前註，卷5，頁569。
[130] 岳娟娟：《唐代唱和詩研究》（上海：復旦大學中國語言文學系博士論文，2004年），頁178。

人皆勸我酒，我若耳不聞。今日到君家，呼酒持勸君。為此
座上客，及余各能文。君詩多態度，藹藹春空雲。東野動驚
俗，天葩吐奇芬。張籍學古淡，軒鶴避雞群。阿買不識字，
頗知書八分。詩成使之寫，亦足張吾軍。所以欲得酒，為文
俟其醺。酒味既冷冽，酒氣又氛氳。性情漸浩浩，諧笑方云
云。此誠得酒意，餘外徒繽紛。長安眾富兒，盤饌羅膻葷。
不解文字飲，惟能醉紅裙。雖得一餉樂，有如聚飛蚊。今我
及數子，固無猶與熏。險語破鬼膽，高詞媲皇墳。至寶不
雕琢，神功謝鋤耘。方今向太平，元凱承華勳。吾徒幸無
事，庶以窮朝曛。[131]

　　這一年，韓愈剛從陽山之貶回朝，與孟郊、張籍、張署聚會
於長安。孟、張二人是詩文故交，張署則是貶謫途中患難與共的
友人，因此，這場相聚令韓愈感到格外高興。詩一開頭宣稱自己
今日開懷暢飲，是因為聚集了「能文」之客，如孟郊、張籍、張
署。接著韓愈分別以形象性的語言描述三位詩友的風格：「君詩多
態度。藹藹春空雲。東野動驚俗，天葩吐奇芬。張籍學古淡，軒鶴
避雞群。」可以發現，這些對詩友的形容，某一部份正是韓愈自身
詩風歷程的呈現，恰巧也可解釋韓愈何以對不同風格的包容性。正
是與「能文」之士集聚一堂，韓愈認為這完全不同於富家子爭奢狂
歡的宴飲，由是命名為「文字飲」。這裡沒有主宰性的話語權力，
也沒有貧富之別，而是自由狂放的釋放自己，尊重彼此詩風，此一
模式，頗為接近俄國文論家巴赫金所說的「眾聲喧嘩」，或作「復
調」對話。在這首詩中，「有著眾多的各自獨立而不相融合的聲音
和意識，由具有充分價值的不同聲音組成真正的復調。」[132]值得注
意的是，不僅這首詩表現如此，綜觀韓愈全部詩作，也多呈現出對

---

[131] 《韓昌黎詩繫年集釋》，卷4，頁391。
[132] 巴赫金著，白春仁、顧亞鈴譯：《陀思妥也夫斯基詩學問題》，《巴赫金全集》第5卷
　　《石家莊：河北教育出版社，1998年》，頁4。

於詩友風格的由衷讚賞和表述。在此詩的最後，韓愈也對這場文字飲的詩學主張作了一簡要的理論概述：「險語破鬼膽，高詞媲皇墳。至寶不雕琢，神功謝鋤耘」。[133]「險語」指聳動他人視聽，取得奇異效果的詩句；「高詞」則指能自樹立，追摹先秦兩漢古典莊重之風的詞彙。這兩種傾向也正是符合一開頭韓愈所描述的「多態度」、「動驚俗」與「學古淡」，也在孟郊、張籍詩中有不同程度的表現。這首詩作於元和元年，正是韓愈結束陽山之貶，回到長安，與孟郊、張籍重逢的時刻，也喻示了韓愈將展開一新的詩風歷程。

　　將詩與酒結合當然不是韓愈的創舉，而是一悠久的傳統。但韓愈所標榜的「文字飲」卻又有別於之前宴游集會中的詩歌創作。它強調的是創作力的自由無拘、情感與想像的奔放、群體之間的彼此尊重、共容。如〈醉後〉詩：

　　　　煌煌東方星，奈此眾客醉。初喧或忿爭，中靜雜嘲戲。淋漓
　　　　身上衣，顛倒筆下字。人生如此少，酒賤且勤置。[134]

　　箋注者往往將此詩與當時王叔文所主導的政治局勢聯繫在一起，認為裡頭寄寓著時局的比興。雖然不排除此種可能，但整首詩描寫酒醉之後顛倒淋漓的藝術創作活動，卻與〈醉贈張秘書〉一詩有著相同的旨趣。均藉酒激發出詩歌創作時的自由無礙精神與嘲戲態度。詩人醉飲沉酣的背後，不外感世寓懷，或自抒己憤，韓愈當然不能例外，「人生由命非由他。有酒不飲奈明何」、[135]「破除萬事無過酒」[136]。這些都是他的自我表白。但除此之外，韓愈更強調「酒伴」與詩歌創作的相得益彰，在酣飲之際共同賦詩。在〈和席八十二韻〉中，韓愈即說「多情懷酒伴，餘事作詩人」，[137]也將

---

[133] 同前注。
[134] 同前注，卷2，頁241。
[135] 同前註，卷3，〈八月十五夜贈張功曹〉，頁257。
[136] 同前註，卷4，〈贈鄭兵曹〉，頁385。
[137] 同前註，卷9，〈和席八十二韻〉，頁962。

酒伴與詩人並列，可視為是「文字飲」另一典型表述。這種創作情境，首先是要情思激盪多感，再來就是群體聚會的場合，才可舒憂解憤。而所謂「餘事」，是指一種閒暇無規範的心態，因此自然形成無羈、隨意的創作精神，才能指稱為「詩人」。這些，都是韓愈所謂「文字飲」的特殊意義。對於這種創作型態的表述，另可見韓愈〈感春四首〉之二：

> 皇天平分成四時，春氣漫誕最可悲。雜花妝林草蓋地，白日坐上傾天維。蜂喧鳥咽留不得，紅萼萬片從風吹。豈如秋霜雖慘冽，摧落老物誰惜之。為此徑須沽酒飲，自外天地棄不疑。近憐李杜無檢束，爛漫長醉多文辭。屈原離騷二十五，不肯餔啜糟與醨。惜哉此子巧言語，不到聖處寧非癡。幸逢堯舜明四目，條理品匯皆得宜。平明出門暮歸舍，酩酊馬上知為誰。[138]

在此詩中，韓愈並沒有停留於傷春醉酒的層次，而是進入李、杜飲酒作詩的精神境界。從「無檢束」到「多文辭」，可以說明，韓愈從飲酒行為中領略到詩歌創作，而這一點，又與喜好飲酒寫詩的李白、杜甫有關。李白飲酒藉以馳騁他無羈的精神活力，在杜甫〈飲中八仙歌〉中有精彩的描述。而韓愈感受到的即是這種精神。不論是送給僧人的詩，如「戰詩誰與敵，浩汗橫戈鋋。飲酒盡百盞，嘲諧思逾鮮」、[139]「酒場舞閨姝，獵騎圍邊月。開張篋中寶，自可得津筏」；[140]或是記錄自己的酣醉而作詩：「飲酒寧嫌盞底深，題詩尚倚筆鋒勁」、[141]「詩成有共賦，酒熟無孤斟」，[142]這都說明，韓愈眼中的飲酒，與詩歌創作中「嘲諧」、「筆鋒勁」有著密切的關係。這一點在〈醉贈張秘書〉詩中得到最為自覺明顯的論述。

---

[138] 同前註，卷4，〈感春四首〉之二，頁369。
[139] 同前註，卷2，〈送靈師〉，頁202。
[140] 同前註，卷5，〈送文暢師北遊〉，頁584。
[141] 同前註，卷4，〈寒食日出游夜歸贈張十一院長見示病中憶花九篇因此投贈〉，頁364。
[142] 同前註，卷2，〈縣齋讀書〉，頁191。

　　韓愈也在其他詩作中不斷地強調群體吟詩唱和的種種狀況，如：「孤吟屢闋莫與和，寸恨至短誰能裁？」[143]說明群體齊聚一堂時，可以相互切磋琢磨，剪裁彼此的詞句。在〈喜侯喜至贈張籍張徹〉詩，晚輩侯喜前來拜訪，韓愈寫下：「昔我在南時，數君常在念。搖搖不可止，諷詠日喁喚。」[144]表達對於昔日詩歌聚會的念念不忘。所以當朋友從遠方寄作品給他時，就顯得雀躍不已。如〈盧郎中雲夫寄示送盤谷子詩兩章歌以和之〉所云：「旁無壯士遣屬和，遠憶盧老詩顛狂。開緘忽睹送歸作，字向紙上皆軒昂。」盧雲夫所寄的作品，正好一解韓愈對於吟詩賦詠的盼望，在此衝動的情緒下，平面的文字變成立體、活潑的「軒昂」之句。而〈詠雪贈張籍〉更能代表韓愈與張籍的詩歌交往關係。這首詠雪的篇章，正是印證韓愈與其詩友們的創作情形。雖然這首詩的繫年仍有待進一步確認，但其中有段文字卻是理解韓愈和張籍創作關係的重要關鍵。[145]除了深刻細微地描摹雪之樣貌、質性之外，韓愈更特別提到他寫作的意圖：

　　　賞玩捐他事，歌謠放我才。狂教詩硉矹，興與酒陪鰓。惟子
　　　能諳耳，諸人得語哉？助留風作黨，勸坐火為媒。雕刻文刀
　　　利，搜求智網恢。莫煩相屬和，傳示及提孩。[146]

　　依此來看，歌謠之作就不是所謂的「餘事」，而是在以「餘事」心態下才可盡情揮灑狂舞的文刀智網之體現。「硉矹」，本為山石高聳貌，同時兼有狂放之意，此處韓愈用來形容詩歌創作時的狂放神態，來與豪放飲酒時的「陪鰓」作對比，如此的創作方式，韓愈認為張籍最能夠給予同情的理解。在此精神狀態下，天地風雲均為「我」所用，萬象皆可描摹入詩，被詩人「雕刻」「搜

---

[143] 同前註，卷7，〈感春五首〉之二，頁729。

[144] 同前註，卷5，頁620。

[145] 此詩繫年有數說，如錢仲聯《韓昌黎詩繫年集釋》認為作於貞元十九年，見頁163；而陳克明《韓愈年譜及詩文繫年》則繫於長慶元年。見氏著：《韓愈年譜及詩文繫年》（成都：巴蜀書社，1999年），頁605-606。

[146] 同前註，卷2，〈詠雪贈張籍〉，頁162。

求」。這種群體詩狂酒興的創作型態與風格，是韓孟詩人群很突出的特徵。雖然後來的白居易也常表現出詩魔醉吟，但卻與韓愈的「文字飲」有所不同，而更類似一種不服老的戲謔態度。而韓愈卻經由「文字飲」，展現出群體詩歌創作時的磅礴力度。正是因為強調竭盡全力寫出奇異、聳人的詩篇，韓愈在許多場合喜歡用「驚」來形容他和詩友們的創作情形。〈和侯協律詠筍〉詩，是韓愈和侯喜詠筍的競藝之作，全詩大半篇幅是淋漓盡致地描摹竹筍，想象新奇。後來閱讀到侯喜詠筍詩，驚奇之餘，忍不住動手下筆酬和。從「才將竭」、「吟至日曨」來看，韓愈透過酬和的形式，既完成了一次社交行為，也實踐了詩歌思想。其實，這種態度正是韓愈最引人注目之處。其〈月蝕詩效玉川子作〉、〈陸渾山火一首用皇甫湜韻〉，也都是此種精神與行為的展現。

　　韓愈所樹立的「文字飲」，至北宋已成為歐、梅詩人群的典範，歐陽脩、梅堯臣均對此進行過歌詠、讚頌。同時，韓愈、孟郊等人在交往詩中所展現的詩學批評、觀看彼此的態度，更為歐、梅等人注意。如梅堯臣〈偶書寄蘇子美〉詩，在描述自己與蘇舜欽的詩歌風格與創作精神時，可看出受到韓愈〈醉贈張秘書〉、〈調張籍〉詩、孟郊〈戲贈無本二首〉等詩不同程度的影響：

> 君詩壯且奇，君筆工復妙。兩者世共寶，一得亦難料。我今或盈袖，體逸思益峭，有如秋空鷹，氣壓城雀鷂。又如飲巨鍾，一舉不能釂。既酣心已醉，顛倒視兩曜。吾交有永叔，勁正語多要，嘗評吾二人，放檢不同調。其於文字間，苦硬與惡少，雖然趣尚殊，握手幸相笑。[147]

　　可以看出，歐、梅、蘇三人也像韓孟詩人群一樣，用形象性的語言來概括彼此的詩風，但更值得注意的是，那種兼容並蓄，容納各種風格並給予欣賞、推崇，並在最後確認彼此情誼的心態，基

---

[147] 《梅堯臣集編年校注》，卷14，〈偶書寄蘇子美〉，頁251。

本上都可以看到上引韓愈詩篇的影子。歐陽脩〈絳守居園池〉詩：
「以奇矯薄駭群愚，用此猶得追韓徒。我思其人為躊躇，作詩聊謔
為坐娛。」歐陽脩這裡所提到的「以奇矯薄」、「駭群愚」、「作
詩聊謔為坐娛」，都是韓愈交往詩中的重要內涵。歐陽脩以「韓
徒」稱以韓愈為中心的詩人群，精準地看出其中所具的集體意識與
群體精神。這點，梅堯臣有更清楚的認識。其〈別後寄永叔〉除了
感謝歐陽脩對自己詩作的稱美之外，還提出「茲道日未湮，可與古
為匹。」而所謂「與古為匹」，其實指的就是韓孟詩人群：

> 孟盧張賈流，其言不相昵。或多窮苦語，或特事豪逸。而於
> 韓公門，取之不一律。乃欲存此心，欲使名譽溢。竊比於老
> 郊，深愧言過實。然於世道中，固且異謗嫉。交情有若此，
> 始可論膠漆。[148]

　　梅堯臣認為雖然孟郊、盧仝、張籍、賈島的詩風不同，或以
「窮苦語」取勝，或者專「事豪逸」，但在韓愈這位掌舵手的旗
下，人人各展其才、張揚自我的獨特性。因此，群體內部成員之間
的自由揮灑、相互包容，是梅堯臣所認可、推崇的交情典範。這首
詩當然還牽涉到另外一個問題，即歐、梅之間的「韓孟之戲」。歐
陽脩將梅堯臣比喻為孟郊，不僅是詩歌創作上的類似，也包括政治
的際遇。而梅堯臣及其他人，也多將歐陽脩視為是北宋的韓愈，在
改革文章、重振古道上同樣具有號召力。因此，歐陽脩身邊的人即
與韓愈身邊的人產生了對比性，如梅堯臣詩：「退之昔負天下才，
掃掩眾說猶除埃。張籍盧仝鬪新怪，最稱東野為奇瑰。」[149]這段話
是凸顯韓愈宗主性的領導地位以及他的包容性、多元性。接著梅堯
臣認為：

> 歐陽今與韓相似，海水浩浩山嵬嵬。石君蘇君比盧籍，以我

148　同前註，卷18，〈別後寄永叔〉頁486。
149　同前註，卷25，〈依韻和永叔澄心堂紙答劉原甫〉，頁800。

擬郊嗟困摧。公之此心實扶助，更後有力誰論哉。[150]

　　歐陽脩作為北宋前期的文壇領袖人物，出身背景與文學傾向均與韓愈有著某種類似性。而梅堯臣、石曼卿、蘇舜欽則是北宋詩歌努力擺脫唐詩籠罩、樹立宋詩典型的開山詩人。這群詩人在韓孟詩人群看到他們變新逞奇的創作行為，不僅在個體精神上學習，也從其群體意識中獲得彼此激發、相互鼓勵的創作心態，進而與韓孟等人一樣，開拓出自成一體，成熟的宋詩風格。這種自覺體認也記載在梅堯臣〈依韻和王平甫見寄〉詩，他先提出「文章革浮薄，近世無如韓」的評價後，再突顯與韓愈地位相當之歐陽脩的出現，以及自己和蘇舜欽等人在天聖年間對此傳統的遵循，所謂：「我朝三四公，合力興憤歎。幸時構明堂，願為櫨與欒。期琢宗廟器，願備次玉玗。謝公唱西都，予預歐尹觀。乃復元和盛，一變將為難。行將三十載。」[151]事實上，元和時期元稹、白居易的詩文成就，同樣具有變化一代、左右當時文風的表現，誠如白居易自述的「制從長慶辭高古，詩到元和體變新。」，[152]但歐、梅等人卻將「元和盛」專門指涉韓、孟詩人群的文字飲，除了是人格特質、詩文風格的歸趨，更不能忽略韓愈「文字飲」所建立的典範性意義。[153]

---

[150] 同前註。
[151] 同前註，卷26，〈依韻和王平甫見寄〉，頁833。
[152] 《白居易詩集校注》，卷23，〈餘思未盡加為六韻重寄微之〉，頁1801。
[153] 關於歐、梅詩人群對於以韓愈為中心之詩人群的效法、及所體現的接受意義，可參考尚永亮：〈歐、梅對韓、孟的群體接受及其深層原因〉，《唐代詩歌的多元觀照》（武漢：湖北人民出版社，2005年），頁255-281。

第三章　白居易與元積

　　韓、孟詩人群的交往詩，在當時及後代均未被編纂成唱和集，除了作品數量有限之外，也與他們的文學觀念、人生際遇有關。首先，他們重視宣揚儒家之道甚於文字作品的流播，因此編纂詩文集對他們而言並非第一要務。此外，群體中的成員生活多窮寒困苦，即使晚年官至吏部侍郎的韓愈，也曾經歷仕途偃蹇、兩次南貶，這種仕宦遭遇或許也是他們不熱衷於編輯的原因之一。也就是說，韓孟詩人群的交往詩並未依循編纂唱和集的文學慣例。畢竟，與孟郊生活時代相近，早於韓愈的權德輿，曾為當時著名詩人的唱和詩集作序，意味著元和以前，詩人編纂彼此唱和詩篇的風氣已頗為普及。權德輿（759-818）〈唐使君盛山唱和集序〉：

> 古者采詩成聲，以觀風俗。士君子以文會友，緣情放言。言必類而思無邪，悼〈谷風〉而嘉〈伐木〉。同其聲氣，則有唱和，樂在名教，而相博約。此北海唐君文編《盛山集》之所由作也。[1]

　　序中強調「以文會友」、「同其聲氣」的文學交往傳統，顯然是依據儒家正統文學觀念的繼承。而在另一篇唱和集序文中，權德輿特別彰顯唱和活動中的競爭性：

> （秦系）因謂予曰：「今業六義以著稱者，必當唱酬往復，亦所以極其思慮，較其勝敗，而又以時之聞人序而申之。」悉索笥中，得數十編，皆文場之重名強敵，且見校以故敵、

---

[1] 權德輿著，郭廣偉校點：《權德輿詩文集》（上海：上海古籍出版社，2008年），輯遺，〈唐使君盛山唱和集序〉，頁810。

故隨州劉君長卿贈答之卷，惜其長往，謂余宜敘。[2]

秦系（約724-804）是大曆年間以詩著稱的隱士，劉長卿（709-780？）則是當時著名的詩人，兩人的贈答唱和之作，自然極為引人注目，這也是為何邀請仕宦顯達之權德輿寫序的目的之一。與盛山唱和集序比較，這篇序文可看出唱和的純粹性與藝術性，減少了政治目的與教化的附庸。由此可知，大曆、貞元年間，詩人之間的唱和作品編輯成冊，並由名人寫序作記，成為一個新興的文學場域。這種風氣直接影響到後來的元和詩人，成為中唐時代重要的文學現象與文化風氣。

雖然元和以前早已存在唱和的風氣，但韓愈與白居易又對此傳統作出不同的表現。對韓愈而言，唱和並非其傾心的方式。在〈荊潭唱和集〉中，韓愈表達了：「窮苦之言易好，」[3]從其表達意識深處來說，似乎更為重視寒苦文士的創作表現。與韓、白同時代的韋處厚，於長慶二年（822）曾請韓愈為其〈盛山十二詩〉寫序，恰可觀察韓、白對於唱和的不同觀念。因為白居易、元稹、李景儉均有加入此組詩的唱和行列，「於是〈盛山十二詩〉與其和者，大行於時，聯為大卷，家有之焉。慕而為者將日益多，則分為別卷。」[4]說明〈盛山十二詩〉引起當時唱和詩的創作風潮。但韓愈並未把這種詩歌活動像權德輿一樣，與詩教、政治相聯繫，而只給予客觀的描述。對盛行於時之唱和活動的參與，韓愈在元和七年（812）也曾留下一組數量不少的作品。其好友劉伯芻為虢州刺史時，有題詠郡齋亭堂景物的組詩，也是「流行京師，文士爭和之」。[5]韓愈在和詩的序中，只簡單交代的奉和的背景，並說明「余與劉善，故亦同作」，毫不掩飾出自客套性的奉和唱酬。這組

---

[2]　同前註，〈秦徵君校書與劉隨州唱和集序〉，頁812。案「且見校以故敵」一句疑有脫誤。

[3]　韓愈著，馬其昶校注：《韓昌黎文集校注》（上海：上海古籍出版社，1998年），卷4，〈荊潭唱和詩序〉，頁263。

[4]　《韓昌黎文集校注》，卷4，〈韋侍講盛山十二詩序〉，頁291。

[5]　韓愈著，錢仲聯集釋：《韓昌黎詩繫年集釋》（上海：上海古籍出版社，1998年），卷8，〈奉和虢州劉給事使君三堂新題二十一詠〉，頁889。

二十一首五絕，並未被後人視為重要的作品。此外，關於盛山十二詩，也見於張籍的詩集中，但韓愈卻未在序文中提及。這個令人疑惑的問題，可能解釋之一是張籍和於韓愈序文之後；可能的解釋之二是韓愈對這類型創作並不重視。不管是個人喜好也好，還是基於自己的文學觀念也罷，韓愈確實不是唱和傳統的愛好者、遵循者。

與韓愈態度迥異，元稹和白居易卻成為元和年間最為人矚目的唱和團體。白居易在〈與元九書〉中曾云：「小通則以詩相戒，小窮則以詩相勉，索居則以詩相慰，同處則以詩相娛，知吾罪吾，率以詩也。」[6] 可看出白居易將詩的交往功能發揮到前所未有的深度與廣度。他們不僅對於彼此的交往活動有著深刻的自覺認識，甚至不遺餘力地加以宣傳推廣，隨著唱和詩篇的累積而隨時編纂唱和集，成為中唐時期最具社會活動力與影響力的文學群體。清人趙翼對韓、孟詩人群與元、白的分析，正好從兩派創作觀念與詩學思想的層面說明了其間的歧異：

> 中唐詩以韓、孟、元、白為最。韓、孟尚奇警，務言人所不敢言；元、白尚坦易，務言人所共言。試平心論之，詩本性情，當以性情為主。奇警者，猶第在詞句間爭難鬥險，使人蕩心駭目，不敢逼視，而意味或少焉。坦易者，多觸景生情，因事起意，眼前景，口頭語，自能沁人心脾，耐人咀嚼。此元、白較勝於韓、孟。世徒以輕俗訾之，此不知詩者也。[7]

韓、孟尚奇警的結果，使人不敢逼視；元、白則以眼前之景、口頭之語尚坦易的結果，卻沁人心脾。這種寫作的差異，也可用來解釋韓、孟不喜用詩紀錄日常人情、群己關係，卻殫心竭慮於開闢前所未有的聯句創作。而元、白則是不憚繁瑣、平淡的描寫與對方

---

[6] 白居易著，朱金城校注：《白居易集箋校》（上海：上海古籍出版社，2003年），卷45，〈與元九書〉，頁2795。

[7] 趙翼著，霍松林、胡主佑校點：《甌北詩話》（北京：人民文學出版社，2005年），卷4，頁36。

的交情、分別等情感與事件。清人袁枚對此則用形象性的語言說明：「撞萬石之鐘，鬥百韻之險，韓孟所宜也」、「傷往悼來，感時記事，張王元白所宜也。」[8]這種表現型態與精神面向的差異，研究者多注意到這正是兩種強烈的對比，例如何寄澎以變出體制之外和變於體制之內來稱謂韓、白所各自樹立的美學典範；日本學者川合康三以對抗與調和來概括韓、白的人格型態與文學表現。[9]

白居易在〈祭元微之〉詩云：「死生契闊者三十載，歌詩唱和者九百章。」[10]在漫長的文學史上，很難找到類似元、白這種交往關係，一方面同心一人，情感深厚；另一方面又表現出豐富而深刻的文學意義。已有研究者指出：「元白、劉白唱和不僅是唐代唱和詩發展的巔峰，而且是整個唱和詩發展史上最關鍵的時期，他們所提倡和建立的多種唱和詩規則，在後世都得到很好的繼承和發展。」[11]事實上，除了可從唱和傳統的角度來肯定元、白交往詩的價值之外，還可以闡發出豐富的人文意涵與美學活動。有學者即一改傳統的研究視角，注意到元、白商山道上唱和詩的深刻內涵。[12]這種類似的研究角度與方法顯然更能幫助我們深刻理解元、白之間的詩歌交往。其實，交往詩既然具有文學與社會的兩重性質，其間的互動往來，往往可以觀察出饒有深味的議題。宋人葛立方在《韻語陽秋》云：

> 元白齊名，有自來矣。元微之寫白詩於閬州西寺，白樂天寫元詩百篇，合為屏風，更相傾慕如此。而樂天必言微之詩得己格律更進，所謂「每被老元偷格律」是也。然微之〈江陵

8　袁枚：《小倉山房詩文集》（上海：上海古籍出版社，2007年），卷17，〈再與沈大宗伯書〉，頁1505。
9　二氏論點詳見何寄澎：〈從美學風格典範之變易論元和詩歌的文學史意義〉，載劉宛如、衣若芬主編：《世變與創新──漢唐、唐宋轉換期之文藝現象》（臺北：中央研究院中國文哲研究所，2000年），頁327-351。川合康三著，劉維治、張劍、蔣寅譯：〈對抗與調和〉，《終南山的變容──中唐文學論集》（上海：上海古籍出版社，2007年），頁196-220。
10　《白居易集箋校》，卷69，〈祭微之〉，頁3721。
11　岳娟娟：《唐代唱和詩研究》）（上海：復旦大學中國語言文學系博士論文，2003年），頁190。
12　李寶玲：〈商山道上的白居易〉，《逢甲人文社會學報》第5期（2002），頁78-84。

放言〉與〈送客嶺南詩〉，樂天皆擬其作，何邪？東坡嘗效
山谷詩，作江字韻詩，山谷謂坡收斂光芒，入此窘步。余於
樂天亦云。[13]

　　葛立方不僅注意到元、白詩歌互動的微妙關係，更指出其中
的相互影響。首先，葛氏認為元、白的詩歌交往，具有「更相傾
慕」的性質。這種和諧、開放的交往關係，確實非常明顯地表現
於元、白的自述中。接著葛立方認為白居易學習元稹之舉猶如「收
斂光芒」、自入窘境，顯然有推崇白居易而貶低元稹之意。事實
上，元、白之間的詩歌互動與相互關係，絕非可以高下優劣之品評
可以簡單解決。白居易效擬元稹〈放言〉、〈送客嶺南詩〉等，固
然傾慕元稹詩藝詩才的表現，但更值得注意的是白居易賞愛元詩進
而效擬的內在動機與藝術內涵。[14]再就元稹這方面看，他在〈酬翰
林白學士代書一百韻〉中曾驚嘆白之長篇排律的「鴻洞卓犖」。在
〈上令狐相公詩啟〉更誠實地自白：「小生自審不能以過之，往往
戲排舊韻，別創新詞，名為次韻相酬，蓋欲以難相挑耳。」說明，
正因為有白居易的贈詩答詩，讓元稹不得不「別創新詞」、「以難
取勝」。而在長慶四年（824）所寫的〈白氏長慶集序〉，將白居
易的各類文體之善，一一列出，更可見出他對於白詩各體類的熟稔
及心悅誠服。近人陳寅恪在《元白詩箋證稿》中，認為元稹的〈連
昌宮詞〉及〈古題樂府〉系列，均是針對白居易詩而發。而這些文
本，並非以「和」、「酬」等為題，遠非唱和傳統可以涵蓋。陳寅
恪所作《元白詩箋證稿》是詩史互涉研究的典範之一，其對元、白
在詩歌創作上既競爭又相互激發的關係，有深刻而精微的論述。陳
寅恪對於自己如何研究元、白詩，有一發人深省的話：

---

[13]　葛立方：《韻語陽秋》，何文煥輯：《歷代詩話》（北京：中華書局，2001年），卷
　　　3，頁502。
[14]　關於元白唱和詩的研究，前賢已多闡釋發揮，例如林明珠曾針對白居易與元稹、白居
　　　易與劉禹錫唱和詩的分類、結構特色、唱和方式，有相當細緻的討論。並重點分析以
　　　言志為主的元、白唱和，以及以抒情為主的白、劉唱和。詳見氏著：《白居易詩探
　　　析》（臺北：私立東吳大學中文所博士論文，1996年），頁109-152。

元白二公，詩友也，亦詩敵也。故二人之間，互相仿效，各自改創，以蘄進益。有仿效，然後有似同之處。有改創，然後有立異之點。儻綜合二公之作品，區分其題目體裁，考定其製作年月，詳繹其意旨詞句，即可知二公之於所極意之作，其經營下筆時，皆有其詩友或詩敵之作品在心目中，仿效改創，從同立異，以求超勝，絕非廣泛交際率爾酬和所為也。關於此義，寅恪已於〈長恨歌〉〈琵琶引〉〈連昌宮詞〉諸章闡明之，茲亦可取用參證，即所謂比較之研究是也。[15]

所謂的「比較研究」，對於處理元、白詩歌交往研究可說是切中肯綮，因為二人均留下極為可觀的文本資料，可作編年處理、系統分析。在《元白詩箋證稿》書中，陳寅恪已對元、白之間「仿效改創」、「從同立異」的創作現象作了說明。但文學史的意義也不宜全以詩篇的數量來評價，因為，作家的不同個性與詩學觀念，會直接影響其交往的模式與型態。與韓愈詩人群透過潛移默化、觀念內化轉承的交往方式相比，元白顯然又屬於另一種表現型態。除了自覺意識到彼此交往在歷史傳統中的特殊性之外，元白更透過不同手段來強化、流傳他們的文學交往行為。元、白的文學交往，早已突破固定的主題範疇，而是意識、批評、精神的相互影響與滲透。唯有通讀二人詩作、關注二人在時間歷程上相互呼應的作品，才可對元、白的交往詩內涵作出合理詮釋。

白居易不僅是唐代詩人存詩數量最多，詩集保存最為完善，且頗為長壽，故與當時文人有著廣泛而深刻的交互影響，其中內涵，可以持續關注闡發。但本論文由於聚焦於中唐詩歌，故選白居易周圍詩歌表現最著者，包括元稹、劉禹錫。託名白居易所撰的《金鍼詩格》：「元和中，有詩友數十人，愛相酬唱，獨得詩之深者劉夢得、元微之，時人多以元、劉為先，號曰『劉白』、

---

[15] 陳寅恪：《元白詩箋證稿》（上海：三聯書店，2002年），頁309。

『元白』。」[16]說明劉禹錫與元稹是白居易生平最重視的詩友。即使《金鍼詩話》真正的作者並非白居易，這段話的真實性卻是可信的，因為白居易自己即曾於〈劉白唱和集解〉、〈與劉蘇州書〉文中均提及元稹、劉禹錫作為文友詩敵的不可取代性。因此，探討白居易交往詩創作活動，元稹、劉禹錫是其中重要關鍵。本章主要處理白居易與元稹的交往詩。

第一節　微言相感的政治對話

一、古井水與秋竹竿

　　雖然元稹和白居易當時齊名於元和詩壇，後代亦以元白並稱。但兩人在後代的評價卻又命運不一，總體上來說稱譽白居易者遠多於元稹。箇中原因，與元稹是否依靠宦官有著極大關係。[17]元、白各自的文學成就及仕宦歷程，均不乏深入的研究，然而將兩人合觀，探討彼此政治心態在詩歌文本中的反映，則較少得到關注。因此，本文將著重闡析元、白詩歌交往關係中的政治對話，以及對彼此詩歌的相互激發、影響。元、白一開始相識結交，即在仕宦追求上相互勸勉砥礪。此可在元和元年白居易〈贈元稹〉得到印證：

> 自我從宦遊，七年在長安。所得惟元君，乃知定交難。豈無
> 山上苗，徑寸無歲寒。豈無要津水，咫尺有波瀾。之子異於
> 是，久處誓不諼。**無波古井水，有節秋竹竿。**一為同心友，
> 三及芳歲闌。花下鞍馬遊，雪中杯酒歡。衡門相逢迎，不具
> 帶與冠。春風日高睡，秋月夜深看。不為同登科，不為同署

16　白居易：《金鍼詩格》，載張伯偉彙考：《全唐五代詩格彙考》（南京：鳳凰出版社，2002年），頁350。

17　關於元稹與宦官的關係，吳偉斌、周相錄均認為後人評價元稹過苛，吳氏意見可參閱：《元稹考論》（鄭州：河南人民出版社，2008年），頁1-132。其說力主元稹與宦官的交結，具有一定的合理性。而周相錄比較《新唐書》、《舊唐書》與《資治通鑑》關於元稹仕宦經歷的記載，認為史家的誤載，讓元稹蒙上勾結宦官的惡名。詳見氏著：〈元稹與宦官之關係考辨〉，《元稹年譜新編》（上海：上海古籍出版社，2004年），頁284-299。

官。所合在方寸，心源無異端。[18]

　　從自述中可知，白居易與元稹定交，不是出於現實利益的考慮，而是道德品行上的認可。山上苗一歲一枯，隨著時節更換而榮謝；要津之水，人來人往，無時不刻波瀾起伏，白居易以形象性的語言，道出政治之路上要立身貞定、守心持道的處世原則。這種思想也表達於白居易的詠物作品中，「四面無附枝，中心有通理。寄言立身者，孤直當如此。」[19]詠孤桐強調通理在心，立身孤直的德性。元和初年，白居易對於元稹的政治品德具有極高的信任和尊敬，特別是東川監察彈劾及貶謫江陵這兩件事之後。故以「元稹為御史，以直立其身。」[20]來讚美元稹具備「孤桐」似的美德與品質，因此，白居易有「無波古井水，有節秋竹竿」之贈。元稹〈酬樂天〉：

> 放鶴在深水，置魚在高枝。昇沉或異勢，同謂非所宜。君為邑中吏，皎皎鸞鳳姿。顧我何為者，翻侍白玉墀。昔作芸香侶，三載不暫離。逮茲忽相失，旦夕夢夢思。崔嵬驪山頂，宮樹遙參差。祇得兩相望，不得長相隨。多君歲寒意，裁作秋興詩。上言風塵苦，下言時節移。官家事拘束，安得攜手期。願為雲與雨，會合天之垂。[21]

　　對白居易的道德期許與勉勵，元稹酬詩中沒有特別的回應，而將詩的重點放在兩人因仕宦兩地而不得從遊的憾恨，以及官事的拘束感。只有「多君歲寒意，裁作秋興詩」語，可視為是對白詩的對等回應。對於分別之離緒、仕宦之苦悶的相互傾吐，是元和初年元、白論交詩重要的面向。如元和四年白居易〈寄元九〉詩：

---

18 白居易著，謝思煒校注：《白居易詩集校注》（北京：中華書局，2006年），卷1，〈贈元稹〉，頁37。以下簡稱《白集》
19 《白集》，卷1，〈雲居寺孤桐〉，頁31。
20 《白集》，卷1，〈贈樊著作〉，頁55。
21 元稹著，楊軍箋注：《元稹集編年箋注》（西安：三秦出版社，2002年），〈酬樂天〉，頁98。以下簡稱《元集》。

身為近密拘，心為名檢縛。月夜與花時，少逢杯酒樂。唯有
元夫子，閒來同一酌。把手或酬歌，展眉時笑謔。今春除御
史，前月之東洛。別來未開顏，塵埃滿尊杓。蕙風晚香盡，
槐雨餘花落。秋意一蕭條，離容兩寂寞。況隨白日老，共負
青山約。誰識相念心，韝鷹與籠鶴。[22]

詩中抒發的是相念之情，所謂的「心為名檢縛」、「青山約」
等語，多是一時興到之語，並非二人真正的內心想法。而元稹仕宦
初期的剛正、孤傲是很明顯的，白居易也屢屢在詩中加以稱揚。特
別是歷經東川糾劾與挑戰宦官這兩件事之後，元稹成為白居易心目
中不畏權勢，值得寫進史書的典範人物。

元稹一開始對白居易古井秋竹之論，並沒有給予太多注意。真
正對於白詩「古井」「秋竹」之論有深刻而切身的體認，是在遭遇
貶謫江陵之後。這是因為遭遇貶謫，促使元稹認真思考仕宦的本質
與困境。寫於貶謫途中的〈分水嶺〉，即是透過「分流水」與「古
井水」的對照，映現出兩種不同的處世價值：

崔嵬分水嶺，高下與雲平。上有分流水，東西隨勢傾。朝同
一源出，暮隔千里情。風雨各自異，波瀾相背驚。勢高競奔
注，勢曲已回縈。偶值當途石，蹙縮又縱橫。有時遭孔穴，
變作嗚咽聲。褊淺無所用，奔波奚所營。團團井中水，不復
東西征。上應美人意，中涵孤月明。旋風四面起，並深波不
生。堅冰一時合，井深凍不成。終年汲引絕，不耗復不盈。
五月金石鑠，既寒亦既清。易時不易性，改邑不改名。定如
拱北極，瑩若燒玉英。君門客如水，日夜隨勢行。君看守心
者，井水為君盟。[23]

22　《白集》，卷9，〈寄元九〉，頁734。
23　《元集》，〈分水嶺〉，頁252。

整首詩通篇以比寓意，用「分流水」對照「井中水」，將分流水隨地勢而曲折高低、東西不定的特質用來比喻君子的處世態度，認為隨勢高下的分流水正是人倫世界中秉性不堅，營於所利的隱喻，從而得出「褊淺無所用」的評價。這種特質正與井水相映照，井水既可鑑出人之美醜，又讓明月孤映水中，即使旋風四起，也波瀾不生。而且終年取之不盡，寒冬之日也清澈瑩骨，具有「不易」、「不改」的美德。兩相對照之下，元稹最後以「君看守心者，井水為君盟」自許。這首詩善用分流水與井中水的性質，比作人間的處世應對。很清楚的，整首詩的主旨與意象設譬，正是白居易「無波古井水」意象的進一步發揮。白居易自己也在〈和分水嶺〉詩中主動提出昔日他之所以以「無波古井水」贈元稹的用途：「所以贈君詩，將君何所比？不比山上泉，比君井中水。」[24]

　　處於逆境，雖承受著莫大的危險與苦難，卻也是面對真正自我的最好機會。江陵之貶不僅讓元稹認真嚴肅的思考出處進退之應對，也對自我內心進行省思。上述的〈分水嶺〉已可看出元稹「守心」的努力和自我期許。到達江陵後的第一年秋天，元稹在廳下種竹，而有〈種竹〉詩，序言即回憶樂天往日贈詩「無波古井水，有節秋竹竿」句，再寫當下自身的處境：

> 昔公憐我直，比之秋竹竿。秋來苦相憶，種竹廳前看。失地顏色改，傷根枝葉殘。清風猶淅淅，高節空團團。鳴蟬聒暮景，跳蛙集幽闌。塵土復晝夜，梢雲良獨難。丹丘信云遠，安得臨仙壇。瘴江冬草綠，何人驚歲寒。可憐亭亭干，一一青琅玕。孤鳳竟不至，坐傷時節闌。[25]

　　往日白居易對自己的立身處世的期許，因當下種竹而興懷。江陵之地，氣候迥異於中原，秋竹歲寒不凋、冬草歲寒而枯的隱喻，在現實世界並未成真。而鳴蟬、跳蛙又無時不刻擾亂內心的寧靜。

24　《白集》，卷2，〈和分水嶺〉，頁245。
25　《元集》，〈種竹〉，頁329。

在孤絕無援、荒僻的南方，使元稹疑惑「守心」是否可行。這首詩雖然情調顯得低沉，卻真實地抒發了元稹在貶地的情感與思想。「坐傷時節闌」語，反映出他開始質疑是否能做到白居易對他的期許，自己是否老死於此的恐懼。白居易當然從詩中讀出元稹較為悲觀、低沉的想法，其〈酬元九對新栽竹有懷見寄〉則安慰好友：「昔我十年前，與君始相識。曾將秋竹竿，比君孤且直。中心一以合，外事紛無極。共保秋竹心，風霜侵不得。」[26]希望元稹與自己「共保秋竹心」，不讓外在的風霜冷露侵襲改易自我本質。從元稹所謂的「守心」到白居易的「共保秋竹心」，二人用昔日詩中的意象與語詞作了情意的溝通。

正因為「無波古井水，有節秋竹竿」涉及到主體面對逆境時的基本態度與操守，元、白也在日後繼續使用。同樣是元和五年〈酬翰林白學士代書一百韻〉中，元稹第二次提到白居易古井秋節之諭，此即「勇贈栖鸞句，慚當古井詩」，題下自注：「予贈樂天詩云：『皎彼鸞鳳姿』樂天贈予詩云：『無波古井水』」[27]說明這句話在元稹的心中留下深刻的烙印。有時以井水之不起波的特性來隱喻自我「守心」的期許；有時是慚愧自己的低沉，但都反映出白居易這句贈言，早已超出文學範圍，而成為兩人思想情感的對話符碼。這種對話，又是直接以對方的情性主體作為基礎。元稹時或想起白居易為人的正直，如「愛君直如髮，勿念江湖人」；[28]或於大江之上壯志激昂，勇敢面對貶謫逆境，如「況我江上立，吟君懷我詩。懷我浩無極，江水秋正深。清見萬丈底，照我平生心。感君求友什，因報壯士吟。持謝眾人口，銷盡猶是金。」[29]所謂「求友什」，正類似白居易昔日以古井秋竹比喻元稹的詩篇，這讓有時消沉的元稹激起壯志。這種政治上的相互期許、鼓勵，是唱和詩傳統較少涉及者，卻具體表現於元、白初期以詩交往的互動過程中。

---

[26]　《白集》，卷1，〈酬元九對新栽竹有懷見寄〉，頁63。

[27]　《元集》，〈酬翰林白學士代書一百韻〉，頁308

[28]　《元集》，〈酬樂天登樂遊園見憶〉，頁298

[29]　《元集》，〈酬樂天書懷見寄〉，頁296-297。

二、〈和答詩十首〉

　　元、白在貞元末年結交以來，就以頻繁的酬贈唱和來聯絡友情，切磋詩藝。真正在政治上以詩歌交往來進行政治改革與實踐理想，當以新樂府詩組詩最具規模與體系。關於元、白新樂府詩組詩所涉及的政治背景、詩藝競爭等問題，近代學者陳寅恪在《元白詩箋證稿》已有詳細的闡釋。本節則將重點放在另外兩組可觀察元、白以詩歌交往進行政治互動的詩篇，此即〈和答詩十首〉及〈放言五首〉。這兩組詩均是白居易追和元稹而作，且是深為歎服心折的作品。除此之外，其中所涉及的元、白政治互動與影響，更是值得注意。

　　元、白表達自我在政治上出處進退之抉擇與態度時，喜以禽鳥意象作為他們詩作的主題。元和初年，兩人有〈感鶴〉、〈和樂天感鶴〉詩，元稹貶謫路途中所作的詩篇，更包括〈雉媒〉、〈春鳩〉、〈大觜烏〉等。當白居易晚年追憶與元稹、劉禹錫的詩歌創作時這麼說：

> 《莊》、《列》寓言，風騷比興，多假蟲鳥，以為筌蹄，故詩義始於《關雎》、《鵲巢》，道說先乎鯤、蜩、鵬之類，是也。予閒居乘興，偶作一十二章，頗類志怪放言，每章可致一哂，一哂之外，亦有以自警其衰耄封執之惑焉，頃如此之作，多與故人微之、夢得共之。微之、夢得嘗云：「此乃九奏中新聲，八珍中異味也。」有旨哉！有旨哉！今則獨吟，想二君在目，能無恨乎？[30]

　　從序言的追憶可知，白居易以禽蟲為比興寓言的寫作，曾與

---

[30] 《白集》，卷37，頁2824。引朱金城之考訂，此詩繫於會昌三年至六年。從「想兩君在目，能無恨乎」一語來看，這段詩序，最遲寫於劉夢得卒年，即唐武宗會昌二年（842）後。繫年則以朱金城：《白居易年譜》為主。

元、劉一起討論，彼此激發，而近似〈禽蟲十二章〉這樣具有深微意旨的作品，讓白居易自得，更獲得了元、劉二人的讚賞。事實上，元、白在未貶謫前即以鶴、鳩等特定禽鳥來託喻政治上感懷與諷刺。[31]其內涵不僅僅是「以物特質，託喻品德節操」，[32]更寓有元、白在當下生命情境中的具體感悟，此體悟即在於二人對仕宦態度的理解。元、白以禽鳥書寫政治內容，不僅有實際作品，更在文章中對「諷喻」、「寄興」等觀念有所論述。例如白居易在〈與元九書〉中提到「諷君子小人，則引香草惡鳥為比」；元稹在〈敘詩寄樂天〉敘述自己在閱讀杜甫詩歌後才發覺沈、宋之詩「不存寄興」，又對杜甫「即事名篇，無復依傍」的樂府詩作深感欽佩。從以禽鳥為題的實際作品到著重「比興」、「寄興」等理論的表述，可見禽鳥的託喻功能成為元、白寫作政治諷喻詩時重要的主題之一。[33]〈感鶴〉一詩，則是通篇寫鶴，使單一固定的鶴意象，有了更豐富多變的意涵。

> 鶴有不群者，飛飛在野田。飢不啄腐鼠，渴不飲盜泉。貞姿自耿介，雜鳥何翩翩。同遊不同志，如此十餘年。一興嗜慾念，遂為矰繳牽。委質小池內，爭食群雞前。不惟懷稻梁，兼亦競腥羶。不惟戀主人，兼亦狎烏鳶。物心不可知，天性有時遷。一飽尚如此，況乘大夫軒。[34]

詩中的鶴一開始具有諸多美德，如「不群」、在艱苦環境中仍

---

[31] 《白集》，卷1，〈感鶴〉，頁65。朱金城繫於元和二至六年間作，大致是合理的。此篇借鶴進行仕宦本質與主體性靈之間的思考，元稹則以〈和樂天感鶴〉對應之。元稹〈春鳩〉，楊軍據卞孝萱所編元稹年譜繫於從東川返京後作，意在諷刺那些曾被自己彈劾而懷恨抱恨的不法權貴，見《元稹集編年箋注》，頁229。

[32] 林淑貞：《中國詠物詩託物言志析論》（臺北：萬卷樓圖書公司，2002），頁193-199。林氏將〈感鶴〉詩視為負面取象者，來託喻白居易的個人品德。在筆者的理解中，白居易勿寧是將鶴視為表達自我在思考仕宦出處時的表徵，而不是對自我的隱喻與象徵。

[33] 劉禹錫〈讀張曲江有感〉作於元和貶謫年間，元稹〈敘詩寄樂天〉與白居易〈與元九書〉均作於貶謫年間。這三個文本均提到「託諷」、「寄興」、「比興」等概念，而在劉、白文字中，更提到禽鳥託諷傳統的存在。

[34] 《白集》，卷1，〈感鶴〉，頁35。作於元和二年至六年。

「貞姿耿介」。但這閑雲野鶴在「慾念」一萌的瞬間陷入網羅，成為被豢養之物。在小池之中，這隻野鶴再也無法按照自我本性來飲食、交友。全詩以冷靜客觀的筆調描繪出鶴從「不群」「耿介」到本性隨外物而遷移的過程，最末四句以議論的語氣道出「物心」與「天性」之間的矛盾，最後感嘆，如果溫飽都可使野鶴迷失本性，那「乘軒」所代表的利祿，就更容易讓士人迷失本性。在這首詩中，最值得關注的是，鶴之形象與其隱喻的聯繫。在南朝描寫鶴的詩歌中，委質池中的鶴反而是應該值得讚美者，如吳均〈主人池前鶴〉一詩。雖然「自稱」具有「江海心」，但因為受了主人的「稻粱惠」，還是甘心當池前鶴，表達了一種「懷恩」心態。[35]但吳均所書寫的鶴，正是〈感鶴〉所深自惕厲者。在白詩中，鶴猶如存在於現實政治中的士大夫，既有耿介不群之性，也有「嗜慾」的「物心」。沒有克制物心的結果，就會「一興嗜慾念」，這也導致鶴之本性的喪失。在這首詩中，白居易沒有強調鶴之高潔隱逸的一面，而是說明「物心」與「天性」之間的矛盾、衝突。在慾望與本性兩端，耿介自持的鶴，也有可能與爭食腥羶的「群雞」、「烏鳶」成為同類。在「物心」與「天性」之中陷入世網的野鶴形象，正是白居易對仕宦的深思。我們可以在元稹的和詩中找到證據，元稹〈和樂天感鶴〉：

> 我有所愛鶴，毛羽霜雪妍。秋霄一滴露，聲聞林外天。自隨衛侯去，遂入大夫軒。雲貌久已隔，玉音無復傳。吟君感鶴操，不覺心惕然。無乃予所愛，誤為微物遷。因茲諭直質，未免柔細牽。君看孤松樹，左右蘿蔦纏。既可習為飽，亦可熏為荃。期君常善救，勿令終棄捐。[36]

從詩中較少孤憤失望的語氣看來，或寫於元和五年元稹未貶謫前。孤高自潔的鶴遷易天性，元稹由此生起「惕然」之心。元稹

---

35 《白集》，卷1，〈感鶴〉，頁35。作於元和二年至六年。
36 《元集》，〈和樂天感鶴〉，頁333。

在酬詩表達了自己的兩點看法，第一，白詩中的鶴一開始就是在野田，而元詩則加入《左傳》衛國乘軒鶴的典故；第二，白居易的野鶴「貞姿耿介」，兼有美好心性和儀形，但元稹著重刻畫鶴的毛羽與聲音，卻沒有描述鶴性、以及被「微物遷」的過程。詩末「孤松」「蓲鳥」之比雖是白詩「天性有時遷」的發揮，但與詩中鶴的關聯並不大。因此，元稹和詩中的鶴明顯與白居易原詩有著質性上的不同。然而，篇末「期君常善救，勿令終棄捐」語，仍深可玩味，若結合前面所說的「吟君感鶴操，不覺心惕然」，正說明，元稹對白詩中的鶴，是深諳於心。而「常善救」的表白，則清楚地道出，元稹希望白居易成為自己在仕途上的諍友與直友。[37]

單獨來看元、白這兩首詩，並非驚世偉文、動人之篇，然而，如果結合二人的出處態度與仕宦生涯，卻具有重要的指標意義。元、白在感嘆鶴之變性這一點，已表現出不同的態度。而元和五年元稹寫於貶謫路途中的一系列政治諷諭感懷詩，更是觀察他與白居易的歧異之點。這組詩白居易共和十首，故名為〈和答十首〉，詩前有序：

> 凡二十章，率有興比。淫文豔韻無一字焉。意者欲足下在途諷讀，且以遣日時、消憂懑，又有以張直氣而扶壯心也。及足下到江陵，寄在路所為詩十七章，凡五六千言，言有為，章有旨，迫于宮律體裁，皆得作者風。發緘開卷，且喜且怪。僕思牛僧孺戒，不能示他人，惟與杓直、拒非及樊宗師輩三四人，時一吟讀，心甚貴重。然竊思之，豈僕所奉者二十章，遽能開足下聰明，使之然耶？抑又不知足下是行也，天將屈足下之道，激足下之心，使感時發憤，而臻於此耶？若兩不然者，何立意措辭，與足下前時詩如此之相遠也？僕

---

[37] 對於在仕宦中如何自處的問題，除〈感鶴〉詩外，元、白二人還有在其他詩作中討論，前文已述。元稹另有專詠鶴之篇章如〈松鶴〉、〈有鳥二十章〉之二十，其出現形象多是高潔不凡，或可視為他在仕宦過程遠比白居易更勇於前進之人格特質。此外，元白二人在元和五年所作的和答〈雉媒〉、〈和雉媒〉，其主題與〈感鶴〉更趨一致。在〈和雉媒〉中，白居易針對元詩借鳥隱喻在官場守志不堅者，深有同感，有「豈唯鳥有之，抑亦人復然」之嘆。

既羨足下詩，又憐足下心，盡欲引狂簡而和之。[38]

　　白居易一方面肯定元稹此組詩在「立意措辭」上與之前作品迥然相別的現象，一方面又懷疑這組詩與自己贈詩之間的可能關係。而這些都與元稹詩中的諷諭性內涵、以及政治態度有著直接的關係。從「措辭」上來說，元稹在〈思歸樂〉、〈大觜烏〉、〈四皓廟〉等詩，的確表現出與之前寄興之作（主要是指新樂府十二首與具有諷刺性的作品）很不同的特徵。例如體制的擴大、句法的重疊與變化、敘述手法與情節的豐富等。這些都是元稹在措辭上新的表現，正是白居易所謂的「喜」。對於這些突破與新表現，白居易在驚喜的同時，還有驚呀，即思考為何元稹在那麼短的時間內，在「立意」「措辭」上取得如此明顯的進步？白居易很有自信的認為，這與他的贈詩關係極大。雖然目前無法得知這二十首詩是指哪些，但白居易卻說出他贈這些詩的目的與意圖，即幫助元稹「遣日時、消憂懣，又有以張直氣而扶壯心也。」因此，我們大致可以推測，這些贈詩多與道德鼓勵、政治感懷諷刺有關。可以看出，元、白這組唱和詩相當具有代表性，尤其是在他們漫長的詩歌交往歷程。因為這組詩的創作，不僅在形式語言上有所創新，在言志表意也有獨特的表現。所以林明珠在探討元、白這組唱和詩時，將其歸入以言志為主的代表，並在唱和語言形式上分析出「翻案式」、「緊密呼應式」以及「讀後感式」三種。[39]此外，從意象使用和詩歌主題的結合來看，這組詩顯然與當時政治情境密切相關。元稹在貶途中所作的詩作來看，確實充滿了強烈的政治感懷，對於不公不義的政治現象提出猛烈的譏刺。例如〈大觜烏〉詩中對於惡鳥窮形盡相的描寫刻劃；〈思歸樂〉中對於道德主題不因外在環境改變心境的表白等。特別是〈雉媒〉詩，寫雙雉的相互背離與遷性，更是刻畫入微：

---

[38] 《白集》，卷2，頁211。
[39] 詳見林明珠：〈詩與應酬〉（下），《白居易詩探析》，頁112-120。

雙雉在野時，可憐同嗜欲。毛衣前後成，一種文章足。一雄
獨先飛，衝開芳草綠。網羅幽草中，暗被潛羈束。剪刀摧六
翮，絲線縫雙目。啖養能幾時，依然已馴熟。都無舊性靈，
返與他心腹。置在芳草中，翻令誘同族。前時相失者，思君
意彌篤。朝朝舊處飛，往往巢邊哭。今朝樹上啼，哀音斷還
續。遠見爾文章，知君草中伏。和鳴忽相召，鼓翅遙相矚。
畏我未肯來，又啄齧前粟。歛翮遠投君，飛馳勢奔蹙。胃掛
在君前，向君聲促促。信君決無疑，不道君相覆。自恨飛太
高，疏羅偶然觸。看看架上鷹，擬食無罪肉。君意定何如，
依舊雕籠宿。[40]

　　這首詩對於雙雉的描寫，從開始的膠漆不離，至隔離兩地，
到最後的誘捕同類，寫得絲絲入扣。並用了「我」、「君」等代
用詞，充分說明元稹所感之深切。相對於元稹沒有說出這首詩的意
圖，白居易則明顯將和詩對應到人之政治行為中，其〈和雉媒〉詩：

吟君雉媒什，一哂復一歎。和之一何晚，今日乃成篇。豈唯
鳥有之，抑亦人復然。張陳刎頸交，竟以勢不完。至今不平
氣，塞絕泚水源。趙裏骨肉親，亦以利相殘。至今不善名，
高於磨笄山。況此籠中雉，志在飲啄間。稻粱暫入口，性已
隨人遷。身苦亦自忘，同族何足言。但恨為媒拙，不足以自
全。勸君今日後，養鳥養青鸞。青鸞一失侶，至死守孤單。
勸君今日後，結客結任安。主人賓客去，獨住在門闌。[41]

　　元詩重在描寫被馴養之雉的趨利忘義，而白詩則強烈感慨雉之
性隨人遷的可悲。這兩首詩的寫作模式及主旨，可說是之前感鶴詩
的進一步延伸與發展。而稍晚作於江州的〈聞早鶯〉，其意旨又與
元稹〈思歸樂〉如出一轍：

40　《元集》，〈雉媒〉，頁242。
41　《白集》，卷2，〈和雉媒〉，頁237。

日出眠未起，屋頭聞早鶯。忽如上林曉，萬年枝上鳴。憶為近臣時，秉筆直承明。春深視草暇，旦暮聞此聲。今聞在何處，寂寞潯陽城。鳥聲信如一，分別在人情。不作天涯意，豈殊禁中聽。[42]

從鳥之鳴叫聯想起自我政治處境的變遷，因而得出「鳥聲信如一，分別在人情」的理性思維。從這也可看出以理遣情的傾向。

元稹〈四皓廟〉詩，對於商山四皓從隱逸轉為安邦濟世的行為頗有譏評，從而表達「出處貴明白」的主張。[43]元稹認為有德君子應抱道而終，不能在出處上前後矛盾。白居易則持不贊同的意見。他在〈答四皓廟〉詩中反而高度評價商山四皓當隱而隱，應出而出的兩全作法，所謂：「矯矯四先生，同稟希世資。隨時有顯晦，秉道無磷緇。」[44]強調隨著時局的變化而調整對政治的投入程度。在詩的結尾，更說「豈如四先生，出處兩逶迤。何必長隱逸，何必長濟時。」再次認可四皓應時而出處的行為。即使五年後，白居易貶謫江州仍未改變，在途中所作的〈題四皓廟〉：

臥逃秦亂起安劉，舒卷如雲得自由。若有精靈應笑我，不成一事謫江州。[45]

不論是臥對商山，還是起而安劉，白居易認為四皓充分表現了個人面對政治局勢的自由與如意，沒有拘束感。從而映照出自己的無成而貶。從這個角度來說，白居易對於出處的態度與元稹有著基本的差異。上述詩作，相較於傳統的唱和酬答，在藝術形式、手法上均帶來新貌，由此更可見出二人在於宦情世事之體認上的變化與歧異，而這，對於進一步理解他們日後的創作心理及作品表現，具

42　《白集》，卷7，〈聞早鶯〉，頁613。
43　《元集》，〈四皓廟〉，頁254。
44　《白集》，卷2，〈答四皓廟〉，頁231。
45　《白集》，卷15，〈題四皓廟〉，1214

有一定的重要性。

三、〈放言五首〉

　　〈和答十首〉是白居易認真透過元稹的政治貶謫來思考現實問題，並與其對話，兩人對於某些觀點的歧異，非但不妨礙彼此的至交之情，反而愈顯他們對彼此的包容。而元和十年（810）的〈放言五首〉，則標誌著白居易迥異於新樂府之諷諭詩的政治題材創作。更因為貶謫的切身體驗，白居易對於政治出處、窮通榮辱等本質意義，有更深刻地思考。這組詩也是因為元稹的原作而有所激發，其序云：

> 元九在江陵時，有〈放言〉長句詩五首，韻高而體律，意古而詞新。予每詠之，甚覺有味。雖前輩深於詩者，未有此作。唯李頎有云：「濟水至清河至濁，周公大聖接輿狂。」斯句近之矣。予出佐潯陽，未屆所任，舟中多暇，江上獨吟，以續其意耳。[46]

　　白居易在元稹〈放言五首〉中不僅感受到藝術性，所謂「韻高而體律，意古而詞新」；更從元詩之中體會到仕宦出處的深刻意蘊。這對於白居易往後的政治態度與詠懷詩寫作有不小的影響。蓋元稹這五首詩，雖用律體寫成，卻夾雜著複雜深刻的歷史與人事，更有當下政治貶謫的情境感發。元稹詩作如下：

> 近來逢酒便高歌，醉舞詩狂漸欲魔。五斗解醒猶恨少，十分飛盞未嫌多。眼前仇敵都休問，身外功名一任他。死是等閒生也得，擬將何事奈吾何。

---

[46]　《白集》卷15，〈放言五首〉序，頁1230。

莫將心事厭長沙，雲到何方不是家。酒熟餔糟學漁父。飯來
開口似神鴉。竹枝待鳳千莖直，柳樹迎風一向斜。總被天公
沾雨露，等頭成長盡生涯。

霆轟電掣數聲頻，不奈狂夫不藉身。縱使被雷燒作爐，寧殊
埋骨揚為塵。得成蝴蝶尋花樹，儻化江魚掉錦鱗。必若乖龍
在諸處，何須驚動自來人。

安得心源處處安，何勞終日望林巒。玉英惟向火中冷，蓮葉
元來水上乾。甯戚飯牛圖底事，陸通歌鳳也無端。孫登不語
啟期樂，各自當情各自歡。

三十年來世上行，也曾狂走趁浮名。兩回左降須知命，數度
登朝何處榮。乞我杯中松葉滿，遮渠肘上柳枝生。他時定葬
燒缸地，賣與人家得酒盛。[47]

　　歸納元稹上述五首詩的重點，第一，將忠直被棄逐的激憤，
轉化為生死置之度外的狂放，所謂「死是等閑生也得」。元稹在此
五首詩中，將此類情感表達的非常深刻透徹，諸如他時葬身而燒缸
盛酒，寧被雷燒電轟而不願揚骨為塵等等。第二，除了上述死不足
懼，生命的消亡要與眾不同等思想之外，元稹在此組詩中還思考了
放狂之後的自處之道，如安心源之後即處處是家、左降須知命等表
述，因此將無端貶謫的外在激怨，轉化成心性的安定，要當情自歡
與知命。白居易認為元稹〈放言五首〉寫出了前古未有的新內容與
新意涵，只有盛唐詩人李頎〈雜興〉差可比擬。而李頎的〈雜興〉
說的是什麼呢？

　　沉沉牛渚磯，舊說多靈怪。行人夜秉生犀燭，洞照洪深辟滂

47　《元集》，〈放言五首〉，頁604-607。

湃。乘車駕馬往復旋，赤緩朱冠何偉然。波驚海若潛幽石，龍抱胡髥臥黑泉。水濱丈人曾有語，物或惡之當害汝。武昌妖夢果為災，百代英威埋鬼府。青青蘭艾本殊香，察見泉魚固不祥。濟水自清河自濁，周公大聖接輿狂。千年魑魅逢華表，九日茱萸作佩囊。善惡死生齊一貫，只應鬥酒任蒼蒼。[48]

詩之前半主要是描述晉書所載溫嶠持犀角入水之傳說，後半轉為抒發對於人世間善惡生死之相對的無可奈何。此詩到底在何種背景下寫成，目前已不是很清楚。程千帆曾對此詩有深入的分析，認為此詩主旨在於「通過一個古代神奇傳說宣傳了為詩人自己所已接受了的道家的宿命論和唯無是非觀」[49]這首詩當然有道家宿命論的思想在其中，但這種宿命論的表達應與李頎創作此詩的特定感情與思想有關。程千帆還指出這首詩的特點還在於「選擇自然界和人類社會中許多相反而並存的事物、現象作為素材」，並以具體的比喻說明抽象的道理，以奔放的聯想結合對現實世界的批判和反省。既然清濁已定，成聖成狂都留名於世，那麼生命的壽夭與現實的窮通不妨說付諸於杯酒吧！如此看來，那宿命觀與是非已定的背後，其實是對於生存處境的深刻反思。「善惡死生齊一貫，只應鬥酒任蒼蒼」，白居易同樣從元稹詩中讀出當一個人面臨政治險境打擊迫害時，唯一能作的就是從自身做起。將滿腔激憤與忠怨化作入腸酒而泰然處之。這不僅是詩歌創作的唱和交際而已，實涉及面臨出處困惑時的思考轉化。對於白居易日後的政治態度與創作傾向，具有深刻的影響。白居易日後從兼濟天下變成獨善其身，從「唯歌生民病，願得天子知」的現實關懷轉成詠閑歌樂的閑適詩創作，實可在〈放言五首〉的字裡行間看出端倪與變化。從古代文人的貶謫傳統來看，元稹、白居易都認識到，內美外賢而被貶謫棄置，不必像屈原一樣投水自沉，而可以在縱情放狂的同時，保持知命委順的選擇。

[48] 羅琴、胡嗣坤編著：《李頎及其詩歌研究》（成都：巴蜀書社，2009年），頁79。
[49] 程千帆著：《古詩考索》（武昌：武漢大學出版社，2008年），頁140。

但白居易既然說「以續其意」，他的和詩又發展何種新的內容呢：

> 朝真暮偽何人辨，古往今來底事無。但愛臧生能詐聖，可知
> 甯子解佯愚。草螢有耀終非火，荷露雖團豈是珠。不取燔柴
> 兼照乘，可憐光彩亦何殊。

> 世途倚伏都無定，塵網牽纏卒未休。禍福回還車轉轂，榮枯
> 反復手藏鉤。龜靈未免刳腸患，馬失應無折足憂。不信君看
> 弈棋者，輸贏須待局終頭。

> 贈君一法決狐疑，不用鑽龜與祝蓍。試玉要燒三日滿，辨材
> 須待七年期。周公恐懼流言後，王莽謙恭未篡時。向使當初
> 身便死，一生真偽復誰知。

> 誰家第宅成還破，何處親賓哭復歌。昨日屋頭堪炙手，今朝
> 門外好張羅。北邙未省留閒地，東海何曾有定波。莫笑賤貧
> 誇富貴，共成枯骨兩如何。

> 泰山不要欺毫末，顏子無心羨老彭。松樹千年終是朽，槿花
> 一日自為榮。何須戀世常憂死，亦莫嫌身漫厭生。生去死來
> 都是幻，幻人哀樂繫何情。[50]

真偽、聖愚從古至今既然難辯，死生既是空幻，又何必憂死
厭生。禍福榮枯的循環不定，真金需要火煉，時機到了可辨識出真
相。第二首「輸贏須待局終頭」，則反映出不服輸的鬥志。比起元
稹狂放中的清醒、憤恨中的超越，白居易更進一步指出禍福、真
偽、生死、貴賤、輸贏等人世間種種相成相生的現象，其對社會、
人心的理解無疑是更本質性的。這些深沉、清醒的思考，是白居易

---

[50] 《白集》，卷15，〈放言五首〉，頁1230-1234。

走向中隱人生境界以及超越兼濟獨善對立不可少的一步。

　　白居易之所以在貶謫文化史上代表著「從執著到超越的過渡性意義。」[51]，〈放言五首〉其實即可為明證。這組放言詩雖只有五首，卻可看出白居易在貶謫前後的心路歷程與內在思考，這對於其日後的處世態度與性格傾向，實具有重要標誌性作用。在江州時期，白居易仍寫下〈放言〉組詩相近的詩作。元和十二年（817）的〈詠懷〉曾自云態度轉化之後的效果：

> 　　自從委順任浮沉，漸覺年多功用深。面上減除憂喜色，胸中消盡是非心。妻兒不問唯耽酒，冠帶皆慵只抱琴。常笑靈均不知命，江蘺叢畔悲苦吟。[52]

　　「自從」當指元和十年貶謫至江州之後，重新思考在〈放言五首〉所提出的仕宦出處、生命安頓等大問題，經過清醒思辨，兩年之後，才「漸覺」「功用深」。最末一句又與元積〈放言五首〉之五「兩回左降須知命」暗合，指歷經政治上的遷謫棄置後，對於窮通生死有一更達觀的洞見。這種內在精神與意識，正像他在元和十三年（818）所作〈遣懷〉詩中說的：「已共身心要約定，窮通生死不驚忙。」[53]

　　對窮通生死的泰然與心安，不僅是政治態度的表白，也呈現在白居易往後的詩歌創作中。〈放言五首〉正是覺醒的標誌和表述，在往後的生活中，白居易無疑比元積實踐得更成功而徹底。悲憤無端之情感的反面，則是對日常生活的歌詠耽溺，成為白居易江州之貶後的創作重心。在閒暇自適的內心深處，是對世間種種險惡的清醒認識。例如江州時期所作的〈重題四首〉之一：

[51] 尚永亮：《貶謫文化與貶謫文學—以中唐元和五大詩人之貶及其創作為中心》（蘭州：蘭州大學出版社，2004年），頁248-254。可參考尚氏詳論白居易擺脫屈原影響、超越屈原模式並尋找認同陶淵明的歷程論述。從此角度而言，元和十年的〈放言五首〉是真正具有過渡意義，到江州之後，白居易訪陶淵明宅，詠陶詩、坐禪定心等行為，實是擺脫生死思考之後的進一步發展。
[52] 《白集》，卷16，〈詠懷〉，頁1308。
[53] 同前註，卷17，〈遣懷〉，頁1362。

喜入山林初息影，厭趨朝市久勞生。早年薄有煙霞志，歲晚深諳世俗情。已許虎溪雲裡臥，不爭龍尾道前行。從茲耳界應清淨，免見啾啾毀譽聲。[54]

此詩是對司馬閑官隱於山林的歌詠與自安，所謂已許虎溪臥，不爭龍尾行，正是白居易明哲保身、中隱於朝思想的前奏。正如第二首所說的「匡廬便是逃名地，司馬仍為送老官。心泰身寧是歸處，故鄉何獨在長安。」正是認識到禍福輸贏、榮辱窮通之反覆無常，白居易將貶官轉化為逃名保生的意外收穫。而「心泰身寧是歸處」更深刻地道出白居易已將長安所象徵的政治價值輕輕放下，而以身全心泰作為安頓原則與最終歸宿。而這些思想均可追溯到〈放言五首〉之中。[55]以白居易而言，與物無競無爭的「委順」思想又是最明顯的表現，從其詩集中出現的「委順」一詞，多是元和十年之後。例如元和十三年〈達理二首〉「我無奈命何，委順以待終。命無奈我何，方寸如虛空。憒然與化俱，混然與俗同。誰能坐自苦，離醨於其中。」[56]再如同年所作的〈詠懷〉：

冉求與顏淵，卞和與馬遷。或罹天六極，或被人刑殘。顧我信為幸，百骸且完全。五十不為夭，吾今欠數年。知分心自足，委順身常安。故雖窮退日，而無戚戚顏。昔有榮先生，從事于其間。今我不量力，舉心欲攀援。窮通不由己，歡戚不由天。命即無奈何，心可使泰然。且務由己者，省躬諒非難。勿問由天者，天高難與言。[57]

54　同前註，卷16，〈重題〉之1，頁1315。
55　所謂「心泰身寧是歸處，故鄉何獨在長安」正是從元稹〈放言五首〉之四「安得心源處處安，何勞終日望林巒」之意發展而來。
56　《白集》，卷7，〈達理二首〉之1，頁648。
57　同前註，卷7，〈詠懷〉，頁645。

詩中出現「窮通不由己」以及「天高難與言」等思想，也與他
自己和元稹的〈放言五首〉主旨相似。將上詩換個說法，即是窮通
由天命，歡戚由己心，這正是白居易傾向於調理內心，從內在安頓
自我生命的表現。故更強調使己心泰然、委順安命。至元和十五年
（820）還有直接以「委順」為詩題者：「山城雖荒蕪，竹樹有嘉
色。郡俸誠不多，亦足充衣食。外累由心起，心寧累自息。尚欲忘
家鄉，誰能算官職。宜懷齊遠近，委順隨南北。歸去誠可憐，天涯
住亦得。」[58]也是表達寧心委順，安頓處在逆境中自我的想法。這
種思想即使到了長慶年間，已結束貶謫後，仍成為應對世間人事的
態度，如〈長慶二年七月自中書舍人出守杭州，路次藍溪作〉詩，
在路經藍溪，有感當下心境，其中說到：「冥懷齊寵辱，委順隨行
止。我自得此心，於茲十年矣。」[59]白居易所謂的「十年」或許只
是整數，往前追溯正是元和十年創作〈放言五首〉的時間。以此來
看，元稹的〈放言五首〉對於白居易的啟發，不僅是詩歌藝術上，
更有人生處世態度與仕宦觀念。雖然這些與「委順」思想相關的作
品已不是七律，但在思想內涵與主旨上，卻是緊密相連的。

真正在語言上、情感上與〈放言五首〉最相近的是〈偶然二
首〉：

> 楚懷邪亂靈均直，放棄合宜何惻惻。漢文明聖賈生賢，謫向
> 長沙堪歎息。人事多端何足怪，天文至信猶差忒。月離于畢
> 合滂沱，有時不雨何能測。

> 火發城頭魚水裏，救火竭池魚失水。乖龍藏在牛領中，雷擊
> 龍來牛枉死。人道著神龜骨靈，試卜魚牛那至此。六十四卦
> 七十鑽，畢竟不能知所以。[60]

58　同前註，卷11，〈委順〉，頁885。
59　同前註，卷8，頁653。
60　同前註，卷16，〈偶然二首〉，頁1323。

這兩首在主題上均可視為與〈放言五首〉相近的政治詠懷詩，是對個人出處的思考。不論上位者是邪亂也好，還是聖明也罷，作為朝臣都有被貶殺身的可能，人事的多端根本是無法預測掌控的。第二首城頭火、水裏魚，以及龍牛之喻，重點都在說明人事的變化多端，非求神問卜可以解惑。這種思想，其實也在〈放言五首〉中表現過，此即「贈君一法決狐疑，不用鑽龜與祝蓍。」也是強調不迷信卜卦問神，時間可以證明、可以淘洗人間萬象。

元和十四年（819），元稹移為虢州長史，召回朝廷的希望指日可待。白居易卻在〈寄微之〉詩中戒以明哲保身之道：

> 高天默默物茫茫，各有來由致損傷。鸚為能言長剪翅，龜緣難死久支床。莫嫌冷落拋閒地，猶勝炎蒸臥瘴鄉。外物竟關身底事，謾排門戟繫腰章。[61]

此詩頗有反思自己與元稹元和初年直言敢諫、不畏權貴、不憚禍災的行為，此可從鸚鵡、神龜的譬喻可知。因此，白居易將置身冷落閒地視為遠離禍端的契機，從而根本否定門戟腰章所代表的仕宦價值。但顯然，這次元稹並未與白居易達成共識，隔年回長安之後，元稹一路清雲直上，至長慶二年（822）甚至拜相。然而短暫的相位，卻為元稹帶來攀附宦官、躁進求位的罵名。白居易遠離權力以避害保全的思想，自元和十年之後一直貫徹到生命的終結。在此過程中他對於自己的抉擇未嘗不感到欣慰與自豪，例如大和九年（835）的甘露之變，宦官不僅刑戮當朝數位宰相，更殘酷地殺害諸多朝官，當時白居易遠在洛陽，目睹此慘禍，連續寫下兩首七言律詩：第一首是〈詠史〉，詩題自注「九年十一月作」，可知是針對甘露之變有感而發：

> 秦磨利刀斬李斯，齊燒沸鼎烹酈其。可憐黃綺入商洛，閒臥

61　同前註，卷18，〈寄微之〉，頁1459。

白雲歌紫芝。彼為蒩醢机上盡，此為鸞鳳天外飛。去者逍遙來者死，乃知禍福非天為。[62]

此詩基本上是〈贈微之〉的進一步引申，在〈寄微之〉詩中，白居易認為人世間所發生的損傷殘生之事，都是可以找到原因。而作為明智保身的人，即要避開這些讓人損傷的事。追求仕宦而不知節制自我、保護自我即會招致禍患。甘露之變的發生，正為白居易知退、明智保身的處世哲學找到最佳印證。在被殺戮的宰相之中，王涯是白居易的熟識，因此這種切身體驗就更為強烈。第二首詩題則是更清楚地表明，直接題為：〈九年十一月二十一日感事而作〉：

禍福茫茫不可期，大都早退似先知。當君白首同歸日，是我青山獨往時。顧索素琴應不暇，憶牽黃犬定難追。麒麟作脯龍為醢，何似泥中曳尾龜？[63]

前一首的「去者逍遙」與此篇的「早退似先知」，均是白居易所作的價值選擇。至此刻，白居易的選擇似乎證明：認識仕宦的危險而早退固然不容易，而親身實踐又更難，然而白居易卻成功地做到了。需要特別指出的是，白居易與元稹在放言組詩中的思想交流只是二人交往詩的一部份。同〈放言五首〉作於同一年的〈酬樂天舟泊夜讀微之詩〉：

知君暗泊西江岸，讀我閑詩欲到明。今夜通州還不睡，滿山風雨杜鵑聲。[64]

所謂「閑詩」，即表示白居易並非只看到意激言狂的元詩，其

62　同前註，卷30，〈詠史〉，頁2333。
63　同前註，卷32，〈九年十一月二十一日感事而作〉，頁2482。
64　《元集》，〈酬樂天舟泊夜讀微之詩〉，頁656。

中歌詠快樂、分享知足的詩篇。這些詩篇迥異於〈放言五首〉的政治感慨與現實理解，是微言相感之外的另外一個重要面向。

如前所述，元稹、白居易在元和年間的唱和詩，其中一個重要內涵即政治情感與志意的相互溝通與慰勉。而這一部份成為元、白交往詩中非常獨特的一部份，他們不論是結識之初，還是遭遇貶謫逆境，始終不忘從對方的詩作中找到激勵人心、清醒思考的力量與智慧。並建立只屬於彼此認知的對話語言，以及象徵系統，例如「無波古井水，有節秋竹竿」的意象語言與比興象徵、或者以禽鳥為比興的政治寓言詩、或者如意激言切，狂放無端的放言詩。此外，更從詩歌體製與風格上也取得的令人矚目的成績，諸如白居易和答元稹的〈和答十首〉，都是長篇五古；或者如〈放言〉組詩之「意古詞新，韻高體律」的七律風格。從詩歌體製、風格的創新而言，元、白〈放言〉組詩也具有標誌性的意義。有論者認為正是在元和時期，五言律詩、七言律詩逐漸成為晚唐之後的創作主流。[65]而元、白的七律風格又在中唐獨樹一幟，在平實親切之張籍、賈島與春容大雅之柳宗元、劉禹錫兩個代表性風格之間找到一條中間路線。[66]這種說法，如果以元、白〈放言〉組詩加以印證，正可得到充分的說明。可以說元、白的〈放言五首〉雖以政治議題為主要表達內涵，但在藝術風格、情感意志上也有突出而創新的表現。

四、白居易對元稹長慶年間以「權道濟世」爭議的反映

從《新唐書》、《資治通鑑》的記載看來，元稹依附宦官不僅受到時人的唾棄，更為宋人所譏罵。近現代研究者對元稹依附宦官一事的考證，仍看法分歧。[67]元稹依附宦官的行為是一回事，如何作出合理評價又是另一回事。以白居易和元稹膠漆似兄弟的交情，

---

[65] 呂正惠：《元和詩人研究》（臺北：東吳大學中國語文學系博士論文，1983年），頁321。

[66] 同前註，頁325。

[67] 卞孝萱認為元稹確實依附宦官，吳偉斌則持反對意見，詳見氏著：〈元稹與宦官考論〉，《元稹考論》（鄭州：河南人民出版社，2008年），頁1-132。

又把詩歌視為對話、書信，是否可在其中找到一些訊息呢？因此，本小節擬從白居易的相關詩、文中，分析他對元稹的評價問題。從史實來看，元稹在後世評價的毀譽多來自於長慶年間的政治事件，如長慶元年（821）彈劾錢徽科舉不公、長慶二年（822）驟拜同平章事、又與元和名臣裴度產生齟齬等事。最終的結果只讓元稹拜相僅八十多日即改授同州刺史，這些隱晦的過程是否有反映在元、白的交往詩中呢？元稹改授同州刺史的同一年，白居易自請調杭州刺史，離開長安這個是非之地。此時，元稹有〈寄樂天二首〉：

> 榮辱升沉影與身，世情誰是舊雷陳。唯應鮑叔猶憐我，自保曾參不殺人。山入白樓沙苑暮，潮生滄海野塘春。老逢佳景唯惆悵，兩地各傷何限神。

> 論才賦命不相干，鳳有文章雉有冠。羸骨欲銷猶被刻，瘡痕未沒又遭彈。劍頭已折藏須蓋，丁字雖剛屈莫難。休學州前羅剎石，一生身敵海波瀾。[68]

第一首詩明顯感嘆仕途的榮辱升沉，這是元稹第二次感到個人在政局中的無能為力。同時使用兩個歷史上以交情深厚堅密著稱的「雷陳」、「鮑叔」典故。「雷陳」喻相與推讓的美德，「鮑叔」也表白彼此的相互諒解。從這些典故的使用來看，元稹頗有向白居易交心之舉，特別是「猶憐我」一聯，蓋元稹拜相，新、舊唐書均載乃與宦官魏弘簡等人勾結，排擠元和朝中興功臣裴度所得。這個活動，《資治通鑑》認為早在長慶元年元稹任翰林學士時即開始：「翰林學士元稹與知樞密魏弘簡深相結，求為宰相，由是有寵於上，每事咨訪焉。稹無怨於裴度，但以度先達重望，恐其有功大用，妨己進取，故度所奏畫軍事，多與弘簡從中沮撓。」[69]如此看來，元稹從貶臣驟得大用，確實引起朝中百官的許多猜忌，加上他

---

[68] 《元集》，頁861-862。
[69] 司馬光編著：《資治通鑑》（北京：中華書局，1995年），卷242，頁7801。

與李紳、李德裕共同揭發科舉弊案，得罪眾多朝中大臣。因此，元稹在當時所受到的猜疑、攻擊確實不小，所能寄望的，只有摯友的信任，這也是我們去理解詩中「雷陳」、「鮑叔」之典故的關鍵。然而其中的細節與過程，元稹以「自保曾參不殺人」形容，即表示不管外界如何傳聞，他只能保證自己無虧於道德良心，而無法對外界自清。假使說，第一首是動之以情的話，第二首則是明之以志，首聯述己之才命相妨。中間兩聯則是重點，先說自己飽經憂患歸朝，卻仍無法脫離眾人的攻擊，但是元稹以藏蓋劍頭，難屈丁字為喻，表示自己將收拾剛直本性，不與物對抗。言下之意，也表明自己在朝廷所受到的辱罵與誤解。而最末一聯，可視為養晦之志的再次表白，既然朝廷之中人心凶險，又何必學羅剎石，孤身抵擋萬丈波瀾的拍擊呢？值得注意的是，接下來元、白的唱和贈答詩中，也多有涉及「羅剎」之喻。這也成為晚年元、白政治對話的另一個顯著符碼。

　　長慶三年（823），元稹除為越州觀察使，與杭州的白居易也更為接近。越州山水秀麗，又有數不盡的南朝風流逸事，因此，對於屢經鬥爭的元稹來說，不失為美職。因此，除了召集文士吟詩宴會之外，更以詩筒往來與白居易展開另一階段的詩歌交流。其中頗受非議者，是以誇美官宅系列，長慶三年（823），元稹寫下〈以州宅誇於樂天〉：

> 州城迴繞拂雲堆，鏡水稽山滿眼來。四面常時對屏障，一家終日在樓臺。星河似向簷前落，鼓角驚從地底回。我是玉皇香案吏，謫居猶得住蓬萊。[70]

　　除了描述越州之風流秀美景色，也對山川之壯麗、宅居之輝煌、官職之美遂表達的自得之情。而末句，以「玉皇香案吏」，化解了「謫居」的不平。因此，白居易的答詩：「知君暗數江南郡，

70　《元集》，頁881。

除卻餘杭盡不如。」[71]也表達自己與元稹的治郡乃天下美地。元稹繼之又有〈重誇州宅旦暮景色兼酬前篇末句〉：

> 仙都難畫亦難輪，暫合登臨不合居。繞郭煙嵐新雨後，滿山樓閣上燈初。人聲曉動千門闢，湖色宵涵萬象虛。為問西州羅剎岸，濤頭衝突近何如？[72]

正如前首元稹在詩中以仙吏、仙都稱自己的官職、州宅，在此詩，元稹進一步刻劃越州治郡的壯闊與秀麗，然最值得注意者在於末句，其云「羅剎」者，蓋指江中的大石，雖屹立濤浪之中，卻無時不刻承受著拍擊敲打。繼上詩自詡為「香案吏」後，元稹再向白居易誇耀飄渺的煙嵐美景與華麗的樓閣，而鏡湖的碧波萬頃，更可優遊其中。這些賞心美景，對比出日夜遭浪打濤擊、不得片刻安寧的羅剎石。元稹的自問，不僅是當下自得自滿心態的表露，更是遠離長安各種政治風浪與打擊之後的慶幸之語。元稹不經意，或者說小心翼翼所顯露的慶幸心態，老成的白居易想必體會更深刻，因此也就不意外會對元詩末句格外有興致。果不其然，白居易的酬詩即針對羅剎石展開描寫：

> 君問西州城下事，醉中疊紙為君書。嵌空石面標羅剎，壓捺潮頭敵子胥。神鬼曾鞭猶不動，波濤雖打欲何如。誰知太守心相似，抵滯堅頑兩有餘。[73]

白居易認為元詩末句的羅剎石，乃帶有自我嘲謔的況味，其中所指，即為元稹仕宦生涯所遭遇的種種挫折與攻訐。由此來看，白居易果然深諳元稹內心深處未明言的苦衷。對此刻欲遁安穩之鄉的元稹，白居易以「標羅剎」、「敵子胥」激之，鼓勵他莫為一時

---

[71] 《白集》，卷23，〈答微之誇越州州宅〉，頁1798。
[72] 《元集》，頁883。
[73] 《白集》，卷23，〈微之重誇州居其落句有西州羅剎石之謔因嘲茲石聊以寄懷〉，頁1799。

的挫折打倒擊敗。其中,「壓捺潮頭敵子胥」一語,不僅巧妙,且意蘊深刻,前有所承。此出於元稹生命中最艱難時刻之中所寫的〈相憶淚〉詩,而此詩正是寫給白居易,抒發對他的繫念,以及宣示自己頑強不屈服的心志,詩云:「西江流水到江州,聞道分成九道流。我滴兩行相憶淚,遣君何處遣人求。除非入海無由住,縱使逢灘未擬休。會向伍員潮上見,氣充頑石報心仇。」[74] 逢灘不休,氣充頑石的心志,是身貶通州之元稹的表白,顯示了頑強不屈服的生命意志。然而,時換境移,歷經長慶政爭的元稹,從「縱使逢灘不擬休」的堅強,變成「濤頭衝突近何如」的遲疑和退怯。元稹此中的轉變,白居易很有可能是了然於心的,因此,他在答詩中饒有深意的借用元稹詩之前的伍子胥典故,再銜接羅刹石之問。借醉言歌詠羅刹石的堅毅不屈,重新喚起元稹早期面對逆境時的勇敢,所謂「氣沖頑石報心仇」也;期望元稹仍保持氣堅心頑的精神,所謂「抵滯堅頑太守心」。前人看元、白這組詩,多批評其中的誇耀之情,如方回:「二公前貶九江、江陵、通州,往來詩不勝其酸楚,至此乃不勝其誇耀,亦一時風俗之弊,祇知作詩,不知其有詩失也。」[75] 是以貶謫時期的酸楚和此時的誇耀相比,認為其中的誇美、自得之情是詩歌創作上不可取的弊病。方回的說法,站在詩歌當詠性情之正的角度,當然有些道理。但我們不可忽略這組詩中的「羅刹」之喻,它是元、白屢經政治風險之後,對於出處進退之心的隱喻性對話,更是元、白從仕以來相互砥礪以正氣勇毅的標誌。因此,在批評其有誇耀美飾之弊的同時,也不能忽視元、白此種心態的產生背景,即終於遠離長安這個充滿傾軋、鬥爭的場所,來到山明水秀的南方。更何況,羅刹石意象的出現,也為這組誇耀宅居的詩歌帶來深刻的政治意義。

對於元稹長慶黨爭之後的消沉,白居易除了以羅刹石之喻給予正面鼓勵之外,也屢屢提及恬退之道。此從長慶三年(823),

---

74 《元集》,〈相憶淚〉,頁818。作於元和十三年。
75 方回選評,李慶甲點校:《瀛奎律髓彙評》(上海:上海古籍出版社,2005年),卷4,方回評語,頁191。

元、白寄給對方詩作中提到的「世路風波」，可獲得一更清楚的理解。元稹〈寄樂天〉：

> 閒夜思君坐到明，追尋往事倍傷情。同登科後心相合，初得官時髭未生。二十年來諳世路，三千里外老江城。猶應更有前途在，知向人間何處行？[76]

越州觀察使之職誠尊貴，郡宅誠美，可是夜深人靜的時刻，這些都成為外物，而內心深處仍有難言的鬱悶和感慨。這一切，除了與自己相識結交二十年的白居易可以理解，又可向誰訴說呢？在這首詩中，元稹對於自身的仕宦出處開始反省，所謂「更有前途在」，並不代表其仍急於求進，而是反映元稹仍處於觀望掙扎之中，往事堪傷，前途未定。而白居易〈除夜寄微之〉：

> 鬢毛不覺白毵毵，一事無成百不堪。共惜盛時辭闕下，同嗟除夜在江南。家山泉石尋常憶，世路風波子細諳。老校於君合先退，明年半百又加三。[77]

同樣感慨兩人追求仕宦的種種經歷，而如今遠離家鄉，共在江南。而「家山」一聯，似以兄長的口吻叮囑元稹細諳世路風波，並表達了自己對政治保持距離的心願。這種心態與自白，更為頻繁地出現於長慶三年（823），諸如「紫微北畔辭宮闕，滄海西頭對郡城。聚散窮通何足道，醉來一曲放歌行」、「一生休戚與窮通，處處相隨事事同。」[78]在這些詩中，白居易一方面追憶往事，感慨世路，一方面提出超越窮通之別，追求退守之道。寶曆二年（826）〈留別微之〉詩：

---

[76]　《元集》，〈寄樂天〉，頁886。
[77]　《白集》，卷23，〈除夜寄微之〉，頁1806-1807。
[78]　《白集》，卷23，〈醉封詩筒寄微之〉，頁1806；〈答微之詠懷見寄〉，頁1803；

干時久與本心違，悟道深知前事非。猶厭勞形辭郡印，那將趁伴著朝衣。五千言裏教知足，三百篇中勸式微。少室雲邊伊水畔，比君校老合先歸。[79]

　　這一年，白居易罷蘇州刺史，即將返回朝廷，然而內心早已有遠離政治的想法。既然仕宦之業乃前事之非，儒、道兩家又有知足歸隱的哲言，因此，白居易歸去之後尋找安身之所，乃是遲早的事。之後，早退心志的表白，更經常成為白居易贈元稹詩的主題，尤集中於大和二年（828）的〈和微之詩二十三首〉詩中。三年之後，白居易又有和元稹的〈和知非〉詩，裡頭明言，酒與禪乃是逃離人間諸苦的不二法門。在〈和晨霞〉中，白居易以元稹信奉的仙氏和自己信奉的慈氏作比較，認為佛教才能真正擺脫煩惱與盲目，濁照智慧。又在〈和知非〉中提出：「因君知非問，詮較天下事。第一莫若禪，第二無如醉。禪能泯人我，醉可忘榮悴。」認為禪與酒可泯人我，忘榮悴。又在〈和送劉道士游天臺〉：「人生同大夢，夢與覺誰分。況此夢中夢，悠哉何足云。」〈和櫛沐寄道友〉：「由來朝廷士，一入多不還。因循擲白日，積漸凋朱顏。青雲已難致，碧落安能攀。但且知止足，尚可銷憂患。」對於世間煩惱與政治危險，白居易在〈和我年三首〉之三中又有同退之約，

我年五十七，榮名得非少。報國竟何如，謀身猶未了。昔嘗速官謗，恩大而懲小。一黜鶴辭軒，七年魚在沼。將枯鱗再躍，經鎩翮重矯。白日上昭昭，青雲高渺渺。平生頗同病，老大宜相曉。紫綬足可榮，白頭不為天。鳳懷慕箕潁，晚節期松筠。何當闕下來，同拜陳情表。[80]

　　認為榮辱進退的政治經歷，元稹與自己一樣也是深有同感的，所謂「平生頗同病，老大宜相曉。」因此白居易再提起昔日的誓

79　同前註，卷24，〈留別微之〉，頁1936。
80　同前註，卷22，〈和我年三首〉之三，頁1733。

約，同時更意味深長的道出「晚節期松筠」，希望元稹持續保持正直的個性，不輕易改變。從以上種種行為、表述來看，白居易屢對元稹述說「知非」、「早退」、「細諳世路」等話語，或透露出這樣的一個訊息：正因為白居易深刻瞭解到元稹對仕宦雖然失望，卻仍抱有再為君主用的念頭，故白居易再三提出早退的想法。如果說〈放言五首〉的委順、齊生死，是元、白激憤之餘的政治思考，而長慶年間之後的知非、釋老之選擇的討論，就更涉及到生存的本質與核心。因為，貶謫所帶來的生死憂懼，並沒有因為重返長安之後頃刻消解，元、白二人又面臨到各自的政治波瀾與是非糾葛。

從上述詩作看來，不管元稹是窮是通，或是或非，白居易確實如元稹早期所期望的，「常善救」，不曾「棄捐」對方。不論是早期古井秋竹的隱喻對話，還是晚年羅刹石的象徵意涵，白居易砥礪元稹歲寒不凋，抵滯堅頑的本心從未改變。既然此點毫無疑問，那麼長慶年間元稹的政治行動是否讓白居易有所失望呢？元稹是否勾結宦官，爭取相位，這件事在白居易現存詩文中，從未直接評價，但如果觀察元稹死後白居易為其所寫的祭文、墓誌銘，或可獲得某種程度的說明。大和五年（831），元稹卒於武昌節度使任上，白居易當然深感痛心。其〈寄微之文〉：「行業志略，政術文華，四科全才，一時獨步。雖歷將相，未盡謨猷。故風聲但樹於蕃方，功利不周於夷夏。噫！此蒼生之不大遇也，在公豈有所不足耶？」[81]白居易遺憾元稹雖有將相之職，卻未能在朝中盡展大才，利國治民，然而這卻無損於元稹的歷史評價與定位。從這段評語來看，白居易與元稹相交以來，始終抱持著同理心態，對元稹的政治理想與仕宦追求給予肯定。當然，我們也不可忽略，祭文用意在於哀悼往者，故以情感追念為主，不若墓誌銘記載死者生平仕宦、功業詳盡。故仍是白居易操筆的元稹墓誌銘，就提供了更為重要的訊息。其敘元稹長慶拜相一事：

---

[81] 《白居易集箋校》，卷69，〈寄微之文〉，頁3721。

長慶初，穆宗嗣位，舊聞公名，以膳部員外郎徵用。既至，轉祠部郎中，賜緋魚袋，知制誥。制誥，王言也，近代相沿，多失於巧俗。自公下筆，俗一變至於雅，三變至於典謨。時謂得人。上嘉之，數召與語，知其有輔弼才。擢授中書舍人，賜紫金魚袋，翰林學士承旨。尋拜工部侍郎，旋守本官、同中書門下平章事。公既得位，方將行己志，答君知。無何，有憸人以飛語搆同位，詔下按驗無狀，上知其誣，全大體，與同位兩罷之。[82]

從白居易的銘文中，並未提及元稹得宦官之助而有穆宗之賞識一事，並且相當強調元稹在制誥方面的革新功績，所謂「制從長慶辭高古」，甚至直接說明元稹的擢升乃因為穆宗對其「輔弼才」的信任與重用。此外，元稹的罷相位，白居易更相信是小人陷搆所致，這件史事後來證明的確是李逢吉為排擠裴度、李德裕等人所策劃。如此看來，白居易真有替好友元稹迴護的嫌疑嗎？作為元稹至交，白居易的記載情有可原，且有一定的根據。然而，白居易也並非一昧迴護的鄉愿之人，此銘文的後段，透露出更多他對於元稹政治上的評斷：

在翰林時，穆宗前後索詩數百篇，命左右諷詠，宮中呼為元才子。自六宮兩都八方至南蠻東夷國，皆寫傳之。每一章一句出，無脛而走，疾於珠玉。又觀其述作編纂之旨，豈止於文章刀筆哉？實有心在於安人活國，致君堯舜，致身伊皋耳。抑天不與耶！將人不幸耶！予嘗悲公始以直躬律人，勤而行之，則坎壈而不偶，讁瘴鄉凡十年，髮班白而歸來。次以權道濟世，變而通之。又齟齬而不安，居相位僅三月，席不煖而罷去，通介進退，卒不獲心。是以法理之用，止於舉一職，不布於庶官；仁義之澤，止於惠一方，不周於四海。

---

82 《白居易集箋校》，卷70，頁3736-3737。

故公之心不足也。逢時與不逢時同，得位與不得位同，富貴與浮雲同。何者？時行而道未行，身遇而心不遇也。執友居易，獨知其心，以泣濡翰……道廣而俗隘，時矣夫！心長而運短，命矣夫！[83]

　　這段文字既銜接上文，也有更多平實的敘述。首先，元稹雖然以藝文獲得才子之名，但白居易認為其志向並不在於「文章刀筆」，而在於經國濟世。此即肯定了元稹儒家致用安邦的政治理想。然而，白居易又感嘆，元稹一開始以「直躬律人」，卻譴逐廢棄不用達十年之久；不得已才以「權道濟世，變而通之。」這句話，深可玩味，也道出白居易並未完全一味對元稹歌功頌德，而是以同理心去理解元稹後期的權變之舉。雖然白居易沒有說出其權變的實際內容，但可以肯定與長慶年間的政治紛爭有關。所謂「齟齬不安」者，即表示白居易也明確知道，元稹的權變之舉，有異於仕宦初期的「直躬律人」。然而，最令白居易深感痛心的，不是元稹的權變之舉，而是「通介進退，卒不獲心」。如前所言，元稹實有一番抱負與理想，不論是直躬律人，還是變而通之，都未達成自己的志向。白居易指出元稹的權道變通，非為個人一己政治地位，而是濟世，卻以失敗告終。從「齟齬不安」、「權道濟世，變而通之」、「通介進退，卒不獲心」等語看來，白居易既指出元稹改變道德原則立場，又惋惜其終不獲心的結局。白居易這對銘文的評價，可謂忠厚而公正。個人面對政治現實，或有採取權變之計，但對儒家而言，無論是兼濟或獨善，道德的恪守卻不容許存有模糊地帶。因此，相對於元稹勇於進取的人格，白居易明顯偏向獨善其身，在大和三年所作〈和除夜作〉詩，對彼此這種特質有頗為清楚的說明：

　　唯是利人事，比君全不如。我統十郎官，君領百吏胥。我掌

---

[83] 同前註，頁3738。

四曹局,君管十鄉閭。君為父母君,大惠在資儲。我為刀筆
吏,小惡乃誅鋤。君提七郡籍,我按三尺書。俱已佩金印,
嘗同趨玉除。外寵信非薄,中懷何不攄。恩光未報答,日月
空居諸。磊落嘗許君,局促應笑予。所以自知分,欲先歌歸
歟。[84]

先自承政治功績與事業不如元稹,再提出「磊落嘗許君,局促
應笑予。」所謂侷促,非指道德,而指仕宦心態與選擇而言,誠如
白居易早年因為經濟因素請調地方官的選擇。又如〈和我年三首〉
之二,自謙才能平庸,然而不僅免於饑寒,且惠及妻僕,而感到不
安,有「省躬私自愧,知我者微之。」之語。如此看來,白居易是
能以同情理解的心態,看待一個人處於政治變局中,或有可能做出
有違初衷的選擇,對此的批評,則得視其目的與意圖而作判斷。他
對元稹的評價,即是出於這種考量。

白居易所謂元稹「權道濟世,變而通之」的實際內涵,是否即
指連結宦官,驟趨相位一事,還有待進一步研究。[85]但是白居易卻
清楚地表達出對元稹當時進退失據,卒不獲心的遺憾和惋惜。白居
易「通介進退,卒不獲心」的用語中,我們也可推測,元稹得以驟
拜同平章事,其手段或有違其初心。可是,白居易對元稹仍保持高
度的信任,認為其取相位是為了濟世,而非個人利祿。故一方面以
抵滯堅頑的羅剎石意象繼續鼓勵元稹莫自菲薄,另一方面相互期
許諾盡世路風波後,遁向禪與酒的世界。這既顯示了白居易溫厚的
一面,也反映了白居易獨到的政治眼光與自我選擇。

---

[84] 《白集》,卷22。〈和微之詩二十三首‧和除夜作〉,頁1744。
[85] 文人與宦官交結來往,在中唐之後,深為時人所恥。但宦官在唐代政治運作的重要
性,卻讓文人很難避免與其有涉。韓愈、元稹、劉禹錫均曾寫詩給宦官,但是卻以元
稹最為後人詬罵。白居易對元稹與宦官有涉一事,並未留下直接的文字記載。但白居
易對宦官的抵抗態度,卻是相當明顯。此可從他將自己的墓誌銘,交給當時無名後
輩,卻敢於抨擊宦官的李商隱來寫,可得到最清楚的行為表態,可參閱劉漢初:〈李
商隱與白居易—從一則詩話傳言說起〉,《鄭因百先生百歲冥誕國際學術研討會論文
集》(2005),頁127-151。

第二節　相互吟詩中的批評與表演

一、吟詩與批評

　　顏之推曾在《顏氏家訓》說：「學為文章，先謀親友，得其評裁，知可施行，然後出手。」[86]指的是創作準備階段與學習作文時，如果能得到親友的評斷與討論，才是審慎而嚴格的態度。顏之推此話是針對初學者而言，那麼對於那些平日視寫詩作文為平常事的作家又是怎樣的情形呢？杜甫有〈夜聽許十一誦詩愛而有作〉，王嗣奭評論此詩曰：

> 公自謂「語不驚人死不休」，又云「沉鬱頓挫，隨時捷給，揚枚可企」。平日自負如此，定應俯視一切。今聽許詩，實心推服，不啻口出。其稱他人詩，類此尚多。生平好善懷賢，誠求樂取，從來詞人所少。蓋休休大臣之度也，詩人乎哉。[87]

　　認為杜甫誠然自負於詩才詩藝，卻由衷誠摯地讚美他人詩作，是真正偉大詩人的表現。在某個相遇的場合，杜甫聆聽許十一吟詠其詩，而有此詩，今天我們已不知道許十一之姓氏與文集，卻因為杜甫的詩而對許詩產生美感的想像。其中最為精彩的描述是：「應手看捶鉤，清心聽鳴鏑。精微穿溟涬，飛動摧霹靂。」[88]這既是對許十一之詩藝出神入化的頌揚，也是後人瞭解杜甫詩歌批評與思想的材料。杜甫其他論評他人詩句者如「思飄雲物外，律中鬼神驚。毫髮無遺恨，波瀾獨老成」，[89]也意謂著杜甫既是讀者也是批評

86　顏之推著，王利器集解：《顏氏家訓集解》（臺北：明文書局，1982年），卷9，頁239。
87　杜甫著，仇兆鰲註：《杜詩詳註》（北京：中華書局，1999年），卷3，〈夜聽許十一誦詩愛而有作〉，頁249。
88　同前註，卷3，〈夜聽許十一誦詩愛而有作〉，頁247。
89　同前註，卷2，〈敬贈鄭諫議十韻〉，頁110。

者，其文學觀念因為這種讀者與批評意識的產生而有更鮮明表現。但儘管杜甫在詩中表現了如此深刻精微的讀者批評，他仍得感嘆「君意人莫知，人間夜寥闃」，誦詩者猶然是一位等待知音的孤獨者。

相較於杜甫，白居易與元稹互為讀者、相互批評的創作行為，成為唐詩創作史上獨樹一幟的特例。首先，少有唐人比白居易更喜歡在詩中一再描寫自我在各種場合、心境之下吟詩的行為。元和十三年的〈山中獨吟〉：

> 人各有一癖，我癖在章句。萬緣皆已消，此病獨未去。每逢美風景，或對好親故。高聲詠一篇，恍若與神遇。自為江上客，半在山中住。有時新詩成，獨上東巖路。身倚白石崖，手攀青桂樹。狂吟驚林壑，猿鳥皆窺覷。恐為世所嗤，故就無人處。[90]

描述了自己喜歡在各種場合、時刻吟誦詩歌的愛好，這種癖好甚至被白居易描述成病態而不太受他人歡迎者。因此，他選擇人跡較少的深山來吟詩。數年之後在杭州，白居易寫詩自解：

> 新篇日日成，不是愛聲名。舊句時時改，無妨悅性情。但令長守郡，不覺卻歸城。只擬江湖上，吟哦過一生。[91]

不論是未完成的作品，還是已寫就的文字，白居易以內在性的愉悅來面對詩歌創作。這種行為可以讓他放棄政治上的發展，而快樂愜意地過一輩子。對吟詩寫詩的熱愛執著，即使苦學空法禪學，也無法銷盡降服，正所謂：「唯有詩魔降未得，每逢風月一閑吟。」[92]吟詩寫詩對於白居易而言，就如空氣那樣自然、無處不

90　《白集》，卷7，〈山中獨吟〉，頁647。
91　同前註，卷23，〈詩解〉，頁1820。作於長慶四年（824）。
92　同前註，卷6，〈閑吟〉，頁1333。

在；又像呼吸那樣必要而不可缺。

除了自己一人耽溺熱愛吟詩寫詩，白居易也喜歡在詩中一再紀錄自己讀詩友的詩、讚嘆之、形容之，從而形成獨特而又意蘊深刻的批評意識。比利時文論家喬治布萊曾對歐洲重要批評家如何透過閱讀來掌握他人意識展開研究，以及各類批評意識的運行，歸納分析其中所表現的文學現象。在分析斯達爾夫人閱讀盧梭、批評盧梭的時候，喬治布萊以「欽佩」行為解釋。並認為欽佩是一種被情感支撐、照亮、甚至引導的認識行為。個體在欽佩之情感經驗的閱讀中、表達中展現自我與對象的交流，因為欽佩一開始即具有參與的性質。[93]而元稹與白居易之間相互閱讀詩作、彼此批評的創作行為，相當類似喬治布萊所謂的「欽佩」意識。綜觀元、白對彼此詩作的閱讀與批評，是一相互參與的過程，從而表現了獨特的批評意識。元和四年（809）〈禁中九日對菊花酒憶元九〉：

> 賜酒盈杯誰共持，宮花滿把獨相思。 相思只傍花邊立，盡日吟君詠菊詩。[94]

吟元稹的詩，成為一解相思之苦懷的替代方法，立於花邊，所見的花、所憶的人以及所吟的元詩，成為鮮明而獨特的情感體驗。而事實上，元稹這首詩曾給予白居易不小的影響。元稹原詩為〈菊花〉「秋叢繞舍似陶家，遍繞籬邊日漸斜。不是花中偏愛菊，此花開盡更無花。」[95]流露出對於菊之花性的賞愛，以及個體對於不可停留之時間的賞玩態度。顯然，白居易吟誦元詩不僅有掛念遠方知交的用意，更將詩中領略到的精神與自我面對世界社會的心境相互統一。如稍後所寫的〈和錢員外早冬玩禁中新菊〉：

---

[93] 喬治布萊（Poulet Geoges 1902～1991）著，郭宏安譯：《批評意識》（桂林：廣西師範大學出版社，2002年），頁8-9。

[94] 《白集》，卷14，〈禁中九日對菊花酒憶元九〉，頁1070。

[95] 《元集》，〈菊花〉，頁60。楊軍繫於貞元十八年，而白居易詠此詩則是繫於元和四年，假使兩詩繫年都正確的話，說明白居易閱讀元稹詩歌，是保持認真態度及持續性。

禁署寒氣遲，孟冬菊初拆。新黃間繁綠，爛若金照碧。仙郎
小隱日，心似陶彭澤。秋憐潭上看，日慣籬邊摘。今來此地
賞，野意潛自適。金馬門內花，玉山峰下客。寒芳引清句，
吟玩煙景夕。賜酒色偏宜，握蘭香不敵。淒淒百卉死，歲晚
冰霜積。唯有此花開，殷勤助君惜。[96]

　　不論是從詞句，還是精神意趣，都可看出元詩的影響。例如同
樣提到陶淵明，同樣出現「此花」的強調，以及背後隱含對當下生
命的賞玩態度。這與詠元稹菊花詩的參與態度是一致的。元和十年
貶謫江州途中所作的〈舟中讀元九詩〉：

把君詩卷燈前讀，詩盡燈殘天未明。眼痛滅燈猶闇坐，逆風
吹浪打船聲。[97]

　　雖然不知道此刻白居易正在閱讀元稹哪些詩篇，但從「闇
坐」、「逆風吹浪」等詞語，多與元稹描寫貶謫之悲憤與痛苦的詩
作有關，而此刻自己也遭遇同樣的處境，在閱讀的當下，白居易與
元稹的意識之流獲得更緊密與深刻的聯繫。元稹的酬詩：「知君
暗泊西江岸，讀我閑詩欲到明。今夜通州還不睡，滿山風雨杜鵑
聲。」[98]對於白居易讀自己的詩，元稹沒有說太多，因為再多的言
詞與感慨，都無法傳達二人已心領神會的相互理解，因此，元稹只
用「知君」讀詩回應白，而以「滿山風雨」表己。這種相互理解所
體現的讀者意識，不僅是欽佩、知音意識的表現，同時透過閱讀對
方的詩作而達到精神意向的相互理解與滲透。
　　元、白除了透過閱讀來達成生命情境的相互參與，以及精神思
想的相互理解外，更以讀者的角度展現了獨特的批評意識。其中尤
以元和十二年（817）白居易〈江樓夜吟元九律詩成三十韻〉表現

96　《白集》，卷14，〈和錢員外早冬玩禁中新菊〉，頁1096。
97　同前註，卷15，〈舟中讀元九詩〉，頁1224。
98　《元集》，〈酬樂天舟泊夜讀微之詩〉，頁656。

的的最為精彩：

> 昨夜江樓上，吟君數十篇。詞飄朱檻底，韻墮淥江前。清楚
> 音諧律，精微思入玄。收將白雪麗，奪盡碧雲妍。寸截金
> 為句，雙雕玉作聯。八風淒間發，五彩爛相宣。冰扣聲聲
> 冷，珠排字字圓。文頭交比繡，筋骨軟於緜。澒湧同波浪，
> 錚鏦過管絃。醴泉流出地，鈞樂下從天。神鬼聞如泣，魚
> 龍聽似禪。星迴疑聚集，月落為留連。雁感無鳴者，猿愁
> 亦悄然。交流遷客淚，停住賈人船。闇被歌姬乞，潛聞思
> 婦傳。斜行題粉壁，短卷寫紅箋。肉味經時忘，頭風當日
> 痊。老張知定伏，短李愛應顛。道屈才方振，身閑業始專。
> 天教聲烜赫，理合命迍邅。顧我文章劣，知他氣力全。功夫
> 雖共到，巧拙尚相懸。各有詩千首，俱抛海一邊。白頭吟處
> 變，青眼望中穿。酬答朝妨食，披尋夜廢眠。老償文債負，
> 宿結字因緣。每歎陳夫子，常嗟李謫仙。名高折人爵，思苦
> 減天年。不得當時遇，空令後代憐。相悲今若此，溢浦與通
> 川。[99]

　　這是一篇不折不扣的讀詩詩，其中有美感的感發與描寫，詩
歌創作之得失的自剖，唯有透過大量的閱讀與吟誦方能寫出此篇。
《唐宋詩醇》：「其說詩處，譬如飲水，冷暖自知，又如食蜜，中
邊皆甜。兩人同調，可方伯牙、鍾期矣。」[100]說明白居易的閱讀元
稹詩篇，正如知音莫逆於心的相互理解。詩前半部分透過各種鋪敘
描寫，來說明元詩「清楚音協律，精微思入玄」的特質。後半則是
說明自己與元稹在詩歌創作上的「因緣」得失。值得注意的是，白
居易描寫吟讀元稹律詩，非常強調其音聲之感人感物的力量。而
從白居易對元詩的一貫評價來看，如元和五年的〈和答詩十首〉：
「言有為，章有旨，殆於宮律體裁，皆得作者風」；以及元和十年

99　《白集》，卷17，〈江樓夜吟元九律詩成三十韻〉，頁1339。
100　清高宗敕編：《唐宋詩醇》（瀋陽：春風文藝出版社，1995年），卷23，頁250。

的〈放言五首〉：「韻高而體律，意古而詞新」，均強調元詩在格律上取得的成就。[101]而白居易更說過「每被老元偷格律」的戲謔話語，由此可知，白居易深所歎服元稹詩者，也是他自己自矜自豪者。其中心態，也正是文學批評中知音理論的實踐。

元稹對於白居易的贈詩，正如往常一樣，以次用本韻的方式：

> 忽見君新句，君吟我舊篇。見當巴徼外，吟在楚江前。思鄙寧通律，聲清遂扣玄。三都時覺重，一顧世稱妍。排韻曾遙答，分題幾共聯。昔憑銀翰寫，今賴玉音宣。布鼓隨椎響，坯泥仰匠圓。鈴因風斷續，珠與調牽綿。阮籍驚長嘯，商陵怨別弦。猿羞啼月峽，鶴讓警秋天。志士潛興感，高僧暫廢禪。興飄滄海動，氣合碧雲連。點綴工微者，吹噓勢特然。休文徒倚檻，彥伯浪回船。伎樂當筵唱，兒童滿巷傳。改張思婦錦，騰躍賈人筌。魏拙虛教出，曹風敢望痊。定遭才子笑，恐賺學生癲。裁什情何厚，飛書信不專。隼猜鴻蓄縮，虎橫犬迍邅。水墨看雖久，瓊瑤喜尚全。才從魚裏得，便向市頭懸。夜置堂東序，朝鋪座右邊。手尋韋欲絕，淚滴紙渾穿。甘蔗銷殘醉，醍醐醒早眠。深藏那遽滅，同詠苦無緣。雅羨詩能聖，終嗟藥未仙。五千誠遠道，四十已中年。暗魄多相夢，衰容每自憐。卒章還慟哭，蚊蚋溢山川。[102]

元稹的酬詩是依白詩而押韻，所表達的情感與思想也與白詩緊緊相扣。比起白居易常提其詩，元稹較少主動頌揚白詩。但這首詩卻表達出對於白居易賞愛己詩的感激之情，如「今賴玉音宣」、「裁什情何厚」等語。這些從閱讀他人詩作所呈現的審美感受與讀者意識，若與元和早年對樂府諷諭的強調相較，我們可以觀察到白

---

101 元和五年〈和答詩十首〉認為「言有為，章有旨，殆於宮律體裁，皆得作者風」，是從元稹作品中讀出諷諭的特質。元和十年的〈放言五首〉，白居易形容元詩「韻高體律，意古詞新」，則是讀出其詠懷的部分。這兩組詩，白居易都注意到元稹在詩律上的突破與表現。

102 《元集》，〈酬樂天江樓夜吟稹詩因成三十韻〉，頁822-823。

居易批評意識的轉變，即從強調「言有為、章有旨」的有為之作，到肯定「清楚音協律，精微思入玄」的詩之美感，並且也注意到這些詩受到的歡迎。這與白居易江州之貶後採取中隱態度，對政治採取疏離態度，而自我肯定其詩人身份，致力於吟詩學禪也有密切的關係。從此之後，白居易對於元稹詩的評價，也多以此為據。例如元和十四年，白居易從江州至忠州的途中，在峽中巧遇元稹，兩人留宿長談三宿而別，並各出己詩，白居易以詩歌和仕宦作了一對比，所謂：「莫問龍鍾惡官職，且聽清脆好文篇。」[103]在此句自注云：「微之別來有新詩數百篇，麗絕可愛。」最後說「別來只是成詩癖，老去何曾更酒顛。」云詩癖者，表示白居易在意識深處，已將詩歌的價值放於政治之上。

長慶三年（823）元稹將舊詩刪削成卷，寄給白居易，抒發了「近來章奏小年詩，一種成空盡可悲。」[104]除了感嘆浮生皆空之外，也對自己的無兒感到遺憾。從元稹將詩刪削成卷寄給白居易的行為看來，他確實將白居易視為重要的讀者。而白居易的酬詩：

> 滿帙填箱唱和詩，少年為戲老成悲。聲聲麗曲敲寒玉，句句妍辭綴色絲。吟玩獨當明月夜，傷嗟同是白頭時。由來才命相磨折，天遣無兒欲怨誰。[105]

兩人共同的悲傷是由沒有子嗣而引起，再對照那些紀錄著從年輕歲月到遲暮之年的滿箱唱和詩，兩人對生命興起悲歎。其實，兩人無兒之憾，又與他們對自己文學事業的後繼無人有關。

長慶之後，雖然宦途逐漸穩順，不再遷謫流離，然而元、白二人仍無法回到校書郎時期詩酒共遊的歲月。因此，閱讀彼此的唱和詩成為懷念對方的最佳方式，從往日的蹤跡中，發現情感的共鳴與歲月的流逝。如白居易寫於寶曆元年（825）的〈歲暮寄微之

---

[103] 《白集》，卷17，頁1428。
[104] 《元集》，頁889。
[105] 《白集》，卷23，〈酬微之〉，頁1800。

三首〉之二：「白頭歲暮苦相思，除卻悲吟無可為。枕上從妨一夜睡，燈前讀盡十年詩。」[106]在「十年詩」後自注：「讀前後唱和詩」元、白二人的交遊當然不止十年，然而這十年之間二人歷盡生死風波，從險惡之地到榮華加身，因此，這些記錄著兩人生命印記的詩作，只有二人才能體會。從這點來說，元、白的唱和酬贈詩早已超越交際的功能，而成為記錄情感與生命經驗的載體。更重要的是，白居易往往透過吟讀昔日詩作，進行追憶與懷思，這又是前人編選唱和集所未曾出現的現象。

　　如前所述，白居易是元稹最重要、最知心的讀者，自吟之外，白居易閱讀最多，寫下最多評論的，也是元稹詩。相對於白居易，元稹詩中較少涉及閱讀的行為，元和五年（810），元稹曾酬和白居易的代書詩一百韻，在詩序曾高度推崇白居易詩藝：

> 玄元氏之下元日，會予家居，枉樂天代書詩一百韻。鴻洞卓犖，令人興起心情。且置別書，美予前和七章，章次用本韻，韻同意殊，謂為工巧。前古韻耳，不足難之。今復次排百韻，以答懷思之貽云。[107]

　　在「山岫當街翠，牆花拂面枝」句自注云：「昔予賦詩云：『為見牆頭拂面花』，時唯樂天知此。」[108]又說明，某些獨特的記憶片段只屬於元、白二人，其他人皆與此無關。白居易在元和七年（812）所寫的〈自吟拙什因有所懷〉，卻認為元稹是當時少數賞愛己詩者。這首詩有助於理解二人的相互閱讀關係：

> 懶病每多暇，暇來何所為。未能拋筆硯，時作一篇詩。詩成淡無味，多被眾人嗤。上怪落聲韻，下嫌拙言詞。時時自吟詠，吟罷有所思。蘇州及彭澤，與我不同時。此外復誰愛，

106　同前註，卷24，〈歲暮寄微之三首〉之2，頁1902。
107　《元集》，〈酬翰林白學士代書一百韻〉，頁307。
108　同前註，頁308。

唯有元微之。趁向江陵府，三年作判司。相去一千里，詩成
遠不知。[109]

　　對自己愛好吟詩歸因於自己的天性，並自覺體認到自己的創作
與當代的風氣有所不同，所謂「淡無味」、「眾人嗤」者，表示白
居易即使受到眾人嘲笑，也很堅持自己該如何寫詩。並轉向尋求古
人的認同，以晉代陶淵明以及稍早之前的韋應物為理想典範。既然
眾人不喜己詩，白居易只好自吟自思，而視陶、韋為自己的知音。
除此之外，唯有元稹最看重自己的詩，然而卻遠貶江陵，相隔千
里。透過這首詩，我們更容易理解白居易為何如此喜歡吟詠自己的
詩以及元稹的作品。透過吟誦，白居易不僅肯定自己，更與唯一的
知音元稹取得了精神上的聯繫。正因為許多往事是元、白所獨自擁
有，因此，兩人的交往詩作往往有無言的默契。

二、傳播與表演

　　白居易不僅喜歡自吟詩作，也常吟誦詩友的詩篇。除此之外，
他也常將這種閱讀行為擴展於其他詩友。如元和十年〈雨中攜元九
詩訪元八侍御〉：

微之詩卷憶同開，假日多應不入臺。好句無人堪共詠，衝泥
蹋水就君來。[110]

　　元八侍御乃是元、白二人共同的好友元宗簡，他們三人往往聚
會在一起，共同讀詩寫詩。即使元稹當時遠貶在外，白居易仍難壓
抑與元宗簡共同賞析元稹詩的衝動，即使「衝泥蹋水」在所不惜。
長慶三年，在杭州的白居易接到張籍的贈詩，吟讀之餘，「重封轉
寄」給在浙東的元稹，其詩云：

---

[109] 《白集》，卷6，〈自吟拙什因有所懷〉，頁549。
[110] 同前註，卷15，〈雨中攜元九詩訪元八侍御〉，頁1197。

秦城南省清秋夜，江郡東樓明月時。去我三千六百里，得君二十五篇詩。陽春曲調高難和，淡水交情老始知。坐到天明吟未足，重封轉寄與微之。[111]

白居易元和早年即深深嘆服張籍樂府詩，曾有〈讀張籍古樂府〉一首，高度肯定張籍樂府詩教化人心，源出六義的傑出成就。當然未經歷江州貶謫前的白居易，深深相信「詩歌合為事而作，文章合為時而著」的準則，因此他在讀張籍詩的當下，想到的是「言者志之苗，行者文之根。所以讀君詩，亦知君為人。」透過言、行來觀察人之志向與行為，是儒家文學觀念之一，白居易也曾於〈與元九書〉表述過。所以，當閱讀張籍樂府詩的同時，可以想像其為人。然而這種閱讀的興趣歷經江州之貶後，即有所調整。雖然此刻我們不知道張籍寄給白居易的詩是哪些，但應該不是早年所寫的樂府詩作。能讓白居易於「郡樓月下吟玩通夕」者，有可能就是張籍的律絕。蓋張籍的「律格詩，尤工於匠物，字清意遠，不涉舊體，天下莫能窺其奧。」[112]白居易的寄詩也讓元稹想起閱讀的回憶，其詩題：「酬樂天吟張員外詩見寄因思上京每與樂天於居敬兄升平里詠張新詩」，張員外即張籍，居敬即元宗簡，詩題清楚地告訴我們，元稹、白居易元和年間曾於元宗簡家共讀張籍的詩作。[113]

於詩友家共聚吟讀他人新詩，雖表現明顯的群體閱讀行為，然而並不能定義成自覺的傳播意識。以吟詩行為本身體認出傳播效果，並以此行為自豪，以元稹和白居易表現得最為徹底。元和十二年當元、白各自貶謫於通州、江州時，元稹將白詩題於寺壁、白居易將元詩於屏風，其實已有某種傳播效果。白居易的目的雖出自於「舉目會心，參若其人在於前矣」的意圖，但他卻也自覺到往後有

---

[111] 同前註，卷23，〈張十八員外以新詩二十五首見寄郡樓月下吟玩通夕因題卷後封寄微之〉，頁1799。

[112] 董誥等編，孫映逵等點校：《全唐文》（太原：山西教育出版社，2002年），卷872，張洎〈張司業詩集序〉，頁5378。

[113] 《元集》，〈酬樂天吟張員外詩見寄因思上京每與樂天於居敬兄升平里詠張新詩〉，頁885。

可能被好事者傳為美談，成為江州通州地區之故事的可能。

　　長慶四年（824），元稹在浙東公務稍閑時，為白居易編纂詩
集，忽然想起兩人共同吟詩的場景。雖為七絕，詩序詳細交代這兩
次難忘的吟讀經驗：

　　　　為樂天自勘詩集，因思頃年城南醉歸，馬上遞唱豔曲，十餘
　　　　里不絕。長慶初，俱以制誥待宿南郊齋宮，夜後偶吟數十
　　　　篇，兩掖諸公泊翰林學士三十餘人，驚起就聽，遝至卒吏，
　　　　莫不眾觀。群公直至侍從行禮之時，不復聚寐，予與樂天吟
　　　　哦竟亦不絕。因書於樂天卷後。越中冬夜，風雨不覺。將
　　　　曉，諸門互啟關鎖，即事成篇。[114]

　　詩為七絕，僅二十八字，但詩序卻多達百字，詩與序在字數
上如此不對稱，因此，元稹寫詩的衝動，已被早年與白居易共同
吟詩的深刻記憶所覆蓋。從字裡行間，元稹頗為懷念兩人共吟驚
動眾人，蔚為盛事的往日回憶。一次是元和十年（815）的「遞唱
豔曲」「十餘里」；另一次長慶初年「偶吟數十篇」之後，因眾
人圍觀而不能自止，需要兩人共同合作而完成，而從聽者如癡如
醉，「莫不眾觀」的盛大場面看來，元、白也是自覺到聽者觀眾的
存在。所以元稹會在詩中說：「春野醉吟十里程，齋宮潛詠萬人
驚」，如此自豪於「萬人驚」的場面。也正因為這些成功的吟詩表
演，多年之後遠在越地的元稹，一想起就意味深長，所謂「今宵不
寐到明讀，風雨曉聞開鎖聲。」越地雖有眾多文士在幕下，但仍難
與長安吟詩聚會的盛況相比。比起元稹對「萬人驚」的懷念，白居
易顯得更為自在隨意。元、白醉吟十里的記載，其實更早被白居易
寫進〈與元九書〉中，這是更新鮮、更為自豪的心態與記憶：

　　　　如今年春遊城南時，與足下馬上相戲，因各誦新豔小律，不

---

[114] 《元集》，頁912-913。

雜他篇。自皇子陂歸昭國里，迭吟遞唱，不絕聲者二十里餘。樊、李在傍，無所措口。知我者以為詩仙，不知我者以為詩魔。[115]

也是頗有興味的回憶當時狂吟連唱的情形，他人「無所措口」，隱有自得自豪之情，但仍看出白居易對於與元稹共吟詩的純粹耽溺與享受。在定義詩魔與詩仙時，白居易則說「連接朝夕，不自知其苦者」為詩魔；而「不知老之將至」，猶至蓬萊仙境的詠吟則為詩仙。但不管是仙也好，魔也罷，白居易都認為這是他與元稹「外形骸，脫蹤跡，傲軒鼎，輕人寰」者。從這段文字可知，白居易確實更能體會單純吟詩的樂趣。在晚年的〈醉吟〉詩中，描寫自己沉醉酣飲，放浪形骸，忘卻公事的吟讀行為，最後四句寫到：「臨風朗詠從人聽，看雪閑行任馬遲。應被眾疑公事慢，承前府尹不吟詩。」[116]是否引起眾人注意或者有無聽眾，白居易並不是非常在意。這種「酒狂又引詩魔發，日午悲吟到日西」的瘋狂吟詩行為，[117]顯然是白居易以醉吟先生自稱，又以詩魔自謂的重要原因。比起元稹較注意聽眾的規模，白居易還注意到不知名聽眾的存在，寶曆二年（826）〈寫新詩寄微之偶題卷後〉：

> 寫了吟看滿卷愁，淺紅箋紙小銀鉤。未容寄與微之去，已被人傳到越州。[118]

本來只是對好友的懷念與相思，卻被圍觀的眾人視為美感享受，而加以傳播、閱覽。這已相當清楚地說明：元稹與白居易的詩歌交往，不僅為天下共知，還為眾人所注目。而描寫彼此友情、交情的作品，更是洛陽紙貴，萬人傳閱。大和三年（829）寫於洛陽的〈偶吟〉：「元氏詩三峽，陳家酒一瓶。醉來狂發詠，鄰女映籬

115 《白居易集箋校》，卷45，〈與元九書〉，頁2795。
116 《白集》，卷28，〈醉吟〉，頁2237。
117 同前註，卷17，〈醉吟二首〉，頁1390。
118 同前註，卷24，〈寫新詩寄微之偶題卷後〉，頁1944。

聽」，[119]沒有交代這位鄰女的名姓，甚至她到底聽懂多少也不是重點，因為，自發性的吟詩才是白居易所重視的表演本身。注意到聽眾與讀者的存在，與嫌棄自己的詩歌，事實上是同一件事的一體兩面，正是因為對自己作品的關注，才會真正意識到詩篇是否為旁人所接受或注意，而這一點，在元、白詩中表現得最為明顯。特別是兩人聯吟共賦的盛況，在當時是如此引人注目，這些現象是我們瞭解文學對於中唐社會與文化之轉變意義的重要關鍵。

第三節　記憶的對話

　　白居易是唐代存詩最多的詩人，加上具有「反復回顧某些時點的感慨與感觸，層層累積起『時間層次』的傾向」，[120]因此，在其詩集中非常頻繁地出現記載時間年月的數字，以及諸如「依舊」、「重」、「昔」等與回憶有關的文字。日本學者丸山茂已注意到白居易詩中最常回顧並歌詠的幾個對象，例如「曲江」、「商山」、「寫真」等。而台灣學者李寶玲、衣若芬分別針對白居易詩中的「商山」、「寫真」詩文本作過探討。[121]而這一節關注的是白居易與元稹交往詩中的回憶主題。與杜甫單方面回憶李白不同，元、白詩中的追憶書寫建立於兩人深厚而長久的交往。不論是白居易：「平生親友心，豈得知深淺」、[122]「相知豈在多，但問同不同。同心一人去，坐覺長安空」；[123]或者元稹：「人亦有相愛，我爾殊眾人」[124]，均強調彼此交情的無可替代與唯一。而白居易大和二年（828）的〈和微之詩二十三首・和寄樂天〉，更可視為對彼此三十年交情的集中論述：

[119] 同前註，卷27，〈偶吟〉，頁2132。
[120] 丸山茂：〈作為回憶錄的《白氏文集》〉，蔣寅編譯：《日本學者中國詩學論集》（南京：鳳凰出版社，2008年），頁150。
[121] 詳見氏著，李寶玲：〈商山道上的白居易〉，《逢甲人文社會學報》第5期（2002年），頁67-88。衣若芬：〈白居易的寫真詩與對鏡詩〉，《中山大學學報》（2007年），頁51-57。
[122] 《白集》，卷10，〈寄元九〉，頁794。
[123] 同前註，卷9，〈別元九後詠所懷〉，頁732。
[124] 《元集》，〈酬樂天赴江州路上見寄三首〉之3，頁653。

賢愚類相交，人情之大率。然自古今來，幾人號膠漆。近聞
屈指數，元某與白乙。旁愛及弟兄，中權比家室。松筠與金
石，未足喻堅密。在車如輪轅，在身如肘膝。又如風雲會，
天使相召匹。不似勢利交，有名而無實。頃我在杭歲，值君
之越日。望愁來儀遲，宴惜流景疾。坐耀黃金帶，酌酡頳玉
質。酣歌口不停，狂舞衣相拂。平生賞心事，施展十未一。
會笑始啞啞，離嗟乃唧唧。餞筵纔收拾，征棹遽排比。後恨
苦綿綿，前歡何卒卒。居人色慘澹，行子心紆鬱。風袂去時
揮，雲帆望中失。宿醒和別思，目眩心忽忽。病魂黯然銷，
老淚淒其出。別君只如昨，芳歲換六七。俱是官家身，後期
難自必。[125]

　　白居易自覺表述自己與元稹的交情是古今以來少有，情感的
聯結是如此深厚，並將其比喻人倫中的弟兄之情、家室之親。堅密
如松筠、金石；密切相關如輪轅、肘膝。與元稹的相遇，猶如風從
雲般自然相應，並視為是老天的旨意。風雲之喻，韓愈在〈醉留東
野〉詩中也用過，但表達的是相從之願望，與白居易用來確認「天
使召匹」的說法不盡然相同。白居易是將他與元稹的並世而生且如
膠似漆，視為是自然世界的風與雲，如此自然而關係密切。自覺地
凸顯、強調彼此交情的獨一無二，無可比倫，為他們的詩歌創作帶
來何種影響呢？這個問題若只從唱和角度去分析或許是不夠的。而
是要進一步觀察他們的交往到底帶給彼此何種相互影響、或者在交
流對話的過程中有何種新的內涵。而回憶，正是觀察這些問題的一
個新角度。

　　在元和年間，白居易與元稹的交往詩作中，常出現以「憶」為
題者，說明白居易對此主題並非陌生者。從貞元末年兩人相識之初
所作的〈〈曲江憶元九〉、〈西明寺牡丹花時憶元九〉，到元和年

---

[125] 《白集》，卷22，〈和微之詩二十三首‧和寄樂天〉，頁1738。

間的〈憶元九〉、〈禁中九日對菊花酒憶元九〉、〈同李十一醉憶元九〉、〈立秋日曲江憶元九〉、〈八月十五日夜禁中獨直對月憶元九〉、〈獨酌憶微之〉、〈見紫薇花憶元九〉〈感秋懷憶微之〉等等，莫不是在詩題中直接以「憶」為題，說明回憶與元稹在白居易心目中佔據著獨特的意義。他自己即在元和五年的〈憶元九〉詩說「近來文卷裏，半是憶君詩。」[126]這表示白居易很清楚而自覺地發現：自己對元稹的回憶竟然成為詩歌創作中的重要主題。而元稹在貶謫通州時期，有〈相憶淚〉詩：

> 西江流水到江州，聞道分成九道流。我滴兩行相憶淚，遣君何處遣人求。除非入海無由住，縱使逢灘未擬休。會向伍員潮上見，氣充頑石報心仇。[127]

這首詩不僅可視為元稹對白居易大量記憶自己、追憶曾經共同歲月的回應，也可以清楚地辨識出元、白相憶主題的幾個基本特徵，例如兩地相隔的憶念，情感的記憶，以及政治上互通心志、彼此理解的情意等。以下即詳論之。

一、兩地相憶

（一）因新境追憶舊事：記憶的開啟

在元稹、白居易的交往詩中，常相互自述讀對方詩的情感體驗與心理過程，這對於唱和酬贈傳統而言，有著重要的意義與突破性。這一類詩多描述其內心閱讀對方詩作種種感受，而不直接指涉政治追求與個人理想，而是以情感為主。也就是說，對彼此的繫念與深情，正是此類詩的主要特徵。從這點來說，又與韓孟等人有著極大的差異。韓孟等人相互溝通、關懷當然也是以友情為基礎，但情感性之外的理想，即恢復儒家古道的形上理念，更是他們形成群

---

[126] 《白集》，卷14，〈憶元九〉，頁1113。
[127] 《元集》，〈相憶淚〉，頁818。作於元和十三年。

體意識、相互交流的核心共識。因此，無論對方如何窮困不遇或遭受打擊，交往詩多歸結到對天命、傳統、道德等價值理念。元、白交往詩也有不少以政治理念為主的作品，但從整體來說是以情感作為主要傾向。在這類作品中，元白在詩中相互表達的是以某一時某一地的當下情感體驗，例如在詩中談到如何懷念對方、自我的相思之情、往日情境的追憶、往後的會面預想，甚至夢中的會面敘舊、兩地各自想念對方的情景等等。如此豐富、深刻的情感充溢於兩人的交往詩中，因此他們相互肯認為對方唯一的知己，也就是情理之自然了。

　　元和四年（809）三月，元稹以監察御史使劍南東川，在路途中有〈使東川〉組詩。這組共有三十二首，白居易的從弟白行簡親自抄寫成一卷，而元稹自選二十二首寄給白居易。除了整組詩的詩序外，有些詩自成一組也另有詩序，為我們提供相當清楚的背景。元稹寫下這組詩，處處可看出白居易在其心目中的重要性，在褒城驛站北壁看到白居易早年的題詩，令元稹「不離牆下至行時。」[128]而〈清明日〉之作，是因為當下此刻勾起曾與白居易等人清明共游的回憶。至於〈亞枝紅〉，則純粹是以白居易為回憶中心，序云：「往歲，與樂天曾于郭家亭子竹林中，見亞枝紅半在池水。自後數年，不復記得。忽於褒城驛池岸竹間見之，宛如舊物，深所愴然。」[129]此序雖短，卻勾勒出元、白交往詩中莫逆於心的相互回憶與思念。當元稹站在褒城驛看到一簇紅花，不知其名的當下，卻被與白居易共游的共同記憶撞擊，而豁然清醒，歷歷在目。雖然序與詩的文字語言平易，但「宛如舊物，深所愴然」一語，卻道出只有元稹與白居易才能相互感受到的物是人非之感。〈梁州夢〉詩，是元稹夢與白居易等人在長安游寺而作，序言云：「是夜宿漢川驛，夢與同游曲江，兼入慈恩寺諸院。倏然而寤，則遽乘及階，郵使已傳呼報曉矣。」因此，其詩也是此心境的描述：「夢君同繞曲江

---

[128] 《同前註》，〈使東川·褒城驛二首〉，頁141。
[129] 同前註，〈使東川·亞枝紅〉，頁144。

頭，也向慈恩院院游。亭吏呼人排去馬，忽驚身在古梁州。[130]」似乎在感慨美夢易醒之遺憾。從寫作主旨來看，元詩所寫無非是在表達對白居易的相思憶念，是二人作品中常見的主題。可是如果加上白行簡《三夢記》所載，以及與白居易詩合看，這一組唱和詩實為元白交誼的極致典範之一。白行簡《三夢記》先敘白居易與杓直等人遊於長安城寺院，休憩飲酒之餘，懷念在遠方的元積：

> 兄停杯久之，曰：「微之當達梁矣」命題一篇於屋壁，其詞曰：「春來無計破春愁，醉折花枝作酒籌。忽憶故人天際去，計程今日到梁州」實二十一日也。十許日，會梁州使適至，獲微之書一函，後寄〈紀夢詩〉一篇，其詞曰……日月與游寺題詩日月率同。蓋所謂此有所為而彼夢之者矣。[131]

　　長安與東川，地隔千里，音訊渺茫，白居易卻可憑自己對元積的情感，猜測到元積當日的行程。白行簡以「有所為而彼夢之者」來解釋元、白心靈相應、冥神共感的神奇體驗。事實上，元、白二人不乏此類以魂夢相感應的例子，例如隔年元積貶謫江陵，白居易寫下〈初與元九別後忽夢見之及寤而書適至兼寄桐花詩悵然感懷因以此寄〉，詩題甚長，卻記載了類似梁州夢這種「有所為而彼夢之者」的情境。作為早期交往酬贈的作品，這兩組詩實為見證二人交情的重要作品。

　　如白居易〈酬和元九東川路詩十二首〉序云：「十二篇皆因新境追憶舊事，不能一一曲敘，但隨而和之，唯予與元知之耳。」[132]從詩題而言，「因新境追憶舊事」已道出白居易此組唱和詩的獨特性，即將唱和的動機與內涵作了特定的限制。如以下三首描寫兩地相隔的詩篇：

---

[130] 同前註，〈使東川‧梁州夢〉，頁145。
[131] 《全唐文》，卷692，白行簡〈三夢記〉，頁4189。
[132] 《白集》，卷14，頁1102。

嘉陵江曲曲江池，明月雖同人別離。一宵光景潛相憶，兩地陰晴遠不知。誰料江邊懷我夜，正當池畔望君時。今朝共語方同悔，不解多情先寄詩。[133]（〈江樓月〉）

露濕牆花春意深，西廊月上半床陰。憐君獨臥無言語，唯我知君此夜心。[134]（〈嘉陵驛〉）

靖安宅裏當窗柳，望驛臺前撲地花。兩處春光同日盡，居人思客客思家。[135]（〈望驛臺〉）

〈江樓月〉是此組詩敘述得最為詳盡的作品，從「嘉陵」、「曲江」的對舉，再以「兩地」表示兩人的相隔，最末以「江邊」、「池畔」表達兩方同時彼此思念的情境，整首詩無非都在闡明分居兩地的好友，共同對著一輪明月懷念對方。由新境所串起的舊事，成為元、白贈寄唱和作品的主要模式，不管是〈望驛臺〉的「兩處春光同日盡，居人思客客思家」；或是〈夜深行〉的「百牢關外夜行客，三殿角頭宵直人」均為典型的兩地相憶。

從這十二首詩看來，元稹的使東川諸詩多描寫個人一己的愁情苦緒，但到了白居易手中，變成是一種雙向互動。簡言之，白居易將交情友情本身作為唱和的主要對象，並建立以追憶為手段，來抒發與元稹相隔兩地的愁情苦緒，也使書寫兩地相知相憶之情境模式成為其寄贈詩的常態。雖然東川唱和詩組並非元白唱和創作的代表性作品，卻可從中看出，元、白在元和初年即已建立以「平常事，至情語」為創作主軸的共識。這種共同的體認，不僅成為其日後的創作傾向，更是兩人獨特詩風的標誌。例如元和十二年（817）〈憶微之〉：

---

133 同前註，〈酬和元九東川路詩十二首・江樓月〉，頁1105。
134 同前註，〈酬和元九東川路詩十二首・嘉陵夜有懷二首〉之一，頁1107。
135 同前註，〈酬和元九東川路詩十二首・望驛臺〉頁1108。題下自注「三月三十日」。

與君何日出屯蒙，魚戀江湖鳥厭籠。分手各拋滄海畔，折腰俱老綠衫中。三年隔闊音塵斷，兩地飄零氣味同。又被新年勸相憶，柳條黃軟欲春風。[136]

此際元稹在通州，白居易在江州，即屬典型的兩地相憶，雖然分拋兩地，可是飄零的氣味卻是相同。每當新年到來，就會不由自主的懷念對方。這裡頭充滿著政治之中的無奈與羈束。白居易江州之貶，無疑使雙方更徹底地瞭解政治的本質，相對的，也增添了患難與共的情感。

然而，從元和五年（810）至十二年（817），除了在長安短暫的相聚，留下城南吟詩的歡快回憶之外，其他則相隔兩地。因此，白居易喜用江水的意象來表達兩地相憶，如〈立秋日曲江憶元九〉：「城中曲江水，江上江陵城。兩地新秋思，應同此日情。」[137]將分隔曲江、江陵兩地之人的情懷，因為臨江而互相似情境而得以溝通、進行遙遠的想像。元和十三年（818）元稹〈水上寄樂天〉：

眼前明月水，先入漢江流。漢水流江海，西江過庾樓。庾樓今夜月，君豈在樓頭。萬一樓頭望，還應望我愁。[138]

明月之夜，元稹站在漢江水濱，想起江州的白居易。形體既不可跨越萬丈高山與千里闊江的隔閡，那麼透過水流的綿延不絕，則是唯一可行的具體途徑。因此，元稹的想像從通州江濱直達江州的西江水畔，更設想白居易也站於樓頭遙望自己。以月映江水，藉水流之意象表達追憶之情的表現，也見於白居易詩中，例如長慶四年（824）從杭州至洛陽途中的詩作：

[136] 同前註，卷16，〈憶微之〉，頁1303。
[137] 《白集》，卷9，〈立秋日曲江寄元九〉，頁746-747。
[138] 《元集》，〈水上寄樂天〉，頁817。

憶君我正泊行舟，望我君應上郡樓。 萬里月明同此夜，黃河東面海西頭。[139]

　　「憶君」與「望我」正是元、白詩中「君」、「我」對舉模式慣用的手法之一。而其中的「應」更可看出兩人對於彼此情感身隔神不隔的表達。[140]樓前望水，流動的江水可將兩地相隔的人相聯繫，從而情感得以連結。

　　江水之外，夢也是元、白詩中常出現者，日思夜夢，於是白居易有〈夢微之〉詩，題下自注「十二年八月二十日夜」，說明其所作之夢的清楚無誤：

晨起臨風一惆悵，通川溢水斷相聞。不知憶我因何事，昨夜三回夢見君。[141]

　　「通川」與「溢水」分指通州與江州，江水的相隔只能透過夢的形式來達成對彼此的關懷。元稹的酬詩則以更悲哀的情調道出對白居易以夢相思的繫念：「山水萬重書斷絕，念君憐我夢相聞。我今因病魂顛倒，唯夢閑人不夢君。」[142]透過夢不見白居易的反話，表達自己身處瘴癘之地的魂夢顛倒，從而使憶念對方的情感有更深一層的發揮。這組詩明白如口語，卻是至情至性的自然流出。以夢的形式來記憶對方，元稹也曾有此舉，他在〈寄樂天〉詩中也是這麼說：

無身尚擬魂相就，身在那無夢往還。直到他身亦相見，不能空記樹中環。[143]

139 　《白集》，卷23，〈河陰夜泊微之〉，頁1833。
140 　在唱和酬贈詩中以「應」字設想對方，實屬元、白獨有。除了「望我君應上郡樓」之例外，另有卷16，〈見紫薇花憶元九〉，頁1279。「除卻微之見應愛，人間少有別花人」，這種排除他人，對對方應然行動的猜想，深可看出元、白交誼之深。除了「應」字之外，元、白還喜用「唯有」等，也具有與「應」相近的意義。
141 　同前註，卷16，〈夢微之〉，頁1357。
142 　《元集》，〈酬樂天頻夢微之〉，頁750。
143 　《元集》，〈寄樂天〉，頁760。

在歷代文人的交往關係中，真正透過夢來記憶對方的當然不多，杜甫的〈夢李白二首〉「故人入我夢，明我長相憶」，以及「三夜頻夢君，情親見君意」，[144]是杜甫憐惜李白的明證，但這些淒惻深情之語，更像是杜甫的獨白。蓋李、杜交誼並不像元、白一樣，有著深刻而頻繁地人事聯繫，有具體而真切的生活場景作為二人的對話空間。畢竟，杜甫寫下此詩，已與李白分別十幾年，且不知對方任何消息。因此，杜甫對李白的夢、憶，雖然可看出杜甫性情的真摯深厚，其創作卻無對話的基礎與背景。而元、白之間的交往，卻沒有這個問題。白居易也善於以典型事件來追憶他曾與元積的兩地相隔，例如封書寄信這件細小的事件本身。元和十二年（817）白居易在廬山，深夜寫好給元積的信後，封緘的當下，回憶起往昔相似的動作，因有〈山中與元九書因題書後〉詩三韻：

> 憶昔封書與君夜，金鑾殿後欲明天。今夜封書在何處，廬山
> 菴裏曉燈前。籠鳥檻猿俱未死，人間相見是何年？

白居易將封書寄予元積的場景單獨出來，視為回憶的主體之一，再從今、昔的對比中，抒發彼此俱為宦職所羈，不得自由相從遊樂的人間憾事。可見出，白居易始終將情感性因素視為追憶元積的要件，而元積的酬詩：

> 今日廬峰霞繞寺，昔時鸞殿鳳回書。兩封相去八年後，一種
> 俱云五夜初。漸覺此生都是夢，不能將淚滴雙魚。[145]

精確地時間感，加深了空間的對比性，元詩完全扣緊白居易對於「封書」之夜的回憶，而添加今昔封書之夜的場景描寫，從而感嘆出浮生若夢，不堪回首之情。距離的阻隔除了透過夢來超越現

---

[144] 杜甫著，仇兆鰲注：《杜詩詳注》（北京：中華書局，1999年），卷7，〈夢李白二首〉之一，頁556。
[145] 同前註，〈酬樂天書後三韻〉，頁733。

實、透過江水溝通彼此之外，兩人更以題壁書寫對方詩作文字的方式來抒發相思之情，元稹將白詩寫於閬州寺壁：

> 憶君無計寫君詩，寫盡千行說向誰。題在閬州東寺壁，幾時知是見君時。[146]

山川的阻隔，使得追憶之情杳然，因此元稹透過題寫白詩於壁的方式來想念遠方的朋友。在書寫的當下，文字的想像召喚彼此，兩人的往日記憶顯然比夢境更為真實。對此，白居易在江州時更進一步設立詩屏，使元稹的形象與個性更具體真實。在〈題詩屏風絕句〉的序言這麼說：

> 十二年冬，微之猶滯通州，予亦未離湓上。相去萬里，不見三年，鬱鬱相念，多以吟詩自解。前後辱微之寄示之什，殆數百篇。雖藏於篋中，永以為好，不若置之座右，如見所思。由是摭律句中短小麗絕者，凡一百首，手自題錄，合為一屏。舉目會心，參若其人在於前矣。前輩作事，多出偶然。則安知此屏，不為好事者所傳，異日作九江一故事爾？因題絕句，聊以獎之。[147]

詩藏篋中，想尋覓某一首詩憶念對方卻難以立即現身，不若書屏以「舉目會心」，見詩如見其人，不必煞費苦心的尋詩，更不必在遙遠的一方想望。「若其人在於前」正道出白居易解決兩地相憶的方式。從這段序言也可知，白居易對於自己的舉動，是頗為自覺，認為這以後將可成為好事者所流傳的故事。選出一百首詩書於屏風上，白居易親自「自書自勘」，在這個過程中，其實也多少達成「會心」的效果。稍後，白居易在〈答微之〉詩中再次說明設詩屏的用意：

---

[146] 《元集》，〈閬州開元寺壁題樂天詩〉，頁744。
[147] 《白集》，卷17，〈題詩屏風絕句〉並序，頁1374。

君寫我詩盈寺壁，我題君句滿屏風。與君相遇知何處，兩葉
浮萍大海中。[148]

　　此詩另有序，云：「微之於閬州西寺，手題予詩。予又以微之
百篇，題此屏上。各以絕句，相報答之。」由此可知，白居易手寫
元詩於屏風上，是為了回報元稹題白詩於閬州寺壁。沉浮於人世與
政治的混沌海洋中，兩個個體不過是渺小的浮萍，浮沉不定，未知
歸所，看不到對方，只有透過文字的召喚與牽連，才能掌握曾經有
過的時光與記憶。

　　要理解元、白情感深厚到晚上以夢、魂相憶相聚，進而發明題
壁、設詩屏之舉，以達到「其人在於前」的想像效果，是元、白相
對於理性、道德對話之外的詩憶美學行動。但有時，回憶的場景也
並非只有美好的面向。在白居易貶謫江州的路上，親身經歷南貶旅
程的艱辛與危險，對於元稹的關懷也更強烈。這種情感集中表現於
〈寄微之三首〉中。此組詩應寫於白居易赴江州途中。第一首即感
嘆「江州與通州，天涯與地末。有山萬丈高，有江千里闊。間之以
雲霧，飛鳥不可越。」因而悲歎「誰知千古險，為我二人設。」[149]
為何元稹貶謫江陵時，白居易還未有如此強烈天涯海角的意識呢？
這或許與二人所處的空間位置有關，通州在巴蜀，群山環繞；江州
在長江南岸，兩地在空間地理上被間隔以萬丈高山與千里闊江。不
僅交通阻礙重重，南方又瘴癘之地，友朋之間一分別或許就是永
別，南貶帶給北方文士的死亡威脅，在元、白送友人赴嶺南的詩中
多有陳述。這也是為何白居易會在第一首詩的結尾道出「生當復相
逢，死當從此別」類似訣別之語的文字。在第二首詩，白居易說出
他與元稹長久以來相互暌違的遺憾，「君遊襄陽日，我在長安住。
今君在通州，我過襄陽去。」從這些文字也可看出白居易是在路過
襄陽時寫下此詩（此處的襄陽即是元稹第一次所貶謫的江陵）。在

---

[148] 同前註，卷17，〈答微之〉，頁1375。
[149] 同前註，卷10，〈寄微之三首〉之1，頁818。

現實世界的座標上，心源無異端的元、白卻無法自由聚會在一起，即使路過元稹曾經生活過襄陽，白居易也只能「顧此稍依依，是君舊遊處。」這首詩所述情境頗似稍前〈武關南見元九題山石榴花見寄〉詩的前兩句：「往來同路不同時，前後相思兩不知。」說明，隨著足跡的移動而回憶對方的所在，是元、白回憶懷念對方常見的方式。既然現實世界處處設限，白居易在第三首以狂風吹孤雲來形容他與元稹的離散：

> 去國日已遠，喜逢物似人。如何含此意，江上坐思君。有如河嶽氣，相合方氤氳。狂風吹中絕，兩處成孤雲。風迴終有時，雲合豈無因。努力各自愛，窮通我爾身。[150]

所謂「喜逢物似人」道出貶謫之地的蠻荒與險惡，這種心境，元稹也是瞭解的。雖然白居易以狂風吹孤雲來形容他與元稹的相隔兩地，但詩末仍寄以「雲合」的希望，並以「自愛」作為最終的激勵。這組感情深厚真摯的組詩到達元稹手中之後，馬上得到回應。元稹三首詩分別對應白居易的主題，例如白詩第二首是表達只能稍微停留於元稹曾駐足之地，而元稹在第二首則說：「我昔憶君時，君今懷我處。」也正是兩人相隔兩地寫詩回憶懷念對方的典型表現。尤可注意者乃是元稹詩的第三首：

> 人亦有相愛，我爾殊眾人。朝朝寧不食，日日願見君。一日不得見，愁腸坐氤氳。如何遠相失，各作萬里雲。雲高風苦多，會合難遽因。天上猶有礙，何況地上身。[151]

元稹此詩也是處處扣合白詩而作回應，但仍可看出兩人態度的不同之處。元稹雖然也強調「我爾殊眾人」，即表明他與白居易交情的獨一無二，但他卻似乎不像白居易那樣樂觀，認為「風迴終有

---

[150] 同前註，卷10，〈寄微之三首〉之3，頁819
[151] 《元集》，〈酬樂天赴江州路上見寄三首〉之3，頁655。

時」，兩人終有攜手會合之日。其中原因，可能是元稹從元和五年
（810）貶謫後，至今仍未有機會回朝。而元和十年（815）召還，
卻仍遠貶通州，更對他造成莫大的打擊。元和十年（815）三月，
元稹從長安謫往通州的旅途中，白居易曾遙想雨夜危行於蜀道的元
稹，很不捨地說：「一種雨中君最苦，偏梁閣道向通州。」[152]而元
稹的回詩，卻是充滿生死之別的況味：

> 雨滑危梁性命愁，差池一步一生休。黃泉便是通州郡，漸入
> 深泥漸到州。[153]

　　貶謫路途中的艱辛危險，元稹幾乎無法勇敢面對，說出「黃泉
便是通州郡」的絕望語。果然，初至通州時幾乎染重病而喪命，故
這段時期的生命基調是悲觀而絕望的。而白居易對未來卻非絕對悲
觀，例如寫於元和十年（810）他與貶謫通州的元稹分別之際所寫
的〈重寄〉：「蕭散弓驚雁，分飛劍化龍。悠悠天地內，不死會相
逢。」[154]也是對不可期的將來抱有一絲希望。從這個角度來說，白
居易的多情傷感，並不阻礙他對未來抱持充滿希望的樂觀態度。因
兩地相隔而追憶對方，白居易從一開始吟詠元稹詩，到後來的書詩
於屏上，可見出元、白以詩相交相憶的內涵未曾變更，卻又發展出
自覺的回憶方式，這種美感活動是在具體深切的交往中完成。

（二）「為他年會話張本」：記憶的延續

　　正如白居易所體認的：「俱是官家身，後期難自必」，在現
實世界中，同心兩人未必能長相追遊，因此，以詩篇寫憶君之情，
以歌唱別君之詞，成為兩人自覺的認識。相逢相聚既如此之難，分
別更是不捨與痛苦，所以元稹說「休遣玲瓏唱我詩，我詩多是別
君詞。」[155]聽到歌伎演唱自己描寫與白居易分別的歌詞，有令元稹

152　《白集》，卷15，〈雨夜憶元九〉，頁1154。
153　《元集》，〈酬樂天雨後見憶〉，頁641。
154　《白集》，卷15，〈重寄〉，頁1192。
155　《元集》，〈重贈〉，頁879。作於長慶三年。

不堪久聽之感。然而，在這些描寫相憶、別離的語詞背後，卻凸顯了事件本身，失落與痛苦反而成為回味的素材。對這種情感的體驗、紀錄與相互交流，甚至有意識地將之成為日後的回憶，無疑是元、白交往詩中獨特的表現。用白居易的話來說，就是「為他年會話張本也。」這句話出現於元和十四年（819）記錄自己與元稹巧遇於峽口之際的別詩中。這首詩恰巧將五年前和十年後的兩次聚會貫串起來，真正起到回顧往昔、預設伏筆的功效。元和十年元稹從長安赴貶所通州時，有「忽到澧西總回去，一身騎馬向通州」之記錄，[156]而白居易送別元稹後回到長安城，更忍不住悲傷的情感，因有〈醉後卻寄元九〉詩：

> 蒲池村裏匆匆別，澧水橋邊兀兀回。行到城門殘酒醒，萬重離恨一時來。[157]

元稹提到的「澧西」，即白居易詩中的鄠都蒲池村，兩人的詩都清楚地記錄下分別的場地與時間。甚至三年之後，元稹仍在〈酬樂天東南行詩一百韻〉的詩序裡寫到：「元和十年三月二十五日，予司馬通州，二十九日與樂天於鄠東蒲池村別，各賦一絕。」[158]看起來雖然像是回想舊日詩作，實際上背後所代表的人與情感才是作者的關心重點。這種習慣模式在白居易日後的詩中表現的尤為明顯，其所謂的「峽口」之別，正是其中顯例。元和十四年（814），元稹從通州至虢州，而白居易則赴忠州刺史任，兩人於峽口巧遇。兩人歷經四年的萬重阻隔，終得以在峽中短暫偶遇，白居易寫下一首詩題很長的作品，茲單獨引出：

> 十年三月三日，別微之與澧上。十四年三月十一日夜，遇微之於峽中，停舟夷陵，三宿而別。言不盡者，以詩終之，因

156　《元集》，〈澧西別樂天博載樊宗憲李景信兩秀才任谷三月三十日相餞送〉，頁628。
157　《白集》，卷15，〈醉後卻寄元九〉，頁1191。
158　《元集》，〈酬樂天東南行一百韻〉序，頁767。

賦七言十七韻以贈。且欲記所遇之地與相見之時，為他年會話張本也。[159]

從詩題的詳盡、繁瑣來看，白居易的心情顯然是驚喜而興奮，故不憚辭繁的紀錄下詳確的相遇時間、地點，不僅為了紀念這次難得的相逢，也為日後的相會增添回憶的話題。甚至白居易也知道自己情不自禁地將「所遇之地」與「相見之時」寫進詩題的行動有可能破壞詩之美感，然而，為「他年會話張本」的衝動，超過了他對詩之美感的追求。正因為兩人的相會相聚在現實中竟是如此奢侈不易，所以每一次的聚會都是如此珍貴，令人留念。這種情感既是痛苦的，卻又如此值得紀念與回憶。白居易在詩題在本文不憚辭繁語碎之弊病，或許正出於這種內在動機。在詩的本文中，白居易也回溯四年前的澧西之別，所謂「澧水店頭春盡日，送君上馬謫通川」，然後再回到今日的聚會，並詳細地寫下當日之聚會的景色與情形，以及二人仕宦奔波的感嘆。詩之後半段則著力鋪敘分別之情景：

> 各限王程須去住，重開離宴貴留連。黃牛渡北移征棹，白狗崖東卷別筵。神女雲雲閑繚繞，使君灘水急潺湲。風淒暝色愁楊柳，月弔宵聲哭杜鵑。萬丈赤幢潭底日，一條白練峽中天。君還秦地辭炎徼，我向忠州入瘴煙。未死會應相見在，又知何地復何年。

幾乎用了一半的篇幅在敘述兩人分別的景與情，更在「黃牛渡北移征棹，白狗崖東卷別筵。」自注云「黃牛、白狗，皆峽中地名，即與微之遇別之所也」說明白居易明確自覺到必須記下他與元稹分別的確切地名，日後可以作為懷思的材料。最後一句在樂觀情調的底層之下，蘊藏的卻是無端莫名的悲感。世界茫茫，塵網

---

[159] 《白集》，卷17，頁1428。

羈牽，且又浮生若夢，世事顛沉，因此，對於「何地何年」的執著與確認，成為把握彼此情意最具體的方式。每一次的分別或許就是死別，這種辛酸與無奈，仍在兩人後期的詩作中出現，大和三年（829）元稹從越州返朝，在洛陽與白居易分別時會說出「明日恐君無此歡」、「知得後會相見無」這種類似訣別之辭的苦語。而事實上，元、白這次分別二年後，元稹死於武昌節度使任上，果然應驗了「後會相見無」的感慨。在當日，白居易已覺元詩說出了某種令人心悲的徵兆，而元稹之死更令大和三年的分別不勝其悲。這點，白居易〈祭微之文〉提到：「唯近者公拜左丞，自越過洛，醉別愁淚，投我二詩云，吟罷涕零，執手而去。私揣其故，中心惻然。」[160]往日詩句，在元稹逝世後更令白居易不忍卒讀。

　　長慶之後，雖然不再承受早期貶謫南荒的精神打擊，但身不由己的仕宦仍將二人阻隔。因此，即使宦途逐漸穩順，元、白描寫兩地相憶的詩篇仍是他們唱酬寄贈的重要主題之一。以下兩首詩分別寫於長慶年間，此時元、白相隔杭、越兩地：

> 　　昏昏老與病相和，感物思君歎復歌。聲早難先知夜短，色濃柳最占春多。沙頭雨染斑斑草，水面風驅瑟瑟波。可道眼前光景惡，其如難見故人何。[161]
> 　　少年賓旅非吾輩，晚歲簪纓束我身。酒散更無同宿客，詩成長作獨吟人。蘋洲會面知何日，鏡水離心又一春。兩處也應相憶在，官高年長少情親。[162]

　　少了元和年間的政治孤憤，卻多了在時間流逝中逐漸衰老的悲歎。而「難見故人」、「長作獨吟人」的狀況卻又與早期相似。而隨著年齡的衰老，兩人詩中所呈現的感情，也顯得較為平和了。寶曆元年（825）〈歲暮寄微之三首〉中即集中感嘆二人聚少別多，

[160]　《白居易集箋校》，卷69，〈祭微之文〉，頁3721-3722。
[161]　《白集》，卷23，〈早春憶微之〉，頁1812。作於長慶四年（824）。
[162]　同前註，卷24，〈郡中閑獨寄微之崔湖州〉，頁1908。作於寶曆二年（826）蘇州。

不得相從而遊的遺憾，例如第一首抒發「微之別久能無歡」；第二首寫「白頭歲暮苦相思，除卻悲吟無可為」，因此以閱讀兩人十年來詩作解悶；第三首則提出「唯欠結廬嵩洛下，一時歸去作閑人」的構想。[163]白居易提出兩人的青山之約，最早可回溯於元和四年（809）的〈寄元九〉詩，歷間人間滄桑與仕宦風波，白居易仍然沒有改變過這樣的願望。同樣的，早年憶思元稹的方式，仍一直在晚年的詩中出現，例如計算對方旅程，在大和三年（829）〈嘗黃醅新酢憶微之〉詩云：「元九計程殊未到，甕頭一盞共誰嘗。」[164]新開美酒，唯欠故人，於是計算元稹抵達的時間，這種行為常見於元和年間兩人的相憶詩作中。雖是平常無奇之小事，卻也見證了二人始終不渝的深厚交情。計算彼此離別多少年月的習慣，也屢見於二人詩作中，甚至兩人會統計出分別聚會的場地、時間。最顯著者莫過於大和三年（829），元稹從越州歸朝，經過洛陽與白居易相會，其別詩充滿著悲傷與不捨，其〈過東都別樂天二首〉：

> 君應怪我留連久，我欲與君辭別難。白頭徒侶漸稀少，明日恐君無此歡。

> 自識君來三度別，這回白盡老髭鬚。戀君不去君須會，知得後會相見無。[165]

　　二詩殊無文彩巧思在其中，卻蘊藏著元、白二人數十年深厚的交情。如同往日，元稹採用「君」、「我」的對話模式，在平淡通順的詞句中，卻處處是歷經人世滄桑與生死之別的心境。特別是第二首最後二句，似為訣別詞，反映出當下元稹對於自己與白居易久別的難過之情。從元詩「三度別」一語看來，在個人無法自由遊從聚會的情況，分別的場景就變得格外令人懷念回憶。而白居易的酬

---

[163] 同前註，卷24，〈歲暮寄微之三首〉，頁1902-1903。
[164] 同前註，卷28，〈嘗黃醅新酢憶微之〉，頁2181。
[165] 《元集》，〈過東都別樂天二首〉，頁930-931。

詩，顯然比元稹更為樂觀一些：

> 澧頭峽口錢唐岸，三別都經二十年。且喜筋骸俱健在，勿嫌
> 鬚鬢各蕭然。君歸北闕朝天帝，我住東京作地仙。博望自來
> 非棄置，承明重入莫拘牽。醉收杯杓停燈語，寒展衾裯對枕
> 眠。猶被分司官繫絆，送君不得過甘泉。[166]

詩題自注「臨都驛醉後作」，說明二人把酒言別的場景。大
和三年（829），白居易已以太子賓客分司東都洛陽，對於仕宦窮
通、生死夭壽有著更為成熟的態度。第一句分別道出他們二人歷年
來三次分別的場景，澧頭之別指元和十年（815），峽口之別指元
和十四年（819），而錢唐之別則指長慶三年（823）。從元和十年
到大和三年，事實上只有十五年，白居易雖說成「二十年」，卻無
礙於他對這些分別歷歷在目、記憶猶新的情感。因此，元、白這類
寫作正反映出，「人與人之間最豐富、最深刻的理解也許取決於一
種漸進的、斷斷續續的認同，這一過程包括一系列的別離和重逢，
以及間有遺忘的醒悟。」[167]在離別詩文的寫作傳統中，多將「別」
視為當下事件，出於各自內心的情感，而不會作一系列自覺性的體
認及回憶紀錄。但對於元、白而言，分別是回憶對方、相互寫詩、
懷念對方的情感常態，並將此常態提升為後設性的認知，從而不斷
地在時間歷程中加以吟誦、回味。

二、從斷片見證彼此共同的記憶

上小節所討論的元、白交往詩作，屬於分隔兩地之後，先後勾
起相思情懷，而進行各自的追憶。而另有一類詩作，是兩人對共同
經歷之事的追憶或懷思，尤以白居易詩表現最為強烈。雖然我們也
可以從兩漢以來的詩歌文本中找到不少以追憶為主題的作品，但是

---

[166] 《白集》，卷28，〈酬別微之〉，頁2183-2184。
[167] 喬治布萊（Poulet Geoges）：《批評意識》，頁11。

多以懷念古人、悼念逝去之親朋、或者緬懷歷史事件為主，甚少頻繁以友情為對象的追憶書寫。因此，從這個意義來講，元、白這類以追憶彼此為主的詩作，既不是對死亡，也不是對歷史，而是活生生的個體與事件。它的獨特性在於這是共同的回憶，是無法與遙遠的古人、逝去的親朋相互感知的經驗。而元、白這類詩作無疑使得追憶增加了深刻性與私密性。

（一）同為校書日：青春與浪漫

以元、白交往歷程之長、密切，確實存在著豐富多彩的共同回憶，記錄這些回憶的作品也貫串其交往始終。美好的事物總是在最困窘的時刻給人無盡的想望與回憶，元、白相識不久共同為校書郎時的情誼正是如此。元稹即曾說：「昔在芸香吏，三載不暫離」[168]而白居易十多年之後的回憶也是充滿著友情的溫馨，其寫於江州的〈三月三日寄微之〉：

> 良時光景長虛擲，壯歲風情已暗銷。忽憶同為校書日，每年同醉是今朝。[169]

元和十三年（818）此刻，白居易貶謫江州，元稹滯守通州，均面臨政治生命與精神的最黑暗時刻，唯一能給彼此理想與溫暖的，卻是十五年前同為校書郎時的回憶。而此共同的回憶，只有元、白二人心知肚明。這份共同的回憶之所以美好，在於兩人當時並未捲入兇險複雜的政治鬥爭中，也是他們還未開始進行制舉考試之前。他們飲酒狂歡、聯吟共賦、賞花狎妓，是青春洋溢的少年清狂。與往後兩人的政治處境相比，愈彰顯出這段時光的美好。兩人在代書詩一百韻都作了詳盡的追憶與描述。元稹的詩特別詳盡地描述了這段歡樂時光：

---

[168] 《元集》，〈酬樂天〉，頁98。
[169] 《白集》，卷17，〈三月三日寄微之〉，頁1402。

還醇憑酎酒，運智托圍棋。情會招車胤，閑行覓戴逵。僧餐月燈閣，釀宴劫灰池。勝概爭先到，篇章競出奇。輸贏論破的，點竄肯容絲。山岫當街翠，牆花拂面枝。鶯聲愛嬌小，燕翼玩逶迤。彎弓逢車緩，鞭緣趁伴施。密攜長上樂，偷宿靜坊姬。僻性慵朝起，新晴助晚嬉。相歡常滿目，別處鮮開眉。翰墨題名盡，光陰聽話移。綠袍因醉典，烏帽逆風遺。暗插輕籌著，仍提小屈巵。本弦才一舉，下口已三遲。逃席沖門出，歸倡借馬騎。狂歌繁節亂，醉舞半衫垂。散漫紛長薄，邀遮守隘岐。幾遭朝士笑，兼任巷童隨。苟務形骸達，渾將性命推。何曾愛官序，不省計家資。[170]

　　所描述的爛漫輕狂，不僅可見證青春的活力，也反映出長安都城的享樂文化與社會風俗。正因為對「官序」、「家資」的豁達瀟灑，兩人在校書郎時期寫下最為歡快浪漫的篇章。稍後元稹的〈夢遊春詩一百韻〉以及白居易的和詩，更是此段旖旎纏綿之浪漫文化的最佳見證。而白居易的和詩顯然更以情取勝：

憶在貞元歲，初登典校司。身名同日授，心事一言知。肺腑都無隔，形骸兩不羈。疏狂屬年少，閑散為官卑。分定金蘭契，言通藥石規。交賢方汲汲，友直每偲偲。有月多同賞，無杯不共持。秋風拂琴匣，夜雪卷書帷。高上慈恩塔，幽尋皇子陂。唐昌玉蕊會，崇敬牡丹期。笑勸迂辛酒，閑吟短李詩。儒風愛敦質，佛理賞玄師。度日曾無悶，通宵靡不為。雙聲聯律句，八面對宮棋。往往遊三省，騰騰出九逵。寒銷直城路，春到曲江池。樹暖枝條弱，山晴彩翠奇。峰攢石綠點，柳宛麴塵絲。岸草煙鋪地，園花雪壓枝。早光紅照耀，新溜碧逶迤。幄幕侵堤布，盤筵占地施。征伶皆絕藝，選伎悉名姬。粉黛凝春態，金鈿耀水嬉。風流誇墮髻，時世鬥啼

[170] 《元集》，〈酬翰林白學士代書一百韻〉，頁307。

眉。密坐隨歡促，華尊逐勝移。香飄歌袂動，翠落舞釵遺。
籌插紅螺碗，觥飛白玉巵。打嫌調笑易，飲訝卷波遲。殘席
喧嘩散，歸鞍酩酊騎。酡顏烏帽側，醉袖玉鞭垂。紫陌傳鐘
鼓，紅塵塞路岐。幾時曾暫別，何處不相隨。[171]

　　也是從校書郎時期歌舞狂歡開始追憶，只不過白居易比元稹更
感性，從「身名」、「心事」、「肺腑」、「形骸」方面強調他與
元稹的莫逆之交。從這段文字中，我們也可以看見以元、白為主的
團體，在元和年間所進行的詩酒唱酬，正是韓愈「文字飲」所鄙視
者。元、白淋漓盡致地描述他們在繁華都城的情感與慾望。而從白
居易將此詩放進其感傷詩的分類中，也知這份同為校書郎的放肆狂
歡，正是元白過去共同擁有卻難以重溫的記憶。對這些場景與情懷
的追憶、描述，並非是為了回到過去，而是一種透過文字進行想像
的方式。而元、白詩之後會受到「纖豔不逞、非莊士雅人，多為其
所破壞」之批判，部分原因正在於對此共同記憶的自豪與自傲。

（二）桐花：連結彼此的斷片

　　元和五年（810）元稹貶謫江陵，固然是其政治生命的一大重
挫，卻也成為其拓展詩歌創作的契機。他與白居易的交往唱酬，即
是其中顯著的表現，造成日後影響重大的「元和體」濫觴。如前所
言，元、白已在東川唱和組詩中，表現了以言「平常事、至情語」
為主的創作，待元稹遠謫江陵後，兩人的分離又為彼此的交往詩帶
來新的面貌。白居易〈別元九後詠所懷〉：

零落桐葉雨，蕭條槿花風。悠悠早秋意，生此幽閒中。況與
故人別，中懷正無悰。勿云不相送，心到青門東。相知豈在
多，但問同不同。同心一人去，坐覺長安空。[172]

---

[171] 《白集》，卷13，〈代書詩一百韻寄微之〉，頁977-978
[172] 同前註，卷9，〈別元九詠所懷〉，頁733。

同樣是延續以平常語述離情別緒，裡頭卻多了生離死別的款款情愫。相知同心人的離去，不僅帶走彼此的記憶，也帶走整座城市的記憶。這首詩一開頭所出現的桐葉，在往後成為元、白相互追憶的重要媒介。在未抵達江陵前，元稹在驛館有〈三月二十四日宿曾峰館夜對桐花寄樂天〉詩相贈：

> 微月照桐花，月微花漠漠。愁澹不勝情，低徊拂簾幕。葉新陰影細，露重枝條弱。夜久春恨多，風清暗香薄。是夕遠思君，思君瘦如削。但感事暌違，非言官好惡。奏書金鑾殿，步屧青龍閣。我在山館中，滿地桐花落。[173]

　　詩題已明言時間、地點，所抒發者乃貶謫之苦悶愁緒。前半寫當前所見桐花，月微花漠，灰黯而細微的綻放於荒山之中，也是前往貶謫路途中的黯淡心情寫照。這種感慨是元稹獨有的體驗，欲與白居易分享，因此後半即寫到思念對方。整首詩其實並非寫景詠物，只是抒發特定時刻特定地點之下的悵惘情緒。白居易的回應，頗有以夢相互感應而真實隨之而來的奇異色彩，其〈初與元九別後忽夢見之及寤而書適至兼寄桐花詩悵然感懷因以此寄〉詩：

> 永壽寺中語，新昌坊北分。歸來數行淚，悲事不悲君。悠悠藍田路，自去無消息。計君食宿程，已過商山北。昨夜雲四散，千里同月色。曉來夢見君，應是君相憶。夢中握君手，問君意何如。君言苦相憶，無人可寄書。覺來未及說，叩門聲冬冬。言是商州使，送君書一封。枕上忽驚起，顛倒著衣裳。開緘見手箚，一紙十三行。上論遷謫心，下說離別腸。心腸都未盡，不暇敘炎涼。云作此書夜，夜宿商州東。獨對孤燈坐，陽城山館中。夜深作書畢，山月向西斜。月下何所有，一樹紫桐花。桐花半落時，復道正相思。殷勤書背後，

---

[173] 《元集》，〈三月二十四日宿曾峰館夜對桐花寄樂天〉，頁222。

兼寄桐花詩。桐花詩八韻，思緒一何深。以我今朝意，憶君此夜心。一章三遍讀，一句十回吟。珍重八十字，字字化為金。[174]

這一首詩在體制上已不是酬和東川詩的七言絕句，因此在抒情性敘事性上均包含了更多的內容。因此，從一開始分別，到分別後以夢相見，其中又有對元稹在驛館寫詩寄書的情景想像，才有「以我今朝意，憶君此夜心」的表白。整首詩從分別開始、到相憶而夢，再敘夢醒而適睹書信，環環相扣，井井有條，卻都圍繞著一個「友情」而寫。清人潘德輿曾特別注意過此詩，他在《養一齋詩話》中說：「香山與元九詩極多，『永壽寺中語』一首，如作家書，如對客面語，變漢魏之面貌，而得其神理，實不可以淺易目之者，與〈寒食野望〉，皆白詩之絕調也。」[175]雖然潘德輿沒有指出何謂漢魏神理，但從所舉白詩的語言特質和情感來看，或指如李陵蘇武分別詩那種情真語摯，跌宕多姿的特質。因此，「如作家書，如對客面語」，可視為元、白交往詩在語言修辭上變「漢魏之面貌」的表現。這個看法，另一位清代詩論家趙翼的說法可加以補充，趙翼認為元、白詩之所以善於表達人之常情，是因為「多觸景生情，因事起意，眼前景，口頭語，自能沁人心脾，耐人咀嚼。」也是觀察出元、白詩中以情為主軸，以淺白文字語言著重描寫日常情感經驗的創作表現。元稹的酬詩是以「次用本韻」的方式回贈，這也是其日後次韻詩創作的開端：

新昌北門外，與君從此分。街衢走車馬，塵土不見君。君為分手歸，我行行不息。我上秦嶺南，君直樞星北。秦嶺高崔嵬，商山好顏色。月照山館花，裁詩寄相憶。天明作詩罷，草草隨所如。憑人寄將去，三月無報書。荊州白日晚，城

[174] 《白集》，卷9，頁749。
[175] 潘德輿：《養一齋詩話》，見《清詩話續編》（臺北：藝文印書館，1985年），卷3，頁2046。

上鼓冬冬。行逢賀州牧，致書三四封。封題樂天字，未坼已
沾裳。坼書八九讀，淚落千萬行。中有酬我詩，句句截我
腸。仍云得詩夜，夢我魂淒涼。終言作書處，上直金鑾東。
詩書費一夕，萬恨纏其中。中宵宮中出，復見宮月斜。書罷
月亦落，曉燈隨暗花。想君書罷時，南望勞所思。況我江上
立，吟君懷我詩。懷我浩無極，江水秋正深。清見萬丈底，
照我平生心。感君求友什，因報壯士吟。持謝眾人口，銷盡
猶是金。[176]

　　元詩前八句共出現四「君」字，並重複兩次「我」與「君」
的對舉，在在顯示出寫詩者與受詩者彼此之間深深的牽掛與不捨。
這種「我」與「君」之對舉，雖然讀起來似乎平常語、書信語，降底
了詩之為體的精鍊性與含蓄性，卻拓展深化了「詩可以群」以及詩
之為用的價值。[177]此外，這首詩中可明顯地看出，元稹吸收白居易
和東川詩所慣常使用兩地相憶相知的模式，來凸顯強調兩人的友情
之深。當開啟白居易之贈詩時，元稹內心感動而澎湃，但並沒有就
此戛然而止，而是進入設想白居易深夜宿值寫信的時刻，揣想當晚
月亮的昇沉、以及燈花的忽明忽暗。而月亮與燈花又是襯顯出白居
易寫信的情境，最後再回到自己在江畔孤館懷念對方寫詩的情境。
在詩的結尾，元稹又回到兩地相望的描寫，白居易南望思友的情
感，正如自己所臨之江水般澎湃。雖然，元、白此詩之酬和固以情
為主，但顯然又不侷限於情之刻劃描寫。從詩之結尾所說的「照我

---

[176] 《元集》，〈酬樂天書懷見寄〉，頁296-297。
[177] 周裕鍇研究北宋元祐詩人詩歌創作之交際性特色時，其中之一即常以「君」、「我」
　　對舉。見〈詩可以群：略談元祐體詩歌的交際性〉，《社會科學研究》第5期（2001
　　年），頁131-132。從本文的討論看來，元和時代的元稹、白居易早已開此風氣。元、
　　白交往詩中「君」「我」的對舉，確實是贈答傳統中一項新變，相關的研究可參考鍾
　　佳璇：《距離與對話—元白贈答詩的書信性質研究》（台南：成功大學中國語文學系
　　碩士論文，2007年）。這些研究取徑所透露的訊息乃是，傳統研究中所忽略或輕視唱
　　和詩、贈答詩的觀點，值得重新檢討。除了抒情傳統與言志傳統之外，交往詩還有豐
　　富的社會文化意義與詩學內涵，如顏崑陽「詩用學」的提出，即將以詩為用所隱含的
　　文學社會意義，有一體系性的建構論述，此點可參考氏著：〈用詩，是一種社會文
　　化行為模式—建構中國「詩用學」初論〉，《淡江中文學報》第18期（2008年），頁
　　279-302。

平生心」、以求「感君求友什，因報壯士吟」來看，兩人又相互激發出道德勇氣來面對政治困境與險惡的貶地。從這個角度來看，情之至深處，不僅是表達關心懷念，更有道德、處世的激勵與鼓舞，元、白交往詩之佳作，往往結合這兩個層面。

元和十年（815），在江陵的元稹被召還京城，商山路上再次經過昔日桐花題詩處。當下的情境，讓元稹回想起六年前的題詩之夜：

> 元和五年，予貶掾江陵。三月二十四日，宿曾峰館。山月晚時，見桐花滿地，因有八韻寄白翰林詩。當時草愴，未暇紀題。及今六年，詔許西歸。去時桐樹上孫枝已拱矣，予亦白鬚兩莖，而蒼然斑鬢。感念前事，因題舊詩，仍賦〈桐孫詩〉一絕，又不知幾何年復來商山道中。元和十年正月題。[178]

從此詩序中可知元稹六年前的題詩之夜的記憶是如此深刻鮮明，以致於時間、場景都一一浮現眼前。然而，時間之流卻從稍稍停歇，桐樹孫枝已拱，自己也斑鬢蒼然，唯一鮮明的卻是對白居易的憶念之情。「去日桐花半桐葉，別來桐樹老桐孫。城中過盡無窮事，白髮滿頭歸故園。」[179]這首詩，語言異常平易，詩序與詩所述內涵過於重疊。但這首詩的價值並非在於其藝術成分，而在於元稹以記憶召喚情感的行為本身，以及由此認識元、白相互認知的情感模式。歲月不居，樹猶如此，人何以堪，所心慰者只有故人吧。

但是元稹並沒有就此結束貶謫的命運，在京城短暫停留一個月後立即又被貶至通州。同一年，白居易因越職言事一罪貶為江州司馬，也踏上南貶的路途。在貶謫的路途中，元、白透過題詩來尋找對方，如白居易〈藍橋驛見元九詩〉：

---

[178] 《元集》，〈桐孫詩〉頁615
[179] 同前註，〈桐孫詩〉，頁615。

藍橋春雪君歸日，秦嶺秋風我去時。每到驛亭先下馬，循牆繞柱覓君詩。[180]

　　白居易所謂元詩，大概指的是元和十年元稹返京途中所作如〈留呈夢得子厚致用〉、〈西歸絕句十二首〉等詩。顯然、尋覓元詩並非單純為了閱讀，重要的是透過題詩，與元稹進行對話，召喚與構築另一種共同記憶。在行經武關時，看見元稹的題詩，因有：〈武關南見元九題山石榴花見寄〉：

往來同路不同時，前後相思兩不知。行過關門三四里，榴花不見見君詩。[181]

　　元、白雖然同一年被貶謫，卻非一同踏上左遷之路，且彼此音訊懸隔，那麼白居易尋找元稹題詩的意義何在呢？在榴花盛開的時節，元稹經過武關留下詩作，而當白居易經過武關時。從客觀世界現象來說，人與花都會凋謝死亡，也都是短暫無常的存在。而元稹的題詩恰為白居易提供了一條通往彼此的途徑，透過文字，白居易可以想像對方的身影、曾經的行跡。試看元稹得到白詩後的回應：

比因酬贈為花時，不為君行不復知。又更幾年還共到，滿牆塵土兩篇詩。[182]

　　元稹不僅回想起貶謫之行，更映現出同一條路上白居易的身影。因此，透過此種相互召喚，即完成共同記憶的建構。桐樹、桐花都會隨時間之流變化、凋枯，無法保存昔日的心緒，只有尋覓塵封的題詩，卻可回溯往日的、彼此的蹤跡。只需要簡短的文字，再透過想像力，即可完成。而桐花無疑成為元、白建構共同記憶最常

詩意的對話與影響：元和詩人交往詩論

[180] 《白集》，卷15，〈藍橋驛見元九詩〉，頁1212。
[181] 同前註，卷15，頁1213。
[182] 《元集》，〈酬樂天武關南見微之題山石榴花詩〉，頁656。

出現的媒介。

　　元、白二人題詩、尋詩、寄詩、酬詩的往復動作實有建構共同記憶的效果。當元稹抵達通州後，重複著白居易在商山途中以詩開啟記憶與相念之情的行為。其〈見樂天詩〉：

> 通州到日日平西，江館無人虎印泥。忽向破檐殘漏處，見君詩在柱心題。[183]

　　元稹這次通州之貶，其地之險惡遠勝江陵，在路途中幾乎染上瘴病而喪命。儘管通州如此荒涼僻陋，元稹仍發現白居易詩被題寫在殘漏的屋檐柱心。這首詩雖然不是白居易親筆所題寫，而元稹也沒告訴我們他看到這首詩之後的感想與心情，甚至是白居易哪一首詩都沒說。然而讀者卻可以想像，當元稹身處人煙稀少、虎跡縱橫的荒野，他看到白居易的題詩，心裡頭應該充滿回憶之流的溫暖吧。倒是白居易的回詩，提供了更多的訊息。詩題篇幅頗長：

> 微之到通州日，授館未安，見塵壁間有數行字，讀之，即僕舊詩。其落句：云：「綠水紅蓮一朵開，千花百草無顏色。」然不知題者何人也？微之吟歎不足，因綴一章，兼錄僕詩本同寄。乃是十五年前初及第時，贈長安妓人阿軟絕句。緬思往事，杳若夢中，懷舊感今，因酬長句。[184]

　　從元稹的詩看來，他確實沒有說出任何具體的感受與內容，他只道出一個現象，那就是白居易詩在當時傳播之遠。詩是寫給名叫阿軟的歌妓，令元稹吟歎不已。在當下，元稹有可能回憶起他與白居易同為校書郎時期的狂放生活，既感嘆自己的貶謫，也懷念相隔渺茫的白居易。總之，元稹在詩中沒有說什麼，卻又說了很多。因為，他召喚的是自我的回憶，或者與白居易的共同回憶。所以，不

183　《元集》，〈見樂天詩〉，頁639。
184　《白集》，卷15，頁1203。

論是相互召喚,還是藉由第三者(即題白居易詩的無名氏),元、白二人透過詩篇的往還,進行了共同記憶的建構。

　　從某種程度來說,回憶的本質基本上不會變動太大,但內涵、觸因、動機卻會隨著個人生活經歷的變化而有所更替。五年之後,白居易結束貶謫返回長安,從忠州回都城的路途中,也必經過商山。重返舊地,白居易自然感觸複雜,與元稹共同題詩此處的記憶也翻然湧現。其〈商山路驛桐樹昔與微之前後題名處〉:

　　　　與君前後多遷謫,五度經過此路隅。笑問中庭老桐樹,這迴歸去免來無?[185]

　　這首詩深可看出白居易把商山路上之回憶與元稹之回憶視為一體的想法。元、白出關入關都會經過商山,多與貶謫有關,不論是元和五年元稹貶江陵,十年回京,同一年三月貶通州,以及白居易元和十年貶江州,五年後召還長安,即其所謂的「五度」。透過題桐花詩,元、白二人在元和五年即與此地此館建立了關係。在此地,元稹於〈桐孫詩〉中抒發了時間流逝感,而當下的白居易以「笑」開解了自己與元稹奔波宦遊的生命際遇。白居易「這迴歸去免來無」之語,不僅道出無奈的口氣,更是他與此地建立關係的見證。白居易當然知道老桐樹是不會開口回答問題的,因此其詢問的當下,勿寧是跟他與元稹的共同記憶對話。這首詩的後兩句,其實已可看出白居易已深刻瞭解到個人在政治之中的不自由,以及仕宦的昇沉寵辱只在瞬間的本質。二年之後,白居易果然再度經過商山路,雖然不是謫臣的身份,但元和五年以來的回憶,卻讓他對於人生的流逝遷轉有更深刻的體認。長慶二年(842),白居易出為杭州刺史,途經商山,有〈商山路有感〉詩,其贈寄對象雖非元稹,卻可看出他與元稹在商山路詩系列的影響,其詩序這麼說:

---

[185] 同前註,卷18,〈商山路驛桐樹昔與微之前後題名處〉,頁1485。

前年夏，予自忠州刺史除書歸闕。時刑部李十一侍郎、戶部崔二十員外亦自澧、果二郡守徵還，相次入關，皆同此路。今年，予自中書舍人授杭州刺史，又由此途出。二君已逝，予獨南行。追歡興懷，慨然成詠。後來有與予、杓直、虞平游者，見此短什，能無惻惻乎？儻未忘情，請為繼和。長慶二年七月三十日，題於內鄉縣南亭云爾。[186]

　　回憶的特點之一，即是將斷片貫穿於時間之線，例如之前白居易所說的「五度」其實即貫穿了他與元稹在此特定空間的十年往返之回憶。這首詩序再把此現象作一更自覺的表述，從當下回憶兩年前從忠州歸闕，把過去與現在再度聯繫在一起。序中所云李十一、崔二十指李建、崔韶，白居易在元和十二年曾有東南行一百韻長詩寄給元稹、李建、崔韶等人，詩中可知崔、李二人的際遇同元、白一樣，也是於元和十年（815）貶謫出京。其中，白居易與崔、李同行。七年之後，昔日同行者已然作古，今日獨行，往日記憶歷歷在目，所以白居易在此詩會說：「此生都是夢，前事旋成空。」又說：「唯殘樂天在，頭白向江東。」說明白居易在當下此刻，不僅感受時間上的生死衰老，更有空間上的遷轉變化。這些記憶從元和五年（810）以來，即不斷地重現於自己的文字與意識中，重臨舊地，回憶——召喚重現。只是物非人非，只留下蒼然白髮的自己，又形單影隻的南下獨行。也就是說，商山路仍是商山路，它只是一個地方，但是人與物的存在顯然會改變它的意義。特別是有一時間歷程的累積，意義會層疊、深化。從一開始元和五年（810）作為寄詩地點以表達同心相離的掛念，到元和十年（815）元、白透過題詩尋詩建構共同記憶的行為，以及由此感發出的時間流逝與人之衰老，到元和十五年（820）的所感嘆的謫臣之無奈，最後到長慶二年（822）的生死遷轉。可以發現，商山路作為空間未曾變更，但白居易的情感思想卻隨著生命際遇的轉換而屢經轉折。這種層疊

累加之記憶的力量過於強大，強烈震撼白居易內心的情思，因此白居易另寫下〈重感〉：

> 停驂歇路隅，重感一長吁。擾擾生還死，紛紛榮又枯。困支青竹杖，閒捋白髭鬚。莫歎身衰老，交遊半已無。[187]

所謂「重感」、「長吁」說的正是這共同回憶的巨大撞擊力，人世間生死榮枯紛紛擾擾，回憶卻又無法抹除，白居易道出現實存在空間中人的命運與無奈。這些文字，確實平易白話，但透過記憶的追溯，即可發現其中蘊含著強大的情感力量與現實感。

白居易喜歡回顧的個性，加上如此耽溺於記錄自己和元稹在生命、在空間上的交會、阻隔，使得他與元稹的交往詩猶如一部回憶錄。正如日本學者丸山茂所云，閱讀白居易詩需採用特定的方式，如果「有機綜合相關作品，參照著去讀，因為這樣讀會增添與讀日記和回憶錄一樣的感受。」[188]這個現象正告訴我們，交往詩不應只有數據的統計與形式的分析，只有深入到詩人的精神世界，只有透過作品與作品之間的相互發明，彼此呼應，才能展現文字之中的複雜內涵與詩人內心情感的深刻。

三、生死之隔的追憶

「自古及今，實重知音」、[189]「朋友凋零，從古所悲」，[190]前人追念亡友的詩作，當然會表達悲痛的傷心之情，但以頻率之繁，情感之殷切來說，又非白居易莫屬。寫詩悼念亡友如果是以組詩形式出現，往往可從其中看出兩人關係的深淺，或者感慨程度的厚薄，如劉禹錫哀悼柳宗元所寫的〈傷愚溪三首〉，或如孟郊的〈弔

---

187 同前註，卷20，頁1584。
188 丸山茂：〈作為回憶錄的《白氏文集》〉，載《日本學者中國詩學論集》：頁157。
189 《白居易集箋校》，卷70，〈祭崔相公文〉，頁3762。
190 劉禹錫著，陶敏、陶紅雨校注：《劉禹錫全集編年校注》（長沙：岳麓書社，2003年），卷15，〈祭柳員外文〉，頁1050。

盧殷十首〉等。白居易自從元稹死後，共寫下十一首直接悼念的詩作，其他間接提及亡友者也有數篇。更重要的是，白居易寫詩悼念元稹，直至自己的生命結束，在時間跨度上達十幾年之久，與其他唐代詩人相比，這也是相當特殊的創作行為。除了詩作之數量與分佈時間值得注意外，白居易哀悼元稹的詩文，其內涵也同樣值得關注。

元稹於大和五年（831）七月在武昌節度使任上逝世，這對於將元稹視為「同心一人」、「心源無異端」的白居易而言，是莫大的打擊。當八月訃書抵達白居易手中時，有〈哭微之二首〉：

> 八月涼風吹白幕，寢門廊下哭微之。妻孥朋友來相弔，唯道皇天無所知。

> 文章卓犖生無敵，風骨英靈歿有神。哭送咸陽北原上，可能隨例作灰塵。[191]

這兩首詩是在聽到元稹死訊時第一時間所作。「唯道皇天無所知」說明白居易內心對元稹之死的無法釋懷。第二首則以文章、風骨對舉，說明元稹生前文章無敵，死後英靈的風骨必稟稟有神。倒是自己，可能無法忍受元稹之卒，走上死亡之路。這兩首，一寫元稹的身歿之地，一寫元稹將來的下葬之地。第三首則顯得更為深情：

> 今生豈有相逢日，未死應無暫忘時。從此三篇收淚後，終生無復更吟詩。[192]

元稹之死讓「相逢」成為不可能的事，白居易在情感上說「未死應無暫忘時」，以表明他與元稹之交情的生死不渝。而在彼此最密切的文學事業上，發出「終生無復更吟詩」這種類似誓言的悲

---

191 《白集》，卷27，〈祭微之二首〉，頁2157-2158。
192 《白集》，外集卷上，〈哭微之〉，頁2874。

歎。雖然，從之後的創作事實來看，白居易並沒有做到這點，但無礙於他對元稹的情誼之厚。白居易因為元稹之死，竟然發出要放棄寫詩的誓願，而寫詩正是白居易最為耽溺投入的行為之一。上述三首〈哭微之詩〉所述者皆是悲痛之情的立即抒發，沒有歌功頌德，也沒有客套交際。即使如挽歌詞，白居易同樣表現出深情，〈元相公挽歌詞三首〉：

> 銘旌官重威儀盛，騎吹聲繁鹵簿長。後魏帝孫唐宰相，六年七月葬咸陽。

> 墓門已閉筋簫去，唯有夫人哭不休。蒼蒼露草咸陽壟，此是千秋第一秋。

> 送葬萬人皆慘澹，反虞馳馬亦悲鳴。琴書劍佩誰收拾，三歲遺孤新學行。[193]

第一首以極具隆重的場面，寫元稹出殯。第二、三首重點放於元稹的家人身上。這種關注的重點，是白居易與元稹交往模式的獨特之處，是眼前景、口頭語的表現。若拿同樣交情深刻的劉禹錫與柳宗元比較，即可看出，白居易追悼元稹獨特之處。柳宗元曾以「二十年來萬事同」來描述自己與劉禹錫的交情，並且如元、白一樣，罷官之後有「鄰舍翁」之約。元和十四年（819）當柳宗元在柳州卒後，隔年劉禹錫從柳州來訪的僧人那裡聽到「愚溪無復舊時」，悲傷之情油然而生，而有〈傷愚溪三首〉：

> 溪水悠悠春自來，草堂無主燕飛回。隔簾惟見中庭草，一樹山榴依舊開。

---

[193] 同前註，卷26，〈元相公挽歌詞三首〉，2102-2103。

草聖數行留壞壁，木奴千樹屬鄰家。唯見里門通德榜，殘陽
寂寞出樵車。

柳門竹巷依依在，野草青苔日日多。縱有鄰人解吹笛，山陽
舊侶更誰過。[194]

　　這三首傷悼柳宗元昔日營建之愚溪的詩作，事實上是透過傳
聞，然後想像而作的。劉禹錫在自己的序裡也清楚地傳達了這個訊
息。這三首雖沒有直接出現對柳宗元的悼念、回憶的文字，卻是透
過愚溪風景之變遷衰敗，凸顯柳宗元之亡歿的悲傷。這種以想像運
筆，透過景物今昔變遷的作品，實際上也承載著劉禹錫對柳宗元之
死深刻的哀悼。不論是「溪水悠悠」、或是「柳門竹巷」，這些清
新的意象背後，卻隱藏著「草堂無主」、「千樹屬鄰家」的死亡陰
影，因而具有高度的藝術表現力。因此，這些文字曾被某些宋人評
為佳句，卻也引發他人的批評。在《苕溪漁隱叢話》的紀錄中，認
為這些詩「正如今之海語，於子厚了無益，殆〈折楊〉、〈皇荂〉
之雄，易售於流俗耳。」[195]認為劉禹錫這些詩只圖工麗，絲毫沒有
真情實感，對已死的柳宗元了無用處。這種評論或失之嚴苛，但這
種評論的背後，卻讓我們瞭解到哀悼亡友的作品其實是有不同的表
現手法，是因應著存者的當下感受、詩歌表現技巧等等。因此，對
比劉禹錫〈傷愚溪三首〉，白居易哀悼元稹之死的六首七絕，是以
口頭語，真感情而自然寫作，不以意象取勝。從對亡友家人的注意
來看，其深刻之情懷呼之欲出。

　　大和六年（832）七月，元稹下葬於咸陽縣，其墓誌銘當然由
白居易操筆。在銘中，白居易公允地評價元稹生平政事，遺憾其
「通介進退，卒不獲心」的遭遇。元稹的家人為答謝白居易寫此墓
誌銘，贈與潤筆。白居易往返推辭再三，最後想出折衷的辦法，將

---

[194] 《劉禹錫全集編年校注》，卷5，頁280-281。
[195] 胡仔纂集：《苕溪漁隱叢話》（臺北：長安出版社，1978年），前集卷19，引范溫
　　　《詩眼》語，頁1230。

此潤筆用來整修洛陽龍門殘破的香山寺。這除了有白居易自身的宗教信仰外，也不能忽視他與元稹交情的生死不渝。當香山寺的清閑上人感謝白居易義助修寺之舉時，也說「凡此利益，皆名功德；而是功德，應歸微之，必有以滅宿殃，薦冥福也。」[196]認為這些功德應歸於元稹，對其子嗣不僅可消災，且有福報。作為虔誠的禪門信仰者，白居易更進一步祈願清閑上人所謂的冥福能夠讓他與元稹在來生再度重逢結緣。所謂「結後緣於茲土」、「與微之復同遊於茲寺。」這些話語雖然是白居易的願望，卻也反映出他內心對元稹的無盡懷念與追憶。

同樣是大和六年（832），白居易經過元稹履信宅，物是人非，悲從中來，有〈過元家履信宅〉詩：

> 雞犬喪家分散後，林園失主寂寥時。落花不語空辭樹，流水無情自入池。風盪醼船初破漏，雨淋歌閣欲傾敧。前庭後院傷心事，唯是春風秋月知。[197]

白居易本有多愁善感的個性，但這首詩中的每一句，似乎都充滿了元稹的蹤影，因此每樣景風與事物，都染上一層無盡的哀傷。與劉禹錫從景物依舊、人事全非的層面哀悼柳宗元不一樣，白居易應該對履信宅是熟悉的，曾與元稹從遊其中。因此，景物的變化就令白居易有全然不同的感受，而這種今昔之異就變成巨大的撞擊力。元稹在此現實世界的缺席，變成這個無主林園秩序的崩壞與毀滅。這種悲涼的氣氛，教人無法承受。白居易對元稹的深情繫念，有時不需要經過這些毀壞無人的林園世界，就能無端地襲湧心頭。例如看到元稹的詩、聽見元稹的詩被唱。大和七年（833）所作的〈聞歌者唱微之詩〉：「新詩絕筆聲名歇，舊卷生塵篋笥深。時向歌中聞一句，未容傾耳已傷心。」[198]元稹的去世雖沒有讓白居易停

---

[196] 《白居易集箋校》，卷68，〈修香山寺記〉，頁3690。
[197] 《白集》，卷27，〈過元家履信宅〉，頁2166-2167。
[198] 同前註，卷31，〈聞歌者唱微之詩〉，頁2378。

止寫詩，卻讓他詩篋長空，不再如此勤於寫詩。這種刻意的逃避，一旦被唱元稹詩的歌者觸發，就會刺傷心頭。有時無心瞥見元稹的舊詩，就足以讓此刻多病的白居易老淚交流、悲心動搖，如大和九年（835）這首詩：

> 今朝何事一沾襟，檢得君詩醉後吟。老淚交流風病眼，春情搖動酒悲心。銀鉤塵覆年年暗，玉樹泥埋日日深。聞道墓松高一丈，更無消息到如今。[199]

當元、白二人兩地相隔，不得會面，牽繫他們情感與想像，是對方的詩篇，諸如詩屏之設、詩筒傳遞等。白居易對已死元稹的追憶與懷念，其媒介也是詩，如這首詩中所說的「檢得君詩」。透過過去的詩作，白居易回到過去，想到重埋深泉的元稹。有時，白居易記憶中的元稹，甚至不必透過文字來達到回憶，而是夢境，例如開成五年（840）的〈夢微之〉：

> 夜來攜手夢同遊，晨起盈巾淚莫收。漳浦老身三度病，咸陽宿草八迴秋。君埋泉下泥銷骨，我寄人間雪滿頭。阿衛韓郎相次去，夜臺茫昧得知否？[200]

夢中仍攜手同遊，這是何等深刻的情感。中間二聯，兩兩對照，描寫陰陽相隔的自己與元稹。往日兩地相隔的回憶，是異地之君我的對舉，今日則陰陽兩界的召喚。詩中所說的阿衛，指的是元稹的子嗣，使得這篇追憶文字更似寄給泉下的書信。在稍後會昌元年（841）詩也是如此：

> 早聞元九詠君詩，恨與盧君相識遲。今日逢君開舊卷，卷中多道贈微之。相看掩淚情難說，別有傷心事豈知。聞道咸陽

---

[199] 同前註，外集卷上，〈醉中見微之舊詩有感〉，頁2862。
[200] 同前註，卷35，〈夢微之〉，頁2668-2669。

墳上樹，已抽三丈白楊枝。[201]

在一個偶然的機緣下，白居易翻閱盧子蒙的詩卷，看見其中與元稹的唱和，「感今傷昔」之情翻然湧現。作為曾相互編纂彼此詩集的元、白來說，透過唱和贈寄詩作來關懷對方，激勵對方，是再熟悉也不過的往事，如今卻是人鬼殊途，只留舊日墨跡。在詩末，白居易再度透過別人的傳聞，回到元稹的墓前，用白楊枝的生長，隱喻人間世界的成住敗壞。

從以上白居易悼念元稹的詩作看來，其時間長度正好反映出兩人交情的深度。不論是元稹的履信宅，還是昔日的歌詞詩作，只要讓白居易接觸到，就會悲傷難抑的寫詩紀念、回憶。大和六年（832）白居易在撰寫〈祭元微之文〉的時候，曾經特別提到元稹給他的最後兩首詩。然後說：

> 始以詩交，終以詩訣；弦筆兩絕，其今日乎！嗚呼微之！三界之間，孰不生死？四海之內，誰無交朋？然以我爾之身，為終天之別；既往者已矣，未死者如何？佛經云：「凡有業結，無非因集。」與公緣會，豈是偶然？多生已來，幾離幾合？既有今別，寧無後期？汝雖不歸，我應繼往，安有形去而影在，皮亡而毛存者乎？[202]

這段話中的「始以詩交，終以詩訣」，如果聯繫元和十年（815）白居易在〈與元九書〉中說的「與足下小通則以詩戒，小窮則以詩相勉，索居則以詩相慰，同處則以詩相娛」，即是元、白以詩相交往的發生史與效果史。從元和十年到元稹死亡，白居易都清楚地自覺到，他與元稹的交情始終是以詩歌為紐帶；從詩歌連吟相憶來傳遞、維繫感情；甚至以詩歌為救贖，從而成為古今詩歌唱

---

201 《白集》，卷36，〈覽盧子蒙侍御舊詩多與微之唱和傷今感昔贈子蒙題於卷後〉，頁2754。
202 《白居易集箋校》，卷69，〈祭元微之文〉，頁3722。

和未有如此之多、古今交往未有元某與白乙的自豪體認。如此，我們就可以理解白居易為何會說出唇亡齒寒、「亡者已矣，死者如何」這種生死悽惻之語了。

第四章　劉禹錫與白居易
——兼論元和名公

　　在前一章的討論中，不難理解白居易與元稹實為元和交往詩的典型代表。這不僅是從創作數量上來說，在作品主題開拓、情感之廣都可得到最明顯的說明。而白居易更是其中的關鍵人物。他與元稹、與劉禹錫的唱和酬贈之作各達百首以上，均為有唐一代之最。值得注意的是，自唐文宗大和五年（831）元稹去世，到白居易於唐武宗會昌六年（846）逝世，白居易還在洛陽生活了十五年之久。這段期間，其詩歌創作不僅數量不斐，也呈現出不同的創作態度。以交往詩而言，劉禹錫填補了元稹的位置，成為白居易最重要最密切的詩友知己。面對迥然不同的時代環境、以及邁入老年的生命情境，劉、白的詩歌交往活動與元、白相較，發展出諸多不同的面貌與特質。不僅影響當時的創作風氣，更蘊涵著豐富而深刻的文化社會意義。[1]劉、白唱和詩作中的情感內涵與語言形式等特色，花房英樹、林明珠、岳娟娟均曾有一定篇幅的探討。[2]這些前行研究，已將劉、白唱和詩作中的情意內涵作了初步的分析與歸納，但研究重點仍以唱和形式、內涵為主。並且，多將白居易作為觀察重點，因此，劉禹錫詩中所隱含的政治態度、主體心境等，還沒有獲得很清楚的說明。即使是從詩人群角度論析大和時期洛陽詩壇者，如賈晉華、趙建梅等，也多偏重在白居易的個體詮釋上，或者直接忽略劉禹錫在洛陽詩壇的角色；[3]甚至認為劉、白唱和不僅「社會

---

[1]　以白居易為中心的洛陽詩人群，即有賈晉華、趙建梅等學者有相關論述。賈晉華〈東都閒適詩人的生活情趣與創作傾向〉，載《唐代集會總集與詩人群研究》（北京：北京大學出版社，2001年），見133-145。趙建梅：《唐大和初至大中初的洛陽詩壇——以晚年白居易為中心》，（北京：中國社會科學院中國古代文學博士論文，2002）。

[2]　花房英樹：《白居易研究》（京都：世界思想社，1971年）；林明珠：《白居易詩探析》（臺北：私立東吳大學中國語文系博士論文，1996年）；岳娟娟：《唐代唱和詩研究》（上海：復旦大學中國語文學系博士論文，2003年）。

[3]　如趙建梅所論述的洛陽詩壇是以裴度、牛僧孺、李德裕、白居易四人為代表。事實上，這四位人物與劉禹錫也有著異常密切的政治關係與詩歌交往。賈晉華論東都閒

性薄弱」，唱和作品本身也「特色不顯明」。[4]雖然如此，上述研究對於進一步闡發劉禹錫與白居易的交往詩，奠定了深厚的基礎。本文在此基礎上，擬對劉禹錫晚年交往詩進行論述。劉禹錫（772-842）作為從元和詩壇過度到會昌年間的詩人，在晚年又與諸公保持密切的詩歌酬贈交往，其詩歌創作活動實有特殊而豐富的意義。因此本文除了討論與晚年劉禹錫密切唱和的白居易（772-846）、令狐楚（766-837）之外，也會觀察他與裴度（765-839）、牛僧孺（780-848），李德裕（788-850）的詩歌交往。從主觀個人的詩歌創作而言，劉禹錫大和年間之後的詩歌創作幾以交往詩為主；從客觀文學活動來說，晚年劉禹錫陸續有《劉白唱和集》、《彭陽唱和集》等編纂，又與洛陽詩人群保持密切的文學活動。[5]這些現象均說明劉禹錫的詩歌交往活動與創作，除了是值得注意的文學現象外，更寓有深刻的文化與社會意義，值得進一步深入探討。

　　本文所謂劉禹錫之晚年交往詩，是指文宗大和至武宗會昌年間（827–842）。在這段時間內，劉禹錫也曾除為蘇州刺史、同州刺史等職而離開洛陽、長安，但與白居易、令狐楚的唱和活動並未中止，甚至成為寄贈的動力與助因。研究範圍既是劉禹錫晚年的交往詩，觀察重點在於其交往活動與創作之間的各種聯繫與特徵。特別需要指出的是，劉禹錫晚年的交往詩與韓愈、白居易有著非常不一樣的特質。在韓、白的諸多交往詩中，往往呈現出非常強烈的個人特質與特定群體心態，例如韓愈贈酬詩的戲謔、飲酒，或與孟郊、張籍等人的復古理念等；或如白居易與元稹的政治對話、追憶書寫等。但在劉禹錫詩中，類似韓、白的個人特質並不明顯。劉禹錫顯然更傾向於將詩視為交往的媒介，與元和諸名公保持某種人事聯繫。因此，本章的研究方法，是分析劉禹錫與不同詩歌交往對象

適詩人的生活情趣與創作傾向時，著重闡述白居易晚年之中隱觀與洪州禪思想，並以此來說明洛陽詩人群共同的生命情趣。

[4] 岳娟娟：《唐代唱和詩研究》（上海：復旦大學中國語文學系博士論文，2003年），頁190。

[5] 元白交往詩的對象與數量，見陳才智《元白詩派研究》一書，（北京：社會科學文獻出版社，2007年），頁378。若再考慮劉、白同題共作，或者聯句等形式，例如〈柳枝詞〉、〈浪淘沙〉等，劉白的唱和詩數量應該超過元白。

之間所產生的社會互動、詩作交流，以此進一步貼近主體的精神世界。

第一節　劉禹錫交往詩創作的文學背景與政治情境

一、劉禹錫交往詩創作的文學背景

　　德宗貞元二十一年（805），正值壯年的劉禹錫、柳宗元等人，因有王叔文的援引，進入朝廷核心，準備進行政治改革。但順宗即位不及半年，宦官、藩鎮等政治勢力不滿王叔文的驟得重用，對其展開奪權行動，順宗在重病及宮廷權力的雙重威脅下，讓出帝位。太子李誦順理成章成為皇帝，此即憲宗。順宗退位，王叔文隨即被貶謫賜死，他所延攬的才俊如劉禹錫、柳宗元等人也相續貶謫南方。劉、柳本無意捲進涉及皇位的政治鬥爭，卻不幸成為犧牲品，遭到冷酷的懲罰，凌準、柳宗元相繼貶死於他鄉，劉禹錫則在「巴山楚水」中度過「二十三年棄置」之生涯。敬宗寶曆二年（826），劉禹錫終得罷郡北歸，回到洛陽。老大回朝的劉禹錫，在仕途上並未從此一帆風順，歷任郎官、集賢學士後，被派往蘇州任刺史，直到開成元年（836）才以病罷歸洛陽。

　　劉禹錫大和七年（833）編選《劉氏集略》時，將自己的詩文創作給予總結歸納。貶謫之前為前期，又可分為兩個階段，第一階段在長安「與曹輩畋獵於書林，宵語途話，琴酒調謔，一出於文章」；第二階段出入幕府，「出師淮上」期間，開始創作各類文章，如「昌言奏記，移讓告諭，奠神志葬」。後期指的是「二十三年」「巴山楚水」的貶謫歲月，所謂「及謫於沅湘間，為江山風物之所蕩，往往指事成歌詩，或讀書有所感，輒立評議。」[6]此一階段的創作，多是政治激憤之下的書懷之作。大和二年（828），當

---

[6]　劉禹錫著，陶敏，陶紅雨校注：《劉禹錫全集編年校注》（長沙：岳麓書社，2003年），卷18，〈劉氏集略說〉，頁1179-1180。以下簡稱《劉集》。

劉禹錫回朝後，此種因事有所感的創作型態，在後期被頻繁的唱和酬贈所代替。裴度、李德裕等人均相當重視劉之詩才，多次主動邀其賦詩酬作。如〈裴相公大學士見示答張秘書謝馬詩並群公屬和因命追作〉一詩，所作乃歌詠裴度贈張籍乘馬一事，發生於元和十五年（820），當時重要文人如韓愈、元稹、白居易等人均有詩賦之，劉禹錫回朝後，裴度令劉追作，足可看出劉之詩才在當時受到群公的注意。此外〈廟庭偃松詩〉是劉禹錫任集賢學士時所作，詩序提到：「予嘗謁閣白事，公為道所以，且示以詩。竊感佳木之逢時，斐然成詠。」[7]李德裕赴浙西時，劉禹錫送至臨泉驛，李以「書札見徵拙詩，時在汝州」；或〈令狐相公自太原累示新詩因以酬寄〉詩題所示，均說明當時這些名公，異常重視劉禹錫的詩才文筆，常將其視為唱酬對象。

　　大和七年（833），劉禹錫不僅有《劉氏集略》之編纂，更有《彭陽唱和集》、《吳蜀集》、《劉白唱和集》等唱和詩集的編輯。這些集子的編纂，反映了以白居易為主之中唐詩人唱和風氣的盛行，也是劉禹錫創作型態轉變的標誌。值得注意的是，與晚年劉禹錫深有交情者，如白居易、令狐楚，多是元和年間熱衷於唱和者。首先，早在元和年間，白居易即擬編《元白往還集》，收集周遭詩友各自擅長的詩歌體製。令狐楚元和年間曾編《御覽詩》，又與王涯、張仲素有《元和三舍人集》，之後又將與李逢吉的唱和詩編為《斷金集》。在此文學氛圍中，即使是貴為皇帝的唐文宗也染此風氣，《新唐書‧裴度傳》載文宗向裴度邀詩：「朕詩集中欲得見卿唱和詩，故令示此。」[8]以上事例均說明與劉禹錫有交往關係者，多是熱衷以詩進行唱酬贈答者，這是當時流行的詩壇風氣。此詩壇風氣，與劉禹錫晚年交往對象之廣、之複雜，有著密切的聯繫。以詩章作為交往符號，不僅可泯除政治上窮通榮悴的差別，如裴度、令狐楚的崇高地位；更涵括不同政治立場者，如李德裕與牛僧孺。因此，從這些事實來看，劉禹錫後期的詩歌創作，不僅是其

7　　《劉集》，卷8，頁513。
8　　歐陽脩、宋祁：《新唐書‧裴度傳》（北京：中華書局，2003年），卷170，頁4433。

具體交往活動的展現，更與當時複雜的政治背景有著直接而密切的關係。

二、劉禹錫交往詩創作的政治情境

　　白居易乃是繼柳宗元之後，在詩歌創作、生命情感上均給予劉禹錫頗多激勵、扶持者。特別是經過寶曆二年（826）兩人相遇揚州，攜手北歸洛陽之旅，讓兩人情誼愈形深厚。由此所拓展的友誼和政治人脈，無疑讓老大歸朝的劉禹錫感覺到故人的溫暖與援助，所謂「二十四年流落者，故人相引到花叢」。[9]之後，劉禹錫在長安參與以裴度、白居易為中心的詩會活動，寫下〈春池泛舟聯句〉、〈首夏猶清和聯句〉、〈薔薇花聯句〉、〈西池落泉聯句〉等代表高級官僚遊賞宴飲活動的聯句。大和三年（829），白居易罷官歸洛陽閑居，在裴度的園林有〈宴興化池亭送白二十二東歸聯句〉、〈西池送白二十二東歸兼寄令狐相公聯句〉。大和九年（835）冬末，劉禹錫代白居易赴任同州刺史，途經洛陽，與當時任東都留守的裴度、太子賓客白居易有敘述相見話別之作的兩首聯句。開成元年（836），劉禹錫歷經「為郡老天涯」的奔波後，也罷歸洛陽，終於實現「抽身伴地仙」的宿願。[10]白居易喜出望外，與裴度等人共作聯句，特地歡迎劉禹錫的歸來。此年，這群名公宿舊更舉辦洛下修禊之活動，唱飲宴酬，在此盛大的集會中，參與者多感到自豪，劉禹錫以「洛下今修禊，群賢勝會稽」來形容。[11]白居易在詩前更有一長序，來說明此次詩歌活動的重要性，所謂「若不紀錄，謂洛無人」，彰顯出此群體在洛陽詩歌唱和所代表文化社會行為，並與東晉王羲之蘭亭禊祓之會相比。從聯句活動參與名單來看，劉禹錫與裴度的政治關係是較為緊密的。白居易則始終是劉

9　《劉集》，卷7，〈杏園聯句〉，頁441。
10　以上兩語分別見《劉集》，卷8，〈刑部白侍郎謝病長告改賓客分司〉，頁502；卷9，〈郡齋書懷寄河南白尹兼簡分司崔賓客〉，頁574。
11　《劉集》，卷10，〈三月三日與樂天及河南李尹奉陪裴令公泛洛禊飲各賦十二韻〉，頁659。

禹錫晚年詩歌創作活動中最關鍵的詩人，不僅彼此贈答頻繁，也是詩會活動的積極策劃者。

　　劉禹錫與令狐楚、李德裕、牛僧孺的政治關係與詩歌酬唱，與上述裴度、白居易等人有所不同。展現在詩歌創作活動上，劉禹錫與此三人少有集團性唱和，而多為個人之間的往還。劉禹錫與令狐楚早在德宗貞元年間即已相識，但兩人真正建立密切的唱和關係卻要等到劉禹錫貶謫結束。而寶曆二年（826），劉、白二人北歸洛陽途中經過令狐楚所刺之汴州，停留數日，透過詩酒宴酬，兩人重新建立起頻繁地聯繫。但因為令狐楚在政治上的盟友李逢吉、皇甫鏞，是與裴度相反對者，因此，劉禹錫對其在政治上的期望相對減少。李德裕、牛僧孺雖然屬於劉禹錫的後輩，卻均出將入相，少年得志。李、牛二人在文宗朝因為李宗閔的關係，相互牽制，在主要政治意見上更是針鋒相對，是此一時期黨爭的指標性人物。其中，因為李德裕與裴度較為親近，因此劉禹錫對他的態度顯然較為和善，且多有期望，表現在詩中，同樣是歌詠園林遊樂，內涵意義卻迥然不同，此在下文會加以分析證明。

　　劉禹錫晚年的詩歌交往對象，在政治經歷上、個人出處上有其一致性。首先，這些人都歷經政治上的浮沉顛簸。白居易、令狐楚同樣在元和時期經歷貶謫，對於被迫遠離家國、流於陋僻之地有切身之感。裴度在政治上是對劉禹錫較為友善者，「度素稱堅正，事上不回，故累為奸邪所排，幾至顛沛。」[12]元和末年開始，李逢吉、李宗閔不僅與李德裕不合，更猜忌裴度的聲望，因此對其採取排斥的態度。如大和三年（829）七月乙巳，裴度欲援引李德裕入朝為相，李宗閔因有宦官幫助先入為相，再援引牛僧孺入朝排擠李德裕，從此在朝中展開互相角力的政治鬥爭。當大和七年（833），李德裕正式入朝為相，李宗閔、牛僧孺則紛紛離朝。《通鑑》記載：「時德裕、宗閔各有朋黨，互相擠援。上患之，每嘆曰：『去河北賊易，去朝廷朋黨難。』」[13]說明，朝中大臣激烈

地相互惡鬥、攻訐，連文宗都無力處理，束手無策，苦惱不已。雖然上述人物均經歷過政治上的浮沉與挫折，但比起劉禹錫被棄置貶謫二十三年，顯然又是微不足道。劉禹錫老大回朝後，本有希望再為朝廷重用，孰料朝士之間激烈的傾軋爭權，導致文宗轉而重用官資較淺、年紀較輕的士人，「文宗自德裕、宗閔朋黨相傾，大和七年已後，宿素大臣，疑而不用。意在擢用新進孤立，庶幾無黨，以革前弊，故賈餗、舒元輿驟階大用。」[14]因此，劉禹錫東山再起的願望又被無情地、無辜地澆熄。大和九年（835）的甘露之變，是文宗本欲剷除跋扈宦官的行動，卻不幸失敗，導致宦官屠殺朝官，當時宰相王涯、賈餗、舒元輿等人均遭刑戮。這場政治慘禍，株連數千人，朝廷百官人人自危，宦官權勢益形高漲。如裴度、令狐楚等名公大臣，雖然免於此禍，卻對朝廷政局抱持更審慎、疏離的態度。如裴度：

> 自是中官用事，衣冠道喪。度以年及懸輿王綱板蕩，不復以出處為意。東都立第於集賢里築山穿池，竹木叢萃，有風亭水榭，梯橋架閣，島嶼迴環，極都城之勝概。……度視事之際，與詩人白居易、劉禹錫酣宴終日，高歌放言，以詩酒琴書自樂，當時名士，皆從之遊。[15]

宦官權力在安史亂後更毫無節制地膨脹，甚至發展到直接干預朝廷人事，如上述大和三年裴度欲薦李德裕為相，即為宦官所阻；尤有甚者，有時皇帝的生死廢立，也直接與宦官的涉入有關係。在此政局情勢下，名高位重的大臣若欲保身，只有走上不問政事一途。因此，裴度選擇在洛陽園林中詩酒自娛，更以其尊崇的政治地位，儼然成為東都高級閒官的領袖人物。令狐楚，也因「以權在內官，累上疏乞解使務」，[16]採取明哲保身的立場。牛僧孺的表現更

14　《新唐書》，卷172，頁4483。
15　《新唐書》，卷170，頁4432。
16　《新唐書》，卷172，頁4464。

為明顯：

> 上既受左右邪說，急於太平，奸人伺其銳意，故訓、注見用。數年之間，幾危宗社，而僧孺進退以道，議者稱之。……開成初，搢紳道喪，閹寺弄權，僧孺嫌處重藩，求歸散地，累拜章不允，凡在淮甸六年……洛都築第於歸仁里。任淮南時，嘉木怪石，置之階廷，館宇清華，竹木幽邃。常與詩人白居易吟詠其間，無復進取之懷。[17]

　　甘露之變後，朝廷政局充滿詭譎肅殺的氣氛，宦官對於不聽命於己的朝官，輕則排擠出朝，重則肆行刺殺。宰相李石即為一例，開成三年（838）正月五日，宦官仇士良遣刺客襲擊李石，「是日，京師大恐，常參官入朝者九人而已，旬日方安。」[18]使得李石終向宦官妥協，告病罷官了事。這種情形下，洛陽高級閒散官員忘情於修築園林與唱和活動，不寄望於在政治上有所作為，正是這種政治情勢的反映。[19]

　　在劉禹錫的唱和對象中，除白居易之外，諸人均有出將入相，仕宦顯赫的經歷。（白居易雖未居相位，但也曾官至中書舍人、刑部侍郎等官）正因為這些文人都歷經過貶謫、鬥爭等遭遇，又對朝廷中央被宦官操縱莫可奈何，使得劉禹錫與他們有一情感、思想上的共同基礎，這是唱和寄贈得以持續、溝通的前提。特別是大和九年（835）甘露之變後，上述文人多不在長安，因此避開宦官對朝官的殘酷殺戮，但也因為這場慘禍，使得他們對朝政有一更明確的疏離意識。

17　同前註，頁4472。
18　同前註，頁4486。
19　朝廷大臣相互角力鬥爭，又有宦官虎視眈眈，在此充滿殺戮氣氛的環境下，白居易在大和三年（829）毅然歸居洛陽，這個決定，對於裴度、令狐楚、牛僧孺均有重要的影響。更詳細的論述，可參見賈晉華《唐代集會總集與詩人群研究》（北京：北京大學出版社，2000年），頁102-145。

第二節　與白居易互為主體詮釋的交往

　　劉禹錫與白居易的唱和詩主要是以生命經驗的交互感通為主，但這並非一開始即有的狀態。元和五年（810），或許透過元稹的關係，白居易寄贈一百首詩給貶謫在朗州的劉禹錫，得到很高的評價。但之後，兩人並未就此建立詩歌寄贈交流關係。原因或在於，劉禹錫遠貶湘南，白居易仕宦長安，在情感距離、空間距離上相隔頗遠。此外，兩人在元和年間已有各自的文學交友圈。長慶二年（822）劉禹錫剛抵夔州，曾寄詩在長安的韓愈、白居易，表達自己長貶久謫的苦悶，希望二人以同病相憐的心理伸出援手，但並未得到回應。其中原因，除了彼此情感並不密切外，韓、白也才剛結束貶謫的經歷，在朝廷未必施得上力。加上當時宰相李逢吉在朝廷專政，進行排擠異己、構陷李紳等政爭。但次年白居易除杭州刺史後，開始主動贈寄，劉禹錫多有回應。待劉禹錫遷和州刺史，與白居易的詩歌交往開始注入個人主體的情感與經驗，例如對白居易詩酒放狂心理的理解、對其早白無兒的安慰；白居易則對劉禹錫的蹭蹬仕途寄予同情，相約退歸洛陽。正是這種感情深度的逐漸加溫，兩人在寶曆二年（826），同游揚州、相攜北歸洛陽。這次同行所確立的友誼，一直持續到彼此的生命終點。劉、白除了以詩歌交流彼此內心的思想，還當作書信傳達情感；更視為戲謔娛樂的工具。兩人互相稱道對方的詩藝，一起參與東都文人群的詩酒宴會聯句，更共同致力於新聲歌曲的創作。

　　與其他交往對象相較，劉禹錫與白居易，具有最頻繁、密切的互動關係。其唱和已非單純的寄贈酬答，而是雙方情感思想「互為主體性」的理解，[20]參與彼此的生命困境，提出勸慰。劉、白頻繁

---

[20] 在本文使用「互為主體」一詞，主要參考舒茲在《社會世界的現象學》第三章〈互為主體之瞭解的理論基礎〉。其理論貢獻在於主體經驗的詮釋問題，以及澄清如何區別主觀意義與客觀意義等。詳見氏著：《社會世界的現象學》（臺北：桂冠出版社，1991年），頁115-161。顏崑陽在〈論先秦「詩社會文化行為」所展現的「詮釋範型」意義〉一文，也曾對此一詞彙有實際的運用，在特定時空的文化、社會經驗與價值觀限定下的「主體」，其雙向互動是內蘊的「意向交會」。在此社會情境下的創作行

的唱酬寄贈，不僅是引人注目的創作行為，其間所具的精神活動也是值得探究。與一般的唱和活動不同，劉、白的交往詩，明顯的是以「互為主體」為特色。「互為主體的瞭解才是對主觀經驗的真正瞭解。它必須與客觀意義的瞭解有所區別。」[21]綜觀劉白二人長達二十年詩歌交往，雖不乏詩藝競爭、遊戲心態，但其中主調還是以彼此生命經驗、情感上的交流互通為主。茲據二人交往詩作釐析出三類可看出其互為主體詮釋的主題。

一、白居易對劉禹錫政治際遇的詮釋與理解

白居易始終對劉禹錫不遇、蹉跎的政治生命抱以同情、委屈，這是最讓劉禹錫感動之處，也是其交往對象中對彼此瞭解最為深刻者。白居易對劉禹錫的蹉跎不遇具有深刻的同理心：「不教才展休明代，為罰詩爭造化功」[22]、「詩稱國手徒為爾，命壓人頭不奈何」[23]、「謝守歸為秘監，馮公老作郎官。前事不須問著，新詩且更吟看」、[24]「世上爭先從盡汝，人間鬥在不如吾」[25]、「赤筆三年未轉官。別後縱吟終少興，病來雖飲不多歡。酒軍詩敵如相遇，臨老猶能一據鞍。」[26]上引白居易這些詩均作於大和五年（831）劉禹錫赴任蘇州刺史前。可看出白居易對於劉禹錫的政治際遇與詩文才能具有一同理心的情感。是劉禹錫交往對象中，最能給予同情理解者。

劉禹錫結束「二十三年棄置身」的貶謫遭遇後，並未馬上被召回長安，而是先被冷落在洛陽。歲月的流逝與無情的棄置，在此刻

為，對於理解元稹與白居易、劉禹錫與白居易的唱和活動，顯然更能掌握其基本精神。顏氏對「互為主體性」在先秦詩歌活動的界義和使用，詳見：《東華人文學報》第8期（2006年），頁71。

21　同前註，英譯序，頁23。
22　白居易著，謝思煒校注：《白居易詩集校注》（北京：中華書局，2006年），卷24，〈答劉和州〉，頁1870。作於寶曆元年（825），以下簡稱《白集》。
23　《白集》，卷25，〈醉贈劉二十八使君〉，頁1957-1958。
24　同前註，〈臨都驛答夢得六言二首〉之二，頁1999。
25　同前註，〈代夢得吟〉，頁2027。
26　《白集》，卷27，〈和令狐相公寄劉郎中兼見示長句〉，頁2050，作於大和五年春。

仍未讓劉禹錫完全絕望，在洛陽閑居之日仍寫下：「聞說功名事，依前惜寸陰」的自勉之語。[27]大和二年（828）重返長安之後，劉禹錫被任命為主客郎中，其官秩約略與貶謫前近似。「早歲忝華省，再來成白頭」這種如夢似幻的人間滄桑與政治坎坷，是劉禹錫精神意識深處的悲痛。伴隨著百事無成的慚愧感以及生命流逝感慨，此刻的劉禹錫仍表現出積極精神，所謂「幸依群玉府，有路向瀛州。」[28]而〈闕下待傳點呈諸同舍〉詩，最能道出劉禹錫老大返朝，重為郎官的微妙心態：

> 禁漏晨鐘聲欲絕，旌旗組綬影相交。殿含佳氣當龍首，閣倚晴天見鳳巢。山色蔥籠丹檻外，霞光泛灩翠松梢。多慚再入金門籍，不敢為文學〈解嘲〉。[29]

不論是近景、遠景，均顯得明麗高遠，可以看出此刻劉禹錫的心態仍是積極、開朗的。最末一聯，表達自己再次進入朝廷後的自處態度，即希望老大返朝後，不要因為戲謔為詩而惹罪上身。白居易的和詩〈和集劉賢學士早朝作〉：

> 吟君昨日早朝詩，金御爐前喚仗時。煙吐白龍頭宛轉，扇開青雉尾參差。暫留春殿多稱屈，合入綸閣即可知。從此摩霄去非晚，鬢邊未有一莖絲。[30]

前四句摹寫早朝的實景物象，後四句表達安慰、鼓勵劉禹錫之意。「從此」一句，特別強調從此刻起若能獲得施展才能機會，並未太遲的觀點。這是因為當時裴度還未被排擠出朝，劉禹錫確有希望獲得大用。當這場期望隨著裴度出朝而落空時，劉禹錫於大和五年冬赴任蘇州刺史，有詩書懷：

---

27 《劉集》，卷7，〈罷郡歸洛陽閑居〉，頁411。
28 同前註，〈早秋集賢院即事〉，頁458。
29 同前註，〈闕下待傳點呈諸同舍〉，頁459。大和二年長安作。
30 《白集》，卷26，〈和集賢劉學士早朝作〉，頁2032。

謾讀圖書三十車，年年為郡老天涯。一生不得文章力，百口
空為飽暖家。綺季衣冠稱鬢面，吳公政事副詞華。還思謝病
今歸去，同醉城東桃李花。[31]

　　從壯年流落二十四年之後，劉禹錫再次出為郡守刺史，其中的
感慨頗為沉重，故有「為郡老天涯」之牢騷。並表達了不如歸去，
與白居易同醉洛陽城東的念頭。對此，白居易以自古以來文章顯
赫者在政治上多有不遇之命運來安慰，所謂：「郎署迴翔何水部，
江湖留滯謝宣城。所嗟非獨君如此，自古才難共命爭。」[32]再次以
「才」「命」相妨來抒解劉禹錫的鬱悶情懷。但白居易並非不理解
劉禹錫仍有等待東山再起的心志，〈代夢得吟〉：

後來變化三分貴，同輩凋零太半無。世上爭先從盡汝，人間
鬥在不知吾。竿頭已到應難久，局勢雖遲未必輸。不見山苗
與林葉，迎春先綠亦先枯。[33]

　　詩題為「代夢得吟」，以代言的方式模擬揣測所贈對象的情
思。白居易此詩作於大和六年（832），劉禹錫於蘇州任刺史時。
全詩主旨可概括為「局勢雖遲未必輸」一句，既是白樂天代擬劉禹
錫內心鬱塞不平卻依然不服輸的特質，同時也是自己對於好友的期
望。白居易所揣測的劉禹錫心態，契中其實，故劉禹錫答詩特別發
揮「局勢雖遲未必輸」的思想，進一步闡述自己不輕易屈服放棄的
態度：

風雲變化饒年少，光景蹉跎屬老夫。秋隼得時陵汗漫，寒龜
飲氣受泥塗。東隅有失誰能免，北叟之言豈便誣？振譽猶堪

---

[31]　《劉集》，卷9，〈郡齋書懷寄河南白尹兼簡分司崔賓客〉，頁574。
[32]　《白集》，卷31，〈和夢得〉，頁2366。
[33]　《白集》，卷25，〈代夢得吟〉，頁2027。

呼一擲，爭知掌下不成盧。[34]

　　整首詩多用兩兩相對的現象或事理，來強調人世萬物間相互辯證的規則。自己雖為蹉跎老夫，無法與崢嶸少年相比，但只要得到適當的機會，就如「秋隼」、「寒龜」，仍然可以有非凡的表現。得失、窮通、禍福之間，往往相反相成，未到生命的終點，不甘就此無所作為。因此，最後一句呼應白詩「局勢雖遲未必輸」，如果不放手一搏，怎知自己手中即將會有大好的機會呢？從這些充滿哲理性思辨的語句，可以知道劉禹錫仍有不放棄的心態。此組詩作可以說明白居易是劉禹錫詩友中，最能夠深契其內心者。

　　雖然劉禹錫一再於詩中表達追隨白居易退歸洛陽的願望，但真正實現卻要等到大和九年（835）至開成元年（836）間。劉禹錫心中的鬱悶與不平，直至大和九年（835）甘露之變，宦官殺戮朝官之慘禍後，才深切領悟到榮祿易招殺身之禍，因此，才從心裡深處認可白居易早退自全之舉：

> 從君勇斷拋名後，世路榮枯見幾回。門外紅塵人自走，甕頭清酒我初開。三冬學任胸中有，萬戶侯須骨上來。何幸相招同醉處，洛陽城裏好池台。[35]

　　此詩乃酬白居易〈題酒甕呈夢得〉而作，雖也有白詩「凌煙閣上功無分」之嘆，詩旨主要仍在抒發人處於時間流逝，生命衰老之困境中，只能藉酒澆愁，所謂「更擬共君何處去？且來同作醉先生。」[36]但劉禹錫在詩中卻離開白居易以酒開解愁苦衰老之旨，而扣緊「功無分」之說，強調功名富貴背後隱藏著滅亡取禍之危險。更重要的是，首句「從君勇斷拋名後」語，顯示此刻的劉禹錫，對於當年白居易退居罷官的選擇有更深刻的理解。正是在此種功名無

34　《劉集》，卷9，〈樂天寄重和晚達冬青一篇因成再答〉，頁572。
35　《劉集》，卷10，〈酬樂天偶題酒甕見寄〉，頁650。
36　《白集》，卷33，〈題酒甕呈夢得〉，頁2535。

分，詩酒閑游放狂可為解愁的認知上，劉禹錫對於蹉跎無成的政治生命有了更為通達的認知。這種通達變成劉、白以諧謔、遊戲態度來看待老年，如白居易：「老更諳時事，閑多見物情。只應劉與白，二叟自相迎。」[37]劉禹錫則是：「老是班行舊，閑為鄉里豪。經過更何處？風景屬吾曹。」[38]將散閑無事的老年生活加進幾許放狂姿態，從而轉化政治上的升沉得失。

二、對時間感的探討

（一）劉、白的時間感受：聞蟬有感的書寫主題

白居易特別喜歡在詩中不斷反覆吟詠人之不可避免的衰老，以及處於衰老當下的心境反應。[39]這個傾向在與元稹的交往中還不明顯，除了元稹年齡小於白居易八歲之外，也與其早逝有關。但是，白居易在晚年卻找到一位「同年同病同心事」的至交，此即劉禹錫。面對人之不可避免的衰老，多數詩人多將其視為生命的悲哀之一，而劉、白卻從其中發展出惜老、詠老等新的面向。這種開拓，又與二人的相互酬唱寄贈密切相關。白居易喜好將同一主題在不同階段歌詠、回憶的特質，也帶進與劉禹錫的詩歌交往中。其中，以新蟬作為感發媒介所寫的系列詩作，可窺見劉、白二人如何透過詩作的交流，在時間歷程中逐漸深化對彼此的理解。大和二年（828），白居易有〈聞新蟬贈劉二十八〉詩：

> 蟬聲發一時，槐花帶兩枝。只應催我老，兼遺報君知。白髮生頭速，青雲入手遲。無過一杯酒，相勸數開顏。[40]

---

[37] 《白集》，卷34，〈晚夏閑居絕無賓客欲尋夢得先寄此詩〉，頁2596。

[38] 《劉集》，卷11，〈酬樂天晚夏閑居欲相訪先以詩見貽〉，頁706。

[39] 白居易對於個體衰老的自我觀照，以及將描寫老年作為詩歌主題的現象，臺灣學者已有深刻的闡釋，如林明珠：〈試論白居易詩中的老年世界〉，《花蓮師院學報》第7期（1996年），頁177-216；韓學宏：〈白居易詩中的「老境」〉，《華梵學報》第1期（1997年），頁1-18。

[40] 《白集》，卷26，〈聞新蟬贈劉二十八〉，頁2052。

從「報君知」語可知，這種流年之感確實平淡無奇，會發生在每個人身上。但白居易是從「新蟬」之鳴，敏銳地比他人先體悟到流年之感與自我生命朝向衰亡的必然歷程。語詞的平淡，情感的樸實，傳達的是生命經驗的共感交通。劉禹錫〈答白刑部聞新蟬〉：

> 蟬聲未發前，已自感流年。一入淒涼耳，如聞斷續弦。晴清依露葉，晚急思霞天。何事秋卿詠，逢時亦悄然？[41]

劉禹錫所謂「蟬聲未發前，已自感流年」，既指白居易上篇聞新蟬詩寫作之前，也指比當下時刻更早的時間。如三年前〈酬樂天揚州初逢席上見贈〉中說的「懷舊空吟聞笛賦，到鄉翻似爛柯人。沉舟側畔千帆過，病樹前頭萬木春。」其中所抒發的流年之感，還夾雜著生命的沉淪與人事的空幻，已比白居易集中於驚嘆個人生命的流逝，更為深沉複雜。因此，我們也將明白為何劉禹錫在詩末會以「逢時亦悄然」來形容白居易。對於劉禹錫來說，白居易的政治際遇，遠比自己通達順遂，即所謂「逢時」者也。既然如此，又何必對衰老流逝如此無法釋懷呢？這次的唱酬，劉、白二人沒有聚焦，但並未就此結束。大和三年（829），白居易已赴東都任太子賓客，而劉禹錫則留在長安。六月，劉禹錫想起去年白居易的贈詩，因有〈始聞蟬有懷白賓客去歲白有聞蟬見寄詩云只應催我老兼遣報君知之句〉詩：

> 蟬韻極清切，始聞何處悲？人含不平意，景值欲秋時。此歲方晼晚，誰家無別離？君言催我老，已是去年詩。[42]

這首詩幾乎緊扣白居易先前〈聞新蟬有感〉詩，從劉禹錫的立場看來，蟬韻之悲，乃由於「人含不平意。」雖然此刻兩人一在東都，一於長安，但這並非天涯之隔。從此刻的政局來看，大和三

41　《劉集》，卷7，〈答白刑部聞新蟬〉，頁457。
42　《劉集》，卷8，頁506。

年（829）七月李宗閔對裴度薦引李德裕一事，已有阻攔的動作，先得宦官之助而拜相。這對於與裴度保持良好關係的劉禹錫而言，實為不利。本欲再展政治才能的他，其內心的不平之意也就顯然易見。而白居易的答詩，顯然也明瞭當下情勢，其答詩云：

> 閑緘思浩然，獨詠晚風前。人貌非前日，蟬聲似去年。槐花新雨後，柳影欲秋天。聽罷無他計，相思又一篇。[43]

所謂「思浩然」者，或是對劉禹錫處於不利之情勢的感嘆，但畢竟白居易已做出明哲保身、退歸東都的抉擇，朝廷政局是他刻意遠避者，因此，他也只能無奈地感嘆「無他計」。這兩首聞蟬有感詩，不僅延續兩人先前的流年之感，還各自表達當下的生存感受。八年之後，兩人再以聞新蟬為題，兩人才真正聚焦於老年老境。開成二年夏（837），白居易有〈開成二年夏聞新蟬贈夢得〉詩，詩序云「十年來，常與夢得索居。每聞蟬，多有寄答，今喜同在洛下，以此篇唱之。」[44]大和二年（828）之後，劉禹錫久滯集賢閣，終在大和六年（832）又除郡蘇州，雖然詩章酬寄從不間斷，但山川乖隔，會面不易。不僅日趨衰老，朝廷政局也多發生變化。現在，劉禹錫也終於不再為仕宦奔波，詩云：

> 十載與君別，常感新蟬鳴。今年共君聽，同在洛陽城。噪處知林靜，聞時覺景清。涼風忽裊裊，秋思先秋生。殘槿花邊立，老槐陰下行。雖無索居恨，還動長年情。且喜未聾耳，年年聞此聲。[45]

正如白居易在〈新秋感涼〉詩所云：「過得炎蒸月，尤宜老病身。衣裳朝不潤，枕簟夜相親。樓月纖纖早，波風嫋嫋新。光陰

---
[43] 《白集》，卷27，〈答夢得聞蟬見寄〉，頁2135。
[44] 《白集》，卷36，〈開成二年夏聞新蟬贈夢得〉，頁2709。
[45] 同前註。

與時節，先感是詩人。」[46]對於年老多病的人來說，對於季節的變化、溫度的升降是非常敏銳而易覺的。每到季節轉化的時刻，都讓人想起人之生命朝向死亡邁進。然而白居易並未止於此，而是從詩末轉出喜老的心態。劉禹錫〈酬樂天聞新蟬見贈〉：

> 碧樹有蟬後，煙雲改容光。瑟然引秋氣，芳草日夜黃。夾道喧古槐，臨池思垂楊。離人下憶淚，志士激剛腸。昔聞阻山川，今聽同匡床。人情便所遇，音韻豈殊常。因之比笙竽，送我游醉鄉。[47]

十年之間，新鳴的蟬聲並無變化，然後人卻在時空之中遷逝衰老，不變的是兩人聞蟬有感，以詩相互感通的唱和酬贈。此種聞蟬感流年的情感特質，並不是激懷壯思，但在時間之流中的兩個詩人，卻作了細微的紀錄與分享。其所分享者，沒有客套與應酬，是對彼此生命感受、經驗的相互交流。此詩的寄贈，更涉及只屬於兩人之間的情感內涵，與一般寫蟬詠蟬的作品有著基本差異。從「人情便所遇，音韻豈殊常」一語，是劉禹錫再度蹉跎十年之後，所作的感慨語。大和年間的政治紛擾與殺戮，讓不服老的劉禹錫，終究還得與不平之氣、志士剛腸妥協。這種聞蟬有感的情感經驗與存在思考，是屬於劉、白二人互相共感的。同一年，劉禹錫還酬寄給令狐楚另外一篇新蟬詩，兩相參照，更能凸顯劉、白之間的交往特徵。〈酬令狐相公新蟬見寄〉：

> 相去三千里，聞蟬同此時。清吟曉露葉，愁噪夕陽枝。忽爾弦斷絕，俄聞管參差。洛橋碧雲晚，西望佳人期。[48]

在這首詩中，「新蟬」所代表時間流逝、個人衰暮之意義符

---

[46] 《白集》，卷32，〈新秋喜涼〉，頁2435。
[47] 《劉集》，卷10，〈酬樂天聞新蟬見贈〉，頁670。
[48] 《劉集》，卷10，頁670-671。

碼，被令狐楚、劉禹錫唱和詩最常出現的思懷友人主題所代替。可看出，蟬之複雜、私人性的感知被一種模式化的創作所掩蓋。由此可對比出令狐楚在劉禹錫的交友關係中，是以「閑燕寄興」為主的型態而出現。

（二）劉、白詠老詩之情感交會與相互影響

　　關於衰老經驗的交流與共感，是劉、白交往詩中菁華所在。特別是劉禹錫寫給白居易者，常顯露出年老猶有可為的豪邁，為後人所激賞。細究兩人交往詩中對於衰老的看法，除了建立於各自性情與詩歌表現之差異外，還有相互影響與啟發的部分。其中充滿積極、昂揚之精神與哲理之智慧，以劉禹錫詩更為突出。除了個人氣質性情的差異之外，我們不可忽略政治際遇對於他的影響。漫長的貶謫與不遇，以及老大歸朝的際遇，讓劉禹錫表現出兩種看似矛盾，事實上卻相為表裡的態度。一是再三感嘆老大歸朝之後的百事無成與歲月蹉跎，例如以下詩句：「年年為郡老天涯」、「老向湘山與楚雲」「石渠甘對圖書老」、「晚歲空餘老病身」「百事無成老又催」等。一是從老大無成轉向猶有可為的積極態度，其中可以〈學阮公體三首〉可為代表。第一首先說：「人生不失意，安能慕己知」[49]，正說明劉禹錫從自己的流落不遇、蹉跎一生的生命中，找到像阮籍那樣抱材無用的古人知音。雖與阮籍身仕亂朝不同，但同樣被政治銷磨、空耗生命的悲劇卻彷彿相似。因此第二首從「失意」的情境盪開，再追尋老驥伏櫪，志在千里的豪情：

　　　朔風悲老驥，秋霜動鷙禽。出門有遠道，平野多層陰。滅沒馳絕塞，振迅拂華林。不因感衰節，安能激壯心。[50]

　　失意既然是客觀環境所造成的，然而壯心激發，卻操之在己，因此，劉禹錫再度從朔風、秋霜中感悟出猶有可為的生命力。這種

---

[49] 同前註，卷11，〈學阮公體三首〉之1，頁753。
[50] 同前註，〈學阮公體三首〉之2，頁754。

體會是從遷謫、打擊之中激發而來，是其特殊而昂揚的生命情調。不論貶謫時期的〈砥石賦〉：「既賦形而終用，一蒙詬焉何恥，感利鈍之有時兮，寄雄心於瞪視」；[51]還是晚年返長安後的〈浪濤沙詞〉：「莫道讒言如浪深，莫言遷客似沙沉。千淘萬漉雖辛苦，吹盡狂沙始到金。」[52]莫不是此剛健有為思想的反映。也就是說，劉禹錫對於老大無成的生命現況，常保持剛健有為的激昂意志，這是他從患難不幸之中所學習到的。這一點與白居易明哲保身，退歸中隱之道的處世態度有很大的不同。這種差異，是閱讀劉、白關於衰老的詩歌不可忽略者。因此，與白居易感嘆晚年，卻又耽溺於吟詠老境的傾向不同，劉禹錫則常在詩中表現出對於晚年有其自身價值的想法，諸如這些例句：「歲晚當自知，繁華豈云比」、「晚景含澄澈，時芳得豔陽」、「殘春猶可賞，晚景莫相催」、「搖落不傷懷」[53]等。這些詩例的背後，均強調晚景、晚歲另有其可貴可賞之處，未必一定要以悲哀的態度面對之。最形象者莫過於他與白居易相互詠老所作的：「莫道桑榆晚，為霞尚滿天」，[54]將自然黃昏的微霞滿天，隱喻人生晚景的多彩絢爛。如此看來，也就不難理解劉禹錫未何對白居易的秋悲感到疑惑，所謂「商山紫芝客，應不向秋悲。」[55]從這個角度來看，白居易會如此推服劉禹錫詩，很大一部份即來自於劉禹錫那股不屈服客觀命限的生命力。而對「憂患大於山」的白居易而言，生命的艱難感當然不能排除政治因素在其中，但卻非最主要所在，其走向樂天型態，正如侯迺慧所分析的，是感於各種人生困境與現實生活的艱難。[56]因此，其選擇樂語、閑語作為詩歌基本型態，也反映出他對超越的不懈追求。當他看到劉禹錫的剛健精神與哲理思維，難免會如此親切與欽佩，所以白居易在〈劉白唱和集解〉中如此說：

---

51 同前註，卷14，〈砥石賦〉，頁932。
52 同前註，卷9，〈浪濤沙詞〉之八，頁605。
53 諸詩例見《劉集》，卷7，〈令狐相公見示贈竹二十韻仍命繼和〉，頁456；〈春池泛舟聯句〉，頁449；〈花下醉中聯句〉，441；〈和樂天早寒〉，468。
54 同前註，卷10，〈酬樂天詠老見示〉，頁683。
55 同前註，卷9，〈秋日書懷寄白賓客〉，頁581。
56 侯迺慧：〈艱難感對白居易詩樂天思想與樂天型態的影響〉，載《唐詩主題與心靈療養》（臺北：三民書局，2005年），頁87-146。

文之神妙，莫先於詩。若妙與神，則吾豈敢？如夢得：「雪裡高山頭白早，海中仙果子生遲」；「沉舟側畔千帆過，病樹前頭萬木春」之句之類，真謂神妙，在在處處，應當有靈物護之，豈唯兩家子姪祕藏而已？[57]

　　白居易對於劉詩的極度推崇，特別是「雪裏」一聯，宋人魏泰、明人王世貞均曾提出訾議，認為不過「常語」，或者「不過學究之小有致者。」[58]如果站在語言之華麗、意象之美妙而言，這些詩句或許不值得白居易如此傾心，而以「靈物護持」來褒揚。但我們如果再回過頭來仔細分析白居易舉出的詩句，就會明白魏泰、王世貞的批評失之於表面。第一首詩例是出自〈蘇州白舍人寄新詩有歎早白無兒之句因以贈之〉詩，是安慰白居易髮白早衰之感以及年已半百卻無子嗣之憾。如果只將雪裏的高山、海中的仙果視為單純的意象，就沒有掌握劉詩本意。劉禹錫透過這些形象性的語言，告訴白居易人之衰老有其價值，而現在無子不代表日後沒有機會。這不僅是轉化白居易的悲觀想法，更從中衍生出生存的智慧安頓。而第二首詩例，也是劉禹錫與白居易揚州初逢後所寫下的酬贈之作。白居易詩本有替劉禹錫抱不平者之意，中間兩聯：「詩稱國手徒為爾，命壓人頭不奈何。舉眼風光長寂寞，滿朝官職獨蹉跎。」[59]以「命壓人頭」概括劉之被貶謫二十三年。而劉禹錫的「沉舟」一聯，巧妙地將過去、現在、未來融合進十四個字。關於這意象優美、涵蘊深刻的一聯，可以有多種解釋。[60]但最重要的還是要聯繫

<hr>

[57] 白居易著，朱金城箋校：《白居易集箋校》（上海：上海古籍出版社，2003年），卷69，〈劉白唱和集解〉，頁3711。

[58] 魏泰著，陳應鶯校注，《臨漢隱居詩話校注》（成都：巴蜀書社，2001年），卷2，頁91。王世貞：《藝苑卮言》，轉引自吳文治主編：《明詩話全編》（南京：鳳凰出版社，2006年），頁4243-4244。

[59] 《白集》，卷25，〈醉贈劉二十八使君〉，頁1957-1958。

[60] 此聯多被視為劉禹錫的自嗟悲己之語。而吳小如則認為這一聯具有諷刺意味，千帆、萬木指那些打擊、迫害詩人者。見〈病樹前頭萬木春是諷刺詩〉，載《古典詩詞札叢》（天津：天津古籍出版社，2004年），頁219-220。而劉石之解，與本文較為接近。劉石對前人認為「沉舟」一聯屬悵惘心態，提出異議，認為這是因為未將此聯「放到作者所作的相類似的其他詩篇中，更沒有放到作者的全部立身行事中去考

到劉禹錫本人的性情以及當下的處境。過去是指劉禹錫貞元末年時在揚州的年少輕狂時光；現在則指寶曆年間歷經漫長貶謫，於初冬時刻返朝途中暫停揚州；未來則充滿不確定。但沉舟可以再度揚帆，寒冬過後病樹也有可能逢春再生，因此，最末一聯的「憑君杯酒長精神」，即是沉舟、病樹將再起的預言。這首詩不僅緊密呼應對方，更將詩人各種感受、精神，透過意象與詩中結構，彼此呼應，將本是衰病沉淪的當下，轉進再生重生的希望世界。而當下，劉禹錫確實是在悲憤與不確定中，又抱持著不甘就此屈服的想法。即使沒有最末杯酒長精神之語，沉舟之聯仍表達世界變化不息，盛衰交替不止的認識。故清人沈德潛認為「悟得此旨，終身無不平之心矣」；或者如清人趙執信所說的乃「有道之言」。[61]沈德潛之論稍過其實，不平之心是始終存於劉禹錫心中，重要的是能從孤憤情感中看出世界變動運轉的客觀秩序，而將人事的升沉與生命的盛衰視為無可避免的現象。從而將客觀表象上升為體道之悟。關於這點還可以從到達揚州前的〈秋江早發〉詩可看出，在詩中「凝睇萬象起，朗吟孤憤平」、「滄州有奇趣，浩蕩吾將行」等句，也是萬象來去變化中，雖有難言的孤憤，但還是以浩蕩之心面對之。此外，劉禹錫詩集中不少評價很高的懷古詩作，均是這次北返途中所作。其中的歷史意識、人世變化，均是劉禹錫主體精神的重要標誌之一。因此，唯有瞭解劉禹錫之個性、以及同情其遭遇者，才會對此詩作出「神妙」與「靈物護之」的評論。而這首詩正是劉、白初次面對面時寫下第一首酬贈之作，也奠定兩人彼此同情、交心的基礎。

因此，有「靈物護之」的劉詩，在晚年白居易的創作生活中，確實帶給他許多振奮的力量。下文再舉劉、白以「晚達冬青」為題的兩組交往詩，可以更清楚此種互動模式。大和五年（831），自

察」。其結論是「沉舟」一聯具有，「樂觀曠達」「積極進取」特質。詳見氏著：〈「沉舟側畔千帆過，病樹前頭萬木春」辨義〉，《有高樓續稿》（南京：鳳凰出版社，2005年），頁49-56。如此看來，氏之詮釋正可與本文論點相呼應。

[61] 沈德潛編：《唐詩別裁集》（上海，上海古籍出版社，2008年），卷15，頁493。趙執信著，陳迹東校点：《談龍錄》（北京：人民文學出版社，1998年），頁10。

長安赴蘇途經洛陽，二人已有近三年沒有見面，重逢之際又得馬上分別，對此，白居易有〈初見劉二十八郎中有感〉：「欲話毘陵君反袂，欲言夏口我霑衣。誰知臨老相逢日，悲嘆聲多語笑稀。」[62]從反袂、霑衣可知這兩年來劉、白共同經歷過親友亡故的傷心事，因此，老人的重逢與別離，似乎就更令人感傷。劉禹錫對好友的深情，贈之以詩：

> 一別舊游盡，相逢俱涕零。在人雖晚達，於樹似冬青。痛飲連宵醉，狂吟滿座聽。終期拋印綬，共占少微星。[63]

　　兩人不過分別二年，相隔不過百里之長安與洛陽，卻相逢涕零，既是感慨生死離散，也是悲歎自身的衰老。然而，如前所述，劉禹錫個性之中對於艱難總有超越、克服的傾向，因此有「在人雖晚達，於樹似冬青」之語。蘇州刺史雖不如出將入相隆盛，卻是劉禹錫為郡天涯以來最好的所在。因此，他以晚達擬之，雖然是年高體衰之際，晚達的人生境界正如不隨寒冬凋枯的綠樹，愈顯發出歲寒不凋的生命力。這句話也是劉禹錫思想性格的典型表現。這首詩對於白居易或許有不小的感發，故隔年，專就「在人雖晚達，於樹似冬青」之意，寫下〈代夢得吟〉贈劉禹錫。白居易這首詩在體制上就頗有深意，題為「代」者，是擬代劉禹錫之口吻與精神，所寫下的詩句，因此這首詩就不僅僅涉及白居易這個寫詩者而已了，而是兩個不同主體之間精神的互感與瞭解：

> 後來變化三分貴，同輩凋零太半無。世上爭先從盡汝，人間鬥在不知吾。竿頭已到應難久，局勢雖遲未必輸。不見山苗與林葉，迎春先綠亦先枯。[64]

---

[62] 《白集》，外集卷上，〈初見劉二十八郎中有感〉，頁2884。
[63] 《劉集》，卷8，〈贈樂天〉，頁549。作於大和五年冬。
[64] 《白集》，卷25，〈代夢得吟〉，頁2027。

與僅代表發言者立場的擬代體不同，白居易這首詩中所體現的生命情調與語彙，可說是劉禹錫式的風格。所謂「後來變化」者，正是劉禹錫一貫強調的晚景價值。特別是「局勢雖遲」一語，完全是劉禹錫典型的想法。白詩將劉詩晚達冬青轉化成參與政治與面對人生的態度，而劉禹錫則將重點再度聚焦於「老」之主題上。

其答詩為〈樂天寄重和晚達冬青一篇因成再答〉：

> 風雲變化饒年少，光景蹉跎屬老夫。秋隼得時凌汗漫，寒龜飲氣受泥涂。東隅有失誰能免，北叟之言豈便誣。振臂猶堪呼一擲，爭知掌下不成盧。[65]

劉禹錫確實被無情多變的政治蹉跎成老夫，這是他重返長安之後很難釋懷的感慨。既然沉舟可以再度揚帆、病樹可再逢春，主體精神的昂揚與奮戰足以超越往昔的蹉跎與沉淪。因此，劉禹錫以「秋隼得時」、「寒龜飲氣」，喻指自己老大待時的現況。再以東隅、北叟表達世事禍福相倚、得失相參的規律，最後以振臂一擲發出人生猶可一搏的豪氣。從整首詩來看，雖然一開始有蹉跎屬老夫的悲慨，但中間兩聯完全將悲老的情緒拋開，轉向正面而積極的態度。這種精神正是後來白居易以「詩豪」稱劉禹錫的主要原因。而從晚達冬青的系列酬贈來看，劉禹錫昂揚不屈的生命精神，與集中於詠歎生命短暫，歎老悲逝的白居易，顯得更有特色。

當然，一個人的精神世界並非只有單一層次，為郡老天涯的劉禹錫也會感受到衰老的無情折磨，這個時候，白居易是最好的知音。例如「老枕知將雨，高窗報欲明。何人諳此景，遠問白先生」，[66]將衰老之感受傳達給故友。雖然劉禹錫不服老又勇於奮力一搏的生命情調，讓白居易欽佩，但是隨著政治現實的無可奈何，以及朝廷政局的日趨兇險，這種交往模式也悄悄地發生變化。文宗大和的政局，始終伴隨著朝官之間的相互傾軋排擠，以及與宦官之

---

[65] 《劉集》，卷9，〈樂天寄重和晚達冬青一篇因成再答〉，頁572。
[66] 同前註，卷9，〈秋夕不寐寄樂天〉，頁563。

間的明爭暗鬥。特別是大和九年（835）的甘露之變，朝中宰相與官吏的慘遭屠戮，讓劉禹錫深刻瞭解到奮力一搏固然有機會，但卻也可能因橫禍而亡身。因此，白居易歌詠閑樂、耽於詩酒的老年生活，成為理想的安頓之道。這種表現，還可從兩人以「詠老」為題的交往詩中看出。開成二年（837）冬，白有〈詠老贈夢得〉：

> 與君俱老也，自問老何如？眼澀夜先臥，頭慵朝未梳。有時扶杖出，盡日閉門居。懶照新磨鏡，休看小字書。情於故人重，跡共少年疏。唯是閑談興，相逢尚有餘。[67]

詩中自道年事漸高之後對世事的種種慵懶之態，此是劉、白晚年唱和頗為突出的特質，即將個人的日常生活細節、心情記錄，與對方在詩中分享，頗似日常信件的功能。除此之外，整首詩的重點還放在與劉禹錫的交情上。劉禹錫〈酬樂天詠老見示〉：

> 人誰不願老，老去有誰憐？身瘦帶頻減，髮稀冠自偏。廢書緣惜眼，多炙為隨年。經事還諳事，閱人如閱川。細思皆幸矣，下此便翛然。莫道桑榆晚，為霞尚滿天。[68]

前半部份呼應白居易對老年狀態的描寫，但重點無疑落在後半部份，從不甘就此沉淪、不屈於流年衰頹的剛健精神到「諳事」「閱川」的人生智慧。「細思皆幸矣」平淡無奇的無字，卻是劉禹錫身仕五朝，飽經蹉跎，卻又目睹多次政治殺戮之後的肺腑之語。而開成元年之後終於罷郡歸洛的劉禹錫，得以更近的距離去看待白居易在洛陽的閒適生活，也開始對老境有一新的體會。因此，以「為霞尚滿天」的景象來代替「秋隼」、「老驥」、「寒龜」等剛健有為，也就不足為奇了。桑榆雖晚，為霞滿天的說法，取消了外顯的孤憤之情，多了賞玩興味，意象背後的置換其實也是劉禹錫

---

[67]　《白集》，卷32，〈詠老贈夢得〉，頁2488。
[68]　《劉集》，卷10，〈酬樂天詠老見示〉，頁682。

精神世界的調適。因此，白居易以「閑」、「隱」、「狂」等情調來面對老年的態度，也就自然成為劉禹錫詩中常出現者，如「至閑似隱逸，過老不悲傷。」[69]將投閒置散視為人生歸宿的另一價值肯定。有時這種因閑如隱逸，而過老不傷的情感，轉化成放狂情興，如劉、白以晚夏閑居為題的寄贈詩。白居易先以「晚夏閑居絕無賓客欲尋夢得先寄此詩」為題，說明這是偶然起興的相訪，並非有特定的感懷言志，所表達的不過是「無人解相訪，有酒誰共傾」的老人寂寞情懷[70]。可注意的倒是白居易將劉禹錫視為同道者的表白：「老更諳時事，閑多見物情。只應劉與白，二叟自相迎。」時事已深諳於心，物情以閒適而多見，這種情懷只有「同甲子」劉、白二叟可相視而笑，莫逆於心。劉禹錫的酬詩，則可視為追步白詩的表現：

> 池榭堪臨泛，翛然散鬱陶。步因驅鶴緩，吟為聽蟬高。林密添新竹，枝低緄晚桃。酒醅晴易熟，藥圃夏頻薅。老是班行舊，閑為鄉里豪。經過更何處，風景屬吾曹。[71]

　　前八句全是呼應白詩所提到的種種老年生活情境與活動，如適合老人緩步的驅鶴動作、因蟬鳴而有感吟詩、以及藥圃除草、天氣好而酒易熟等日常活動與觀察。這些情景確非寓有深意者，然而卻在這種分享生活的細節上，劉、白以自豪的心態加以標榜。因此，將「老」視為兩人的共同資產，將「閑」視為可堪誇耀的價值成就，最後所說的「風景屬吾曹」，仍可察覺到劉禹錫內心潛伏的剛健有為人格，只是以風景的佔有與歌詠代替現實的功成名就。這種老年情調的共感，還可見於兩人以「雨後秋涼」為題的交往詩中。秋日一場雨，讓衰老之人涼意倍增，於是開始團扇辭手、不著生衣，撤除涼簟，這些細微感覺以及隨之而來的種種舉動，只有年邁之人才可體會，於是白居易說：「此境誰偏覺，貧閑老瘦人」。[72]

69　同前註，卷10，〈和樂天洛城春齊梁體八韻〉，頁657。
70　《白集》，卷34，〈晚夏閑居絕無賓客欲尋夢得先寄此詩〉，頁2596。
71　《劉集》，卷11，〈酬樂天晚夏閑居欲相訪先以詩見貽〉，頁706。
72　《白集》，卷34，〈雨後秋涼〉，頁2601。

「偏覺」一語，正如兩人對新蟬有感的系列詩作一樣，將老人最先感秋雨之涼的經驗，細實而瑣碎的道出。而劉詩則從白居易「偏覺」的基礎上，將這些閑景閑事賦予獨特的意義：

> 庭晚初辨色，林秋微有聲。槿衰猶強笑，蓮迴卻多情。檐燕歸心動，轉鷹俊氣生。閑人占閑景，酒熟且同傾。[73]

以「初」呼應白居易的「偏覺」，而植物花卉的「強笑」、「多情」，流露出時節更換以及物各有其情的必然規律。植物如此，禽鳥也無例外，無論是歸心動也好，還是俊氣生也罷，燕與鷹都將毫無例外的服從天之所安排的自然律動。那麼，像自己以及白居易這樣的老人呢？就是要盡情玩賞風景、醉酣高歌。劉禹錫這首詩沒有白居易話家常式的風格與措辭，而是透過自然萬物的必然秩序，得出老年宜閑宜酒的自樂方式。有了這種體認，與白居易同樣退歸洛陽的劉禹錫，表現了「風景屬吾曹」、「閑人占閑景」的精神意趣，在某種程度上多少消解其「百事吾成」、「光景蹉跎」的孤憤之氣，而開始與白居易共同追求玩賞風景、狂歌酒酣的晚年樂趣。這種態度的轉變，可從劉、白晚年閑居洛陽的交往詩中看到。也與白居易所著力書寫的閑適詩有著直接的關聯。白居易早在元和十年（815）就已經將自己的詩集分成閑適、諷諭、感傷、雜律四類，並對閑適詩類作出界定：「或退公獨處，或移病閑居，知足保和，吟玩情性。」[74]究其實，這些多屬於私領域中個人如何安頓身心的表現。然而，以白居易漫長的創作歷程及生命，其閑適詩又隨著其際遇而有不同的面貌。但總的說來，「從自己喜歡的方面把握事物，抱有滿足的情緒，這就是白居易閑適文學特有的態度。」[75]這種精神，是劉禹錫剛健不屈服之生命情調所缺欠者，故恰巧可從其中得到互補的作用。無論是「歲稔貧心泰，天涼病體安。相逢取

---

[73] 《劉集》，卷11，〈酬樂天感秋涼見寄〉，頁708。

[74] 《白居易集箋校》，卷45，〈與元九書〉，頁2794。

[75] 川合康三著，劉維治、張劍、蔣寅譯：〈白居易閑適詩考〉，《終南山的變容──中唐文學論集》（上海：上海古籍出版社，2007年），頁250。

次第，卻甚少年歡」[76]；還是「以閑為自在，將壽補蹉跎」[77]；或是「令徵古事歡生雅，客喚閑人興任狂」，[78]都是以正面態度看待老年之衰病現況，並激發出享受生命的情感。這種生命情調的呈現，與白居易的生命型態有著明顯的關係。此可從白居易〈贈夢得〉可窺：

> 年顏老少與君同，眼未全昏耳未聾。放醉臥為春日伴，趁歡行入少年叢。尋花借馬煩川守，弄水偷船惱令公。聞道洛城人盡怪，呼為劉白二狂翁。[79]

此詩可視為是劉、白二人洛城尋歡出遊的生動記載。兩人一同放醉春日、參與青春少年的聚會而忘記老態與衰病；而「尋花借馬」、「弄水偷船」又似年少清狂的行徑，因此洛城得以知道劉、白二叟為狂翁。早在大和三年（829）即退歸洛陽的白居易，作為導遊的作用應該是很明顯的。在兩人的往還詩作中所出現的「從君」、「共君」同樣可看出兩人的相互影響與交流。在開成二年（837）所作的〈酬樂天醉後狂吟十韻〉中，劉禹錫清楚地寫出他心目中的白居易形象：

> 散誕人間樂，逍遙地上仙。詩家登逸品，釋氏悟真筌。制誥留台閣，歌詞入管弦。處身于木雁，任世變桑田。吏隱情兼遂，儒玄道兩全。八關齋適罷，三雅興尤偏。文墨中年舊，松筠晚歲堅。魚書曾替代，香火有因緣。欲向醉鄉去，猶為色界牽。好吹楊柳曲，為我舞金鈿。[80]

詩中刻畫出一閑放自任，猶如地上神仙的快樂白居易，他是如此自由自在地優游於詩家、釋氏與政治場域中，並有著老莊處

---

76 《劉集》，卷10，〈秋中暑退贈樂天〉，頁678。開成二年秋末在洛陽作。
77 同前註，卷11，〈歲夜詠懷〉，頁728。
78 同前註，卷11，〈樂天以愚相訪沽酒致歡因成七言聊以奉答〉，頁710。作於開成三年秋。
79 《白集》，卷33，〈贈夢得〉，頁2545。
80 《劉集》，卷10，〈酬樂天醉後狂吟十韻〉，頁672。

身木雁，冷眼旁看滄海桑田之變化的智慧。在仕隱衝突矛盾中，白居易也是吏隱兼遂，儒玄兩全。他自己在原詩中是以「性與時相遠，身將世兩忘」來定位自己；更以「要路風波險，權門市井忙」來表達對現實仕宦的清醒認識，這種態度多少會對劉禹錫產生啟發。因此，劉禹錫的酬詩是如此誠懇地推崇白居易之處世應對，最後以「好吹楊柳曲，為我舞金鈿」道出追隨白居易歌舞優游、老年狂歡的心願。劉禹錫終於肯認白居易洛陽閑居中身世兩相忘、寄情於詩酒的生命態度，於是在日後的詩篇中常出現一種享受當下、盡意狂歡的姿態。例如以下這些表述：「期君當此時，與我恣追尋」[81]；或者「同此賞芳月，幾人有華筵？杯行勿遽辭，好醉逸三年」[82]；「相知盡白首，清景沒追游」[83]，「君家何時熟？相攜入醉鄉。」[84]從「追尋」、「追游」等用語中，實可發現白居易之生活型態在晚年劉禹錫生命中的重要意義。劉禹錫更有一首題為〈贈樂天〉者，雖僅留殘句，卻反映出兩者的心靈交流與精神相互影響，所存兩句為「唯君比萱草，相見可忘憂。」即深刻的說明，白居易的生活態度與精神情調，對於劉禹錫而言，有類似萱草忘憂解患的功能。劉禹錫從白居易那裡得到的啟示，是白居易閒適詩一再表達的主旨，此即「儘管身與世不幸接踵，還是要從中發掘生存的歡欣，並付之歌詠。」[85]這種轉換的努力，也可在劉禹錫晚年所作的〈詠紅柿子〉詩，可透露其從失落之中發展而出的自適情懷：「曉連星影出，晚帶日光懸。本因遺採掇，翻自保天年。」[86]「遺採掇」本來應該是憾事恨事，可是沒有想到卻因此得以保全天性，在曉星晚日的光影中自遂其性。

　　劉、白同樣表達了對人無法避免衰老的無奈，但相較而言，劉之精神意趣顯得較為客觀，白則較為慵懶。白詩貼切日常生活與劉詩展現主體精神之曠達的兩種特質，可由上述詩例中獲得清楚的

81　《劉集》，卷11，〈洛中早春贈樂天〉，頁690。
82　同前註，卷11，〈和樂天燕李周美中丞宅池上賞櫻桃花〉，頁691。
83　同前註，〈新秋對月寄樂天〉，頁706。
84　同前註，卷10，〈閒坐憶樂天以詩問酒熟未〉，頁653
85　川合康三：〈白居易閒適詩考〉，《終南山的變容—中唐文學論集》，頁258。
86　《劉集》，卷11，〈詠樹紅柿子〉，頁756。

辨識。從此態度出發，發展出詩酒放狂的生命觀照。如白居易〈憶夢得〉：「齒髮各蹉跎，疏慵與病和。愛花心在否？見酒興如何？年長風情少，官高俗慮多。幾時紅燭下，聞唱竹枝歌？」[87]整首詩語句明白淺近，情意親切，猶如家書一般，將老年人心境的種種變化，以詢問的語氣寫進詩中。劉禹錫答詩：

> 與老無期約，到來如等閑。偏傷朋友盡，移興子孫間。筆底心猶毒，杯前膽不豖。唯餘憶君夢，飛過武牢關。[88]

　　正因為瞭解到衰老是人無法避免的命限，所以劉禹錫以客觀平實的態度來表達對老年的體會。這種對話，同樣表現在另一組唱和詩中，白居易有「老睡隨年減，衰情向夕多」之感嘆，[89]劉禹錫則回應以：「漢皇無奈老，何況本書生？」[90]來表達人之無法永駐青春的事實。因此，有時劉、白刻意採取達觀的態度面對之，劉禹錫寄樂天：「世間憂喜雖無定，釋氏消磨盡有因。同向洛陽閑度日，莫教風景屬他人。」[91]白居易則回應以「容衰見鏡同惆悵，身健逢杯且喜歡。應是天教相暖熱，一時垂老與閑官。」[92]劉出之以豪氣，白回應以知足，但均表示出對現在年老處境的珍惜。劉禹錫另有〈閑坐憶樂天以詩問酒熟未〉：

> 案頭開縹帙，肘後檢青囊。唯有達生理，應無治老方。減書存眼力，省事養心王。君酒何時熟？相攜入醉鄉。[93]

　　詩為詢問白居易釀酒事，卻帶出對衰老終極性觀照。世間既無治癒衰老的藥方，想要延年益壽只能盡量朝保養身心的方向努力。

---

[87]　《白集》，卷26，〈憶夢得〉，頁2109。
[88]　《劉集》，卷9，〈答樂天見憶〉，頁569。
[89]　《白集》，外集卷上，〈小庭寒夜寄夢得〉，2857。
[90]　《劉集》，卷9，〈酬樂天小亭寒夜有懷〉，頁627。
[91]　《劉集》，卷10，〈秋齋獨坐寄樂天兼呈吳方之大夫〉，頁641。
[92]　《白集》，卷33，〈答夢得秋庭獨坐有贈〉，頁2526。
[93]　《劉集》，卷10，〈閑坐憶樂天以詩問酒熟未〉，頁653

　　劉禹錫大和年間以來的蹉跎孤憤以及待時而奮發的不甘之志，在開成年間與白居易的詩酒往還中得到一定的調和。這些轉變在上文詩例中已有說明，茲再舉〈歲夜詠懷〉詩為例。這首詩創作的時間是開成四年（839）除夕，已接近其生命的終點，此外，同題共詠的除了白居易，還有牛僧孺、盧貞共四人。這些歲夜詩，反映出劉禹錫周遭幾位人物對於衰老年邁的不同觀點。四詩分別為：

> 彌年不得意，新歲又如何？念昔同游者，而今有幾多？以閑為自在，將壽補蹉跎。春色無情故，幽居亦見過。[94]劉禹錫〈歲夜詠懷〉

> 便數故交親，何人得六旬。今年已入手，餘事豈關身。老自無多興，春應不撿人。陶窗與弘閣，風景一時新。[95]白居易〈歲夜詠懷兼寄思黯〉

> 惜歲歲今盡，少年應不知。淒涼數流輩，歡喜見孫兒。暗減渾身力，潛添兩鬢絲。莫愁花笑老，花自幾多時？[96]牛僧孺〈樂天夢得有歲夜詩聊以奉和〉

> 文翰走天下，琴樽臥洛陽。貞元朝士盡，新歲一悲涼。名早緣才大，官遲為壽長。時來知病已，莫嘆步趨妨。[97]盧貞〈奉和劉賓客二十八丈歲夜詠懷〉

　　劉詩與白詩或許是偶然的同題共作，此可從白居易只將詩寄給牛僧孺可看出。劉禹錫詩稍顯消沉的前半，其實是一種自問，即新年的到來，對於長久不得意以及倖存者來說，到底有何種意義呢？後半則是自我答覆，應該自在隨意地享受放閑之樂，並將長壽視為

---

[94] 同前註，卷11，〈歲夜詠懷〉，頁728。
[95] 《白集》，外集卷上，〈歲夜詠懷兼寄思黯〉，頁2890。
[96] 《全唐詩》，卷466，牛僧孺〈樂天夢得有歲夜詩聊以奉和〉，頁5291。
[97] 《全唐詩》，卷463，盧貞〈和劉夢得歲夜懷友〉，頁5270。

蹉跎的彌補。復甦萬物的春意，一視同仁的看待萬物，包括即將失去生意的垂老之人。無奈地接受現況之餘，這首詩仍顯出努力追求平和自在的生命情境。而與白詩的比較看來，其「春應不揀人」與劉詩的「春色無情故」基本上是同一思維的，只是白居易的閒情逸致更為濃厚。但與牛僧孺詩相較，劉、白詩中獨特而自在的老年情調，就顯得殊為可貴。蓋牛僧孺詩缺少如劉、白那種從世路風波中，領悟出生存之意義的生命厚度。而盧貞對劉禹錫老年心境的理解又停留於表面。因為，無論是劉禹錫或是白居易，均從流年無情的推移中，再轉進「春色」「見過」、「風景一時新」的存在當下與未來期許，但盧貞贈劉詩，卻停留於悲涼的貞元朝士，缺少對未來的希望。因此，這四首詩，恰巧從自身以及他人的角度，反映出劉禹錫、白居易對於晚景的認識，既有共同點，也保持各自的特性。

　　如何面對衰老、以及垂老之境的種種生活細節描寫，是前人少有著墨的詩歌主題。但在劉、白交往詩中，卻是兩人共同關心、相互交流、提振意氣的重要內容。其中既有「晚達冬青」這類充滿昂揚精神的不服老；更有以「雨後秋涼」、「新秋對月」、「秋涼閒臥」、「問酒熟末」、「晚夏閒居」等日常生活的感受對話。兩人始終以同情性的心情參與彼此的生活，劉禹錫的豪健個性、白居易的知足閒適，恰巧是彼此互補的人格特質。當這種特質融會進文字往來時，即是傳統「詩可以群」文化的最佳詮釋。

　　儘管劉、白詩中對於衰老有著達觀、狂放的一面，仍然不得不面對死亡。而死亡這個話題，確實也常出現於二人的對話內容中。白居易晚年無子之憾在大和三年（829）因為崔兒的出生得以釋懷，但不幸於大和五年（831）春夭折。白悲傷地寫下〈哭崔兒〉、〈初喪崔兒報微之晦叔〉兩篇詩作。劉禹錫閱讀之後，有〈吟白君哭崔兒二篇悵然寄贈〉：

　　　　吟君苦調我沾纓，能使無情盡有情。四望車中心未釋，千秋亭下賦初成。庭梧已有棲雛處，池鶴今無子和聲。從此期君

比瓊樹，一枝吹折一枝生。[98]

　　勸慰之意落在最末一聯，希望白氏能以曠達的胸懷面對喪子之痛。但老年喪子的白居易，悲傷仍然難以抑止，對於劉禹錫的安慰，白回以〈府齋感懷酬夢得〉，詩題自注「時初喪崔兒，夢得以詩相安云『從此期君比瓊樹，一枝吹折一枝生』，故有此落句以報之。」[99]主要是針對劉詩最後一聯而發，以「不聞枯樹更生枝」表達對劉禹錫生生不息思想的不苟同。這種類似絕望、怨恨的喪子之痛，劉禹錫並未經歷過，但仍竭盡其力來開解白居易，因此又有〈答樂天所寄詠懷且釋其枯樹之嘆〉：

　　　　衙前有樂饌常精，宅內連池酒任傾。自是官高無狎客，不論年長少歡情。驪龍頷被探珠去，老蚌胎還應月生。莫羨三春桃與李，桂花成實向秋榮。[100]

　　面對老友難以開解的哀慟，劉禹錫並未放棄開導的努力，又針對白詩所呈現的消極意念試以哲理上的勸慰。如以驪龍、老蚌比喻白居易，說明喪子之事並非天命，不必感到絕望；同時也會如老蚌應月生珠那樣，仍有無限的機會重新生子。最末一聯更以桂花不應春而發，卻在秋天開花繁盛來比喻老年無子並非宿命，只是時機未到。

　　除了喪子之痛，白居易對好友元稹、崔群等的早逝之悲，也是與劉禹錫詩歌交往的重要一環。大和六年，白居易好友元稹、崔群相繼去世，對此，白有〈寄劉蘇州〉詩，對好友之早逝深感哀嘆，這種心情，白居易認為劉禹錫最能夠理解，所謂「同年同病同心事，除卻蘇州更是誰？」[101]劉禹錫從自身的政治際遇對此作出解釋，〈酬樂天見寄〉：

98　《劉集》，卷8，頁531。
99　《白集》，卷28，〈府齋感懷酬夢得〉，頁2228。
100　《劉集》，卷8，〈答樂天所寄詠懷且釋其枯樹之嘆〉，頁532。
101　《白集》，卷26，〈寄劉蘇州〉，頁2106。

元君後輩先零落，崔相同年不少留。華屋坐來能幾日，夜台歸去便千秋。背時猶自居三品，得老終須卜一丘。若使吾徒還早達，亦應簫鼓入松楸。[102]

先對白居易悼念友人之情給予回應，感慨元、崔二人榮貴不能長久，再反顧自身在政治上雖然蹉跎蹭蹬，可是比起已先逝世的元、崔，這種現況並不算太壞。最後再以早貴早夭之觀念，對此現象作一綜合。其間「吾徒」一句，正是他將白居易視為同一群體的表現。此種「早貴早夭」的想法，成為劉禹錫安慰自己政治不遇的主要想法。如到蘇州後，見到元稹留下的遺跡，又再次表達「因知早貴兼才子，不得多時在世間。」[103]有時，劉禹錫對人生命限與富貴窮達之無常，提出更為通達的理性觀照。此表現在〈樂天見示傷微之敦詩晦叔三君子皆有深分因成是詩以寄〉詩：

吟君嘆逝雙絕句，使我傷懷奏短歌。世上空驚故人少，集中惟覺祭文多。芳林新葉催陳葉，流水前波讓後波。萬古到今同此恨，聞琴淚盡欲如何。[104]

此詩是回應白居易兩首悼念元稹、崔玄亮、崔群的小詩，白詩主要是自哀故人多逝，身形愈覺孤單。劉詩則將重點放在「芳林新葉催陳葉，流水前波讓後波」，表達了人生即如自然現象，處於流動不息的規律之中，因此，死亡也就是人無法躲避的遺憾。

開成元年（836），白居易與劉禹錫偶然經過崔群宅第，「感而題壁」，對「園荒唯有薪堪採，門冷兼無雀可羅」之淒涼景象，感慨萬分。[105]白居易的詩題表示了這是一次偶然的感傷，但劉禹錫的詩題顯示出另一種情境，〈樂天示過敦詩舊宅有感一篇吟之泫然

---

[102]《劉集》，卷9，〈酬樂天見寄〉，頁563。

[103]《劉集》，卷9，〈虎丘寺見元相公二年前題名悵然有詠〉，頁568。

[104]《劉集》，卷9，〈樂天見示傷微之敦詩晦叔三君子皆有深分因成是詩以寄〉，頁581。大和七年作。

[105]《白集》，卷33，〈與夢得偶同到敦詩宅感而題壁〉，頁2539。

追想昔事因成繼和以寄苦懷〉：

> 淒涼同到故人居，門枕寒流古木疏。向秀心中嗟棟宇，蕭何
> 身後散圖書。本營歸計非無意，唯算生涯尚有餘。忽憶前言
> 更惆悵，丁寧相約速懸車。[106]

　　詩末自注：「敦詩與予及樂天三人同甲子，平生相約，同休洛陽」，道出了屬於自己和白、崔三人之間的約定。也因為這分約定的回憶，使得劉、白對於崔群的哀悼具有一對話式的性質。總之這種對於親友死亡的悲哀，具體地展現在劉、白交往贈答的作品中。從篇章字句中很少看到應酬客套的話語，而是同情心態的表白與慰解，甚至透過重酬累贈的形式，希冀達到影響對方的目的。

三、劉白交往詩中的批評意識

　　關於劉禹錫與白居易之間的詩學關係，近人陳寅恪認為：「樂天一生之詩友，前半期為元微之，後半期則為劉夢得。而於夢得之詩，傾倒讚服之意，尤多於微之。此甚可注意者也。」[107]並認為白居易正是體認到劉禹錫詩所長處，是自己所短處，故對劉詩之精微欽佩不已。事實上，劉禹錫也對白居易詩有重要的評論，且是歷代所忽略者。蓋白居易詩在後代評價褒貶不一，而劉禹錫卻是當代對白詩給予高度肯定者。元和年間劉禹錫貶謫朗州時，白居易曾寄詩百首，劉禹錫因有〈翰林白二十二學士見寄詩一百篇因以答貺〉：

> 吟君遺我百篇詩，使我獨坐形神馳。玉琴清夜人不語，琪樹
> 春朝風正吹。郢人斤斫無痕跡，仙人衣裳棄刀尺。世人方內

---

[106] 《劉集》，卷10，頁652。開成元年冬作。
[107] 陳寅恪：〈白樂天與劉夢得之詩〉，《元白詩箋證稿》（上海：三聯書店，2002
　　　年），頁351。

欲相尋，行盡四維無處覓。[108]

「獨坐形神馳」之形容，說明劉禹錫也是相當傾服白詩。接著再以玉琴、琪樹稱讚白詩音律之美、感染力之強。而「無痕跡」、「棄刀尺」的評價，更看出劉禹錫看到白詩自然精鍊的優點。貞元年間的詩僧皎然，在《詩議‧論文意》云：「古詩以諷興為宗，直而不俗，麗而不巧，格高而詞溫，語近而意遠，情浮於語，偶象則發，不以力制，故皆合於語，而生自然。」[109]皎然從語言與情感的關係來論述「自然」風格的達成，恰可作為劉禹錫以郢人、仙人之喻評鑑白詩的補充說明。清人趙翼從詩之體制的角度對「郢人」之評加以議論，認為白居易七律並非大家獨秀，可是：「古體則令人心賞意愜，得一篇則愛一篇，幾於不忍釋手。蓋香山主於用意。用意，則屬對排偶，轉不能縱橫如意；而出之於古詩，則唯意之所至，辯才無礙。且其筆快如并剪，銳如昆刀，無不達之隱，無稍晦之詞；工夫又鍛鍊至，看似平易，其實精純。」[110]蓋趙翼以為白居易長於用意，雖無法施展在律體，可是古體詩的創作卻讓讀者賞心愜意。因為白之古體深刻挖掘人內心難言之隱，又不出之於晦澀語詞，這種鍛鍊之精的工夫，往往讓讀者將精純當平易來看。趙翼從一個較為深刻的層次指出白居易詩的好處。可是，文學歷史的事實卻是，「淺切」、「淺俗」成為白居易詩歌論斷的原罪。慶幸的是，仍有不少批評者與趙翼一樣，看到白被世人誤解的一面。明人胡應麟《詩藪內編》：「樂天詩世謂淺近，以意與語和也。若語淺意深，語近意遠，則最上一乘，何得以此為嫌？」。[111]並舉其少作〈王昭君〉詩加以佐證。而清人葉燮認為白居易詩雖多矢口而出

---

[108] 《劉集》，卷2，〈翰林白二十二學士見寄詩一百篇因以答貺〉，頁102。劉禹錫答謝白居易百首贈詩的時間，陶敏繫於元和五年，乃透過元稹貶謫江陵這件事。而卞孝萱則繫於元和六年四月白居易丁憂之前，見氏著：《劉禹錫叢考》（成都：巴蜀書社，1988年），頁196。

[109] 皎然：《詩議‧論文意》，載張伯偉彙考：《全唐五代詩格彙考》（南京：鳳凰出版社，2002年），頁182-183。

[110] 趙翼著，霍松林、胡主佑校點：《甌北詩話》（北京：人民文學出版社，2005年），卷4，頁37-38。

[111] 胡應麟：《詩藪‧內編》，卷6，轉引自《明詩話全編》，頁5539。

的篇章，「然有作意處，寄託深遠，如〈重賦〉、〈致仕〉、〈傷友〉、〈傷宅〉等篇，言淺而深，意微而顯，此風人之能事也。至五言排律，屬對精密，使事嚴切，章法變化中，條理井然，讀之使人唯恐其竟，杜甫後不多得者。人每易視白，則失之矣。」[112]所評與趙翼近似，但多了對五言排律的欣賞。上述胡應麟、趙翼、葉燮對於白詩偏易的平反，事實上與劉禹錫讀白居易詩經驗，卻是一致的。只不過，劉禹錫用了太多典故、意象用語來描述自己的閱讀經驗。由此來看，當時白居易贈給劉禹錫的百篇詩作，或許是以古體為主，律絕僅佔小部分，而這種比例也較為符合白居易實際的創作歷程。

劉禹錫這首讀詩詩對於理解劉、白詩歌觀念以及詩學內涵，是重要的線索。在這首詩之前，劉禹錫另有他文闡述其詩歌觀念，是其詩學理論重要代表，即為元和三年（808）左右所作的〈董氏武陵集紀〉。對於何謂「詩道」，劉禹錫云：「片言可以明百意，坐馳可以役萬景，工於詩者能之。風雅體變而興同，古今調殊而理冥，達於詩者能之。工生於才，達生於明，二者還相為用，而後詩道備矣。」[113]這段話正可作為劉禹錫詩的註腳。雖然我們現在並不清楚白居易贈給劉禹錫的百首詩到底是哪些作品，但劉禹錫顯然是將白視為「工於詩者」和「達於詩者」。對於詩之本質，劉禹錫深受王昌齡、皎然以來的詩境理論影響，並非常強調「知音」的作用。所謂：「詩者，其文章之蘊邪！義得而言喪，故微而難能；境生於象外，故精而寡和。千里之繆，不容秋毫。非有的然之姿，可使戶曉，必俟知者，然後鼓行於時。」[114]正因為詩不僅是精微的語言，更寓有象外之境，能欣賞此種特質者必待真正的知音。劉禹錫突出「純讀者」的重要位置，是唐代意境理論轉折關鍵。[115]這種詩歌本質的理解，與早期白居易以言志達性為本質的詩歌觀念，當然存有差異。然而白氏晚年在〈劉白唱和集解〉提出「文之神妙，莫

---

[112] 葉燮著，霍松林校注：《原詩‧外篇下》（北京：人民文學出版社，2005年），頁66。

[113] 《劉集》，卷14，〈董氏武陵集紀〉，頁916。

[114] 同前註。

[115] 黃景進：《意境論的形成—唐代意境論研究》（臺北：臺灣學生書局，2004年），頁201-209。

先於詩。若妙與神，則吾豈敢」之論，又說明，晚年白居易的詩歌觀念，其實是很接近劉禹錫的。因此，劉、白的詩歌互動，不僅有互為主體的情感理解，更是當時詩學對話的重要範例。

大和三年（829）九月，劉禹錫〈樂天寄洛下新詩兼喜微之欲到因以抒懷也〉：

> 松間風未起，萬葉不自吟。池上月未來，清輝同夕陰。宮徵不獨運，塤篪自相尋。一從別樂天，詩思日已沉。吟君洛中作，精絕百煉金。乃知孤鶴情，月露為知音。微之從東來，威鳳鳴歸林。羨君先相見，一豁平生心。[116]

劉禹錫用「不自吟」、「不自尋」、「不獨運」這些詞彙強調白居易對於自己創作詩歌的激發作用。從創作動因來說，後期的劉禹錫少了貶謫時期的「江山所蕩」與「讀書所感」，其詩多為唱酬往還而作，少有如白居易那樣以單純的吟詠為樂。因此，也就不奇怪劉禹錫以「詩思日沉」形容與白居易分別之後的創作。用「精絕百煉金」形容白居易洛陽的詩作中語與意的精煉，並給予高度的評價。確實，劉禹錫眼中的白居易詩，跟後人所理解的頗不一致。畢竟，白居易晚年多率意而寫的小詩，紀錄自己的日常生活與個人情懷。與所謂的「精絕百煉金」似乎有點距離。這個疑問，仍得回到劉禹錫對於白居易詩的閱讀評價。除了以精絕自然來評價白詩，劉禹錫還喜用「逸」字來稱讚。在〈答樂天戲贈〉云「詩情逸似陶彭澤」，[117]將白居易作詩情懷比作陶淵明的閑放適意。這種評價是相當精確的，此可從白居易〈題潯陽樓〉詩自證。在這首詩中，白居易表達了對陶淵明與韋應物傾慕：「常愛陶彭澤，文思何高玄。又怪韋蘇州，詩情亦清閑」[118]從「愛」與「怪」來語來看，高玄與清閑是白居易詩學的理想追求與目標。而高玄與清閑，事實上

116　《劉集》，卷8，〈樂天寄洛下新詩兼喜微之欲到因此抒懷也〉，頁507。
117　《劉集》，卷8，〈答樂天戲贈〉，頁493。
118　《白集》，卷7，〈題潯陽樓〉，頁593。

涉及到作詩者主體情性的精神狀態，陶淵明、韋應物都是後人所認為類似高士、隱士的詩人。當皎然提出「詩有五趣向」時，其中之一即為「閑逸」，所舉詩例正是陶淵明的「眾鳥欣有託，吾亦愛吾廬。」[119]以此標準而言，閑是白居易最突出的思想傾向，自無疑義。至於逸，則往往用來指稱超越凡俗的行為、精神。因此，逸其實可涵括閑。所以，劉禹錫最後會以「詩家登逸品」來描述白居易在寫詩與人格上的統一。[120]

關於白居易以「神妙」評劉詩，劉禹錫則以精煉自然、逸來稱揚白詩，其中的意義已於上文有所說明，此處再指出白居易與劉禹錫對於彼此詩歌交往的自覺表述。大和六年白居易〈與劉蘇州書〉這麼說：「詩敵之勍者，非夢得而誰？前後相答，彼此非一。彼雖無虛可擊，此亦非利不行。但止交綏，未嘗失律。然得雋之句，警策之篇，多因彼唱此和中得之。他人未嘗能發也，所以輒自愛重。」[121]說明白居易清醒而自覺地體認到劉禹錫對於自己在創作上的啟發和激勵作用。自從元稹逝世後，劉禹錫成為白居易最重要的詩友，除了「同年同病同心事」的背景外，更不能忽略劉詩對於白居易的「發」之作用。同一年所作的〈與劉禹錫書〉，更詳細的說明兩人的詩歌因緣：

> 平生相識雖多，深者蓋寡。就中與夢得同厚者，深、敦、微而已。今相次而去，奈老心何！以此思之，遂有奉寄長句。長句而下，或感事，或遣懷，或對境，共十篇。今又錄往，公事之暇，為遍覽之，亦可悲，亦可哂也！微既往矣，知音兼勍敵者，非夢得而誰？故來示有「脫髆毒拳，腦門起倒」之戲，如此之樂，誰復知？從〈報白君〉「石榴裙」之逸句，少有登高稱，豈人之遠思，唯餘兩僕射之嘆詞？乃至「金環翠羽」之悽韻，每吟皆數四，如清光在前。或復命酒

---

[119] 皎然：《詩格》，載張伯偉：《全唐五代詩格彙考》，頁182-183。
[120] 《劉集》，卷10，〈酬樂天醉後狂吟十韻〉，頁672。
[121] 《白居易集箋校》，卷68，〈與劉蘇州書〉，頁3696。

延賓，與之同詠，不覺便醉便臥。即不知拙句到彼，有何人同諷耶？向前兩度修狀寄詩，皆酒酣操簡，或書不成字，或言涉無端，此病故蒙素知，終在希君恕醉人耳。[122]

　　白居易在這封信中舉出具體的詩例，來表示自己對劉禹錫詩歌的沉吟熱愛。〈報白君〉是指劉禹錫〈樂天寄憶舊游因作報白君以答〉詩，是白居易追憶在蘇州的詩酒之歡，夾雜著對於放還之歌姬的不能忘情。「金環翠羽」則劉禹錫〈和西川李尚書傷孔雀及薛濤之什〉詩，是唱和李德裕悲悼蜀地才女薛濤的亡故。劉禹錫的和詩：「玉兒已隨金環葬，翠羽先隨秋草萎。唯見芙蓉含晚露，數行紅淚滴清池。」[123]將孔雀之翠羽與才女之凋亡，化作美麗淒涼的意象，勾起白居易的感傷悲逝情懷。因此，白居易「吟皆數四，如清光在前」。這兩首詩都涉及人物的追念與留戀，劉禹錫以精麗高妙的文字，勾起白居易的深情。既對劉詩如此喜好與愛賞，當開成元年（836）劉禹錫也歸洛閑居，白居易高興地說：「已將四海聲名去，又占三川風景來。甲子等頭憐共老，文章敵手莫相猜。」[124]白居易將劉禹錫視為與自己「四海共聲名」的「文章敵手」。劉禹錫自己也說：「酒力半酣愁已散，文鋒未鈍老猶爭。」[125]也將自己與白居易的詩文創作視為刺激彼此、砥礪對方的場域。晚年的白居易更一心向佛，時或閉關齋戒，劉禹錫或作詩戲謔，或以聯句邀作。開成三年（838）五月，白居易進行長齋，「辭酒」「撤琴」，卻難拒絕與劉禹錫的聯句，兩人寫下三十韻的聯句，劉禹錫其中有云：「持論峰巒峻，戰文矛戟森。笑言誠莫逆，造次必相箴。」[126]以「持論」「戰文」進行解悶。雖然劉、白的聯句不若韓、孟篇幅之長與氣勢之雄闊，卻也深刻反映出洛陽閑官的創作特色。例如詩酒聯歡、習禪宴飲，劉、白開成會昌年間又與王起等人所作的〈喜

122　《白居易集箋校》，卷68，外集卷下〈與劉禹錫書〉，頁3940-3941。
123　《劉集》，卷9，〈和西川李尚書傷韋令孔雀及薛濤之什〉，頁565。
124　《白集》，卷33，〈夢得自馮翊歸洛兼呈令公〉，頁2522。
125　《劉集》，卷10，〈酬樂天齋滿日裝令公置宴席上戲贈〉，頁646。
126　同前註，卷11，〈樂天是月長齋鄙夫此時愁臥里閈非遠雲霧難拔因以寄懷遂為聯句所期解悶焉敢驚禪〉，頁700。

晴聯句〉、〈喜雨聯句〉，雖然是閒適歌詠之作，卻也頗能反映當時這群高級退休官員的創作風氣。

當會昌二（842）年，劉禹錫逝世，白居易〈哭劉尚書夢得二首〉之一：

> 四海齊名白與劉，百年交分兩綢繆。同貧同病退閒日，一死一生臨老頭。杯酒英雄君與操，文章微婉我知丘。賢豪雖歿精靈在，應共微之地下游。[127]

白居易用過兩次「英雄君與操」語，對象分別是元稹與劉禹錫。大和二年（828），〈答微之詩二十三首〉序對元稹說：「所謂天下英雄，唯使君與操耳。」[128]不過，這是從兩人唱酬數量之多的方面說，所謂「其為敵也，當今不見。其為多也，從古未聞」，顯有誇耀自豪之情。而對劉禹錫說「我知丘」一語，是從「文章微婉」的角度說，不僅表示白居易愛賞劉詩委婉多諷的風格表現，更顯出對於劉禹錫生命存在與政治際遇上的深刻理解。

第三節　劉禹錫與令狐楚的唱和

劉禹錫與令狐楚的詩歌交往，在整個唱和風氣盛行的中唐時代，具有獨特的意義。仔細分析兩人唱和寄贈作品，釐清其間的「隱情」與政治關係，有助於理解當時詩歌文化的內涵。[129]令狐楚在文武政事上的成就與際遇，劉禹錫與白居易都曾以欽羨的口吻說：「少有一身兼將相，更能四面占文章」、[130]「謝朓篇章韓信

---

[127] 《白集》，卷36，〈哭劉尚書夢得二首〉之一，2785。

[128] 同前註，卷22，頁1721。

[129] 卞孝萱曾云：「在他們的交游史上，有不少隱情，與當時政治有關係，尚未有人揭露。」其所撰〈劉禹錫與令狐楚〉一文，即透過兩人交往詩文的考證及周遭人物，來說明這些問題，見氏著：《劉禹錫叢考》（成都：巴蜀書社，1988年），頁166-174。卞氏又曾進行過《彭陽唱和集》的復原工作，載《中華文史論叢》第1期（1980年），（上海：上海古籍出版社，1980年），頁211-240。

[130] 《劉集》，卷7，〈洛中逢白監同話游梁之樂因寄宣武令狐相公〉，頁429。

鉞，一生雙得不如君。」[131]認為其出將入相，是人臣之所難遇者也。在文學史上，令狐楚因為指導李商隱寫作駢文，故多推崇其文章成就。其實，在中晚唐之交詩壇，令狐楚的詩名是很高的。當時年輕一輩詩人如姚合、趙嘏，均以得到令狐楚和詩作為光榮幸運的事。趙嘏〈上令狐相公〉：

> 鶚在卿雲冰在壺，代天才業奉籌謨。榮同伊陟傳朱戶，秀比王商入畫圖。昨夜星辰回劍履，前年風月滿江湖。不知機務時多暇，猶許詩家屬和無。[132]

對於令狐楚的事功與文章成就給予無限的推崇，並希望在詩歌上得到他的回應，藉此提高自己的聲名。而姚合在〈寄汴州令狐楚相公〉詩中表達了同樣的期望：

> 汴水從今不復渾，秋風鼙鼓動城根。梁園臺館關東少，相府旌旗天下尊。詩好四方誰敢和，政成三郡自無冤。幾時詔下歸丹闕，還領千官入閶門。[133]

令狐楚的詩才因為夾雜著政治地位之高，與事功之盛，成為年輕詩人無限景仰的前輩。而令狐楚對於年輕詩人的提拔，如對李商隱、蔡京、張祜等，也是文學史上的美談。這種成就確實是每位士人終生夢寐求之者，而劉禹錫的長年棄置貶謫，蹉跎終身，正與令狐楚形成鮮明的對比。其實早在德宗貞元中，令狐楚與劉禹錫即「以文章相往來」，[134]元和後，劉禹錫因參與王叔文黨被長期貶謫南方，從此兩人少有問訊往來。直到寶曆年間，兩人才開始重新聯繫。此時，令狐楚在仕途上出將入相，節度一方重鎮；而劉禹錫仍蹉跎不

---

[131] 《白集》，卷24，〈宣武令狐相公以詩寄贈傳播吳中聊用短章申酬謝〉，頁1874。
[132] 《全唐詩》，卷549，趙嘏：〈上令狐相公〉，頁6349。
[133] 姚合著，劉衍校考：《姚合詩集校考》（長沙：岳麓書社，1997年），卷3，〈寄汴州令狐相公〉，頁35。
[134] 《劉集》，卷19，〈彭陽唱和集後引〉，頁1246。

遇，停滯不前，這種際遇差別具體地反映在兩人唱和集的序言中：

> 丞相彭陽公始由貢士，以文章為羽翼，怒飛於冥冥；及貴為
> 元老，以篇詠佐琴壺，取適於閑燕，鏘然如朱弦玉磬，故名
> 聞於世間。鄙人少時，亦嘗以詞藝梯而航之，中途見險，流
> 落不試，而胸中之氣郁蜿蜒，泄為章句，以遣愁沮，淒然
> 如樵桐孤竹，亦名聞於世間。雖窮達異趣，而音英同域，故
> 相遇甚歡。其會面必抒懷，其離居必寄興，重酬累贈，體備
> 今古，好事者多傳布之。[135]

　　從劉禹錫的觀點看來，兩人的相遇主要是以詩章為連結紐帶。
但令狐楚早年即以文章取名於天下，晚年又以詩篇名聞世間，可謂
是得意之人。反觀自己，雖也以詞章取名，但卻是貶謫巴山楚水間
的「樵桐孤竹」，完全不同於令狐楚的「朱弦玉磬」。如此看來，
「窮達異趣」就不僅是政治上的，也映現於詩歌所呈現出的風格、
情感上。雖然「異趣」明顯而強烈，但劉禹錫仍認為兩人在「音
英」上有「同域」之處。這其中也透露出兩人的交往關係，即奠基
於對彼此詩歌成就的肯定和欣賞。以詩而言，令狐楚在元和年間以
律絕短篇著名於朝，並有《御覽詩》的編選。他所交游的李益、楊
巨源均為元和時期的重要詩人。劉禹錫能與令狐楚建立密切的唱和
關係，不僅因為兩人是舊識，更是對令狐楚詩才的肯認。在稍後大
和四年（830）〈和令狐相公言懷寄河中楊少尹〉：

> 章句慚非第一流，世間才子昔陪游。吳宮已嘆芙蓉死，邊月
> 空悲蘆管秋。任向洛陽稱傲吏，苦教河上領諸侯。石渠甘對
> 圖書老，關外楊公安穩否？[136]

　　其中提到張籍、李益、白居易、令狐楚、楊巨源，均為元和

---

[135] 《劉集》，卷18，〈彭陽唱和集引〉，頁1174。
[136] 《劉集》，卷8，〈和令狐相公言懷寄河中楊少尹〉，頁528。作於大和四年。

時期「第一流」的詩人，劉禹錫能被列名其中，正意謂著令狐楚對其詩才的肯定。在此認識基礎上，兩人以詩篇作為交往媒介的活動遂熱絡地展開。其往來詩作是以「會面」、「離居」作為情感內涵。當時，劉禹錫已無謫臣身份，令狐楚乃藩鎮大臣，仍能保持密切的唱和贈答，其重點在於兩人均有意識地發揮詩歌交往功能。而「好事者多傳布之」一語也道出，不僅文人自身熱衷於以詩交往酬贈，周圍的讀者也對此保有相當的興趣，就如元白寫給對方的詩，還未送達目的地，已被傳誦，這是中唐詩歌文化不可忽視的一面。在稍後的〈彭陽唱和集後引〉中，劉禹錫更述及二人之間頻繁的唱和情形，雖然相隔千里，仍「常發函寓書，必有章句，絡繹於數千里內，無曠旬時。」[137]又說明兩人在對待以詩交往之態度上有一共識，即不受窮達的影響，也不受空間距離的限制。但這種熱絡的以詩交往，並不表示兩人的關係建立於相互理解、並彼此互相影響的基礎上。卞孝萱即認為劉禹錫對令狐楚的態度，從一開始有隔閡，中間疏離、到晚年有幾許不滿。[138]這種關係的變化，可從兩人的詩歌交往獲得印證。雖然在現實政治上兩人存在一定的距離，但劉禹錫卻與其保持了較為純粹的詩歌交往關係。這些關係在劉禹錫所寫的唱和集引中有清楚的交代說明。

兩人一開始的和諧關係，可從大和二年（828）〈和令狐相公初歸京國賦詩言懷〉詩看出：

> 陵雲羽翮掞天才，揚歷中樞與外臺。相印昔辭東閣去，將星還拱北辰來。殿庭捧日影繾入，閣道看山曳履回。口不言功心自適，吟詩釀酒待花開。[139]

整首詩均讚揚令狐楚出將入相的非凡經歷，以及老大歸朝後的自適逍遙。此種經歷雖與劉禹錫形成強烈的對比，但並不影響彼唱

---

137 《劉集》，卷19，〈彭陽唱和集後引〉，頁1246。
138 卞孝萱：《劉禹錫叢考》（成都：巴蜀書社，1988年），頁166-174。
139 《劉集》，卷7，〈和令狐相公初歸京國賦詩言懷〉，頁470。大和二年冬。

此和的創作，白居易即對兩人詩作交往作出歌詠，認為：「尚書首唱郎中和，不計官資只計才。」[140] 大和初年，劉禹錫曾對令狐楚懷有期待，希望他能在政治上幫助自己，在〈酬令狐相公贈別〉：

> 越聲長苦有誰聞？老向湘山與楚雲。海嶠新辭永嘉守，夷門重見信陵君。田園松菊今迷路，霄漢鴛鴻久辭群。幸遇甘泉尚辭賦，不知何客荐雄文！[141]

明白表達自己久謫之後在政治上的孤立無援，以及再度回到朝廷的願望，希望得到令狐楚的推薦。在相互酬贈的詩篇中，劉禹錫往往透過對比的方式，傳達自己蹉跎偃蹇，亟待援助的鬱悶：「白髮青衫誰比數，相憐只是有梁王」、「珍重新詩遠相寄，風情不似四登壇」、「新成麗句開緘後，便入清歌滿坐聽。吳苑晉祠相望處，可憐南北太相形」，[142] 這些詩句均顯露將自己地位境遇與令狐楚比較的況味，也隱含著些許的自憐自哀，可是已看不出其中的期待意味。在〈酬鄆州令狐相公官舍言懷見寄兼呈樂天〉詩中，更清楚地表達此種交往狀況：

> 詞人各在一涯居，聲味雖同跡自疏。佳句傳因多好事，尺題稀為不便書。已通戎略逢黃石，仍占文星耀碧虛。聞說朝天在來歲，霸陵春色待行車。[143]

詩作於大和四年（830），此時白居易如願以償地閑居洛陽，而令狐楚節度鄆州，比起在長安政壇上進退維谷的自己，境遇顯然好多了。故「跡自疏」一語，透露劉禹錫心中的牢騷。稍可補償者，是好事者將他們彼此往來的詩作傳播公開，因此也贏得一些名

---

[140] 《白集》，卷26，〈令狐相公拜尚書後有喜從鎮歸朝之作劉郎中先和因以繼之〉，頁2041。

[141] 《劉集》，卷7，〈酬令狐相公贈別〉，頁409。

[142] 同前註，卷7，〈酬令狐相公寄賀邊拜之什〉，頁420。大和元年秋；卷9，〈令狐相公自太原累示新詩因以酬答〉，頁566；〈重酬前寄〉，頁558。

[143] 同前註，卷8，頁529，大和四年。

聲。可是令狐楚、白居易二人，或功成名就，或一嘗宿願，這又反襯出自己的偃蹇不遇。這首詩反映了劉禹錫當時久處集賢學士之職的牢騷心境。其實，令狐楚並非沒有表達過對劉禹錫政治際遇的關切，如〈寄禮部劉郎中〉詩：

> 一別三年在上京，仙垣終日選群英。除書每下皆先看，獨有
> 劉郎無姓名。[144]

此詩寫於大和五年（831），當時劉禹錫久滯集賢學士之職，令狐楚對此表達了關心及遺憾之情，這份出自真誠的問候，激發出劉禹錫內心的鬱抑情懷，〈酬令狐相公見寄〉：

> 群玉山頭住四年，每聞笙鶴看諸仙。何時得把浮丘袂，白日
> 將升第九天。[145]

並未針對令狐楚的關心表達謝意，反而傾瀉出自己久滯學士官位的牢騷。宋人宋敏求《春明退朝錄》卷上：「按唐舊說，禮部郎中掌省中文翰，謂之『南宮舍人』，百日內須知制誥。」[146]如此看來，劉禹錫久滯學士與郎官之職已非常態，直接原因是因為唐文宗對於朝廷黨爭束手無策，索性不用老成人士。李訓、鄭注會受到重用，裴度卻被排擠出朝，正是最明顯的例子。《新唐書‧劉禹錫傳》即云：「宰相裴度兼集賢殿大學士，雅知禹錫，薦為禮部郎中、集賢直學士。度罷知政事……授蘇州刺史。」[147]說明劉禹錫大和年間的政治遭遇，與當時裴度、李德裕被李宗閔等人的排擠有著直接的關係。稍後劉禹錫也在〈蘇州謝上表〉中，以「有味之物，蠹蟲必生；有才之人，讒言必至」來說明自己在朝中所受到排擠與

144　《全唐詩》，卷334，令狐楚〈寄禮部劉郎中〉，頁3751。
145　《劉集》，卷8，頁530。
146　朱易安等主編：《全宋筆記第一編》（鄭州：大象出版社，2003），宋敏求：《春明退朝錄》，頁263。
147　《新唐書‧劉禹錫傳》，卷168，頁5131。

冷落。[148]

　　既然令狐楚與劉禹錫保持密切的情誼與詩歌交往，為何大和年間未給予政治上的幫助呢？從客觀條件而言，雖然令狐楚於元和末年也享有崇高地位，但憲宗之後的敬宗、穆宗皆年少即位，被宦官操控，難有所作為。其後的文宗，朝士黨爭加劇，與宦官關係加劇矛盾，多任用資歷淺、年紀輕的政治人物，如李訓、鄭注等。從主觀條件而言，令狐楚不僅長期節度藩鎮，並未在朝廷中央任職，更因為元和削藩一事與裴度有隙；又與李德裕的政敵李逢吉、李宗閔等人交情深厚，因此，是否能夠幫助與裴度友好的劉禹錫，就頗值得懷疑了。這些主客觀條件的限制，或是令狐楚未能在政治上給予劉禹錫有力而明確的助力之因素，

　　既然政治上存在著許多無奈、糾葛的敏感關係，劉禹錫與令狐楚的詩歌交往主題自然轉向以「閑燕寄興」為主，歌詠花卉，借物感興。以下這些詩題，可說明這種傾向：〈和令狐相公玩白菊〉、〈和宣武令狐相公郡齋對新竹〉、〈令狐相公見示贈竹二十韻仍命繼和〉、〈和令狐相公春日尋花有懷白侍郎閣老〉、〈和令狐相公別牡丹〉〈和鄆州令狐相公春晚對花〉、〈酬令狐相公庭中白菊花謝偶書所懷見寄〉、〈酬令狐相公使宅別齋初栽桂樹見懷之作〉、〈令狐相公見示新栽蕙蘭二草之什兼命同作〉、〈和令狐相公詠梔子花〉、〈和令狐相公九日對黃白二菊花見懷〉等。這些歌詠花卉感興之作，對象是竹、樹、花等，情意已不再如之前集中於政治感懷與個人身世，更不是與白居易交往詩中著重日常生活的感懷興寄，而是藉此來彰顯詩歌才能、交流唱和，正如劉禹錫自己在〈彭陽唱和集引〉中所說的：「以篇詠佐琴壺，取適於閑燕，鏘然如朱弦玉磬，故名聞於世間。」此中意趣可以大和二年（828）的詠竹詩來作為個案分析，兩人詩作均獲得保存。令狐楚原詩：

　　　　齋居栽竹北窗邊，素壁新開映碧鮮。青靄近當行藥處，綠陰

---

[148] 《劉集》，卷18，〈蘇州謝上表〉，頁1165。

深到臥帷前。風驚曉葉如聞雨，月過春枝似帶煙。老子憶山心暫緩，退公閑坐對嬋娟。[149]

令狐楚為了賞竹而鑿壁，事件背景在詩題中已交代的很清楚，故此次唱和活動在於突出為賞愛竹子而開壁一事，藉此突出文人達士的高情雅志。這種意圖在白居易的和詩中有著最為明顯的表達，白詩末聯「更登樓望尤堪重，千萬人家無一莖」，即直接呼應令狐楚詩末自注「汴州人家並無竹」，強調令狐楚在汴州賞竹寫詩之雅事誠可稱頌。劉禹錫〈和宣武令狐相公郡齋對新竹〉：

> 新竹僑僑韻曉風，隔窗依砌尚蒙蘢。數間素壁初開後，一段清光入座中。欹枕閑看知自適，含毫朗詠與誰同？此君若欲長相見，政事堂東有舊叢。[150]

相較於白詩，劉的和詩就不僅僅停留在美頌令狐楚賞竹的高情雅志，還加進了詩友之間的情意聯繫以及政治上的客套話。首先前四句詠唱令狐楚郡齋所栽竹之美，緊扣原詩而寫。而「此君」一聯，可看出劉禹錫對於令狐楚可能的期待。令狐楚收到劉詩後，另有二十韻詩寄示，但原詩已佚，只留存劉禹錫的酬詩，其中提到「古詩無贈竹，高唱從此始」，說明，兩人將詠唱賞竹一事放進唱和詩歌的傳統之中，來標榜這些贈竹詩的價值。這份意識的表露是重要的，藉此可以說明劉禹錫、令狐楚以詩唱和往還之行為，具有某種明確的自覺意識，並自許能在唱和的傳統中帶進一些新的因素。事實上，和詩中對竹之品德的詠唱，如「堅貞貫四時，標格殊百卉。歲晚當自知，繁華豈云比」等，[151]在前代詠竹詩中多有出現。真正顯示其唱和深意所在者，反而是其中所呈現出的唱和行為與意識。這種意識的表露，也可在白居易和劉禹錫的詩中找到，白

---

149 《全唐詩》，卷334，令狐楚〈郡齋左偏栽竹百餘竿炎涼已周青翠不改而為牆垣所蔽有乖愛賞假日命去齋居之東牆由是俯臨軒階低映帷戶日夕相對有愉然之趣〉，頁3747。
150 《劉集》，卷7，頁455。大和二年夏長安作。
151 同前註，卷5，〈令狐相公見示贈竹二十韻仍命繼和〉，頁456。

〈和劉郎中望終南山秋雪〉：「遍覽古今集，都無秋雪詩。陽春先唱後，陰嶺未消時」，[152]即刻意揀取古人較少觸及的秋雪詩，來強調秋雪之唱和在詩歌傳統中的位置。此可以告訴我們，劉禹錫與令狐楚、白居易的大量唱和，以及由此所形成的交往行為，並非只是閑居無事之老人的應酬交際文字，其中實含有對「詩可以群」文學傳統的自覺認識與開拓意識。

　　當然，以詩作往來作為雙方情意溝通的方式，最值得注意者是在何種特定情境中，交往雙方進行特定意義的交談。前文已舉詩說明，令狐楚出將入相的經歷，是劉禹錫失落的政治理想與生命缺憾，故在重逢初始，在詩中屢屢歌頌形容對方。但在唱和後期，常在最後帶出自己的牢騷與不遇，如「應憐三十載，未變使君名」、[153]「猶憐廣平守，寂寞竟何成？」[154]「三春看又盡，兩地欲如何？日望長安道，空成勞者歌。」[155]從這些詩句中，可以讀出劉禹錫內心深處的牢騷與怨嗟，或強調自己三十年來始終停滯在「使君」之職；或顯露自己老大無成的蹉跎不遇之嘆。這種感嘆的由來，是從令狐楚出將入相、寵遇非凡的經歷對比而來。

　　劉、令狐二人唱和作品在體裁方面，與他人並無大的變化，仍以五、七律體為主。作品中情意內涵之傾向及轉變，倒可讓我們更清楚地瞭解劉禹錫晚年政治心態的複雜性。從一開始的期待援助，到後來的失望牢騷，均可從兩人的唱和詩中找到線索。若與白居易的唱和相較，劉、令狐之唱和集中在送別、賞宴、題詠寄贈等主題，蓋所謂「閑燕寄興」中。即使在詩中含有「寄興」，也以令狐楚之思鄉、戀闕為主，而缺少類似與白居易唱和詩中種種人生重大問題的共享、溝通；政治挫折的理性開解等內涵。也就是說，在劉禹錫與令狐楚的唱和詩中，我們很難發現二人針對同一個主題，在交往、贈答中增加了對彼此的認識；或者共同體悟了某種人生經驗，如老、死等問題。

152　《白集》，卷26，〈和劉郎中望終南山秋雪〉，頁2038。
153　《劉集》，卷9，〈酬令狐相公首夏閑居書懷見寄〉，頁616。大和九年夏汝州。
154　同前註，卷9，〈酬令狐相公季冬南郊宿齋見寄〉，頁626。大和九年十二月。
155　《劉集》，卷9，〈酬令狐相公杏園花下飲有懷見寄〉，頁632。開成元年春。

第四節　與裴度、李德裕的唱和

　　裴度是少數能在政治上給予劉禹錫直接而有力的協助者。此點劉禹錫有頗為清楚的表白：「某頃墮危厄，嘗受厚恩，盟於心，要之自效。常懼廢死荒服，永辜願言，敢因賀箋，一寄丹懇。」[156] 主要是指元和十年（815）裴度力諫憲宗不宜將劉禹錫貶謫至偏遠的播州。在憲宗刻意打壓永貞朝士的情形下，裴度能夠諫言實屬義舉。待劉禹錫結束貶謫後，已為宰相的裴度又給以提拔的機會，《新唐書‧劉禹錫傳》：「宰相裴度兼集賢殿大學士，雅知禹錫，薦為禮部郎中、集賢直學士。」[157] 故大和二年（828）劉禹錫重返長安後，頻繁參與以裴度為主的杏園之遊及聯句宴飲集會等。有裴度的提攜、關照，劉禹錫晚年的政治際遇似乎充滿了希望。故劉禹錫也對裴度照顧落難後輩的恩情銘記肺腑，〈廟庭偃松詩〉即代表劉禹錫對裴度提攜之恩的感謝致敬，此詩將裴度扶直偃曲小松一事，以「發於仁心，感召和氣」來形容美化，並藉「佳木逢時」寓託裴度對自己的知遇之恩。[158] 此詩最末一聯更可看出劉禹錫在政治上對裴度的「自效」之情，所謂「謝公莫道東山去，待取陰成滿鳳池」[159]，以謝公喻裴度，期望他能繼續留在朝廷效力，他日定能流傳政績。詩中也明白表示欲奉獻一己之力，報答裴度相助之恩。

　　文宗大和時期政治情勢的發展，恰與劉禹錫的期望相違，裴度引薦李德裕一事招來李宗閔對裴、李的排擠。因此，大和四年（830）九月，裴度出為山南東道節度使，這是李宗閔政治勢力在宦官幫助下的的一次勝利。在送裴度赴任的宴席上，劉禹錫寫下：「峴首風煙看未足，便應重拜富民侯」，[160] 頗能看出劉禹錫的政治態度，認為裴度終將再度入朝為相。可與此態度相互說明者，有

---

[156] 同前註，卷15，〈上門下裴相公啟〉，頁1030。
[157] 《新唐書‧劉禹錫傳》，卷168，頁5131
[158] 《劉集》，卷8，〈廟庭偃松詩〉並引，頁513。大和二至三年初至長安時作。
[159] 同前註，卷8，〈廟庭偃松詩〉並引，頁513。大和二至三年初至長安時作。
[160] 《劉集》，卷8，〈奉和裴侍中將赴漢南留別座上諸公〉，頁524。大和四年作。

〈與歌者米嘉榮〉、〈米嘉榮〉、〈寓興二首〉等詩。這些詩均以寓言的手法，譏刺「近來時世輕前輩」的現象。其所指涉的對象正是針對當時後生如李宗閔輩對元老大臣如裴度的嫉妒、排擠。[161]裴度離開朝廷，劉禹錫失去有力的支持者，隔年，他再度踏上為郡的政治生涯。而文宗為了擺脫朝官的鬥爭，另覓新進朝士李訓、鄭注，進行剷除權宦的計畫，而鄭、李也藉此肆無忌憚的排除異己，掀起更激烈的朝廷政爭，最終導致甘露之變慘禍的發生。文宗朝的政治鬥爭與殺戮，是朝廷向心力的一次大崩潰，裴度後來放情園林生活，採取明哲本身之態度也就不足為奇了。大和九年（835）冬末，劉禹錫罷去蘇州刺史，接任同州刺史，經過洛陽時與裴度相聚，有以下詩作：

> 一言一顧重，重何如。今日陪游清洛苑，昔年別入承明廬。

> 一東一西別，別何如。終期大冶再熔煉，願托扶搖翔碧虛。[162]

> 祖帳臨伊水，前旌指渭河。風煙里數少，雲雨別情多。重疊受恩久，遄回如命何。東山與東閣，終冀再經過。[163]

　　上述詩作可看出，劉禹錫對於裴度的提拔扶助之恩念茲在茲，並未放棄報答的可能，此可從「願託扶搖翔碧虛」、「終冀再經過」之語句看出。但經過文宗朝後期政治的風風雨雨，劉禹錫也知道事有不可為者，因此顯露出來的語氣，就不再那麼的肯定，比起大和初年的「謝公莫道東山去」，而將情意內涵集中在對於裴度的感念上。這種態度在劉禹錫也踏上退居洛陽之人生道路時表現得更為明顯：

---

[161] 同前註，卷8〈與歌者米嘉榮〉，頁524。借三十年不見的歌者米嘉榮，來感慨當今世俗後生輕視老人的行徑。此寓意又見於〈寓興二首〉，頁526。

[162] 同前註，卷9，《雨如何詩謝裴令公贈別二首》，卷9，624-625。

[163] 同前註，卷9，〈將之官留辭裴令公留守〉，卷9，頁624。

新恩通籍在龍樓，分務神都近舊丘。自有園公紫芝侶，仍追少傅赤松遊。華林霜葉紅霞晚，伊水晴光碧玉秋。更接東山文酒會，始知江左未風流。[164]

　　此詩乃剛回到洛陽時作品，從詩題也可看出，在洛陽最讓劉禹錫重視者，正是白居易與裴度。從認識白居易開始，劉禹錫講了許多次要與白居易同歸洛陽閑居的心願，今日終於實現。雖有提到「東山」，但與早年「謝公莫道東山去」之「東山」已有不同的意涵。早年的「東山」，隱有韜光養晦、待時而起之意；「東山文酒會」之「東山」，卻代表晉朝文士詩酒風流、遊宴歡樂的「東山」。雖然同樣用「東山」，其背後的意義轉變卻代表著劉禹錫歸洛陽後的心境變化。也就是說，走上跟白居易同樣閑居的人生道路後，已開始在詩中強調文人群體的宴游唱酬。例如在同樣寫給裴、白的詩中：「遲遲未去非無意，擬作梁園坐右人」，[165] 用「梁園」典故指稱以裴度、白居易為中心的洛陽閑散官群體。稍後又在〈奉和裴令公夜宴〉：

　　天下蒼生望不休，東山雖有但時遊。從來海上仙桃樹，肯逐人間風露秋。[166]

　　原本「東山」所具的待時而起轉化為遊宴唱酬的指稱，可說明開成年間歸洛陽後，其殷切寄望裴度的心態有所轉變。同「梁園」、「東山」一樣，劉禹錫還用洛陽比擬建安時代的「鄴下」，同樣是要表達當時名公們的詩酒盛會。[167]

　　李德裕可視為劉禹錫的後輩，但因裴度的關係，劉禹錫與他也

---

[164] 同前註，卷10，〈自左馮歸洛下酬樂天兼呈裴令公〉，頁639-640。

[165] 《劉集》，卷10，〈答裴令公雪中訝白二十二與諸公不相訪之什〉，頁651。作於開成元年。

[166] 同前註，卷10，〈奉和裴令公夜宴〉，頁668。

[167] 在與裴度、白居易的聯句中，劉禹錫寫下「洛中三可矣，鄴下七悠哉」，恰巧可以說明劉禹錫晚年關係最深的正是裴、白，也反映出年邁的劉禹錫對往後的政治發展已不抱積極的期望了。見卷10，頁666。

保持了一定的政治連結。劉禹錫對李德裕的政治態度，可在〈吐綬鳥詞〉詩中觀察。唱和時間在大和四年（830），即李德裕剛被李宗閔排擠出朝的時間，依據劉禹錫之詩序來看，李德裕所作原詩乃在描寫吐綬鳥的華麗珍貴，但劉禹錫在和詩之結尾加進自己的政治心態：「太液池中有黃鵠，憐君長向瑤枝宿。如何一借羊角風，來聽簫韶九成曲。」[168]以黃鵠比喻李德裕，來諭託李終將重返朝廷，獲得重用的期望。這種出於對李德裕支持、鼓勵的心態屢見於二人的唱和詩作中，如「岩廊人望在，只得片時閑」[169]、「垂天雖暫息，一舉出人寰」[170]，均喻示了李德裕在政治低潮時刻，劉禹錫始終對其保持信心的立場。表示在詩作交往的形式底下，劉禹錫對於李德裕的政治立場，顯然是認同、支持的。大和七年（833），劉禹錫將自己和李德裕的作品編成《吳蜀集》，並作序曰：「長慶四年，余為曆陽守，今丞相趙郡李公時鎮南徐州，每賦詩，飛函相示，且命同作。爾後，出處乖遠，亦如鄰封。凡酬唱始於江南而終於劍外，故以吳蜀為目云。」[171]在這段序言中，劉禹錫並未記述唱和行為的細節與心境，甚至不提詩作的主要內涵等問題。此種態度若與〈彭陽唱和集引〉對比，可以發現劉禹錫與令狐楚的詩文交往中，往往表達了自我更深層的生命經驗與創作省思，所以他會從貶謫時期的創作風格，談及唱和特徵、方式等問題。此種現象透露，雖然在政治態度上傾向李德裕，但在情感關係及詩歌創作上，卻是距離更遠。箇中原因，除了李德裕屬於晚輩之外，更涉及到唱和對象的性質上。按照美國社會學家舒茲的說法，可以直接經驗的社會真實世界之他我與同時代世界中的他我，是存在區別的。[172]劉禹錫與令狐楚同為貞元朝進士，並共同論文寫詩，之後雖然窮達異殊，仍面對面相聚過數次，這些均屬於直接經驗的真實。但李德裕對於劉禹錫來說，不僅是「出處乖遠」的晚輩，更是無法直接經驗的他

168　《劉集》，卷8，〈吐綬鳥詞〉，頁522。作於大和四年（830）。
169　同前註，卷10，〈和李相公初歸平泉過龍門南嶺遙望山居即事〉，頁642。
170　同前註，卷10，〈和李相公以平泉新墅獲方外之名因以為詩以報洛中士君子兼見寄之什〉，頁644。
171　同前註，卷18，〈吳蜀集引〉，頁1189。
172　舒茲：《社會世界的現象學》，頁167-169。

我。從兩人所涉及的唱和主題來看，也多以園林寄興、詠物為中心，即使觸及情感，也以政治上的期望、鼓勵為主。在吐露個人內心深處的情愫這一點上，不僅與白居易的唱和關係相差甚遠，甚至還不及與令狐楚唱和的深刻。從這些與不同對象的唱和詩中，實可看出交往行為與創作活動之間的複雜內涵。

第五節　與牛僧孺的唱和：政治出處的寓言感諷

　　同李德裕一樣，牛僧孺也算是劉禹錫的後生晚輩，兩人能夠能夠保持良好關係，白居易或許是其中的重要關鍵。從交游關係來說，牛僧孺與白居易之間更為密切，兩人不僅為舊識，白居易還是牛僧孺考制策時的座主。但是牛僧孺在政治上遠比劉禹錫，甚至比白居易更為順遂通達。長慶四年（824），牛僧孺為相時，白居易還寫詩請牛僧孺在分司東都一事出力，有〈求分司東都寄牛相公十韻〉詩。但隨著牛僧孺與李德裕在朝廷政事上紛爭，他也在開成年間走上白居易退居洛陽的人生道路。牛、白在園林、聽樂等事上更是有志一同。而劉禹錫與牛僧孺，則似乎有著更為複雜的文學關係與政治交情。據《劉賓客嘉話錄》載，劉禹錫早年曾塗竄牛僧孺詩，導致兩人關係的疏遠，這件事發生於貞元二十一年（805）牛僧孺中進士第之前。《劉賓客嘉話錄》乃韋絢求學劉禹錫時所記錄，真實性相當可靠。稍後的宋人筆記如《唐語林》、《雲溪友議》等均據《嘉話錄》所載而稍有更改。大和八年（834），劉禹錫途經淮南，與當時任淮南節度使的牛僧孺相見，牛先寫詩相贈：

> 粉署為郎四十春，今來名輩更無人。休論世上昇沉事，且鬥樽前見在身。珠玉會應成咳唾，山川猶覺露精神。莫嫌恃酒輕言語，曾把文章謁後塵。[173]

---

[173]　《全唐詩》，卷466，牛僧孺〈席上贈劉夢得〉，頁5292

　　從牛僧孺的贈詩看來，他是相當同情劉禹錫三十年來的政治遭遇，所以其中有勸慰、有推崇之意等。最後一聯則將兩人的身份差異追溯到貞元年間的文章交往，此事在杜牧為牛僧孺寫的墓誌銘中有所記載。從這首詩看來，牛僧孺希望劉禹錫莫在意政治上的升沉得失，也不要忘記兩人在早年的情誼關係。劉禹錫則滿懷感慨地寫下酬詩：

> 少年曾忝漢庭臣，晚歲空餘老病身。初見相如成賦日，尋為丞相掃門人。追思往事咨嗟久，喜奉清光笑語頻。猶有登朝舊冠冕，待公三入拂埃塵。[174]

　　對劉禹錫來說，牛僧孺從崢嶸少年到拜相得志，正反襯出自己目前的老病際遇。往事徒然可嗟，眼下的相逢又見證著人生的無常與政治風波。雖然在最後表達願意追隨對方入朝的想法，但明顯可視為一般的應酬語。總之，這次相見，無法改變兩人之間的真正距離，但卻留下日後詩章往來的機緣。數年之後，牛僧孺繼裴度成為東都留守，「與白少博、劉尚書為詩酒侶，其韻無高卑。」[175]說明，有白居易作中間人，劉、牛之間的情結獲得很大的和緩。而自令狐楚在開成二年（837）去世後，牛僧孺更成為劉禹錫密切的詩友之一，與白居易三人多以園林遊賞、宴飲為主的詩歌往還。牛僧孺在詩歌成就上相當尊重劉、白二人，稱他們「詩仙」，也往往分享政治出處上的掙扎思考。[176]但劉禹錫卻往往以「老病身」、「多病客」、「悲翁」等充滿悲壯、不遇的形象作為自我的稱謂語，[177]來相對於「出處自在」、「當年富貴」的牛僧孺，深刻反映出劉禹錫內心對於仕宦無成，卻老病纏身的失落心境。

　　大和八年（834）會面後，兩人頻繁的詩歌來往開始於開成二

174　《劉集》，卷9，〈酬淮南牛相公述舊見貽〉，頁609。
175　《全唐文》，卷782，李珏〈故丞相、太子少師、贈太尉牛公神道碑銘〉，頁4368。
176　《全唐詩》，卷466，牛僧孺〈李蘇州遺太湖石奇狀絕倫，因題二十韻奉呈夢得樂天〉，頁5291。中有「劉白二詩仙」。
177　《劉集》，卷11，〈和牛相公夏末雨後見示〉：「當年富貴亦惆悵，何況悲翁髮似霜！」即以牛之「當年富貴」對照己之「悲翁」，頁705。

年（837），此年牛從揚州回到洛陽任東都留守。劉禹錫也剛罷郡退歸洛陽，兩人相見的機會也就變多了。此外，白居易與牛的良好關係，無疑幫助劉與牛保持密切的互動。但此時朝廷政治正籠罩在甘露之變的陰影中，百官人心惶惶，宦官仇士良等人則欲藉此次機會清除不聽於己命的朝官。但退居東都的官員畢竟沒有直接涉入長安的政局，因此，其政治氣氛相對平靜、安全。也正因為保持距離，東都閒官往往對政局有一更清醒的認識。作為政治鬥爭的受害者，劉禹錫深切瞭解一旦捲入政爭，輕則摧毀自我政治生命與理想，重則喪失性命。而文宗朝政治的發展，卻似乎有一發不可收拾的危險趨勢。作為身陷兩大政治派別的牛僧孺，雖然官高職重，其實卻是危懼萬分。早在寶曆、長慶年間，即屢求外放，但大和年間還是涉入李德裕與李宗閔之間的政爭，成為排擠李德裕入相的重要成員。開成二年五月（837），牛僧孺代替裴度至洛陽任東都留守，雖然隔年九月即結束任期，但與劉禹錫唱和詩作多作於這不到一年的時間內。於己有恩，年高望重的裴度離開洛陽，換來年輩少於自己的牛僧孺，劉禹錫的心中多少有些複雜的感受。雖然在與牛僧孺的唱和詩中，多表達贊同其拋官退居的仕宦態度，如「拋卻人間第一官，俗情驚怪我方安」[178]、「擺去將相印，漸為逍遙身。」[179]或讚許牛之退守自保的明智，或譽揚其不戀棧權貴的逍遙自適。但更值得注意的是兩人頻以「寓言」為題的系列詩作。這些詩作中，除了兩首詩題直接定為「寓言」外，更有多首在詩題中有「寓言」一詞出現。即使是酬答對方飲酒見寄，也會在詩句中出現「三足鼎中知味久，百尋竿上擲身難」這類充滿政治自處之體悟與感懷的言論。為何「寓言」會在劉禹錫與牛僧孺的交往詩中大量出現呢？這必須回到兩人所處的政治背景。所謂「寓言」，在形式上是以甲物來說乙物，並透過隱喻、象徵的修辭手段和語言，來表達難以明言，卻又不得不說的情感意見。牛僧孺退歸洛陽的自保之舉，得到劉禹錫、白居易的認同。但文宗開成年間的政治情勢，並

---

[178] 同前註，〈酬思黯見示小飲四韻〉，頁671。
[179] 同前註，〈酬留守牛相公宮城早秋寓言見寄〉，頁673。

沒有因為血腥的甘露之變而平靜，朝中文士依然分成不同的政治群體，彼此傾陷，而宦官又對朝官充滿敵意。牛僧孺居洛不到一年，開成三年（838），與牛僧孺相善的李珏在政治上漸漸得勢，李德裕則遭到楊嗣復等人的排擠：

> 大和五年，李宗閔、牛僧孺在相，與珏親厚，改度支郎中、知制誥，……（開成）二年五月，李固言入相，召珏復為戶部侍郎，判本司事。三年，楊嗣復輔政，薦珏以本官同平章事。珏與固言、嗣復相善，自固言得位，相繼援引，居大政，以傾鄭覃、陳夷行、李德裕三人。[180]

依此情形看來，雖然歷經甘露之變的血腥清洗與殺戮，但之後的開成政局並未擺脫朝士爭權傾軋的局面。如開成三年（838），楊嗣復想要再度援引李宗閔，來與鄭覃、陳夷行等爭權，故「每議政之際，是非鋒起，上不能決也。」讓文宗皇帝不由得慨嘆：「宰相喧爭如此，可乎？」[181]屢度涉入宰相權位之爭奪的牛僧孺，雖深知其中危險，卻總被牽扯其中。這種畏懼高位背後之陰影的心境，或是其幾度以「寓言」為題寫詩給劉禹錫的原因之一。如這首劉禹錫和牛僧孺以夏末雨後寓懷的詩作：

> 金火交爭正抑揚，蕭蕭飛雨助清商。曉看紈扇恩情薄，夜覺紗鐙刻數長。樹上早蟬才發響，庭中百草已無光。當年富貴亦惆悵，何況悲翁髮似霜！[182]

牛詩已佚，只能透過劉之和詩揣測回溯原意，中間兩聯分別用傳統習用的比興語言，先用秋扇見捐喻己被棄置的政治命運，再以百草無光之比興寓意宰相互相攻訐對於政局的影響。此言外之意，

180　《舊唐書‧李珏傳》，卷173，頁4504。
181　《資治通鑑》，卷246，頁7932-7933。
182　《劉集》，卷11，〈和牛相公夏末雨後寓懷見示〉，頁705。作於開成三年（838）。

不妨參看白居易寫給牛僧孺的詩：「無憂無病身榮貴，何故沉吟亦感時」[183]，意謂牛經歷榮華富貴後，何必再感懷現實政治呢？此組和詩反映洛陽閑官並未忘懷現實政治的混亂，卻又無力對其作出積極回應。再從白、劉和詩所含的政治態度而言，又顯示劉對當時的政爭有更多的牢騷與諷喻。開成三年（838），牛僧孺雖然人在洛陽，卻很有可能隨時被召至長安出任時宰。果然，在本年九月，牛即被徵拜左僕射，文宗為了不讓他拒絕，還特地派人迎接。[184]劉禹錫對此不可能全然不知，以下兩首寓言詩即直接針對此事而發：

> 兩度竿頭立定誇，回眸舉袖拂青霞。盡拋今日貴人樣，復振前朝名相家。御史定來休直宿，尚書依舊趁參衙。具瞻尊重誠無敵，猶憶洛陽千樹花。[185]

> 心如止水鑒常明，見盡人間萬物情。雕鶚騰空猶逞俊，騏驎蟄足自無驚。時來未覺權為祟，貴了方知退是榮。只恐重重世緣在，事須三度副蒼生。[186]

牛僧孺的原詩已不得見，所以劉詩成為瞭解兩人唱和寓意的主要材料。以「寓言」為詩題，明顯諭示牛僧孺原作本有言外之意，因此劉詩也採用寓言的方式回應。第一首稱揚牛僧孺出自宰相世家，政治才幹卓越出眾，能獲得朝廷上下的敬重。第二首則對牛僧孺第三度入相一事提出看法，提醒牛不可沉溺於權力地位的獲得，對榮華富貴保持距離才是明智之舉。這種理想卻又往往被現實阻斷，就如牛誠有明哲保身之念，卻往往身不由己，所以劉禹錫以「世緣」稱之。綜合來看，這兩首詩很明確地說出牛僧孺將再次入朝為相的可能，對此，劉禹錫雖有祝賀之意，卻也感慨牛之欲恬淡自退卻無法如願的困境。接下來的這首言懷之作，比一般的寓言詩

183　《白集》，卷34，〈酬思黯相公晚夏雨後感秋見贈〉，頁2599。
184　《舊唐書‧牛僧孺傳》，卷172，頁4472-4473。
185　《劉集》，卷11，〈和僕射牛相公寓言二首〉之1，頁716，開成三年作。
186　同前註，〈和僕射牛相公寓言二首〉之2，頁716，開成三年作。

更為隱晦複雜：

> 官曹崇重難頻入，第宅清閒且獨行。階蟻相逢如偶語，園蜂
> 速去恐違程。人於紅藥惟看色，鶯到垂楊不惜聲。東洛池台
> 怨拋擲，移文非久會應成。[187]

此詩是劉、牛唱和作品中寓意最為幽微複雜者，後人也多有
評論。牛僧孺詩已佚，只能重點分析劉詩。園林閑坐，本是賞心愜
意之舉，然此詩卻處處呈現出一種不協調。清閑的第宅所見卻是速
去的園蜂與偶語的階蟻。特別是「人於」一聯，耳目所聞所睹的色
聲，似別有用意。清人何焯對此中的政治寓意有一詳論：

> 中四句是比小人成群，紛紛汹汹，如蟻之蠹，如蜂之毒，人
> 主反假以名器，寄以耳目，如宋申錫已蒙冤竄逐以去，獨居
> 深念，思遠遠其禍。階蟻園蜂，喻守澄、注也。憐紅藥之
> 色，君子不得於君，則有美人香草之思，求鶯谷之聲，雖遷
> 於崇重之高位，不忘在深谷之故侶，指見懷也。落句遂勸渠
> 決求分司，勿復濡滯，恐旦暮變作，欲清閑袖手，不可得
> 也。[188]

何焯舉出大和五年（831）宋申錫一事，似推之過早，畢竟與
寫此詩時間距離過遠。與其說是針對特定事件，倒不如說是針對文
宗朝政局翻覆、朝官與宦官為奪權而陷害傾軋不已的局勢。特別是
發生於大和九年（835）的甘露之變，距寫此詩不過三年時間。故
何焯在下文也補充到：「鉤黨刺促，閑坐縱觀，豈不如蜂、蟻之紛
紜乎？」似乎更符合劉詩原意。劉禹錫藉這些園林景物，向牛僧孺
傳達了委婉的政治寓言，把在長安爭奪仕宦功名的人事，譬喻成在
園林中相爭相殺的禽蟲鳥獸。這類以園亭中蜂、蟻、鳥等現有景物

[187] 同前註，卷11，〈和僕射牛相公春日閑坐見懷〉，頁721，開成三年。
[188] 卞孝萱：〈劉禹錫詩何焯批語考訂〉，《唐研究》第2卷（1996年），頁201。

作為寓懷寄思者，事實上劉禹錫早有類似作品。透過追溯此類主題，有助於理解劉禹錫和牛僧孺詩中的微旨。大和九年（835）劉禹錫在汝州，有〈晝居池上亭獨吟〉：

> 日午樹陰正，獨吟池上亭。靜看蜂教誨，閒想鶴儀形。法酒調神氣，清琴入性靈。浩然機已息，几杖復何銘。[189]

此刻甘露之變還未發生，但年邁的劉禹錫隨著現實的無可奈何而逐漸澆熄心中一直存在的浩然之氣。自己終老都不為朝廷所用，就如原本助人扶行的手杖不得其用，又何必銘誡其中呢？因此，此處的蜂教誨，顯然是白居易和詩中「蜂分見君臣」之意，隱約寓有劉禹錫知命守分的態度。這首獨吟引起白居易很大的興趣，而有〈閒園獨賞〉，題下自注云：「因夢得所寄蜂鶴之詠。因成此篇以和之。」：

> 午後郊園靜，晴來景物新。雨添山氣色，風借水精神。永日若為度，獨遊何所親。仙禽狎君子，芳樹倚佳人。蟻鬥王爭肉，蝸移舍逐身。蝶雙知伉儷，蜂分見君臣。蠢蠕形雖小，逍遙性即均。不知鵬與鷃，相去幾微塵。[190]

白居易此詩表面上的主題似乎屬於園林遊賞，先寫個人在郊園中獨賞山水清風，雖然獨自一人，但芳樹、仙禽都可以成為精神伴侶。在此閒適愉樂的精神狀態下，螞蟻、蝸牛、蝴蝶、蜜蜂，都成為觀賞興情的意象，並體悟天地萬物逍遙齊一的真理。然而在這平靜、愜意的背後，卻不可忽視遊園者具體的生存處境與思考。白居易所謂的「逍遙性即均」，正是其安身於洛陽履道園的表白，是其個人委順、知足之生命精神的展現。存於郊園這個小世界中的各種生物，是外在現實世界的縮影。這首詩同樣引起劉禹錫繼作：〈和

---

189 《劉集》，卷9，〈晝居池上亭獨吟〉，頁618。
190 《白集》，卷32，〈閒園獨賞〉，頁2471。

樂天閒園獨賞八韻前以蜂鶴拙句寄呈今辱蝸蟻妍詞見答因成小巧以
取大哈〉

> 永日無人事，芳園任興行。陶廬樹可愛，潘宅雨新晴。傅粉
> 琅玕節，熏香菡萏莖。榴花裙色好，桐子藥丸成。柳蠹枝偏
> 亞，桑空葉再生。睢盰欲鬥雀，索漠不言鶯。動植隨四氣，
> 飛沈含五情。搶榆與水擊，小大強為名。[191]

　　與白居易側重於禽蟲的描寫不同，劉禹錫則專注園中各類植
物的生存姿態，但所欲表達的生命自處之道則是一致的，即以園林
的景物，擬作外在現實的種種。其中「睢盰欲鬥雀，索漠不言鶯」
的隱喻，正類似白詩中的「蟻鬥王爭肉，蝸移舍逐身。」是對外表
看似和諧的世界卻隱藏著殺戮與暴力，是園林世界中的不協調者。
而最後的「小大強為名」也密切呼應白居易的「逍遙性即均」，均
為闡發道家精神哲學的逍遙適性。當我們理解了劉、白此組以園林
景物為語言代碼的唱和詩後，回過頭來看劉禹錫〈和僕射牛相公春
日閑坐見懷〉中的「階蟻」、「園蜂」以及「鶯到垂楊不惜聲」等
語，即明白其中所隱藏的政治寓言。如此看來，大和、開成年間洛
陽詩人群的園林宴賞活動，並非都是歌舞狂歡的取樂，像劉、白的
〈閑園獨賞〉諸作，實寓有他們對自我該如何處世，如何應對現實
政治的隱喻性話語。因此，元和詩人的洛陽退居，修築園林，並非
只有閑情雅興的面向，而是蘊藏深刻的時代感。[192]在此背景下，劉
禹錫與牛僧孺的唱和來往，也具有深刻的現實意義。

　　開成三年（838），原本與劉唱和頻繁的令狐楚已逝，於是牛
僧孺成為更重要的交往對象，接續之前的寓言見意，此年有更多詩
篇感嘆「早榮早枯」的人生命限與政治際遇。其中有兩篇詩題已明
顯交代所唱和的內涵，分別是「和僕射牛相公追感韋、裴六相登庸

---

[191] 《劉集》，卷9，頁619。
[192] 賈晉華論及東都閑適詩人的生活情趣與創作傾向時，也特別注意到由耽玩園林所帶來的
遊賞、營構等。除了要注意當時園林詩所反映的社會文化之外，也不應該忽視類似
劉禹錫、白居易與牛僧孺以園林景物為政治寓言的面向。

皆四十餘，未五十薨歿，豈早榮早枯之義？今年將六十，猶粗強健，因親故勸酒，率然成篇，並見寄之作」、「和僕射牛相公以離闕庭七年，班行親故亡沒，十無一人，再睹龍顏，喜慶雖極，感嘆風燭，能不愴然！因成四韻，並示集賢中書二相公所和。」清楚地交代牛僧孺原詩所感慨的事件與情感，其中韋執誼在永貞事件中與劉禹錫屬於同一陣營，貶謫崖州後被憲宗賜死。在永貞事件之前，韋執誼對牛僧孺有知遇之恩，因此，牛、劉二人重思往事，也就有共同的感慨了。[193]第二首詩題所透露的情境，也是令劉禹錫深有同感者，所謂「離闕庭七年，班行親故亡沒，十無一人」，正是劉禹錫貶謫二十三年回朝後的強烈感嘆，因此，也相當能體會牛的心境。兩詩分別是：

> 坐鎮清朝獨毅然，閑征故事數前賢。用才同踐鈞衡地，稟氣終分大小年。威鳳本池思泛泳，仙查舊路望迴旋。猶憐綺季深山裏，唯有松風與石田。[194]

> 久辭龍闕擁紅旗，喜見天顏拜赤墀。三省英寮非舊侶，萬年芳樹長新枝。交朋接武居仙院，幕客追風入鳳池。雲母屏風即施設，可憐榮耀冠當時。[195]

兩詩主題一致，均由牛僧孺節度淮南七年之後回朝一事說起，抒發人事升沉、生命壽夭的感慨。第一首是與韋質誼等年輕拜相卻早夭者對比，第二首則以「舊侶」亡故映現出牛僧孺離朝七年後的人事全非，這種情境與感慨，劉禹錫早在大和二年即深刻地領受過，諸如「遠謫年猶少，初歸鬢已衰」、或者如「早歲忝華省，再來成白頭」，都是表達歲月流逝給人的改變。但真正與牛僧孺所說

---

[193] 劉禹錫、柳宗元皆為韋質誼賞識者，韋曾命二人拜訪牛僧孺，事見杜牧〈唐故太子少師奇章郡開國公贈太尉牛公墓誌銘〉，《杜牧集繫年校注》（北京：中華書局，2008年），《樊川文集》卷7，頁701。
[194] 《劉集》，卷11，頁713。
[195] 《劉集》，卷11，頁714。

情境最相似者，是〈與歌者何戡〉詩：「二十餘年別帝京，重聞天樂不勝情。舊人唯有何戡在，更與殷勤唱渭城。」[196]將人事的變遷與舊日樂音作一聯繫，傳達出人在時間之流中的渺小、無奈。所以，當牛僧孺以相似主題贈給劉禹錫時，恰巧能給予同情的共感。雖然如此，劉、牛二人所感慨者，仍有差別，畢竟，在仕宦上牛僧孺曾經貴為宰相，又節度重鎮，回朝後又屢被朝廷召用，與自身的白首蹉跎恰成強烈的對比。即使與悲悼元稹的詩作相比，劉禹錫這兩首詩顯然多了點應酬的成分。劉禹錫曾以「因知早貴兼才子，不得多時在世間」，[197]來悲慨元稹的英年早逝。但在唱和牛僧孺詩中，我們看不到這種思考模式。

透過上述詩作的分析，說明劉禹錫與牛僧孺的詩歌唱酬，除了園林游宴主題反映出東都高級閑官的生活情趣外，直接以「寓言」為詩題的作品也是相當重要的面向，甚至更能深刻地說明其存在心境。其中既有反映劉禹錫早年身陷鬥爭而蹉跎終身的失落，並對於夾雜在朋黨相爭中的牛僧孺，寄予勸喻與諷化。劉禹錫與牛僧孺的交往，實寄寓了其複雜、深刻的政治感懷，其中所展現的交往內涵，不同於白居易與牛僧孺之間的親切關係。[198]

綜合上述對於劉禹錫交往詩對象的分析與詮釋，可知在看似平常的往還交際贈答中，其實隱藏了詩人對於自我存在當下、過去的反思，這是我們看待交往行為所不可忽視者。透過分析上述劉禹錫交往詩作中不同贈答對象的情感內涵，可知劉禹錫的交往詩不僅反映出個人處於政治網絡中的抒情性，更代表了文宗朝文士之間將詩視為主要溝通形式的詩式社會文化。[199]生活在文宗朝的文士，面臨

---

[196] 《劉集》，卷7，頁450。

[197] 《劉集》，卷9，〈虎丘寺見元相公二年前題名悵然有詠〉，頁567。

[198] 白居易與牛僧孺之間的關係就更偏向於私人生命經驗之共享與感情之溝通上。如〈酬寄牛相公同宿話舊勸酒見贈〉詩，「同宿話舊」即表示白與牛在早期曾有共患難的人生記憶，如「共憶華陽觀裏時」一語即道出他與牛僧孺早期同患難的共同記憶，以及愁米、借驢等細節，見《白集》，卷37，頁2795。

[199] 顏崑陽之定義如下：「中國古代知識階層以詩式語言進行互動，既是具有『意向性』的『社會行為』，又是並時性甚而歷時幸多數人反覆操作的『文化行為』」。見氏著〈用詩，是一種社會文化行為模式—建構『中國詩用學』初論〉，《淡江學報》第18期（2008），頁288。

到與憲宗朝迥然不同的政治環境，既有朝士之間的攻訐鬥爭，又有宦官的打壓。因此，名公大臣多採取保身姿態，對朝政採取疏離姿態，劉禹錫作為順宗朝的謫臣，不僅無害於諸公，其清麗流暢、多感慨又老成的詩風也為諸人所賞識，因此，紛紛與他進行詩歌往還。

欲理解交往詩的的價值與意義，除了掌握客觀意義之外，還得回到作詩雙方的主觀意義中，才能獲得交往詩的深層意涵。從客觀文學活動而言，劉禹錫頻繁地與名公詩人唱酬，看似優游、閒適，但從劉禹錫創作的動機來看，又處處表現出不得志、蹉跎等主觀情志。隨著交往對象的不同，詩中所具的意向也有不同，於此充分顯示出詩歌創作行為的社會性意義。從詩之題目來審視唱和之事件情境的話，可觀察出劉禹錫對於白居易與牛僧孺的明顯態度。

同白居易一樣，劉禹錫的創作歷程持續到會昌年間，成為少數從中唐過渡到晚唐的元和詩人。明人胡震亨認為劉禹錫雖然「晚年洛下閑廢」，但卻與裴度、白居易等人「優游詩酒間」，可視為是造物者對他的補償，[200]意謂劉禹錫的晚年並未受到黨爭的影響。而近人也認為劉以「退守自保」的態度與白居易共同「擺脫了黨爭的羈絆」。[201]當我們深入分析劉禹錫交往詩中的政治關係與晚年心態後，對此結論我們可有更具同情心的理解。在其生命最後期自作的〈子劉子自傳〉中，行文大半是在回顧衝擊其一生的「永貞事件」，更無半點對洛陽生活的得意與知足，並自為銘：「不夭不賤，天之祺兮；重屯累厄，數之奇兮；天與所長，不使失兮；人或加訕，心無疵兮。」[202]其中透露出複雜曲折的心緒，並非可如胡震亨所云的「優游」二字概括。

與令狐楚的唱和，一開始在詩中表達希望幫助自己的期待，寄望落空後，唱和主題出現大量的「閑燕寄興」之作。相反的，在與裴度、李德裕的唱酬中，可看出劉禹錫的政治立場。不論是對裴度

---

200 胡震亨：《唐音癸籤》，轉引自《明詩話全編》，卷25，頁7041。
201 傅錫壬：《牛李黨爭與唐代文學》（臺北：東大圖書有限公司，1984年），頁306-313。
202 《劉集》，卷19，〈子劉子自傳〉，頁1294。

提拔的感恩、東山再起的期望，或者對李德裕登相位的期許，均表明劉禹錫對裴、李人馬有著親切的態度。若透過與牛僧孺的對比，可得到更明顯的印證。與對李德裕的態度相反，劉禹錫一再於詩中告訴牛僧孺早退自全的保身之道，分享著他早年親陷政治漩渦不得大用的際遇。從這些不同對象的詩作中，可知劉禹錫並非如此優游於詩酒，而是有著期待、落空、回憶與告誡等情感思想。再從詩中常出現的「病客」、「悲翁」、「老病者」等稱謂，劉禹錫心中透露出強烈的悲哀與不滿。從未受貶謫、殺戮的角度看，劉禹錫確實避開了大和年間的政治傾軋；但從另一個角度來說，貶謫二十三年老大歸朝後，最終仍未能獲得重用，只是年年為郡。因此，從青年到老年，劉禹錫都在無法掌握的客觀局勢中，成為政治的犧牲品與邊緣人。這種心境更複雜地表現與諸人的對比行為中，與裴度、令狐楚出將入相的顯赫；或與李德裕、牛僧孺的年少得志對比；甚至與急流勇退的白居易對比，都是用對比的方式抒發自己蹉跎不遇的政治命運。如此看來，若仔細辨別晚年劉禹錫交往詩中不同唱和對象，即可理解其前半生受永貞事件牽連，後半生又受黨爭傾軋，其政治際遇的不幸與蹇厄，實屬罕例。而其剛健有為、豪氣英邁的詩歌格調，更可顯出其主體精神的力量與品格。

第五章　元和詩人與姚合

　　韓愈、白居易、元稹、劉禹錫等人的詩歌交往行為，雖然表現不同，內涵相異，但展現的「詩可以群」、「微言相感」、「切磋琢磨」等詩歌交往模式，無疑是元和時期詩歌得以再盛的重要因素之一。在唐詩發展史上，開元、天寶時期與元和、長慶時期，無疑是名家輩出、詩藝轉精轉深的關鍵時代。至清人提出著名的三元說，更加奠定元和詩在詩歌史上的獨特地位。據尚永亮的統計，元和十大詩人作品中幾乎兩首即有一首是交往詩。尚氏認為這項數據說明：「到了元和時期，詩人們的創作激情及其與他人交往的頻率都大大提高了。也就是說，更重視人際間的交往並在客觀上導致其詩作得到較廣泛的傳播，成為這一詩人群的突出特點。」[1]在頻繁交往中，尚氏特別強調其中的傳播因素。但事實上，元和詩人交往狀態常隨著成員組織而有所不同，而人際交往與詩歌傳播背後的詩學特徵與精神交流，更值得進一步關注。

　　韓愈與孟郊、張籍；白居易與元稹；劉禹錫與白居易的交往詩，在論文第二、三、四章有所說明。他們之間的交往方式與詩歌對話，與其主體精神和文學傾向密切相關，因此呈現出各具特色的表現。但總體而言，韓、孟、元、白、劉等人彼此之間的交往關係，與現實政治有著緊密的聯繫。不論是傾心於古代理想的韓、孟；或是面對時事的元、白；亦或是受到政治局勢蹉跎一生的劉禹錫，他們的詩歌交往活動與私人情誼均有政治集團的影響存在。[2]與這些前輩詩人稍有不同，姚合、賈島、朱慶餘等人生活的年代，

---

[1]　尚永亮：〈開元、元和兩大詩人群交往詩創作及其變化的定量分析〉，載《唐代詩歌的多元觀照》（武漢：湖北人民出版社，2005年），頁372。

[2]　呂正惠：《元和詩人研究》（臺北：私立東吳大學中國語文學系博士論文，1983年），在討論元和詩人彼此之間的詩歌創作關係及表現特色時，即以政治集團與聯繫作為研究的基點。

在政治上失去了元和中興帶給士人的希望，也缺少元和詩人實現功名的機會，在現實生活上顯得更為艱難困苦。他們多轉輾於卑微的地方官職，而非像多數元和詩人一樣，有朝廷任職言事的經歷。這種背景的差異，其實是理解姚合、賈島這一代詩人精神世界之轉變與詩風轉向的重要關鍵。而這些深刻的內涵是無法由數量化的交往詩作之統計得來。雖然多數詩人均有進士及第的經歷，但現實遭遇與個人才性更決定著詩歌創作的走向。聞一多早在《唐詩雜論》即指出中唐時代韓、孟與元、白，以及姚合、賈島，分別代表三種不同的創作群體。[3]這個論點普遍為後人採用，並加以理論性的論述，諸如以詩人群體、流派等觀點。但是這三個主要群體之間，其所展現的交際模式與文學互動，存在著顯著的差異。余恕誠以韓愈、白居易為中唐詩的座標，並分別以通之於儒學政教與俊才達士作為韓、白詩風內在差異的根源。[4]並進一步強調「中唐進士階層由思想作風差異所標誌的分野，與詩歌方面派別形成、風格異同之間的內在聯繫，是研究中唐詩不可忽視者。」[5]這些差異的說明，有助於客觀理解為何韓愈與孟郊、盧仝友善，而與元稹、白居易保持距離。上述前行研究，說明欲對中唐詩及其後續發展有一更深的理解，僅從大範圍建立詩派之別是不夠的，還得從出身背景、群體之間的交往等角度說明，才能深刻理解當時的複雜性。作為晚於韓、孟、元、白出現的姚合、賈島詩人群體，其創作淵源和表現，顯得尤為複雜。他們既受元和詩人的直接沾溉，同時也自成一家，接引後輩，其所表現的文學行為，既有縱向的繼承轉變，也有橫向的建構開拓。

　　從詩人世代交替的角度觀察，孟郊卒於元和九年（814），韓愈卒於長慶四年（824），白居易、劉禹錫的創作活動雖然延展至會昌年間（841-846），但劉、白從大和年間之後即以洛陽、長安為

3　聞一多：〈賈島〉，載《唐詩雜論》（上海：上海古籍出版社，1998年），頁32-33。
4　余恕誠：〈中唐韓白詩風的差異與進士集團的思想分野〉，載《唐詩風貌》（合肥：安徽大學出版社，2000年），頁99-114。余氏另一詞彙稱為「政治高峰體驗」，用來解釋政治活動對於李白、杜甫詩歌創作的推動作用。元和詩人群同李、杜一樣，均有朝廷中央的政治體驗，這是他們與賈島、姚合詩人群的重大差別之一。
5　同前註，頁117。

活動中心，成為「東山文酒會」的閑官詩人群。而從元和末年至會昌年間，填補韓、孟之空缺與劉、白之轉向的，正是以姚合（779-846）、賈島（780-843）等成名於元和末年的詩人。這群詩人不再像成長於大曆、及第於貞元時期的元和詩人，對於現實改革、古道理想抱持執著的意識，而是蹭蹬於科場、轉輾於卑官小吏。這種經歷深刻地影響著那個時代的創作與詩風表現，在詩學史上常被批評為氣弱語俗等弊病。這群處於中晚唐之交的詩人，其作品評價與影響力雖不及元和詩人。但是如果整體的加以考察，即會發現這群詩人透過交往所展現的社會意義、文學表現，卻具有承先啟後的重要地位。像韓愈、孟郊、白居易、元稹透過彼此交往所建立的詩歌風尚與主題傾向，必有一主導性人物或足以相互對抗的兩人，對論詩切磋的自覺體認與高度重視。韓愈所說的「文字飲」、白居易的「詩敵」、「詩友」說等，莫不是顯著的表現。除此之外，還需具備一定的社會地位與影響力，對於同輩與後輩，或援引接濟，或引薦獎譽，韓愈、白居易也都符合此條件。如此看來，以賈島、姚合為主的詩人群體，又是以誰為中心呢？

研究中晚唐詩者，在討論姚合、賈島與元和詩人之詩歌交往以及後續影響時，多著力於賈島，而較少注意到姚合的重要性。[6] 以晚唐詩而言，賈島確實比姚合受到更多的崇拜。然而，從上述韓愈、白居易作為交往領袖的條件看來，在長慶至會昌年間最值得關注的，並非賈島，而是姚合。[7] 雖然賈島的詩名與詩風在晚唐以後比姚合更具影響力，但如果回到那個時代，姚合才是當時詩壇的中

6　從學位論文以姚合為研究對象的進展也可說明學界對其認識逐漸加深。1985年徐玉美撰寫姚合詩研究時，並未針對其與元和詩人的詩學聯繫作一探討。至2000年蔡柏盈《姚合詩研究》，則獨立出一章「姚合與元和詩人」，從此章兼論與賈島形成詩派的考察來看，蔡柏盈也注意到欲理解姚合，需要結合元和詩人之影響和與賈島之對話來看。同年簡貴雀博士論文《姚合詩及其《極玄集》研究》，也特別獨立出第5章「姚詩之淵源與理論創作」，並指出姚與前期詩人、同輩詩人與後輩詩人均有極為密切的聯繫。上述兩篇碩論和一篇博論，為姚合研究奠定堅實基礎。本論文此章更進一步以姚合交往詩為中心，從詩學精神之傳承、詩歌主題之創作、詩人意識之揭顯來探討此一課題。上述徵引資料參見引用書目之學位論文部分。

7　關於姚合在中晚唐之際詩壇地位的討論，李建崑在〈姚合在晚唐詩人體派地位之評議〉一文有明確的論說，可參見氏著：《敏求論詩叢稿》（臺北：秀威科技股份有限公司，2007年），頁139-173。

心人物。在長慶至大和年間，姚合的社會影響力與詩壇地位遠高於賈島。這還可以從活動於大和年間及會昌年間的詩人交往詩中得到明顯的佐證，如呈現於詩歌題目中的聚會往還：姚合〈喜馬戴冬夜見過期無可上人不至〉、〈喜雍陶秋夜訪宿〉；賈島〈夜集姚合宅期可公不至〉、〈宿姚少府北齋〉；以及無可〈秋暮與諸文士集宿姚端公所居〉、〈冬中與諸公會宿姚端公宅懷永樂殷侍御〉等等。除了從詩題可看出他們之間的交往互動外，某些詩句更具體描述出創作活動，如朱慶餘〈與賈島顧非熊無可上人宿萬年姚少府宅〉：「役思因生病，當禪豈覺寒。」李頻〈夏日宿祕書姚監宅〉：「聽吟麗句盡」；馬戴〈集宿姚侍御宅懷永樂宰殷侍御〉：「此會偏相語，曾供雪夜吟。」無可〈冬夜姚侍御宅送李廓少府〉：「獨吟多暇日，應寄柏臺書。」等等。上述詩篇除了明言是以姚合宅作為群體吟詩的聚會場所，可證明姚合是這群詩人的中心外，更說明這群詩人之間的交往是非常熱絡的。詩僧無可所說的「秋暮與諸文士集宿姚端公所居」；馬戴「集宿姚殿中宅期僧無可不至」、「雒中寒夜姚侍御宅懷賈島」；以及朱慶餘所說的「宿萬年姚少宅」，均說明他們對於這種交往模式的自覺體認。這群詩人中，多是名位不顯的基層文官，如朱慶餘；殷堯藩、馬戴、李頻等；或者還俗之後苦心於吟詩的賈島、周賀；還有喜好寫詩的詩僧無可。可以想像，當這群詩人夜會於姚合宅，論詩吟詩，不僅意味著一個新的詩學社群的形成，也標誌著詩人創作模式的改變。比起稍前的元和詩人們，姚合、賈島等人彼此之間的詩歌交往活動，既不像元、白或劉、白那樣留下數量可觀的唱和作品；也不像韓、孟或韓、張那樣維持著崇高的理想、長篇的聯句創作。到了這個時代，編纂唱和集、或者以詩進行頻繁密切聯句、唱和，已不再是他們詩歌交往的重點。因此，本章的討論方式，暫不採用一對一、或一對多的模式，而是從不同世代的縱向交往、以及同世代的橫向交往著手。換言之，主要在於考察、分析元和詩人與姚合，以及姚合所交往的詩人。[8]需要

8　關於姚合、賈島與元和詩人之間詩歌關係，較早之前的成果有呂正惠：〈賈島、姚合集團〉，《元和詩人研究》，頁132-140；之後，劉寧：〈姚賈詩風與「元和體」〉，

特別指出的是，既然姚合的交往型態是未設定固定對象、也缺少歷時性的延續，那麼，將焦點集中於他的精神意識、詩歌觀念，是較為可行的方式。「交往概念最寬泛的涵義是指實物、信息或意義的傳遞和共享。它包含兩方面的內容：一是指實物、信息或意義的異地傳輸、移動或表達；二是指資源、信息或意義的共享。」[9]顯然，既有唱和詩集編纂，又以不同方式、對話內容創作交往詩的元稹、白居易、劉禹錫，包含此兩類涵義；而姚合、賈島等詩人的交往活動，傾向於第二類的意義共享，而其具體內涵也正是本章所要討論的。

第一節　詩吏形象：
詩之場域與政治場域的相融

　　王南認為，在唐代詩學表述中，心性自然不再僅是老莊式的順天應時，也非魏晉時期與政治保持距離的態度，而是文化與自我實現角度上的結合。並由此開展出自由、自然、自信、自適的詩性心態。[10]田耕宇更進一步指出，「人的覺醒」是晚唐詩歌發展中深具意義的一個傾向，「在文學領域中將人的主體覺醒以人的情欲和人的生命覺醒意識集中表現出來。」[11]田耕宇將此覺醒意識集中於愛情題材與懷古詠史主題。誠然，主體的情愛與人類整體的歷史反省，是自我覺醒得以被識別的重要面向。就詩學發展的歷史而言，作為創作主體的詩人，其對自我的審視、表述等，其實更值得去重視關注。因為詩人的自我彰顯，與當時對詩之本質的根本性思考密切相關。中晚唐苦吟詩風所代表的詩學觀念，正與此覺醒有著深刻的內在聯繫。[12]雖然苦吟多被視為一種獨特的創作態度，然

　　《唐宋之際詩歌演變研究—以元白之「元和體」創作影響為中心》（北京：北京師範大學出版社，2002），頁49-74。上述前行研究，均指出張籍、白居易詩歌與姚合之間的聯繫及可能影響。相較於綜合性的描述及著重個體詩人，本章則將聚焦於具體詩歌語言、精神的承襲、發展、演變，以及詩人意識、詩人自覺表現之間的聯繫。

9　　汪懷君：《人倫傳統與交往倫理》（濟南：山東大學出版社，2007年），頁20。
10　王南：《中國詩性文化與詩觀念》（成都：四川民族出版社，2002年），頁174。
11　田耕宇：《晚唐餘韻：晚唐詩研究》（成都：巴蜀書社，2001年），頁99。
12　宇文所安：〈九世紀初期詩歌與寫作之觀念〉，《中國中世紀的終結：中唐文學文化

而若從人之精神意識內部考察，這些苦吟詩人將吟詩寫詩視為生命的全部，不正意謂著人之主體的自我彰顯嗎？在研究苦吟的相關著作中，莫不視孟郊、賈島等人為典範代表。貧苦困窘如孟郊，其詩人意識的萌芽與發展，在其作品中有清楚地自我表述。[13]事實上，若不從「吟苦」的層面來理解苦吟，白居易其實也是苦吟於詩的詩人，其不僅自供「早年詩思苦」，[14]更不吝於承認此生有以吟詩為業的打算，所謂：「新篇日日成，不是愛聲名。舊句時時改，無妨悅性情。但令長守郡，不覺卻歸城。祇擬江湖上，吟哦過一生。」[15]即清楚地表明他將「吟哦過一生」作為生命的最高價值與理想。而新篇日成，舊句時改的自我表述，更說明其詩歌創作乃是出自於內在動機。[16]像孟郊、白居易這種以詩人作為自我認同的精神意識，也將此價值評判轉移於所交往的詩友身上。孟郊祭悼劉言史、盧殷等人的詩篇固不待言。白居易說張籍「日夜秉筆吟，心苦力亦勤」；說劉禹錫「病添莊舄吟聲苦，貧欠韓康藥債多。」[17]也是高度認肯苦於吟詩的行為。苦吟作為中晚唐最重要的詩學觀念與詩學議題，已有許多學者從不同角度、面向加以詮釋。本文則擬從詩人作為特定社會場域的角色、身份入手，以姚合為中心來考察中晚唐之際，詩人意識與形象如何相互傳遞、影響，並進一步表現於詩歌主題與創作之中。

論集》（北京：三聯書店，2006年），頁87-104。王南：〈「苦吟」詩論〉，《首都師範大學學報》第2期（1995年），頁105-111。

[13] 有關孟郊詩歌創作與自我意識之關聯的研究，可參考蔣寅：〈孟郊創作的詩歌史意義〉，載《唐代文學研究》第十一輯（桂林：廣西師範大學出版社，2006年），頁502-516。以及鍾曉峰：〈論孟郊的詩人意識及其自我表述〉，《淡江中文學報》第20期（2009年），頁189-216。

[14] 白居易著，謝思煒校注：《白居易詩集校注》（北京：中華書局，2006年），卷25，〈閒詠〉，頁1961。

[15] 同前註，卷23，〈詩解〉，頁1820。

[16] 關於白居易的詩人自覺研究，陳家煌曾以此為博士論題，從詩人意識之萌芽到詩人形象之表現，有一詳盡的論述。在結論，陳氏認為有唐一代無人可和白居易的詩人意識相比，見頁393，見氏著：《白居易詩人自覺研究》（高雄：中山大學中文研究所博士論文，2007年）。

[17] 兩詩例分別見白居易著，謝思煒校注：《白居易詩集校注》（北京：中華書局，2006年），卷1，〈讀張籍古樂府〉，頁8；卷35，〈酬夢得貧居詠懷見贈〉，頁2640。

一、姚合與白居易

即使處於同一種文化背景與社會風氣，每一位詩人對於自我身為詩人的體認與表現都不盡相同。畢竟每個主體的性格、精神意識是不可複製的，即使深受傳統與典範籠罩，也不可能進行一種簡單的重複。像姚合、賈島這一類型的詩人，即代表這種複雜性，他們不僅成熟於元和詩人的強大影響下，更與其有著直接的人際關係，但顯然，日後他們都發展出獨特的自我意識與精神意趣。對於詩人身份有著最為強烈自覺的孟郊、白居易，與姚合就是一個很好的對比。他們彼此之間雖存有或隱或顯的傳承關係，但姚合畢竟沒有孟郊矯激僻苦的性格與處世態度，其本身的性情是比較偏向溫和圓融。而這一點與孟郊的差異，恰恰是與白居易性情相近的所在。事實上，姚、白不僅性情相近，連詩歌創作與仕宦經歷、心態也是多所貼近。如果再檢視姚合詩集中兩首寫給白居易的作品，將可獲得更清楚的說明。大和三年（829），白居易歸東都洛陽任太子賓客，大和七年（833）任河南尹，在此期間，姚合〈寄東都分司白賓客〉：

> 闕下高眠過十旬，南宮印綬乞離身。詩中得意應千首，海內
> 閑官只一人。賓客分司真是隱，山泉繞宅豈辭貧。竹齋晚起
> 多無事，唯到龍門寺裏頻。[18]

顯而易見，詩中出現的白居易是「闕下高眠」的閑官形象，他具有慵懶而不喜仕宦纏身的自在心態、以及耽於吟詩寫詩的生活，這些圖像其實也是姚合在武功縣主簿時期的生活型態與自處之道。特別是閑官與中隱於山泉的理想，也是姚合心嚮往之的境界。這一切，是姚合念茲在茲，可是白居易在更高一個層次實踐了。因此，

---

[18] 姚合著，劉衍校注：《姚合詩集校考》（長沙：岳麓書社，1997年），卷3，〈寄東都白賓客〉35-36。以下簡稱《姚集》。

姚合在這首詩中的心態是如此充滿欽羨之情。大和九年（835），白居易推辭同州刺史之任命後，改授太子少傅，真正達到官高而閒，白居易本人也感到非常的滿意。其〈自賓客遷太子少傅分司〉即歌詠此事，詩云：「頭上漸無髮，耳間新有毫。形容逐日老，官秩隨年高。優饒又加俸，閒穩仍分曹。飲食免藜藿，居處非蓬蒿。何言家尚貧，銀榼提綠醪。勿謂身未貴，金章照紫袍。誠合知止足，豈宜更貪饕。默默心自問，於國有何勞。」[19]書寫同一內容者有〈從同州刺史改授太子少傅分司〉：「承華東署三分務，履道西池七過春。歌酒優游聊卒歲，園林蕭灑可終身。留侯爵秩誠虛貴，疏受生涯未苦貧。月俸百千官二品，朝廷雇我作閑人。」[20]上述兩首詩中所透露的知足感與閑樂心態，成為當時人認識白居易的標誌。就連劉禹錫開成元年（836）以病歸洛任太子賓客，也忍不住有追隨白居易生活的想法，所謂：「新恩通籍在龍樓，分務神都近舊丘。自有園公紫芝侶，仍追少傅赤松遊。華林霜葉紅霞晚，伊水晴光碧玉秋。更接東山文酒會，始知江左未風流。」[21]從劉禹錫將白居易、裴度等人的文酒會視為接續東山之會的自豪心態來看，這一群以元和詩人、將相為骨幹的高級閒官，是當時詩壇稱羨歌詠的團體之一。而在這一點上，姚合即使心嚮往之，在現實條件上也是難以實現的。或許因為姚合這首詩所建立的友情，當大和八年（834）姚合除杭州刺史時，白居易有詩相送：

> 與君細話杭州事，為我留心莫等閒。閭里固宜勤撫恤，樓臺亦要數躋攀。笙歌縹緲虛空裏，風月依稀夢想間。且喜詩人重管領，遙飛一醆賀江山。

> 渺渺錢唐路幾千，想君到後事依然。靜逢竺寺猿偷橘，閑看蘇家女採蓮。故妓數人憑問訊，新詩兩首倩留傳。舍人雖健

[19] 《白居易詩集校注》，卷30，〈自賓客遷太子少傅分司〉，頁2331。
[20] 同前註，卷33，〈自同州刺史改授太子少傅分司〉，頁2489。
[21] 劉禹錫著，陶敏，陶紅雨校注：《劉禹錫全集編年校注》（長沙：岳麓書社，2003年），卷10，〈自左馮歸洛下酬樂天兼呈裴令公〉，頁639-640。

無多興，老校當時八九年。[22]（杭民至今呼余為白舍人。）

　　第一首白居易對姚合殷勤相囑的口吻，儼然是詩壇老前輩。可玩味的是，白居易一方面希望姚合撫恤閭里，同時更囑咐他不要忘記多登樓臺遊玩，領略杭郡的風月笙歌之美。詩末則欣慰杭郡又被詩人管領，在這一點上，可看出白居易是將姚合視為詩人。第二首則是白居易託姚合向昔日的杭郡百姓傳話問好。從實際的人事聯繫來看，白、姚之間的私人情誼確實不深，但因為姚合刺杭的關係，讓也曾刺杭的白居易對之有種詩人領郡的親切感。《唐宋詩醇》即云：「不曰賀詩人，而曰賀江山，立言特妙。感舊傳衣，頌姚揚己，幾層意思，總攝在內，真仙筆也。」[23]所謂「傳衣」者，即指出白居易以「詩人重管領」的想法去認同姚合。或許也感受到白居易對自己的賞識和期許，姚合之後在多首詩中不斷去強調白居易官閑詩高的崇高形象。作於開成年間的〈和李十二舍人、裴四二舍人兩閣老酬白少傅見寄〉詩：

> 罷草王言星歲久，嵩高山色日相親。蕭條雨夜吟連曉，撩亂花時看盡春。此世逍遙應獨得，古來閒散有誰鄰。林中長老呼居士，天下書生仰達人。酒挈數瓶杯亦闊，詩成千首語皆新。綸闈並命誠宜賀，不念衰年寄上頻。[24]

　　雖是輾轉相和的詩篇，但整首都是讚詠白居易的高情詩才。從上首詩的「只一人」、「真是隱」強調之語，到此詩的「逍遙應獨得」、「古來閒散有誰鄰」，在在體現出姚合認為白居易之詩人形象的獨一無二、天下無雙。也可以看出白居易在元和以來的崇高地位，也是姚合自認難以企及的。但是，我們也不應忽視，姚合在這兩首詩中都提到「詩千首」，說明，白居易耽於寫詩的形象世人盡

---

[22]　《白居易詩集校注》，卷32，〈送姚杭州赴任因思舊遊二首〉，頁2460-2461。

[23]　清高宗敕編：《唐宋詩醇》（瀋陽：春風文藝出版社，1995年），中冊，卷26，〈送姚杭州赴任因思舊遊二首〉，頁446。

[24]　《姚集》，卷9，頁117。

知。而這一點對於姚合是有重要意義的。白居易喜歡吟詩、無法忘懷於詩的人格特質，在其詩中不斷地進行自我表述，不論是自稱為「詩魔」、「醉吟先生」；還是熱衷與元稹、劉禹錫大量唱和，均體現此特點。

從以上的分析看來，白居易的詩人形象，以及以詩人身分自重的意識，其所發揮的影響力遠超過我們的想像。晚唐張為在《詩人主客圖》中同時將孟郊、白居易列為重要二派。但進一步地看，孟、白所給予姚合的啟示與影響，又表現於不同的層面。孟郊個人氣質太過強烈、尖銳，不利於現實生存，故姚合多取其精神上的孤高及性情的潔癖。而白居易的生活經歷與詩人形象則顯然更為姚合看重。而且，白居易的意義除了詩人意識的彰顯之外，其所樹立的「元和體」更直接發揮詩學的典範作用。[25]即使白居易在姚合心中的形象是如此的巨大與完美，但畢竟距離過遠，交往不夠密切。在真實生活中真正與姚合詩歌風格與詩人意識更為接近的是張籍與王建。蓋張籍與王建雖然也是元和詩人中重要的成員，卻沉淪下僚、於政事無所發揮。張、王在政治際遇上與元、白、韓的差異，也正是與姚合的近似之點。

二、姚合的詩吏形象及影響

姚合詩人意識之自我表述，與孟郊、白居易相較，更傾向於透過與群體的交涉、交流而達成；也從孟郊、白居易強調個性的自我表述到充滿社會意義的行為表現。姚合對於孟郊「詩人業孤峭」之命題的繼承，提出了「詩人多冷峭」的說法。但是所謂的「冷」，並非孟郊被整個社會世界包圍孤立的「寒」，而是偏向個體疏離主流、回歸自我的獨立上來說。孟、姚最重要的差異，其實是自我是否與社會對立的問題。從這點來講，姚合介於孟郊、白居易

---

[25] 劉寧對以元、白為主要代表的「元和體」在晚唐五代的影響，有詳盡的梳理和論說，見氏著《唐宋之際詩歌演變研究—以元白之「元和體」創作影響為中心》（北京：北京師範大學出版社，2002年）。

之間，不僅社會地位相對平易近人，性情不離世俗卻又保有個人獨特性，成為中晚唐之交眾多詩人追隨的對象。因此，姚合的周遭總是聚集著一批寒素之士，共同論詩吟詩。其以〈武功縣中作〉奠定的「武功體」，更是透過「詩可以群」的實踐成為當時詩壇流行主題之一。劉寧在比較中唐與唐末五代詩人群體構成型態時，認為：「中唐的詩學群體基本上是根據不同的詩學追求而形成的不同詩人交游群體，它反映了中唐詩歌的新變競呈以及由此帶來的詩學繁榮。」[26]這個觀察，若將韓愈與孟郊、元稹與白居易等人所形成的文學交往關係與群體意識相比較，可謂頗中其要。而從某種程度來說，以姚合為中心的詩人群，更徹底地表現了此種特點。上述元和詩人頻繁的詩學交往總離不開政治上的聲氣相通與相互影響。但到了姚合的時代，仕宦對於詩人主體的精神，已經不再有決定性的作用。這種精神意識的新貌，既與元和詩人對於詩人身分的自覺表述與價值肯認有關，更是他們自身價值追求、詩學認同的精神發展。

　　與孟郊、白居易一樣，姚合不僅有對於自我作為詩人的本質體認，也將這種覺醒與表現轉化成日常生活。只是姚合的實踐，恰巧在孟、白之間找到一條平衡之路。換言之，姚合詩人形象的表現，既不像白居易那樣閑適自在、詩與仕兩遂；更不像孟郊仕途不遇後，對社會世界採取對立的態度。姚合將詩人的身分與創作活動，回歸到一個雖然平凡卻仍具有獨特性情的小官吏的日常生活中。因此，好詩與惡詩在現實世界是否黑白顛倒，已不再那麼重要，所謂「詩情聊自遣，不是趁聲名」、「詩文隨日遣，不是為求名。」[27]姚合的詩人形象，可透過其自我刻畫的官吏形象加以對照，即能獲得清楚的說明。〈武功縣中作三十首〉是姚合得以名顯長慶、大和詩壇的代表，此組詩從方方面面呈現了他為武功縣吏的各種生活。[28]除了在日常生活中描寫自我，我們還可以進一步觀察

26　同前註，頁96。
27　《姚集》，卷4，〈山居寄友人〉，頁49；〈閒居遣懷10首〉之8，頁59。
28　姚合詩又被稱為「武功體」，說明其武功縣組詩成為姚詩開宗立體的標誌作品。關於「武功體」之名義及組詩內容的分析，可詳細參見李建崑著：〈析武功體〉，《中晚唐苦吟詩人研究》（臺北：秀威資訊科技股份有限公司，2005年），頁129-163。

〈武功縣中作三十首〉縣級僚佐官況書寫與姚合之詩人自我的關聯。首先，姚合毫不避諱地承認自己疏於吏事：「為官是事疏」（2）、「簿書多不會，薄俸亦難銷」（4）、「自知狂僻性，吏事固相疏。只是看山立，無嫌出縣居。」（29）、「作吏無能事，為文舊致功」（30）。[29]這種表白在元和詩人作品中是不易看到的，即使白居易雖然知足於閒官厚俸，卻也常有「乘軒鶴」似的自愧。姚合既然拙於吏政，對於官卑品微也就不以為意了，如第三首：「微官如馬足，只是在泥塵。到處貧隨我，終年老趁人。簿書銷眼力，杯酒耗心神。早作歸休計，深居養此身。」雖有些許嘆嗟，但對於簿書的排斥更甚於官卑貧窮。事實上，官卑因而得以僻居遂性成為更大的喜悅：「養生宜縣僻，說品喜官微」（22）、「宦名渾不計，酒熟且開封」（20）、〈遊春十二首〉之十「卑官還不惡，行止得逍遙」、之二「官卑長少事，縣僻又無城」等，對卑微官職反有喜愛感，對於官名全然不計較，都從更深的層次上說明他對於仕宦的疏離冷淡心態。這種疏離，有時發出厭惡仕宦的表白，如第21：「唯愁明早出，端坐吏人旁。」或第28：「長憶青山下，深居遂性情。壘階溪石淨，燒竹灶煙輕。點筆圖雲勢，彈琴學鳥聲。今朝知縣印，夢裏百憂生。」裡頭的排斥心態是不言而喻的，這種憂懼、害怕，是因為仕宦將失去青山深居的自由與自適，而不是像白居易那樣擔憂仕宦背後的殺身之禍。所以在〈武功縣中作三十首〉所出現的人物多為「山僧」、「山翁」、「高僧」「野客」、「閑客」、「道友」、「煉藥翁」等，這些對現實世界採取超脫態度的人物類型。即使出現吏人，那是姚合煩惱的事。所以在組詩中，常看到罷官歸隱的念頭和他人類似的勸誡，如「因醉棄官方」（7）、「官卑食肉僭，才短事人非。野客教長醉，高僧勸早歸。」（12）、「道友應相怪，休官日已遲」（24）等等。至於描寫的生活細節，詠詩吟詩是平日活動重點，其他則是飲酒、閑臥、種藥、釣魚、看山、買石移花等等。真正最為惱心的，是必須處理

---

[29]　同前註，卷5，〈武功縣中作三十首〉之2、4、29、30，頁60、68。

政事，以及詩歌創作時遇到的難題，如〈遊春十二首〉之七：「悠悠小縣吏，憔悴入新年。遠思遭詩惱，閒情被酒牽。戀花林下飲，愛草野中眠。疏懶今成性，誰人肯更憐。」[30]已被現實折磨到憔悴的小縣吏，其實還有更煩惱的事，就是詩思的獲得或者進一步的成詩。這反映出，「詩」是小縣吏最為關心的所在。〈武功縣中作三十首〉所反映的創作型態，在詩史上的重要性很值得注意。蔣寅即認為這組詩「在吏隱主題的表現史上具有劃時代的意義，它在畫出作者懶吏形象的同時，也為他留下詩吏的形象，使吏隱與詩益形密切地聯繫起來，使得吏隱愈益詩意化，以致於成為一個與詩人形象相聯繫的概念。」[31]從中晚唐之後詩歌創作看來，特別是官吏角色與詩人形象的表述，蔣寅的判斷符合歷史事實。

　　姚合以詩人為重心的自我意識，即使日後仕宦日漸順遂也並未作出根本改變。大和年間相續為金州、杭州刺史時，這種心態仍然如出一轍，如〈金州書事寄山中舊友〉：「安康雖好郡，刺史是憨翁。買酒終朝飲，吟詩一室空」，以「憨翁」自稱，並以吟詩室空說明自己的清貧。而〈杭州官舍偶書〉：

> 錢塘刺史謾題詩，貧褊無恩懦少威。春盡酒杯花影在，潮迴畫檻水聲微。閒吟山際邀僧上，暮入林中看鶴歸。無術理人人自理，朝朝漸覺簿書稀。[32]

　　從「謾題詩」與「無術理人」的對比可知，姚合對於詩的重視，遠遠高於對於自己職責的反省。這種生活形態基本上仍是武功縣主簿時期的延續。不僅承認「無術」，更不諱言自己的愚笨、不合於世，例如〈省直書事〉云：「屢懦難封詔，疏愚但擲梭。素餐終日足，寧免眾人輕」；〈和太僕田卿酬殷堯藩侍御見寄〉：「淺才唯是我，高論更何人」等。[33]其他表白自己性格者，如「自憐疏

30　同前註，卷6，〈遊春十二首〉之7，頁78
31　蔣寅：〈武功體與吏隱主題的發展〉，《揚州大學學報》第3期（2000年），頁30。
32　《姚集》，卷8，〈杭州官舍偶書〉，頁111。
33　同前註，卷9，頁118。

懶性」、「疏懶今成性」、〈閒居遣懷十首〉第八首「野性多疏惰」、第十首「拙直難和洽」等。[34]被投閒置散不再是窮於仕宦的鬱悶，只要保持閒適詩情，即能心寬；既稱自己的性情為「野性疏惰」、「拙直」等，因此也就取消與世競爭的尖銳感，也撫平了不平之鳴。只有詩才能讓姚合得到生命可以逍遙適性的保證，

以詩消遣閒日成為主體內在的自然需求，諸如〈閒居遣懷十首〉之二：「詩篇隨分有，人事度年無」；之三「展書尋古事，翻卷改新詩」，[35]人事寂寥，只有創作詩歌成為自我最為愜意地享受，修改舊詩也成為日常生活的重心之一。第五首：「永日廚煙絕，何曾暫廢吟。閒時隨思緝，小酒恣情斟。看月嫌松密，垂綸愛水深。世間多少事，無事可關心。」現實生活是艱困的，然而即使三餐不繼，對於詩歌的喜好也不曾稍減，這裡也看不到孟郊對於詩人多餓死的憤怒表述。「無事可關心」是指世間事，但顯然不包括詩歌創作。第七首：「萬事徒紛擾，難關枕上身。朗吟銷白日，沉醉度青春。演步憐山近，閒眠厭客頻。市朝曾不到，長免滿衣塵。」姚合這裡呈現出一個將世間萬事摒除身外，只以詩歌閒遣度日的詩人形象。而第九首：

> 生計甘寥落，高名愧自由。慣無身外事，不信世間愁。好酒盈杯酌，閒詩任筆酬。涼風從入戶，雲水更宜秋。[36]

其用字遣詞與詩中展現的生活情調，均與白居易的表述頗為類似。只不過姚合對於日常生活的體味顯得更平淡無奇。與白居易「只擬江湖上，吟哦過一生」一樣，姚合也發出此生盡於詩的心願，如〈閒居晚夏〉：「選字詩中老，看山屋外眠。」當這種心態成為生命的價值觀時，在給友人贈詩寄詩中無不處處充滿著以詩為最高價值的想法：

---

[34] 同前註，卷5，頁59。

[35] 同前註，頁57。

[36] 同前註，卷5，〈閒居遣懷十首〉之九，頁59。

幽島蘚層層，詩人日日登。〈陝下屬玄侍御宅五題‧吟詩島〉五首之三

詩人月下吟，月墮吟不休。〈杏溪十首‧渚上竹〉

野客相逢添酒病，春山暫上著詩魔。〈罷武功縣將入城二首〉之二

長年離別情，百盞酒須傾。詩外應無思，人間半是行。〈送田使君赴蔡州〉

太守吟詩人自理，小齋閑臥白蘋風。〈送劉禹錫郎中赴蘇州〉

殷勤莫遽起，四坐悉同袍。世上詩難得，林中酒更高。〈送劉詹事赴壽州〉

閑坐饒詩景，高眠長道情。〈送徐員外赴河中從事〉

主人庭葉黑，詩稿更誰書。〈送喻鳧校書歸毗陵〉

養生非酒病，難隱是詩名。〈寄華州李中丞〉

詩境西南好，秋深晝夜蛋。〈送殷堯藩侍御游山南〉

吟詩復飲酒，何事更相關。〈寄陸渾縣尉李景先〉

歲滿休為吏，吟詩著白衣。〈寄鄠縣尉李廓少府〉

以上詩例無不是詩歌創作的場景描寫，或者強調吟詩的優先性，其所涉及的心態與思維均從詩之本位出發。無論對方是卑微的縣級僚佐，還是位尊的州郡刺史或中丞，對於詩的重視卻是一致的。即使不是贈給具有官吏身份的友人，姚合仍強調詩歌的價值，如〈送僧〉：「人間擾擾唯閒事，自見高人只有詩」、〈贈王山人〉」：「賢哲論獨誕，吾宗次定今。詩吟天地廣，覺印果因深。」[37]從「詩吟天地廣」來說，即說明姚合化解了孟郊「誰謂天地寬，出門即有礙」的憤懣不平。這種類似的表述，我們還可以在同一時代的劉得仁、朱慶餘、李頻等人詩中找到大量詩例。以往的

---

[37] 同前註，卷1，頁8；卷4，頁55。

研究，莫不強調這是苦吟詩風的表現。但若我們轉換觀察的角度，即會發現詩歌的意義遠超乎所謂的苦心於詩這一層次。它還涉及社會價值的認同、主體存在意義的思考、詩歌本質的肯定等層面。

從以上說明來看，姚合對於仕宦的冷淡心態以及醉心於吟詩寫詩的態度，實構成其生命精神的基調。姚合的這種表現，與白居易的中隱實踐和詩人典範、張籍疏離於世的性情，有著內在的聯繫。雖然姚合受白居易與張籍的影響，但實際上其作為新的典範，對於大和至會昌年間的眾多詩人來說，具有重要的啟示意義。張籍的學生朱慶餘即為最明顯的例證，其在〈夏日題武功姚主簿〉中，即素描了姚合這種不牽心於仕宦而耽於吟詩的詩人形象：「吟詩老不倦，未省話官班。」此外，朱慶餘自身也沉浸於此詩隱合一的氛圍中，如其〈杭州盧錄事山亭〉詩：

> 山色滿公署，到來詩景饒。解衣臨曲榭，隔竹見紅蕉。清漏焚香夕，輕嵐視事朝。靜中看鎖印，高處見迎潮。曳履庭蕪近，當身樹葉飄。傍城餘菊在，步入一仙瓢。[38]

公府不再是莊重威嚴的辦公場所，而是處處充滿了饒富詩意的勝景，這裡雖然誇美其官舍園林美，其所反映的思維卻表達出詩歌創作的優先性。因此，每個生活細節，甚至是政事活動，無不充滿了詩意。在〈送淮陰丁明府〉詩中，朱慶餘想像丁明府到達任所之後「暇日公門掩，唯應伴客吟」[39]。或者想像朋友在公府的創作情形「詩成公府晚，路入翠微寒」[40]。正如張籍提出「公事況閑詩更好」的想法一樣，朱慶餘也將「野興」看得比「公府」重要有意義：

> 山深雲景別，有寺亦堪過。才子將迎遠，林僧氣性和。潭清

---

[38] 彭定求等編：《全唐詩》（北京：中華書局，2003年），卷514，朱慶餘〈杭州盧錄事山亭〉，頁5872。

[39] 同前註，朱慶餘〈送淮陰丁明府〉，頁5867。

[40] 同前註，朱慶餘〈將之上京別淮南書記李侍御〉，頁5871。

蒲影定，松老鶴聲多。豈不思公府，其如野興何。[41]

進入深山寺廟，景物皆為清新脫俗，充滿野外趣味，讓人忘卻公府的存在。在給朋友的題宅詩中，朱慶餘重複著張籍、姚合喜言藥吟詩的細節描寫：

更無人吏在門前，不似居官似學仙。藥氣暗侵朝服上，花陰晚到簿書邊。玉琴閒把看山坐，筒簟長鋪與客眠。 時見街中騎瘦馬，低頭只是為詩篇。[42]

居處的幽靜，讓人感覺到似為學仙之所；那些可供服食治病的草藥氣味，浸染到官服上，花的香氣也滲進公文書簿中。閑適地彈琴看山，隨意與客鋪簟，這種種的描寫，襯顯的是詩人超脫於仕宦之後的悠游自在，接著在結尾寫出最重要的活動，即騎著瘦馬低頭覓詩吟詩。在這裡，官職大小與榮通進退也沒有比騎馬覓詩顯得高尚。朱慶餘甚至進一步認為詩人的形象高於地方父母官的職責，其〈寄劉少府〉：「唯愛圖書兼古器，在官猶自未離貧。更聞縣去青山近，稱與詩人作主人。」[43] 對圖書、古器的喜愛，均顯示這位劉少府的孤僻與貧窮的自然聯繫。朱慶餘認為詩人的稱謂似乎更適合劉少府之官名。

朱慶餘深受張籍詩學沾溉，仕宦經歷又與姚合相近，其將詩人意識與仕宦對比的書寫，處處可看到張、姚二人的影子。朱慶餘之外，姚合周遭的詩人多有此種書寫特色。如賈島〈楊秘書新居〉詩：「城角新居鄰靜寺，時從新閣上經樓。南山泉入宮中去，先向詩人門外流。」[44]也是將楊巨源的身分定義為詩人，才符合其居處的幽靜。賈島題詠楊巨源新居之作，張籍也有同題詩，「愛閒

41 同前註，卷515，〈同盧校書遊新興寺〉，頁5881。
42 同前註，卷514，〈題王丘長史宅〉，頁5878。
43 同前註，卷514，〈寄劉少府〉，頁5878。
44 賈島著，齊文榜校注：《賈島集校注》（北京：人民文學出版社，2001年），卷10，頁518。

不向爭名地，宅在街西最靜坊。卷裏詩過一千首，白頭新受秘書郎。」[45]深可看出張籍對楊巨源作詩千首的肯定和推崇，詩意地解消了「白頭」為宦的可能怨憾。這種思維模式，與姚合對白居易「新詩千首」的歌詠，是一致的。另一位詩人殷堯藩，雖沒有學習姚合，其性情卻同姚合一樣愛賞山水，對仕宦冷淡，《唐才子傳》載：「耽丘壑之趣。嘗云：『吾一日不見山水，與俗人談，便覺胸次塵土堆積，急呼濁醪澆之，聊解穢耳。』」[46]從姚合贈給他的詩作中，更可看出其性格，如〈送殷堯藩侍御赴同州〉：「吟詩擲酒船，仙掌白樓前。」〈送殷堯藩侍御遊山南〉：「詩境西南好，秋深晝夜蛩。」[47]這種將詩人視為身分認可的心態，是與姚合有交往關係之詩人群的顯著特徵，並成為一種共同的精神價值。

韓愈幫助周遭貧窮詩友的情誼與行為，在文學史上成為重要的人文典範。而其交往行動本身，更對當時的詩歌發展產生積極的影響。明人胡震亨就站在「詩道須前後輩相推引」的立場，推崇韓愈的典範地位：

> 詩道須前後輩相推引。李、杜兩大家，不曾成就得一箇後輩來，殊可惜。惟昌黎公有文章官位聲名，任得此事。公又實以作人迪後擔子一身肩承，史稱其獎借後輩，稱薦公卿間，寒暑不避。而會其時，所曲成其業與其身名如孟郊、李賀、賈島其人者，又皆間出吟手，能偕公翻關新異，換奪一世心眼傳後。以故繼諸人而起者，復燈燈相繼續不衰，追頌公亦因不衰。終唐三百年，求文章家一大龍門，非公其誰歸？[48]

即注意韓愈獎掖後輩詩人的不餘遺力，並造成文學風氣之大變的特殊貢獻。韓愈此種文行風範，在元和之後，姚合是其中的繼

---

[45] 張籍著，李建崑校注：《張籍詩集校注》（臺北：華泰文化事業股份有限公司，2001年），卷7，〈題楊秘書新居〉，頁352。

[46] 辛文房著，傅璇琮等校箋：《唐才子傳校箋》（北京：中華書局，2002年），第3冊卷8，殷堯藩，頁65。

[47] 《姚集》，卷1，頁10。

[48] 胡震亨：《唐音癸籤》，轉引自《明詩話全編》，卷25，頁7038-7039。

承者之一。姚合在詩歌風格觀念上的繼承雖不若賈島學習韓愈如此深刻，但在接引後輩，將年輕詩人稱薦於公卿之門的行為卻深得韓愈的精神。賈島、周賀、李頻、鄭巢等寒素詩人莫不受到姚合經濟上的幫助與詩歌上的賞識。周賀的經歷頗似賈島，是因為姚合的賞識才棄僧應舉，用心於詩；李頻更因詩才成為姚合的女婿。鄭巢則如姚合的門生，《唐才子傳》：「姚合號詩宗，為杭州刺史，巢獻所業，日游門館，累陪登覽燕集，大得獎重，如門生禮然。體格效法，能伏膺無斁，句意且清新。」[49]從這些例子來看，中晚唐之後姚合詩風的確立與普及，正與此種「前後輩相推引」之風密切相關。由此也可證明，某一時期獨具美學內涵的代表詩風，很難完成於某一單獨詩人手中，而是要透過群體內部的互動、對話與交流，才得於形塑與流傳。

第二節　詩人意識與官況書寫

一、張籍、王建與姚合的詩歌交往

　　元和詩人於詩藝求新求變的同時，卻未忘卻經濟治世的理想，他們或投身政治權力的爭鬥之中成為犧牲品，例如劉禹錫、柳宗元；或如元稹、白居易那樣以詩歌進行諷刺時事；或如韓愈那樣堅守儒家思想，推動排佛論點。這群詩人也透過詩歌的創作以求聲氣相通，或者在仕宦窮通之轉換中相互慰勉。個性差異強烈的韓愈和白居易，在詩歌作品中都非常詳細地記載了自我的仕宦經驗，這種特徵相對於前人來說，是非常新穎的表現。有論者即認為：「中唐以後，仕宦觀念才以個體人生經驗的方式呈現出來。此前個體人生消溶於群體社會；仕宦經驗在文學中尚未到全面的反映。」[50]雖然如此，韓愈並未將仕宦生活本身視為有意寫作的主題，真正的開拓，是在白居易詩中大量表現。然而，白居易書寫的是閒樂情趣，

49　辛文房著，傅璇琮校箋：《唐才子傳校箋》，第3冊卷8，鄭巢，頁421。
50　王東春：〈論韓愈和中唐文士的思想特徵〉，《復旦學報》第1期（1995年），頁62。

仕宦的知足感為主，這對於多數徘徊於仕進之門的寒素詩人來說，並不具真正的吸引力。如此來看，姚合的典型性就出現了。而姚合之前，張籍、王建也是值得注意的，他們不僅以仕宦作為詩歌重要題材，有意識加以表現書寫並自成一格；並與姚合詩人群有一定的人事、詩學交往關係。他們在仕宦地位上多不顯著，現實生活也是貧困的。而詩歌技巧的鍛鍊，不僅有益於他們在社會現實中立足；詩藝的精粹也是自我的肯定。因此，卑官小吏誠然可嗟，但將生活重心寄託於詩歌創作之後，間接促進他們把自己定義為詩人的自覺意識。因此，詩歌大於功名之論點的提出，也就相當符合他們的精神需求，這種觀念在張籍、王建詩中逐漸定型，之後影響姚合、朱慶餘等眾多中晚唐之交的詩人們。

張籍在中唐詩壇的地位頗為特殊，早期他與王建的樂府詩更是元、白新樂府創作的先聲，後期的近體律絕又深深影響中唐以降的詩人。但是張籍在詩史上的地位，一直都被畫入韓愈的交友圈，或歸入白居易樂府詩創作的主流中。事實上，鄭振鐸早在《插圖本中國文學史》即指出他獨特的價值。「元和至會昌（806-846）之間的詩人們裡，曾別有一群挺生出來為韓、白二派所不能包納，那便是張籍和李賀、王建等，他們是復興了宮體的豔詩，而更加上了窈渺之情思的。他們開闢了別一條大道給李商隱、溫庭筠他們走。」[51]不僅指出張籍並非韓愈、白居易詩風所能掩蓋，更敏銳地觀察到其影響晚唐詩人的所在。鄭氏點出張籍、王建「宮體豔詩」的創作傾向及影響力，確實可謂獨具隻眼，也是後人不太強調的方向。但從張、王的創作思想及生平經歷來看，「宮體豔詩」並非他們真正的精神情調，更值得注意的是他們對詩歌本質的思考、詩人身份的省思等表現。

在生平際遇上，張籍與韓、白為代表的元和詩人有著更大的歧異，反而更接近中晚唐之交的詩人。仕宦的不遇讓張籍對於功名不再抱持希望，因而他所謂的「閒」與白居易身名兩遂的「閒」不

---

[51]　鄭振鐸：《插圖本中國文學史》（北京：北京出版社，1999年），頁367。

同，而與姚合以降詩人的「閑」接近。張籍〈晚秋閑居〉：「萬種盡閑事，一生能幾時？從來疏懶性，應祇有僧知。」[52]《唐詩快》評此詩曰：「此等與王仲初一體，確非白香山，須辨。」[53]指出即使同樣追求閑，白居易詩所展現的生命情調與張籍、王建有著細微的差別。蓋白居易的閑，是從亟欲擺脫政治風險與謀求身心安頓的生活態度；然張、王在政治上卻沒有此種問題，因而轉而追求更單純的個人安頓。張籍：「都無作官意，賴得在閑曹」，[54]即說明張籍的「閑」，是於政事無可奈何之際，退回到個人主體的本性上。這與白居易吟詠情性，抒發知足安樂心態的「閑」，在內涵與表現上是有區別的。沒有作官之意，保持疏懶本性，在此狀態下，吟詠詩歌成為生活的重要寄託，而「回首憐歸翼，長吟任此身」更道出此生寄託於詩篇的心態。[55]張籍不僅本身這麼想，在贈寄詩友的作品中也一再申述此類主題。送給楊巨源的詩：

> 官為本府當身榮，因得還鄉任野情。自廢田園今作主，每逢耆老不呼名。舊遊寺裏僧應識，新別橋邊樹已成。公事況閑詩更好，將隨相逐上山行。[56]

對於楊巨源可以回鄉任官，從而可保持更從容閑適的心境充滿欽羨之情。送別的焦點已非仕宦本身，而是「野情」的獲得。如果公事更加輕鬆簡易，詩篇將更為高超，這種心態正顯示以「詩」寄「仕」的想法。寄給任主簿的友人〈寄孫沖主簿〉：「道僻收閑藥，詩高笑故人。仍聞長吏奏，表乞鎖廳頻。」[57]唯一可堪高興者，乃是詩格之高；贈給王建的詩〈贈王秘書〉「有官祇作山人老」，只要詩作高超，[58]是否升遷不再重要，山人與作官基本上沒

52 張籍著，李建崑校注：《張籍詩集校注》（臺北：華泰文化事業股份有限公司，2001年），卷3，〈晚秋閑居〉，頁154。
53 黃周星《唐詩快》評語轉引自《張籍詩集校注》，卷3，頁154。
54 《張籍詩集校注》，卷3，〈詠懷〉，頁164。
55 同前註，卷3，〈江頭〉，頁190。
56 同前註，卷5，〈送楊少尹赴蒲城〉，頁258。
57 同前註，卷3，〈寄孫沖主簿〉，頁190-191。
58 同前註，卷5，〈贈王秘書〉，頁229。

有差別。〈寄元員外〉詩中：「門巷不教當要鬧，詩篇轉覺足功夫」，[59]則強調只要求得幽靜之所，詩篇將益顯高超。這些都說明，張籍在政事之中肯定詩歌的獨立性，並重視其獨特的價值。這固然與他久困下僚，貧病纏身的生活相關，但也不可忽視他所謂的「疏懶」本性。〈書懷〉：「自小習成疏懶性，人間事事總無功。別從仙客求方法，時到僧家問苦空。老大登朝如夢裏，貧窮作活似村中。未能即便休官去，慚愧南山採藥翁。」[60]不像劉禹錫，仕宦無成是由客觀的限制造成，張籍則是檢討自身的本性。老大登朝沒有帶來榮耀感，更沒有改善現實生活，因此，沒有休官真是慚愧之事。

相對於仕宦心態的冷淡，張籍在詩章上的交往活動其實是頗為活躍的。不僅與韓孟詩人群有著深厚的交誼，與白居易、劉禹錫也有著頻繁的互動唱和。只是在此兩大主流之間，張籍均非領導風氣的中心人物，因此所顯現出的意義就較為隱晦。但這並不意味著張籍沒有個人獨特的風格與影響力，其真正的重要性在於他與貧寒詩人、晚輩詩人的交往。此外，他與王建的詩歌交往，就頗值得注意。蓋兩人早於貞元初年即曾共遊同學，〈逢王建有贈〉即有清楚的說明：

> 年狀皆齊初有髭，鵲山漳水每追隨。使君座下朝聽易，處士庭中夜會詩。新作句成相借問，閑求義盡共尋思。經今三十餘年事，卻說還同昨日時。[61]

兩人三十餘年的交情，歷久彌新。其交情類似元、白，只是沒有他們的聳動天下。張籍對二人的友情，回憶最深的卻是「會詩」以及「相問」「新句」「共尋思」的詩歌創作。這裡雖只提供簡短記述，可是卻說明張籍、王建早年曾有密切的詩學來往。更早於此詩的〈喜王六同宿〉，也記載了兩人久別重逢，唯耽於吟詩的相會

---

[59] 同前註，卷5，〈寄元員外〉，頁227。
[60] 同前註，卷5，〈書懷〉，頁243。
[61] 同前註，卷5，〈逢王建有贈〉，頁252。

情況：「十八年來恨別離，唯同一宿詠新詩，更相借問詩中語，共說如今勝舊時。」[62]兩人不說久別之後的種種世事，卻迫不及待的各自吟詠新寫成的詩篇，然後滿意於「如今勝舊時」的相互稱譽。張籍、王建兩人的論詩吟詩，雖然不似元、白與劉、白受到後人注意，可是其所代表的象徵意義卻是不容忽視的。張籍對於自己與王建的酬唱，也有「更和詩篇名最出，時傾杯酒戶常齊。」[63]的表述，即意謂著兩人也自覺體認到彼此相互磨礪、唱和的文學關係。張籍另外兩首寫於王建任秘書時期的作品：

> 相見頭白來城闕，卻憶漳溪舊往還。今體詩中偏出格，常參官裏每同班。街西借宅多臨水，馬上逢人亦說山。芸閣水曹雖最冷，與君常喜得身閑。

> 早在山東聲價遠，曾將順策佐嫖姚。賦來詩句無閑語，老去官班未在朝。身屈祇聞詞客說，家貧多見野僧招。獨從書閣歸時晚，春水渠邊看柳條。[64]

上述兩首詩可注意者在於「今體詩中偏出格」一語，說明張籍也意識到王建近體詩中所呈現的新風格。作為與王建詩學關係最密切的張籍，他對王建詩歌的看法，也正是其自身詩歌觀念的表述。因此，他說的「今體詩中偏出格」，即說明他明顯意識到王建的今體詩（當然包括他自己的作品），一變大曆、貞元年間的格調。此外，他所描述的王建，是一個雖然官微家貧，卻對仕宦保持淡冷的態度，所謂看柳說山，這也相當頻繁地呈現於張籍自己的詩句中。

白居易與韓愈均曾幫助過張籍，並給予真切的同情，然而，張籍窮愁聊賴的心境，並不是晚年官高之韓愈、白居易所能親切體會的生活情調。於是，同懷者變成是王建、姚合。先看張籍主動寄

62　同前註，卷7，〈喜王六同宿〉，頁340。
63　同前註，卷5，〈贈別王侍御赴任陝州司馬〉，頁289。
64　同前註，卷5，〈酬秘書王丞見寄〉，頁233；〈贈王秘書〉，頁229。

贈給姚合的詩：「丹鳳城門向曉開，千官相次入朝來。唯君獨走沖塵土，下馬橋邊報直迴。」[65]把「千官入朝」與「唯君獨走塵土」相對照，彰顯出姚合稟性之奇特，對名利之超然的態度。這也是為何張籍作為前輩贈詩給姚合的主要原因吧。那姚合又是如何看待張籍呢？其〈酬張籍司業見寄〉詩，雖不是對張籍「丹鳳城門」一首的酬作，卻頗能相互映照：「日日在心中，青山青桂叢。高人多愛靜，歸路亦應同。罷吏方無病，因僧得解空。新詩勞見問，吟對竹林風。」[66]姚合推崇張籍乃「青山青桂」，「高人愛靜」，病因罷吏而得消解，言下之意對其超脫於仕宦榮辱的高情給予景仰。如此看來，兩人對於仕宦態度的淡泊，是頗為一致的。張籍另一首寄給姚合的詩，〈寒食夜寄姚侍郎〉：

> 貧官多寂寞，不異野人居。作酒和山藥。教兒寫道書。五湖歸去遠，百事病來疏，況憶同懷者，寒庭月上初。[67]

　　不像白居易寄望子嗣繼承自己的文學事業、韓愈是要兒子學習儒家經典，張籍卻是教兒寫道書。早在姚合官萬年少府時，張籍即將他定義成隱士：「詩成添舊卷，酒盡臥空瓶。闕下今遺逸，誰瞻隱士星。」[68]直接將當時任少府之官的姚合形容為恣意詩酒的隱士。有時，寫詩與學仙成為縣級官員的生活重心，如〈送辛少府任樂安〉：「才多不肯浪容身，老大詩章轉更新。選得天台山下住，一家全作學仙人。」[69]這些都可說明，張籍對於同樣屈身於卑官小吏的詩友們，提出相對於仕宦的價值期許，此即肯定以詩自適的情性書寫。這種創作傾向，在當日元和詩壇具有獨特的意義。呂正惠即認為張籍詩雖然平淡，卻為當時眾多致力於詩的平凡人，開示了具體親切的路徑，特別是以「平實自然、淡泊自守的作風來寫他的

65　同前註，卷7，〈贈姚合〉，頁367。
66　《姚集》，卷9，〈酬張籍司業見寄〉，頁125。
67　《張籍詩集校注》，卷3，〈寒食夜寄姚侍郎〉，頁173。
68　同前註，卷3，〈贈姚合少府〉，頁143。
69　同前註，卷7，〈送辛少府任樂安縣〉，頁348。

小官吏生活，寫他生活周遭的景物，寫他和朋友的交往。」[70] 而從張籍與姚合等人的交往詩看來，確實是如此。

　　張籍雖然在仕途上不順遂，其仕宦地點卻主要以長安為主，與當時重要的元和詩人如韓愈、白居易、劉禹錫以及貴至宰相者如裴度、令狐楚等人有著頻繁的接觸。相對來說，王建的仕宦歷程與生平際遇反而與姚合更接近，更能取得同情的理解。王建任昭應縣丞時期，在詩中已呈現出縣級官員對於仕宦之冷淡、詩歌寫景之細微的特色。到了姚合詩中，則成為詩歌的基調，甚至傳播廣遠。雖然姚合自言「更師嵇叔夜，不擬作書題」，以慵懶自矜，但事實上他卻與當時其他社會地位較不顯著之詩人有著頻繁密切的詩歌來往。將這些交往對象作一說明，有助於理解姚合官況書寫的社會背景與心態。先從王建與姚合關係來說，以兩人酬贈詩來看，姚合視王建為前輩而禮敬有加。大和年間王建為陝州司馬時，姚合有詩相贈：

　　　　家寄秦城非本心，偶然頭上有朝簪。自當台直無因醉，一別詩宗更懶吟。世事每將愁見擾，年光唯與老相侵。欲知居處堪長久，須向山中學煮金。[71]

　　　　久向空門隱，交親亦不知。文高輕古意，官冷似前資。老覺僧齋健，貧還酒債遲。仙方小字寫，行坐把相隨。[72]

　　兩首詩之結構與內涵頗為雷同，前半部分均描繪出王建對宦情之冷淡與詩文之高古，其中姚合更以「詩宗」稱謂王建；後半部分以「年老」、「愁」、「病」、「藥」等內容，道出他對王建生活情形中「貧」、「隱」、「官冷」等狀態有一同情的理解和認識。此時的王建雖然已不是縣級僚佐身份，但詩中對於「官況」之冷的書寫，卻與縣級僚佐時期頗為一致。王建、姚合詩作之間的相似情

70　呂正惠：《元和詩人研究》，頁136
71　《姚集》，卷3，〈寄陝州王司馬〉，頁39。
72　同前註，卷4，〈贈王建司馬〉，頁54。

調，可從以下兩首詩作的分析中看出：

> 屋在瀑泉西，茅簷下有溪。閉門留野鹿，分食養山雞。桂熟
> 長收子，蘭生不作畦。初開洞中路，深處轉松梯。
> （王建〈山居〉）

> 縣去帝城遠，為官與隱齊。馬隨山鹿放，雞雜野禽棲。遠舍
> 惟藤架，侵階是藥畦。更師嵇叔夜，不擬作書題。[73]
> （姚合〈武功縣中作三十首〉之一）

姚詩第二聯的物象選擇，竟與王建〈山居〉詩「閉門留野鹿，分食養山雞」有著驚人的相似。[74]細較之，王詩寫出人與禽鳥之間的親近以及無機心的狀態；姚詩則直接將人的存在取消，因而更顯出天地萬物之間的和諧。即使有此差別，兩人對於居處荒僻孤遠的享受，將瑣碎物景入詩的特徵卻是一致的。姚詩「遠舍」聯，又與王建詩「桂熟長收子，蘭生不作畦」描寫出相近的物象，例如著意周遭植物、花卉的書寫。從上述的比較可知，兩人所寫的情調、物象、形式結構，多有雷同之處。此中相同之處，正是說明王、姚詩歌關係的切入點，胡震亨認為：「姚秘監詩洗濯既淨，挺拔欲高。得趣浪仙之僻，而運以爽氣；取材於籍、建之淺，而媚於蒨芳；殆兼同時數子，巧撮其長者。」[75]李懷民更為直接地指出：「（姚合）其五言律，樸茂新奇，酷似王仲初。仲初故與水部合體，而姚君與水部為友，其得於漸磨者深矣。」[76]兩人從不同角度指出王、姚詩風之間的關係，胡氏指出姚合學習張籍、王建作詩取材時的淺近，因此避免了賈島的幽僻深奧，而傾向平實坦易。[77]與中唐諸家

---

[73] 同前註，卷5，〈武功縣中作30首〉之1，頁59。

[74] 王建著，尹占華校注：《王建詩集校注》（成都：巴蜀書社，2006年），卷5，〈山居〉，頁189。

[75] 胡震亨：《唐音癸籤》，轉引自吳文治主編：《明詩話全編》（南京：鳳凰出版社，2006年），卷7，頁6884。

[76] 李懷民：《中晚唐詩主客圖》卷上，姚合傳。

[77] 從物象營造的冷僻奇險來說，賈島的確勝過姚合，其題在縣廳的〈長江廳〉其中「歸吏封宵鑰，行蛇入古桐。」就與姚合詩中寫到的看山、飲酒、尋春等，有著重要的差

相比，胡氏點出姚詩的特殊地位，李懷民更進一步從五律體制的角度提出評論，認為姚合五言律酷似王建，其間的媒介，可能是透過與張籍的交往。原因在於，雖然張籍、王建齊名，但賈島、姚合均與張籍保持著更為密切的詩學聯繫，例如張籍的學生朱慶餘，不僅在大和年間與賈、姚有密切來往，更數度聚會於姚合宅。總之，王建與姚合，以張籍為媒介，不僅有私人情誼在，其詩風上的相似性也為後代評論家注意。[78]許學夷在《詩源辨體》中說：「大曆而後，五七言律體制，聲調多相類。元和間，賈島、張籍、王建始變常調。張、王五言清新峭拔。較賈小異，在唐體亦為小偏。」[79]指出賈島與張、王之間的詩學聯繫，雖然沒有提到姚合，但事實上姚合與張、王之間的關係走的比賈島更近。

二、姚合的官況書寫

元和詩人中，姚合的氣質性格與文學品味最為接近張籍、王建，然而張、王與後輩詩人的交往，卻沒有姚合來得廣泛而深入。當張、王於大和年間逐漸淡出詩壇的時期，正是姚合聲名最盛的時間點。尤以其作於元和末年至長慶年間的〈武功縣中作三十首〉組詩。在此30首組詩中，姚合不僅將「吏隱生活圖景化」，塑造了懶吏、詩吏等形象，更「努力發掘吏隱生活中有詩意的細節。」[80]這對於那些難以踏進中央朝廷的基層官僚們，正是絕佳展現個人詩才，抒詠情性的所在。這些官況的體會與作品成就，讓姚合成為一批寒素士子景仰的詩人。稍後我們可以看到，與姚合交往的詩友中，多具有擔任縣級僚佐的仕宦經歷。先看姚合寄給這些友人的詩作：

異。但若與大曆詩人比較，姚合在表現小吏生活細節上，又顯得奇僻。

[78] 如清人李懷民在評論姚合〈武功縣中作30首〉之第14「病多唯識藥，年老漸親僧」聯，認為「名句，此自與仲初近，與樂天殊。」即指出姚合在體驗生活況味時的表現，與王建頗為相似。見李懷民《重訂中晚唐詩主客圖》。

[79] 許學夷：《詩源辨體》（北京：人民文學出版社，1998年），卷27，頁268。

[80] 蔣寅：〈「武功體」與「吏隱」主題的發展〉，《揚州大學學報》第3期（2000年），頁29-30。

微倸還同請，唯君獨自閑。地偏無驛路，藥賤管仙山。月色生松裏，泉聲在石間。吟詩復飲酒，何事更相關。[81]

歲滿休為吏，吟詩著白衣。愛山閑臥久，在世此心稀。聽鶴向風立，捕魚乘月歸。此君才不及，謬得侍彤闈。[82]

故人為吏隱，高臥簿書間。繞院唯栽藥，逢僧只說山。此宵歡不接，窮歲信空還。何計相尋去，嚴風雪滿關。[83]

上述詩作的接受對象均為縣級僚佐，不論是從文字內涵還是風格來看，與〈武功縣中作三十首〉頗為一致。例如均強調為吏友人宦情之冷淡蕭條，故有吟詩飲酒、愛山閑臥、吏隱於薄書等。由此可說明姚合將武功縣所確立的官況書寫，透過詩篇傳達給相同地位的詩友。甚至在有些詩中直接表明作於縣齋官舍中，其如〈萬年縣中雨夜會宿寄皇甫荀〉：「縣齋還寂寞，夕雨起蒼苔。」[84]〈秋晚夜坐寄中諸曹長〉「窮愁山影峭，獨夜漏聲長。」[85]均將官況的蕭條冷落傳達給他人。除了贈寄之作，姚合更與賈島、僧無可、張籍的學生朱慶餘、以及功名不遂的詩人如顧非熊、劉得仁等，有聚會作詩的活動，其時間主要在元和末年至長慶年間，此正是姚合屢任縣級僚佐的時期。這類聚會活動，最早曾於姚合任萬年縣尉時舉行，此在朱慶餘〈與賈島顧非熊無可上人宿萬年縣姚少府宅〉詩題顯示無遺。即使姚合後來官至侍御史，仍與縣級僚佐詩人有密切聯繫，如詩僧無可〈冬夜姚侍御宅送李廓少府〉、馬戴〈集宿姚侍御宅懷永樂宰殷侍御〉等詩題所示。表示姚合喜將賈島、馬戴、殷堯藩、李廓等詩人，招聚至家宅官舍，談詩論藝。不論姚合是否有

---

81 《姚集》，卷3，〈寄陸渾縣尉李景先〉，頁30。
82 同前註，〈寄鄠縣尉李廓少府〉，頁31。
83 同前註，〈寄永樂長官殷堯藩〉，頁32。
84 同前註，卷4，頁50。
85 同前註，卷4，頁43。

意將自己的詩風作一傳播，其詩作本身及詩會活動其實已經達到了目的。賈島〈宿姚少府北齋〉：「鳥絕吏歸後，蛩鳴客臥時。鎖城涼雨細，開印曙鐘遲」；〈酬姚少府〉：「柴門掩殘雨，蟲響出秋蔬。枯槁彰清鏡，屢愚友道書。刊文非不朽，君子自相於。」[86]一寫姚合任縣尉時的蕭條冷僻官況，一寫自身孤寂苦吟的創作。這些詩歌的創作，既有聯絡感情的功能，也達到論詩相於的功能。張籍的學生朱慶餘有〈夏日題武功姚主簿〉詩：「亭午無公事，垂簾樹色間。僧來茶竈動，吏去印床閒。傍竹行尋巷，當門立看山。吟詩老不倦，未省話官班。」[87]不論是文字風格還是主旨內涵，與姚合詩甚為接近。特別是「吟詩老不倦」語，更道出吟詩忘老的閑適之意。稍後姚合為富平、萬年縣尉時，張籍也有〈贈姚合少府〉詩：「病來辭赤縣，案上有丹經。為客燒茶灶，教兒掃竹亭。詩成添舊卷，酒盡臥空瓶。闕下今遺逸，誰瞻隱士星。」[88]更直接將姚合形容為隱士。從張、朱二人的贈詩，可看出同時代人對於姚合為吏的看法，也提供另外一個角度理解姚合任縣級僚佐時的生活型態與創作情形，所以儘管縣級僚佐是官品低微、職責繁重的工作，但我們看到的卻是與「僧」飲茶、案上有「丹經」、當門「看山」等無關吏事的描寫，呈現出一懶散、適意的僚佐形象，這些也正是姚合〈武功縣中作三十首〉的詩歌基調。

而李廓、殷堯藩不僅與姚、賈有聚會活動，本身即屬縣級僚佐。李廓為鄠縣縣尉，賈島曾有酬詩：「稍憐公事退，復遇夕陽時。北朔霜凝竹，南山水入籬。」[89]所寫情調頗類姚合給李廓的寄詩：「愛山閑臥久，在世此心稀。聽鶴向風立，捕魚乘月歸。」[90]雖然賈詩更強調霜凝水流的淒寒，姚合側重聽鶴捕魚的閑情逸志，卻同時刻劃出縣級僚佐官況的清冷、縣邑物景的荒陋。此外，永樂縣令殷堯藩也是長慶之後詩壇頗為活躍的人物，姚合曾以〈寄永樂

86　同前註，兩詩例分別見卷7，〈宿姚少府北齋〉，頁228。卷3，〈酬姚少府〉，頁80。
87　《全唐詩》，卷514，朱慶餘〈夏日題武功姚主簿〉，頁5868。
88　《張籍詩集校注》，卷3，〈贈姚合少府〉，頁143。
89　《賈島集校注》，卷7，〈酬鄠縣李廓少府見寄〉，頁341；卷5，〈寄鄠縣李廓少府〉，頁240。
90　《姚集》，卷3，頁31。

長官殷堯藩〉詩相寄，前四句：「故人為吏隱，高臥簿書間。繞院唯栽藥，逢僧只說山。」[91]又以「栽藥」、逢僧說山等典型用語來讚詠高臥恣意的仕宦生活，殷堯藩的答詩：

> 原中多陰雨，惟留一室明。自宜居靜者，誰得問先生。深井泉香出，危沙藥更榮。全家笑無辱，曾不見戈兵。[92]

　　首聯點出永樂縣的荒僻陰寒，再以「居靜」之心自表，「深井泉出」、「危沙藥榮」更屬典型凋蔽之景的刻畫。同時代詩人雍陶，在〈寄永樂殷堯藩明府〉詩中也有「古縣蕭條秋景晚」之語，[93]即對荒城古縣的蕭條秋景有一想像。殷堯藩自己也有〈贈龍陽尉馬戴〉詩，中間兩聯：「自輸官稅後，常臥晚雲邊。細草沿階長，高蘿出石懸」，[94]也屬典型的縣級僚佐之官況書寫，官冷而閑，用心所寫之景也無非是「細草」「高蘿」，與王建〈昭應官舍〉的「細沙」「廢渠」頗能相通。

　　除了上述諸人外，從李頻詩中更可看出姚合在中晚唐之際的詩壇影響。李頻的詩歌才能不僅讓姚合大為賞愛，更成為他的女婿。故其與姚合的關係也就顯得較他人密切。其〈夏日鰲屼郊居寄姚少府〉：「古木有清陰，寒泉有下深。蟬從初伏噪，客向晚涼吟。白日欺玄鬢，滄江負素心。甚思中夜話，何路許相尋。」表達了對姚合的景仰之情與追隨之意。文宗開成年間姚合任陝府觀察使，官職不可謂不高，可是李頻在〈陝府上姚中丞〉中仍以「覓句秋吟苦，酬恩夜坐勞」美之。李頻詩中仍有寄給縣級僚佐友人的詩作，〈贈同官蘇明府〉：

> 山中畿內邑，別覺大夫清。簿領分王事，官資寄野情。閒齋

---

[91]　《姚集》，卷3，〈寄永樂長官殷堯藩〉，頁32。
[92]　《全唐詩》，卷492，殷堯藩〈署中答武功姚合〉，頁5564。
[93]　同前註，卷518，雍陶，〈寄永樂殷堯藩明府〉，頁5917。
[94]　同前註，卷492，殷堯藩，〈贈龍陽尉馬戴〉，頁5564。

無獄訟，隱几向泉聲。從此朝天路，門前是去程。[95]

此詩可算是典型的姚合官況書寫風格，只是缺少姚合詩中的「平澹之氣」。整首詩先突出「山中縣邑」的荒僻，以野情玩味官況的心態。接著寫縣中的安靜無事，主要是襯托縣級官員的輕閒自在，所以隱几之處即可聽見象徵高情雅志的泉聲。但李頻學習姚合最得其神理者，乃是對於為詩與為政之關係的表述，其〈送德清喻明府〉：

> 棹返雲溪雲，仍參舊使君。州傳多古跡，縣記是新文。水柵橫舟閉，湖田立木分。但如詩思苦，為政即超群。[96]

這首詩同樣可以看出李頻寫這類詩畢竟不像姚合那樣清新自如，也讓讀者不易即可掌握其中的特色。其第三聯或許是想表現當地特有的風俗民情，然而卻與全篇不太協調。只有最末一聯，充分反映出以吟詩之苦自豪自矜的地方官心態。「詩思苦」與為政超群的類比，不僅說明投注大量思慮時間於詩歌創作上，更在寫詩與為政之間建立價值對等關係。因此，李頻雖然在縣級僚佐的官況書寫上沒有獨特的表現，但對於王建、姚合描寫縣級僚佐官況，以及由此展現的詩歌觀念，卻是深有體會的。

雖然後期的姚合官職漸高，但其於武功縣主簿時期苦吟為詩的形象，卻依然深刻地留存於後輩詩人心中，如項斯贈給任金州刺史的姚合：

> 為郎名更重，領郡是蹉跎。官壁題詩盡，衙庭看鶴多。城池連草塹，籬落帶椒坡。未覺旗幡貴，閒行觸處過。[97]

---

[95] 同前註，卷588，李頻〈贈同官蘇明府〉，頁6831。
[96] 同前註，卷587，李頻〈送德清喻明府〉，頁6816。
[97] 《全唐詩》，卷554，項斯〈贈金州姚合使君〉，頁6412。

大和四年（830），姚合從戶部員外郎改為金州刺史，所以項斯才有第一聯之語。雖然項斯發出「領郡是蹉跎」的輕嘆，但接下來的描寫，卻彰顯出姚合高潔的詩人形象，官壁題詩，衙庭看鶴，無非是突出姚合仕宦之情的冷淡以及對吟詠詩篇的熱愛。特別是最末一聯，將身為刺史的姚合不以官貴，而以閑情為生活的寄託。項斯的贈詩說明即使姚合脫離縣級僚佐的身份，時人對此詩吏形象卻吟詠不輟。同一時期周賀的〈贈姚合郎中〉詩有更為清楚的呈現：

> 望重來為守土臣，清高還似武功貧。道從會解唯求靜，時造玄微不趁新。玉帛已知難撓思，雲泉終是得閑身。兩衙向後長無事，門館多逢請益人。[98]

從微官小吏到名高位重的「守土臣」，其人之性情卻依舊如武功主簿時期清高。這一聯很清楚地說明姚合武功縣主簿時期詩作的成功流傳。不論是體道求靜或游雲泉寄閑身，基本上還是延續荒僻縣城時期的型態。「請益人」應該不是就政事上說，而是從詩思創作上講。據《唐摭言》記載，周賀「少從浮圖，法名清塞，遇姚合而反初。詩格清雅，與賈長江、無可上人齊名。」[99]而姚合詩名之廣，致使衙館之內多為問詩學藝的後輩。周賀在此將本來莊重威嚴的刺史衙庭，轉化為詩人群體相互請益學詩的場所，正如姚合將自家住宅作為詩會地點一樣。這種轉化，正是姚合詩歌影響力在當代詩壇的社會意義。

姚合以縣級僚佐為身份，所開創的官況書寫，在中晚唐之際實代表一種典型的創作模式。以下數詩乃中晚唐之際詩人贈送給縣級僚佐友人的詩作：

> 路長春欲盡，歌怨酒初酣。白社蓮宮北，青袍桂水南。驛行

盤鳥道，船宿避龍潭。真得詩人趣，煙霞處處諳。許渾〈送荔浦蔣明府赴任〉

草木正花時，交親觸雨辭。一官之任遠，盡室出城遲。乳滴茅君洞，鴉鳴季子祠。想知佐理暇，日有詠懷詩。喻鳧〈送衛尉之延陵〉

若說君高道，何人更得如。公庭唯樹石，生計是琴書。詩句峭無敵，文才清有餘。不知尺水內，爭滯北溟魚。[100]姚鵠〈寄贈許璋少府〉

　　這三首接收對象均為縣級僚佐中明府、少府等官職，可以看出詩中並不強調對方傑出的政事才能，以及期待對方積極有為的心態。反而是處處強調以能吟詩、諳煙霞方得詩人之趣，體現高情雅志；或者讚美對方公務之餘以詩歌詠懷；或者賞愛對方詩才的高超挺拔。雖然上述詩作在寫景敘事上沒有姚合來得平易清雅，可是反映的心態上卻頗為一致。這類寫作傾向與主題，在晚唐詩人作品中變成相當的普遍，追源溯始，王建、姚合正是其中的關鍵樞紐。而這種詩風的流行，正代表唐代詩人開始從內在價值肯定吟詩寫詩的優先性與重要性。

　　上述諸人詩作的往返贈酬，其寫作的對象、創作者多有身為縣級僚佐的仕宦經歷，如果理解此共同背景，這些數量不少的詩作，就有豐富的文化與社會意義。當姚合官職愈趨平穩順達，其他詩人對他在武功縣尉時作品中呈現的精神意趣依舊給予推崇，周賀：「望重來為守土臣，清高還似武功貧」、「領郡只嫌生藥少，在官長恨與山疏。」[101]對姚合在武功縣的詩人形象與性格有頗為深入的瞭解。而本為僧人的周賀用心於詩藝與舉業，本身即受姚合的激勵

---

[100] 上引詩分別見許渾532〈送荔浦蔣明府赴任〉，頁6079；卷543，喻鳧〈送衛尉之延陵〉，頁6269；卷553，姚鵠〈寄贈許璋少府〉，頁6401。

[101] 《全唐詩》卷503，周賀〈贈姚合郎中〉，頁5731；〈上陝府姚中丞〉，頁5730。周賀同馬戴、許棠、賈島都被張為列入「清真僻苦派」。

有關，其〈贈李主簿〉詩：

> 稅時兼主印，每日得閒稀。對酒妨料吏，為官亦典衣。案遲
> 吟坐待，宅近步行歸。見說論詩道，應愁判是非。[102]

　　方回對此評論云：「賀詩格與姚合、王建相類，而此一詩尤
近之。」[103]這不僅是從「官況」的典型描寫來說，例如「對酒妨
吏」、「為官典衣」、對案吟詩等生活細節；在喜於論詩，愁於判
決是非的人生精神與創作意識上更趨於一致。從方回評論賈島、姚
合「非如此不能奇」，以及認為周賀詩格與王、姚有近似之關係來
看，中唐時期以姚合為中心的一批詩人，在身份上屬於如縣級僚佐
這種基層文官，因此對官況的蕭條有一共同體認；在以詩歌相互酬
贈時，也頗能切身想像彼此的官居生活，並反映在詩歌的寫景造語
上。此種心態不僅是這群詩人的詩歌表述，更直接成為價值觀念。
即使贈詩對象不是縣級僚佐，詩中也往往以吟詩創作襯顯出對仕宦
的冷漠心態，如周賀〈贈朱慶餘校書〉：「寺閣連官舍，行吟過幾
層。」；朱慶餘〈送饒州張使君〉：「務退唯當吟詠苦，留心曾不
在生涯」；[104]朱慶餘〈題崔駙馬林亭〉：選居幽近御街東，易得詩
人聚會同。」；趙嘏〈贈館驛劉巡官〉：「雲別青山馬踏塵，負才
難覓作閒人。莫言館驛無公事，詩酒能消一半春。」等表述。這種
心態其實既是一種詩歌本質的思考，更是主體對於仕宦價值的反思
行為，這些內涵將在下一節作進一步的探析。

　　不論是從形式特徵還是風格內涵來看，以姚合為代表的官況
書寫，如果與同樣具有地方官背景的大曆詩人群比較，其特徵更為
明顯。在蔣寅的大曆詩人研究中，雖以詩人群來稱謂江南地方官群
體，但多是出於類似的身份和經歷，而不是自覺的群體意識與藝

102　《全唐詩》，卷503，周賀〈贈李主簿〉，頁5719。
103　《瀛奎律髓彙評》，卷6，方回評周賀〈贈李主簿〉，頁249。
104　上述詩例分別見《全唐詩》，卷503，周賀〈贈朱慶餘校書〉，頁5723；卷515，朱慶
　　　餘〈送饒州張使君〉，頁5885；卷514〈題崔駙馬林亭〉，頁5876；卷550，趙嘏〈贈
　　　館驛劉巡官〉，頁6378；卷589，李頻〈陝府上姚中丞〉，頁6838。

術追求。[105]蔣寅對此即有明確的表述,蓋大曆時期的江南地方官詩人,「是一個關於作家群體而不是關於流派的概念,群體中的成員只因類似的身份和經歷聯繫在一起,他們之間並沒有自覺的群體意識或共同的藝術追求,所以只能說是個鬆散的群體。」[106]與此不同,在姚合周遭與其有詩歌交往關係的詩人們,也普遍帶有地方官的經驗,在詩藝追求上又比大曆時期的江南地方官詩人密切。大曆地方官詩人欲求歸隱又無法從亂世中抽離的矛盾心態,是其基本精神格局;而姚合這一代詩人的生活背景,相對穩定,更可看出共同的詩學觀念與審美追求。換言之,大曆時期地方官詩人表現出的審美共識與相同主題,多決定於時代環境的因素,而非個人對於詩人意識與詩歌主題的自覺追求。然而,王建、姚合以降的的縣級僚佐詩人,對於詩歌創作的意義、仕宦出處之窮通的思考等,是具有相當自覺的意識。並在此基礎上,形成共同的藝術品味與人生理想,採用共同的意象與語詞入詩。諸如「看山」、「逢僧」、「種藥」、「吟詩」等典型描寫,充斥於這一時期的交往詩作中。而大曆江南地方官詩人雖也輾轉於微官小吏,擁有幽居閑居的生活體驗,但他們對於自我精神的觀照主要集中於仕隱衝突的矛盾中。[107]但到了王建、姚合的時代,仕隱衝突已不再是困擾,因為吟詩寫詩成為日常生活最重要最有意義的活動。不僅詩人的身分高於官職,所謂「稱與詩人作主人」;甚至只要苦心為詩,便可體會為政之理,所謂「但如詩思苦,為政即超群」。這種內在精神與心靈的轉變,相隨之帶來詩歌藝術手法與形式表達的創新與變化。此可舉方回、紀昀的評論加以說明:

> 姚少監合,初為武功尉,有詩聲,世稱為姚武功,與賈島同
> 時而稍後,似未登昌黎之門。白樂天送知杭州有詩。凡劉、

---

105 蔣寅:《大曆詩人研究》(北京:北京大學出版社,2007年),頁3。
106 蔣寅:《大曆詩人研究》,頁3。
107 可參見蔣寅《大曆詩人研究》頁17-164。第一章分論劉長卿、戴叔倫、李嘉佑、韋應物等詩人。這些地方官的生活經歷已頗為接近王建,但五律所呈現出的情調仍有極大的差異。韋應物更是大力寫作郡齋詩的詩人,以宴飲、唱酬為主,缺少王建在五律中體會自我心境、對周遭景物進行寫實描寫的傾向。

白以後詩人集中皆有姓名，詩亦一時新體也。而格卑於島，細巧則過之。[108]

然詩家皆謂之「姚武功」，其詩派亦稱「武功體」，以其早作武功縣詩三十首，為世傳誦，故相習不能改也。合，選《極元集》，夫去取至為精審，自稱所錄為「詩家射雕手」，論者以為不誣。其自作，則刻意苦吟，冥搜物象，務求古人體貌所未到。張為作主客圖，以李益為清奇雅正主，以合為入室。然合詩格與益不相類，不知何以云然。其集在北宋不甚顯，至南宋、永嘉四靈始奉以為宗。其末流寫景於瑣屑，寄情於偏僻，遂為論者所排。[109]

從此二則評語看來，「凡劉、白以後詩人集中皆有姓名，詩亦一時新體也」、「為世傳誦」均說明姚合詩獨具一格，有一定的影響力。並指出姚合的詩名主要來自於武功縣主簿時期，這也間接表示〈武功縣中作三十首〉是姚合的代表作。雖然姚合「尋常自怪詩無味」，但透過與眾多詩友贈寄往返、聚會，成為「一時新體」，以獨具的況味在朋友周遭相互流傳、咀嚼。對於五律的偏好，還可從姚合後來編選《極玄集》只選入五言律體看出。雖然方回認為姚合寫詩氣象狹小，所謂：「五言八句皆得其趣，七言律及古體則衰落不振。又所用料不過花、竹、鶴、僧、琴、藥、茶、酒，於此幾物，一步不可離，而氣象小矣。」[110]所用物象材料有限，因此造成格局狹小，但仍指出其五言律體有「趣」之特色。其實，其「趣」之來，很大部分即來自武功縣組詩中一再描寫的生活細節，紀昀稱之為「冥搜物象，務求古人體貌所未到」。[111]莫礪鋒認為以律體寫

[108] 方回：《瀛奎律髓彙評》，卷10，〈游春詩12首〉之11「身被春光引」評語，頁340。
[109] 紀昀等輯：《四庫全書總目題要》（石家莊市：人民出版社，2000年），卷151，頁38-97。
[110] 同前注。
[111] 蔣寅認為姚合武功縣組詩將官吏生活圖景化，不僅是吏隱主題的發展，更形塑了懶吏、詩史等形象，但這種詩風一旦被後輩詩人仿效，及容易變成「寫景於瑣屑、寄情於偏僻」之弊病，雖然後人仿效之作引起眾多批評，但我們也不能斷然否定姚合在中晚唐之際的詩史意義。蔣文見於〈「武功體」與「吏隱」主題的發展〉，《揚州大學

日常生活瑣事，並在語言文字上不避俗，杜甫是一重要的開創者，但並未受到中晚唐詩人的重視，一直要到宋人手中才加以發揚。[112]然而，從上述縣級僚佐詩人的作品中，其生活細節描寫雖有典型化的傾向，卻也反映出五律逐漸走向淺近俗化的發展。

另一方面，若從詩歌交往以及詩風上的相互影響來看，不可否認，姚合既與年輩稍長的張籍、王建有來往，更與朱慶餘、殷堯藩、馬戴、李廓、無可等一大批以五律創作為主的晚唐前期詩人有著風格上的聯繫。[113]姚合著力寫作五律並對晚唐之後的詩歌創作產生一定影響力，亦自不待言。而明、清詩論家也注意到王建除宮詞、樂府之外，五、七律其實也自有特色。這些因素透過縣級僚佐詩人的官況書寫主題來觀察，便彰顯出深刻的文化內涵與詩史意義。特別是王建、姚合用一系列五言律進行創作，以及從姚合與其他中晚唐詩人的交際往還，深可看出其中既有官職角色所帶來的寫作限制與特色形塑，更有個人詩歌審美品味與創作的選擇。劉寧即認為，姚合的「求味」旨趣，與長慶之後文官階層普遍流行的閑適意趣密切相關。以「求味」為主之詩歌旨趣的追求，從元、白發軔，張籍轉之以淺切自然，到了姚合，不僅吸收上述諸人淺淡中求味的五律，更加進賈島苦吟奇僻的作詩方式與態度，終於自成一家詩風。[114]在姚合身上，我們看到詩歌傳統與個人才性，獨立自我與人際交往、社會現實與個人意識等交互作用的各種力量。

第三節　詩人自我的表述
——從特定詩語使用的角度

紀昀認為：「矯語孤高之派，始自中唐，而盛於晚唐，由漢魏以逮盛唐詩人，無此習氣也。蓋世降而才愈薄，內不足者，不得

學報》第3期（2000年），頁28-30。
112 莫礪鋒：〈論杜甫晚期今體詩的特點及其對宋人的影響〉，載《唐宋詩歌論集》（南京：鳳凰出版社，2007年），頁71-89。
113 張宏生：〈賈姚詩派的界內流變與界外影響〉，載《宋詩：融通與開拓》（上海：上海古籍出版社，2001年），頁47-76。
114 劉寧：《唐宋之際詩歌演變——以元白之元和體的創作影響為中心》，頁61-63。

不囂張其外。」[115]其語或有過苛之處，卻指出中晚唐詩人精神意識的群體共性與獨特性。紀昀所謂「矯語孤高之派」者，實際上是要說明中晚唐詩人的集體精神，且是透過詩歌語言、行為風格所得出的觀察。然而紀昀並未進一步指出「矯語孤高」的具體內涵，然從評語來看，卻以負面義居多，所謂「才薄」、「內不足」、「囂張」等。紀昀的評論是否具有一定的客觀性呢？這是還需要加以仔細辨析的。但「矯語孤高」一詞，確實點出中晚唐詩人的精神特質。只是此一詞彙屬於價值判斷，非客觀描述。真正要具體瞭解中晚唐詩人的精神共性，以及這種心靈傾向到底是個人的，還是透過相互交涉達成？則需要回到中晚唐詩人的作品語言中來檢證。透過特定詞彙的詮釋，這個問題也許能獲得說明。因此，本節主要分析「峭」、「冷」、「僻」這三個中晚唐詩人常用的詩語。事實上，這三個詩語，已被元和詩人如孟郊、白居易、韓愈等賦予獨特的意義，到了姚合、賈島詩中，不僅愈加強調，內涵也有所轉變。因此，從歷時性角度考察分析這些詩語，掌握中晚唐詩人的精神特質及發展變化；從交往角度詮釋出現這些詩語的作品，則能發現詩人之間相互影響與對話的詩學面貌。

　　無獨有偶的，這三個詞彙，本來都不是用來描述人的主體精神特質，更少用來定義詩之特質。但從孟郊、姚合、賈島等人的詩中，可看出將兩者結合的發展傾向。人之精神特質，即詩之精神質性，兩者相互彰顯，互相發明。長久以來，精神傾向的同一，常被視為詩派形成的標誌。例如某些文學史著作常以「奇險」、「苦吟」作為詩派稱謂一樣。這種研究方法有其自身的理論依據，因為從文學流派形成的角度看，「文學流派的基礎是文學風格，而文學風格本於作家人格。當一批作家的群體人格在文學創作上形成某種相同或相似的文學風格，並自覺地加以理論的體認和表述時，文學流派才得以形成。」[116]這一點，李建崑在研究中晚唐苦吟詩人時，

---

[115] 方回編，紀昀批點：《瀛奎律髓刊誤》，卷42，方干〈贈喻鳧〉評語，收入《叢書集成續編》第114冊，據懺花庵叢書複印，頁368。

[116] 郭英德：《中國古代文學集團與文學風貌》，頁183。

指出「苦吟風氣固有多方面成因，詩人本身個性，是更為基本之因素。」[117]如此看來，「自覺」與否才是詩派形成的重要關鍵。雖然沒有所謂的姚合詩派，但其具體展現的社會意義卻是深遠的。因為在姚合周遭的詩人們，也多自覺到詩人意識及並加以表述，使得新的詩學觀念頻繁出現於他們酬贈交往的詩篇中。不僅用「峭」、「僻」等詩語描述對方的精神德性，也用來稱賞對方詩作所展現的特質。這些新的表現，正足以佐證中晚唐之際，自覺到「詩人」的獨特意識，並加以標榜，是當時很顯著的文化現象與社會風氣，是宋明詩派大興的始音。只是，宋元以來，批評家每喜譏評姚合、賈島詩中的狹小境界與苦吟，尤其輕視他們專注於詩歌技巧。這種批評，當然有其合理性，卻也忽略詩之為詩本具的質素，亦即姚、賈等人的情性主體，正如錢穆所云：「中國文學之成家，不僅在其文學之技巧與風格，而更要者，在此作家個人之生活陶冶與心情感映。」[118]從成就與影響力而言，姚、賈固無法李、杜、韓、白等人相比，可是其將詩人主體作為審視的對象、表現的主題，卻是別開生面，獨具意義。

一、「峭」：詩人精神場域的標榜

　　「峭」本用來形容山勢高峻險拔，當轉而形容人，則有比喻性情高潔、人品超拔不凡，如《抱朴子‧行品》：「士有行己高簡，風格峻峭，嘯傲偃蹇，凌濟慢俗。」[119]韓愈在〈感春詩五首〉之四用來形容其友人：「孔丞別我適臨汝，風骨峻峭遺塵埃。」[120]正是此意。除此之外，峭也用來指涉人之面對社會與他人的態度立場，具有性情不隨流俗，傲岸孤立之意，如《隋書‧蕭吉傳》：「吉性孤峭，不與公卿相沉浮，又與楊素不協，由是擯落於世，鬱鬱不得

117　李建崑：〈中晚唐苦吟詩人探論〉，《興大中文學報》第13期（2000年），頁19。
118　錢穆：〈中國文化與中國文學〉，《中國文學論叢》（北京：三聯書店，2002年），頁40。
119　葛洪著，楊明照校箋：《抱朴子外篇校箋‧行品》（北京：中華書局，1996年），卷22，頁553。
120　《韓昌黎詩繫年集釋》，卷7，〈感春五首〉之四，頁731。

志。」[121]若將性情不隨俗發展到極端，就會有嚴厲、苛刻的傾向，如《後漢書・馮衍傳》：「澄德化之陵兮，烈刑罰之峭峻。」及《新唐書・李翱傳》：「翱性峭鯁，論議無所屈。」[122]可以看出，峭從描述自然界轉換到人之主體精神態度，甚至進一步用來描述展現主體精神內涵的文學作品，如漢代王充在《論衡・自紀》云：「言姦辭簡，指趨妙遠；語甘文峭，意務淺小。」[123]王充所指「文峭」，蓋指為文刻意出奇，來掩蓋本身意旨的淺陋。這種含有貶意的「峭」之用法，在唐代詩文集中並不多見。唐代詩人則喜用「峭」來形容自然物貌。如韋應物：「松筠疏藯峭」、「側峭緣溝脈。」[124]杜甫〈次空靈岸〉：「楓枯隱奔峭」；錢起〈過山人所居因寄諸遺補〉：「廚煙住峭壁」；顧況：「遠道百草殞，峭覺寒風生」、「嶮峭嵌空潭洞寒」。[125]即使到了元和代表詩人劉禹錫、柳宗元詩中，也以描述自然意象為主。如白居易「峰峭佛香爐」、「峭絕高數尺」以及柳宗元「塹峭出蒙籠」。[126]而劉禹錫，基本上也與白、柳近似，如下例詩句「清峭徹骨煩襟開」、「吟想峭絕愁精魂」、「石門聳峭絕」。[127]上述詩人的用法，仍停留於「峭」的原意，即形容山勢、風勢，與韓愈用來描述主體之格調性情不同。

　　韓愈用「風骨峭峻」將朋友傲岸絕俗的精神，以山勢之險峻峭拔來形容。此外，韓愈還直接以山之高峻形容語言文字所呈現的精神境界，〈詠雪贈張籍〉詩云：「賞玩捐他事，歌謠放我才。狂教

[121] 魏徵等著：《隋書・蕭吉傳》（臺北：文史出版社，1974年），卷78，頁1774。

[122] 范曄著：《後漢書・馮衍傳》（北京：中華書局，2001年），卷28，頁994；《新唐書・李翱傳》，卷177，頁5282。

[123] 王充著，黃暉校釋：《論衡・自紀》（臺北：商務印書館，1964年），卷30，頁1191。

[124] 韋應物著，孫望校箋：《韋應物詩集繫年校箋》（北京：中華書局，2002年），卷8，〈題從姪成緒西林精舍書齋〉，頁235；卷2，〈使雲陽寄府曹〉，頁115。

[125] 《全唐詩》，卷238，錢起〈過山人所居因寄諸遺補〉，頁2655；卷264，顧況〈從軍行二首〉之1，頁2933；卷265，〈苔蘚山歌〉，頁2943。

[126] 《白居易詩集校注》，卷26，〈和微之春日投簡陽明洞天五十韻〉，頁2063；卷21，〈雙石〉，頁1679。柳宗元詩則見《柳宗元集》（北京：中華書局，2000年），卷42，〈法華寺石門精舍三十韻〉，頁1187。

[127] 《劉禹錫全集編年校注》，卷9，〈西山蘭若試茶歌〉頁592；卷5，〈唐侍御寄遊道林岳麓二寺並沈中丞姚員外所和見徵繼作〉，頁296；卷4，〈送僧方及南謁柳員外〉，頁230。

詩硁矹，興與酒陪鰓。」[128]雖未直接用峭，但「硁矹」即為山石高聳貌，被韓愈轉用來描述詩歌文字所彰顯的精神氣勢。以山勢高峻險峭形容文辭與主體精神的用法，其實更常出現於與韓愈友好的孟郊詩中。孟郊也使用過「峭」的原意，例如在〈巫山高二首〉之一中，有「陽臺碧峭十二峰」語；或者如〈秋懷十五首〉之二：「峭風梳骨寒」語。或形容山峰之險峻，或描述冷峻之寒風給予身體的寒意。但孟郊其他詩中卻將「峭」形容人之精神特質，特別是詩人身上。正如韓愈用「風骨峭峻」形容友人之精神格調一樣，孟郊也採用同樣的語彙來描述韓愈。其〈嚴河南〉：

> 赤令風骨峭，語言清霜寒。不必用雄威，見者毛髮攢。我有赤令心，未得赤令官。終朝衙門下，忍志將筑彈。君從西省郎，正有東洛觀。洛民蕭條久，威恩憫撫難。苦竹聲嘯雪，夜齋聞千竿。詩人偶寄耳，聽苦心多端。多端落杯酒，酒中方得歡。隱士多飲酒，此言信難刊。取次令坊沽，舉止務在寬。何必紅燭嬌，始言清宴闌。丈夫莫矜莊，矜莊不中看。[129]

「風骨峭」之用法正如韓愈用來形容他的朋友一樣，但是孟郊隨之加上「語言清霜寒」，將精神意識之「峭」與語言之「寒」聯繫在一起。儘管這裡所謂的「語言」可能是指韓愈的日常談話與口頭語言，但仍與主體的精神是緊密聯繫的。接著孟郊提出幾個重要命題，例如哪種舉止才是所謂的「詩人」或「隱士」。首先。孟郊並不認同隱士飲酒陶然適性的說法，認為苦心多端的詩人，才能借酒澆愁，酣中得歡。因此，孟郊提倡一種舉止務寬，大丈夫不必矜莊處世的說法。其說法或許是針對韓愈以河南尹之官所說的某些語言，所謂「我有赤令心，未得赤令官。」孟郊不僅肯定韓愈風骨峭之特質，也對「語言清霜寒」特質給予推崇。然而，孟郊這種用法

---

[128] 同前註，卷2，〈詠雪贈張籍〉，頁162。
[129] 《孟郊詩集校注》，卷6，〈嚴河南〉，頁271。

卻頗具啟示性,我們將在稍後姚合的論詩文字中,看到這種用法的更進一步發揮。除了以「峭」形容韓愈,孟郊也用來描述賈島這位後輩詩人,而且是直接用來說明其癡苦於吟詩的精神特質,〈戲贈無本〉詩:

> 長安秋聲乾,木葉相號悲。瘦僧臥冰凌,嘲詠含金痍。金痍非戰痕,峭病方在茲。詩骨聳東野,詩濤涌退之。有時跕蹌行,人驚鶴阿師。可惜李杜死,不見此狂癡。[130]

在長安這個歌舞行樂之地,卻有身臥寒冰,吟詩到口角流血的狂癡詩人,孟郊由衷發出「峭病正在茲」一語。雖然其中有戲謔的成分在,但這種瘋狂自苦的創作精神也是孟郊本人的特質之一,因此,孟郊不僅將賈島詩與自己和韓愈相提並論,到最後更說出「可惜李杜死」的惋惜語。在贈給賈島的這首詩中,孟郊正式將風骨精神之峭與吟詩絕俗自高結合於一起。「峭病方在茲」中「方」字,正顯示出,孟郊在賈島癡狂於吟詩的行為中,體認到詩人之峭的獨特性。不論是描述韓愈的風骨之峭,還是賈島癡狂於吟詩的峭病,孟郊逐漸確認出:「峭」正是詩人最重要的精神特質與形象。這表現於兩首哀悼詩友的文字中。在〈弔盧殷十首〉之一,孟郊這麼說:「詩人多清峭,餓死抱空山。」[131]哀嘆窮餓至死的盧殷之餘,更將「餓死」視為選擇作為詩人者,必然具有「清峭」之處世精神。而在〈哭劉言史〉詩中,此種體認有更進一步的發展與強化:

> 詩人業孤峭,餓死良已多。相悲與相笑,累累其奈何。精異劉言史,詩腸傾珠河。取次抱置之,飛過東溟波,可惜大國謠。飄為四夷歌,常於眾中會。顏色兩切磋,今日果成死。葬裹之洛河,洛岸遠相弔。灑淚雙滂沱。[132]

---

[130] 同前註,卷6,〈戲贈無本二首〉之一,頁301。
[131] 同前註,卷10〈弔盧殷十首〉之一,頁502。
[132] 同前註,卷10,〈哭劉言史〉,頁500。

先前在哀悼盧殷時，孟郊已發出「詩人多清峭，餓死抱空山」的感嘆，將傲岸絕俗、清名自高視為詩人的精神特徵，抱持此種信念的詩人卻往往不遇。在這首詩中，孟郊將此更極端地推進一步：從「多孤峭」到「業孤峭」。一字之差，正足以說明孟郊對此認知的深化。「業」者，以此為事業，或全身心投入之意，這無疑是把「孤峭」視為詩人最獨特的人格特質。晚唐皮日休在〈劉棗強碑〉文中，對劉言史的詩歌成就及仕宦行事有較為詳細的記載。從碑文中也可得知，劉言史不僅是位「百鍛為字，千練成句」苦吟詩人，對於仕宦的擇取也表現出如孟郊般的孤高自立。在這首詩中，孟郊從劉言史的遭遇再次發出無奈的感嘆，從「多清峭」到「業孤峭」，表示孟郊愈為清醒的認識到：真正的詩人就是明知孤峭不可行於世，卻仍兢兢守之執之，因此往往落得餓死的命運。孟郊再次為劉言史刻畫出狂癡如賈島的詩人形象，即使承受飢餓的煎熬，意識深處卻充滿著如珠玉的詩篇。「詩腸」的意象與用法，反而凸顯了劉言史孤峭業詩的人格特質。這說明一旦主體形成詩人意識，所產生的內在精神動力往往可以超越現實的艱難與折磨。不管是孟郊「詩腸傾珠玉」的形容也好，還是劉叉「詩膽大於天」的狂言也罷，幾可視為韓愈「所謂文者，必有諸其中」之觀念在詩歌創作上的另類表述。[133]

　　孟郊對於堅持詩歌創作所帶來的死亡與飢餓其實是相當清醒而自覺的。在給詩友的作品中一再談到「餓死」的恐懼感，如〈送淡公十二首〉之十一：「意恐被詩餓，欲住將底依。盧殷劉言史，餓死君已噫。」〈弔盧殷十首〉之六：「餓死始有名，餓名高氛氳。孌嫠老壯氣，感之為憂云。」[134]面對詩友們一個個飢餓致死，他再也壓抑不住內心的鬱憤之情，〈懊惱〉詩這麼說：

　　　　惡詩皆得官，好詩空抱山。抱山冷殑殑，終日悲顏顏。好詩

133　《韓昌黎文集校注》，卷2，〈答尉遲生書〉，頁145。
134　孟郊著，華忱之、喻學才校注：《孟郊詩集校注》（北京：人民文學出版社，1995年），卷8，〈送淡公十二首〉之十一，頁387；卷10，〈弔盧殷十首〉之六，頁503。

更相嫉，劍戟生牙關。前賢死已久，猶在咀嚼間。以我殘杪身，清峭養高閒。求閒未得閒，眾誚瞋虩虩。[135]

　　孟郊寄望好詩得好官的想法顯然與現實世界是齟齬不合的。孟郊所說的「惡詩」或針對竹枝詞或華麗的近體律詩，這在其〈教坊歌兒〉詩有強烈的抱怨。好詩人不僅要承受「空抱山」的命運，還得面對眾多小人的怒視與嫉妒。這讓孟郊感到周遭盡是充滿威脅而不懷好意的敵視。內心尖銳的對立感和不安的精神情緒，是孟郊對外界人事的典型反應之一。這種情緒即使與友人遊樂時，仍時刻充斥在心頭。在與王涯出遊所寫的山水詩中，其中有一段這麼寫：

> 小儒峭章句，大賢嘉提攜。潛竇韻靈瑟，翠崖鳴玉珪。主人穠契翁，德茂芝朮畦。鑿出幽隱端，氣象皆升躋。曾是清樂抱，逮茲幾省溪。宴位席蘭草，濫觴驚鳧鷖。靈味薦魴瓣，金花屑橙虀。江調擺衰俗，洛風遠塵泥。
> 徒言奏狂狷，詎敢忘筌蹄。[136]

　　自嘲自己是以詩篇孤絕於世的「小儒」，而王涯是「大賢」，孟郊不用「工章句」之「工」卻選擇「峭」，深刻說明「峭」字對於孟郊而言具有獨特的精神意涵。這種出於內在的自我肯定，恰與王充「語甘文峭」之反面用法相映成趣。而詩末的「徒言奏狂狷」語，正如他之前所云的「丈夫莫矜莊」，均為無懼庸眾的心態表現。而這種自我定位深可看出孟郊「矯激」的特色。
　　孟郊其他的詩友又是如何使用「峭」字呢？盧仝唯一用「峭」者正是寫給韓愈的〈苦雪寄退之〉詩：

> 天王二月行時令，白銀作雪漫天涯。山人門前偏受賜，平地一尺白玉沙。雲頹月壞桂英下，鶴毛風剪亂參差。山人屋中

凍欲死，千樹萬樹飛春花。菜頭出土膠入地，山莊取粟埋卻車。冷絮刀生削峭骨，冷齏斧破慰老牙。病妻煙眼淚滴滴，飢嬰哭乳聲呶呶。市頭博米不用物，酒店買酒不肯賒。聞道西風弄劍戟，長階殺人如亂麻。天眼高開欺草芽，我死未肯與歎嗟。但恨口中無酒氣，劉伶見我相揄揶。清風攪腸筋力絕，白灰壓屋梁柱斜。聖明有道○命漢，可得再見朝日耶。柴門沒脛畫不掃，黃昏繞樹棲寒鴉。唯有河南韓縣令，時時醉飽過貧家。[137]

　　盧仝對韓愈的態度顯然與孟郊迥異，孟郊看到的是尊嚴威武的儒者韓愈，也是屢屢接濟自己的好友。但盧仝卻在這首詩以韓愈的「醉飽」反襯出貧困的自己如何受冰寒的大雪所折磨。即使如此，這首詩正反映盧仝個性的獨特，絲毫不顧及韓愈的地位與官職。韓愈〈贈盧仝〉詩中所寫的盧仝形象，卻是充滿惜才之意。詩中描述出一個古怪獨特的隱士盧仝，深於經學卻不屑出仕；為惡小所欺卻滿懷仁心，所言所行迥異於世儒。盧仝如此，張籍勸誡韓愈莫以文為戲的行為也是如此。筆記中記載另一位詩人劉叉持韓愈黃金而去的記載，更顯示與韓愈有交往關係之詩人的矯激狂傲的性格特徵。劉叉詠石詩既是寫石，也是描寫這種主體精神與人格特質，〈愛碣山石〉：「碣石何青青，挽我雙眼睛。愛爾多古峭，不到人間行。」[138]碣石超拔於凡俗的獨一無二，讓劉叉青眼相待，以古峭自立的特質，正是人與石得以對話的基礎。這種孤峭狂傲的處世態度，也都可在孟郊、盧仝、劉叉身上發現。韓愈形容孟郊「古貌又古心」；孟郊形容韓愈「赤令風骨峭，語言風霜寒」、「丈夫莫矜莊，矜莊不中看」、形容賈島「狂癡」、「峭病」；盧仝描述自己：「物外無知己，人間一癖王」等等。[139]莫不說明，意識到自我的獨特性，並與世俗相對立，是韓愈、孟郊、盧仝等人的重要性格

137　《全唐詩》，卷389，盧仝〈苦雪寄退之〉，頁4388。其中「聖明有道」一句，缺第五字。
138　《全唐詩》，卷395，劉叉〈愛碣山石〉，頁4448。
139　《全唐詩》，卷389，盧仝〈自詠三首〉之3，頁4370。

特徵，更透過相互標榜達成彼此認同。

韓愈以「風骨峭峻」形容友人；孟郊則將「風骨峭」形容韓愈，又以「清峭」、「孤峭」形容盧殷、劉言史這兩位不遇而餓死的詩友。雖然沒有像馬異以「此詩峭絕天邊格」那樣形容盧全結交詩，孟郊也用了「小儒峭章句」的說法。這些精神意識與人格堅持就是他們在交往行動中的符碼，有相互彰顯與獎譽，以及彼此共勉的特點。饒有深意的是，姚合與他的詩友們也同樣進行著相類似的行為。姚合明言詩人之特質為「峭冷」的詩篇，正是寫給韓愈的姪子韓湘。對於最重要的詩友賈島，姚合或以「才峭自名垂」鼓勵之；或以「端峭爾孤立」賞愛之。也讚美另外一位詩友馬戴的詩「清峭比應稀」；或者以「幽棲一畝宮，清峭似山峰」形容屬玄其人其居。這些用語的雷同，當然不能就此斷定姚合的詩人精神特質直接承襲自孟郊。畢竟，目前在兩人詩集中都沒有發現彼此來往的紀錄，不像孟郊與賈島、或賈島與張籍，具有明確可徵的交往詩可作分析。然而，從「峭」之用語頻率的使用，及將「峭」視為詩人精神之特質的意識看來，孟郊與姚合的詩歌關係遠超乎一般人的理解。以下透過分析姚合「峭」字之使用，來說明兩人的詩學關係。姚合〈答韓湘〉詩：

> 疏散無世用，為文乏天格。把筆日不休，忽忽有所得。所得良自慰，不求他人識。子獨訪我來，致詩過相飾。君子無浮言，此詩應亦直。但應憂我深，鑒亦隨之惑。子在名場中，屢戰還屢北。我無數子明，端坐空歎息。昨聞過春關，名係吏部籍。三十登高科，前塗浩難測。詩人多峭冷，如水在胸臆。豈隨尋常人，五藏為酒食。期來作酬章，危坐吟到夕。難為間其辭，益貴我紙墨。[140]

先自謙自己疏散無用，詩篇也沒有驚人的格調，然而仍把筆

---

[140] 《姚集》，頁149。

不休，日日寫作。因為這是出自內在的自然衝動，並非想要求得時名。在這裡，姚合不似白居易為了怕人嘲笑自己的詩癖而躲進深山吟誦，而是毫不顧忌地坦承內心對於詩的自然需求。姚合也將孟郊詩人多餓死、詩人命如花的最終宿命論，轉變成詩人特質論，因而以「峭冷」代替「孤峭」、「清峭」。劉寧認為姚合所謂的「峭冷」，與其苦吟心態密切相關，並進一步指出：「姚合的『峭冷』卻只是澄思淨慮的創作狀態，它幫助詩人擺脫過於庸常的心境，專注於藝術的陌生化創造，但不能讓人體會真正的精神之奇。」[141]準確地指出「峭冷」具有擺脫庸常心境的精神傾向。雖然這種精神特質無法「讓人體會真正的精神之奇」，可是仔細深究，姚合本身就是希望不要太過出奇。如他寫荷花：「方塘菡萏高，繁豔相照耀。幽人夜眠起，忽疑野中燒。曉尋不知休，白石岸亦峭。」[142]先以野火燃燒譬喻繁豔盛開的荷花，若以韓、孟慣常的表現手法，多會銜接驚奇怪誕的描寫或譬喻，如韓愈看李花而有「清寒瑩骨肝膽醒」之語等。然而，姚合卻以「曉尋不休，白石岸峭」結束，將荷花盛開之壯觀點到即止，獨特卻不突兀。這種表現，在姚合詩中所在多有。這也是為何劉寧認為姚合的詩乃「求味」旨趣的體現。這種精神若與孟郊相比，其對比性更為強烈。蓋孟郊所用的清與孤，均有難與世諧，不為人容的涵意，而姚合的「冷」卻是精神與情懷的疏離、冷淡，因此他以「如水在胸臆」形容之。姚合所定義的詩人，是冷與峭的結合，而不是與社會現實的尖銳對立，勿寧是指涉不同於一般人的精神特質與行為。因此，姚合所謂的詩人，是疏散而不尖銳，峭直而不乖張。雖然他也為了寫詩而「危坐吟到夕」，卻不是孟郊的「苦吟神鬼愁」。這正是姚合詩人意識所最不同於孟郊者。

雖然作詩是不求他人識，但為了鼓勵面臨困境的賈島，姚合並未放棄創作價值論，而有「才峭自名垂」的說法，如〈寄賈島時任普州司倉〉詩云：

---

141 劉寧：〈晚唐近體詩與元、白「元和體」〉，載《唐宋之際詩歌演變研究——以元白之元和體的創作影響為中心》，頁60-61。

142 《姚集》，卷7，〈杏溪十首‧蓮塘〉，頁91。

長沙事可悲，普掾罪誰知。千載人空盡，一家冤不移。吟寒
應齒落，才峭自名垂。地遠山重疊，難傳相憶詞。[143]

此詩寫於開成年間賈島被貶謫至長江縣時期。賈島被貶，多
為無罪之妄，面對無可奈何的政治懲罰，姚合以詩歌的價值鼓勵賈
島。認為只要賈島堅持吟詠，苦心為詩，其獨特的才性與傲岸的精
神將千古流傳。這裡所透露的是，以「峭」秉性，非為了對抗時
俗，而是可帶來不朽的聲名。說明，在姚合意識深處，他是瞭解不
隨尋常人的冷峭詩人，將獲得歷史評價的補償。另一首寫於相近時
期的〈寄賈島浪仙〉：

悄悄掩門扉，窮窘自維縶。世途已昧履，生計復乖緝。疏我
非常性，端峭爾孤立。往還縱云久，貧寒豈自習。所居率荒
野，寧似在京邑。院落夕彌空，蟲聲雁相及。衣巾半僧施，
蔬藥常自拾。凜凜寢席單，翳翳灶煙溼。頹籬里人度，敗壁
鄰燈入。曉思已暫舒，暮愁還更集。風淒林葉萎，苔糝行徑
澀。海嶠誓同歸，橡栗充朝給。[144]

賈島對詩的狂癡不僅讓孟郊驚嘆，也讓姚合深深賞識與敬愛。
不僅以「才峭自名垂」期勉賈島的寒吟，此處更與「端峭孤立」形
容之。在破敗、貧陋之境況下吟詩自解，也曾是姚合武功主簿時期
的生活型態。因此，他對於身處貶地之賈島的生活場景想像，顯得
駕輕就熟。可注意的倒是詩末的結語，以「海嶠同歸」「橡栗充
給」作為共同的期許。這已不僅是敦厚友情的展現，更顯示精神意
識深處的價值認同。正如姚合自己在〈答韓湘〉詩中所闡明的詩人
特質：「豈隨尋常人，五藏為酒食。」因此，寒吟齒落，朝暮不停
於攻詩的詩人生活，就成為他與賈島的共同約定。

---

[143] 《姚集》，卷3，〈寄賈島時任普州司倉〉，頁38。
[144] 同前註，卷4，〈寄賈島浪仙〉，頁45。

從孟郊〈懊惱〉詩看來，他自認為自己孤峭的人格與清峭的詩格，不僅沒有得到好官，而是悲顏抱空山，甚至讓自己的精神世界與內在心靈也無法安頓自適，所謂「以我殘秒身，清峭養高閒。求閒未得閒，眾謗頭齪齪。」這種狀況，卻沒有發生於姚合的身上。這固然與其後期官職逐漸榮通有關，但究其根底，這是不同人格精神與處世態度的展現。雖然孟郊與姚合同樣喜好用「峭」來形容身邊的詩友，同樣視「峭」為詩人必具且獨具的精神特質，其內涵與意義卻有所轉變。簡單來說，孟郊著重於外在的抒憤解憂；姚合則關注到內在的自遣樂心。姚合實現了孟郊沒有得到的求閒得閒，就是在抱守詩人意識與愛好的同時，不再與社會對立；對現實的困厄與不公也不是孟郊義憤填膺式的反映，而是在內心得到幽靜與適意的同時，不忘吟詠篇章的快樂與滿足。在吟詩適意自遣上，正如他自己所說的「不求他人識，所得良自慰。」在面對社會世界與現實生活上，姚合更一再強調回歸到自我內心的傾向，如「為儒自喜貧」、「詩情聊自遣」、「悄悄掩門扉，窮窘自維縶」、「才峭自名垂」、「且自心中樂，從他笑寂寥」、「閒人強自歡」、「自鑿還自飲」、「以此多攜解，將心但自寬」等表述，[145]無不說明姚合發展出從外在回歸到自身，從內在安頓自我作為詩人的精神傾向。

如果說姚合以詩自適是因為在現實上比孟郊順遂，那麼這首寫於「日被飢寒迫」的〈送王求〉詩，可以證明姚合以詩自適自歡的精神意識並不是產生於安穩的現實環境。其〈送王求〉詩：

> 士有經世籌，自無活身策。求食道路間，勞困甚徒役。我身與子同，日被飢寒迫。側望卿相門，難入堅如石。為農昧耕耘，作商迷貿易。空把書卷行，投人買罪責。六月南風多，苦旱土色赤。坐家心尚焦，況乃遠作客。羸馬出郭門，饑飲

---

145 上述詩句見於《姚集》，〈假日書事呈院中司徒〉、〈山居寄友人〉、〈寄賈島浪仙〉、〈寄賈島〉、〈武功縣中作三十首〉之四、〈春晚雨中〉、〈街西居三首〉之一、〈閒居遣懷十首〉之六等。

曉連夕。願君似醉腸，莫謾生憂戚。[146]

這首詩應寫於姚合仕宦未順遂的時期，所謂「我身與子同，日被飢寒迫。」然而，姚合並沒有對造成困窘的現實發出抱怨和牢騷，而以「經世籌」與「活身策」的矛盾相乖自解解人，最後還以「莫謾生憂戚」鼓勵朋友不要自我哀傷。同樣是送別在現實社會偃塞不遇的友人，姚詩所呈現的精神情懷，迥異於孟郊〈贈別崔玄亮〉詩中的：「食薺腸亦苦，強歌聲無歡。出門即有礙，誰謂天地寬。」將現實世界看成「碧落空茫茫」的有礙天地。即使科場不遂，姚合也勸慰賈島可以「日日攻詩」而「自彊」。[147]這些例子都說明姚合處理仕宦不遂態度與孟郊的差異，將孟郊對現實不公、仕宦不遇的怨懟之情以及與社會對立的緊張感，回歸到詩歌創作本身與詩人意識的內在自足。從而消減了精神的緊張感，化解了與現實世界的不諧和。這種態度表現出姚合將詩人意識深化成生活本身，將詩歌創作轉化為應世存在的精神安頓。因此，孟郊的「詩人多清峭」、「清峭養高閒」，在姚合這裡不再是與現實的衝突和孤絕，其〈寄馬戴〉詩：

> 天府鹿鳴客，幽山秋未歸。我知方甚愛，眾說以為非。隔屋聞泉細，和雲見鶴微。新詩此處得，清峭比應稀。[148]

同馬異說盧仝詩「此詩峭絕天邊格」一樣，姚合也將馬戴描述成閒雲野鶴般的隱士詩人，其所寫成的新詩，正如他所處的幽絕之境一樣，是尋常人所無法達成的「清峭」。馬戴在後世的詩名評價頗高，在當時也是與姚合往來密切的詩友。在他自己的詩作中，也常以「峭」描寫景物，如「雲門夾峭石，石路蔭長松」、「峭壁殘

---

147 同前註，卷2，〈送賈島及鍾渾〉，頁24詩云：「日日攻詩亦自彊，年年供應在名場。春風驛路歸何處，紫閣山邊是草堂。」詩雖寫賈島、鍾渾多年蹉跎科場，語氣卻不激怨，從自彊一語也知其中隱以作詩自我排遣之意。
148 同前註，卷3，〈寄馬戴〉，頁38。

霞照，敲松積雪齊」「蘚壁松生峭，龕燈月照空。」[149]均以「峭」
來形容自然景物的高峻絕塵。其中〈聞瀑布冰折〉詩，更顯現獨具
的詩人之「峭」，其詩云：「萬仞冰峭折，寒聲投白雲。光搖山月
墮，我向石床聞。」[150]只是描寫寒冬冰瀑斷裂發出聲響的瞬間，顯
示出感官世界的纖微與冷峻，這種精神氣質近似孟郊、賈島。對
於詩友其人其詩其生活之境況的想像，另可見諸〈題厲玄侍御所
居〉：

> 幽棲一畝宮，清峭似山峰。鄰里不通徑，俸錢唯買松。野人
> 時寄宿，谷鳥自相逢。朝路床前是，誰知曉起慵。[151]

　　既寫厲玄幽棲之處，其實也是對其人的描述。與世相疏，高情
種松，只與山人野鳥相往來，這種仕宦態度慵懶，享受愜意山居生
活的表白，其實也是姚合詩中一再呈現的主調。透過這首題詩，姚
合既是對詩友的高情給予讚揚，同時也何嘗不是自身性情的寫照。
進一步言之，官高不足奇，只有詩高才值得驕傲與自豪，〈酬光祿
田卿六韻見寄〉：

> 以病辭朝謁，迂疏種藥翁。心彌念魚鳥，詔遣理兵戎。繞戶
> 旌旗影，吹人鼓角風。雪晴嵩岳頂，樹老陝城宮。位職才微
> 薄，歸山路未通。名卿詩句峭，誚我在關東。[152]

　　官職的高低不足比較，只有詩，才是兩人溝通的實物。對於操
行獨特高古的僧人，姚合也是這麼描述，其〈寄紫閣無名頭陀〉：

> 峭行得如如，誰分聖與愚。不眠知夢妄，無號免人呼。山海

---

[149] 《全唐詩》卷555，馬戴〈早發故山作〉，頁6428；〈寄西岳白石僧〉，頁6437；卷
556，〈題石甕寺〉，頁6447。
[150] 同前註，卷556，馬戴〈聞瀑布冰折〉，頁6453。
[151] 《姚集》卷7，〈題厲玄侍御所居〉，頁99。
[152] 同前註，卷9，〈酬光祿田卿六韻見寄〉，頁124。

禪皆遍，華夷佛豈殊。何因接師話，清淨在斯須。[153]

只要保持絕俗獨特的「峭行」，即可達到「如如」之修養境界，又何必有聖愚之分別。「峭行」作為僧人的處世應對行為，與「峭冷」如水的詩人，同樣都是超越於尋常人。值得注意的是，賈島詩中唯一出現的「峭」字，也是針對禪師而發，賈島〈贈智朗禪師〉云：

> 上人分明見，玉兔潭底沒。上人光慘貌，古來恨峭發。涕辭孔顏廟，笑訪禪寂室。步隨青山影，坐學白塔骨。解聽無弄琴，不禮有身佛。欲問師何之，忽與我相別。率賦贈遠言，言慚非子曰。[154]

從「古來恨峭發」一語，可知其與姚合所謂的「峭行得如如」，同樣是指涉僧人獨特的行為與操持，只是賈島少了姚合「為官與隱齊」的閑適情趣，卻於孤峭、奇僻一面走得更深，例如「步隨青山影，坐學白塔骨」一聯寫個人孤獨修禪的體驗，曾被宋人笑為燒殺活和尚。[155]即使欲表達「峭」之意涵，賈島往往用更曲折隱蔽的方式道出，賈島寄給孟郊的詩，其〈寄孟協律〉「苕嶢倚角窗，王屋懸清思」一語，[156]即有結合高峭之人格形象與出眾詩歌才思的意思。這一聯，雖然不似孟郊「詩人多清峭」、「清峭養高閒」，以及姚合「清峭比應稀」、「清峭似山峰」等詩句中直接出現「峭」字，但想要表達的意涵，應該是相近的。

姚合交往詩中出現的「峭」，是否可找到相關的聯繫性呢？在晚唐張為《詩人主客圖》中，以李益為「清奇雅正」主，入室者

---

[153] 同前註，卷3，〈寄紫閣無名頭陀〉，頁37。

[154] 《賈島集校注》，卷1，〈贈智朗禪師〉，頁37。

[155] 「行隨青山影，坐燒白骨塔」一聯，歐陽修曾於《六一詩話》中認為這句屬於「詩人貪求好句而理有不通，亦語病也。」譏笑為燒殺活和尚。然而如果理解姚合詩人群喜以孤峭、冷僻相互標榜認同的風氣來看，這首詩又似乎是可理解的。

[156] 《賈島集校注》，卷1，〈寄孟協律〉，頁44。賈島的寄詩，或可視為針對孟郊〈立德新居十首〉之一的「西南聳高隅，…碧峰遠相揖，清思誰言孤」而發。

即有姚合、無可與張籍，而升堂者則列舉賈島、馬戴、厲玄、方干等人。[157]從以「峭」論人論詩這個角度來說，張為的安排別具深意。特別是晚唐詩人方干的加入，正顯出張為對於中晚唐詩人的精神意趣，其實頗具卓識。蓋方干是接續孟郊、姚合之後另一個喜用「峭」字者，共有十首詩中出現「峭」者。雖然多以描寫自然景物為主，例如〈觀項信水墨〉：「險峭雖從筆下成，精能皆自意中生」；〈贈處州段郎中〉：「幸見仙才領郡初，郡城孤峭似仙居。」；〈題長洲陳明府小亭〉：「坐看孤峭卻勞神，還是微吟到日曛。」；〈登龍瑞觀北岩〉：「縱目下看浮世事，方知峭崿與天通。」；〈題報恩寺上方〉「來來先上上方看，眼界無窮世界寬，巖溜噴空晴似雨，林蘿礙日夏多寒。眾山迢遞皆相疊，一路高低不記盤。清峭關心惜歸去，他時夢到亦難判。」等等。[158]可知，方干頗喜以「峭」來形容自然風景。然而這些僅屬於使用「峭」之本義，還未如孟郊、姚合一樣用來描述詩人之主體精神。方干以「峭」論詩論詩人者，莫若以下兩首。其一〈贈李郢端公〉：

> 非唯孤峭與世絕，吟處斯須能變通。物外搜羅歸大雅，毫端剪削有餘功。山川正氣侵靈府，雪月清輝引思風。別得人間上昇術，丹霄路在五言中。[159]

方干的贈詩對象李郢，《唐才子傳》云：「郢工詩，理密辭閑，個個珠玉。其清麗極能寫景狀懷，每使人竟日不能釋卷。與清塞、賈島最相善。」[160]在這首詩中，方干將詩人孤峭於吟詩的意義賦予積極的意義，所謂「能變通」者也。說明中晚唐的苦吟，並非只有詩人「物外搜羅」的艱苦，以及「毫端剪削」的技巧等面向；而是還關注到詩人主體精神與自然世界、天地宇宙的溝通共感。因

---

[157] 張為：《詩人主客圖》，收於丁福保輯：《歷代詩話續編》（北京：中華書局，2001年），頁85-95。
[158] 《全唐詩》，上引五詩例見卷650，頁7466、7469、7465；卷652，頁7484；卷651，頁7480。
[159] 《全唐詩》，卷652，方干〈贈李郢端公〉，頁7486。
[160] 《唐才子傳·李郢》，卷8，頁405。

此，山川、雪月的菁華紛紛來召喚詩人，與之對話。但方干對李郢詩歌創作的讚美，也表明愈接近晚唐，中唐詩人與世對抗，孤絕獨立的「峭」之意涵，變得不再如此尖銳。即使如此，方干以「峭」論詩論人仍在部分精神上接孟郊、姚合而來，這點可以下首詩看出。其〈送陳秀才將遊雪上便議北歸〉詩：

> 婆娑戀酒山花盡，繞繚還家水路通。轉檝擬從青草岸，吹帆猶是白蘋風。淮邊欲暝軍鼙急，洛下先寒苑樹空。詩句因余更孤峭，書題不合忘江東。[161]

這首詩寫景明麗而典雅，抹去了韓愈、孟郊頭角崢嶸、怒氣干天的生存姿態。因此，所謂的「詩句因余更孤峭」，所指的不再是獨特傲岸的人格情感，而更多指向詩歌成就與風格的獨特。方干是繼孟郊、姚合之後最常用「峭」的詩人，其中原因頗值得推敲。孟郊與方干生存時代相隔太遠，因此難有直接的人事聯繫。而姚合詩中也沒有出現方干的名字。雖然如此，方干敬慕姚合的心態卻在其作品中表露無遺。如送姚合赴金州刺史時：「唯應化行後，吟句上閒樓」，[162]凸顯了姚合兼得仕宦與詩歌之美的形象。而〈上杭州姚郎中〉：

> 能除疾瘼似良醫，一郡鄉風當日移。身貴久離行藥伴，才高獨作後人師。春遊下馬皆成醼，吏散看山即有詩。借問公方與文道，而今中夏更傳誰。[163]

除了第一聯是讚美姚合崇高的政治職責與卓越的政治才能之外，後三聯所寫全是姚合在當代人心中的詩人形象，特別是「吏散看山即有詩」正是姚合武功體的典型代表之一。總之，方干對

---

[161] 《全唐詩》，卷651，方干〈送陳秀才將遊雪上便議北歸〉，頁7475。
[162] 《全唐詩》，卷649，方干〈送姚合員外赴金州〉，頁7470。
[163] 《全唐詩》，卷650，方干〈上杭州姚郎中〉，頁7465。

於姚合的「公方與文道」，是如此的心嚮往之。因此，也就不奇怪姚合去世時，方干曾寫下兩首祭悼之作，〈哭秘書姚少監〉：「寒空此夜落文星，星落文留萬古名。入室幾人成弟子，為儒是處哭先生。」；〈過姚監故居〉：「學詩弟子何人在。」[164]方干與姚合在詩學之間的關係，還可透過李頻獲得一些說明。方干不僅與李頻有同鄉之誼，在詩歌上也有相互酬唱的聯繫。在方干詩中，即有數首贈給李頻的詩作，而李頻不僅是姚合賞愛的詩人，更因傑出的詩才成為他的女婿。《新唐書·李頻傳》「頻屬辭，於詩尤長。與里人方干善。給事中姚合名為詩，士多歸重，頻走千里丐其品，合大加獎被，以女妻之。」[165]由此可知，不同世代、不同空間的詩人們，透過「峭」之詩語的聯繫，呈現出相互倚重、相互影響與交流的詩學內涵。這種文學背景的形成，除了可從中晚唐之後「文人師承」現象的形成加以解釋之外，[166]更不可忽略其中詩歌觀念與詩人意識的自覺確認。茲再舉二詩例說明姚合與晚輩詩人在「峭」之詩歌精神上的聯繫：

> 跪伸霜素剖琅玕，身墮瑤池魄暗寒。紅錦晚開雲母殿，白珠秋寫水精盤。情高鶴立崑崙峭，思壯鯨跳渤澥寬。誰有軒轅古銅片，為持相並照妖看。章孝標〈覽楊校書文卷〉

> 若說君高道，何人更得如。公庭唯樹石，生計是琴書。詩句峭無敵，文才清有餘。不知尺水內，爭滯北溟魚。[167]姚鵠〈寄贈許璋少府〉

---

[164] 兩詩分別見《全唐詩》，卷650，〈哭秘書姚少監〉，頁7467；卷652〈過姚監故居〉，頁7485。

[165] 《新唐書·李頻傳》卷203，頁5794。

[166] 關於「文人師承現象」的研究，可參看愛甲弘志著，劉小俊譯：〈從文人師承現象看中晚唐時期文學觀的變化〉，《師大學報》第55卷第1期（2010年），頁109-132。在這篇論文中，愛甲弘志也注意到方干在詩學傳承上的特殊性，但該文重點著重於探討中晚唐時期在文學、藝術各領域，均逐漸出現所謂的師承現象，並將韓愈視為文人師承現象的重要開端。依此看來，相對於韓愈在〈師說〉文中的明確宣示，姚合所開展的詩人師承現象，顯然更為隱晦而複雜。

[167] 兩詩分別見《全唐詩》，卷506，章孝標〈覽楊校書文卷〉，頁5756；卷553，姚鵠〈寄贈許璋少府〉，頁6401。

　　姚鵠屬於姚合的詩學後輩，曾於陝州謁見姚合，呼為從翁。章校標詩從閱讀文字的過程中想像對方情思之峭；姚鵠則是欽慕許璋精神道德之餘，讚美對方詩句之峭，這兩則詩例更深刻說明，元和詩人之後，「峭」之詩語的出現，仍結合詩人的主體情性與創作表現。姚合與晚唐詩人在精神意識和詩學觀念上的聯繫，則有待進一步的探討，也是後續值得關注的課題。

二、冷：詩人特質論

　　日本學者小川環樹特別注意到晚唐詩人劉滄詩中頻繁出現的「寒」字，加以辨析之後，認為「寒」字「所表明的感覺，正是刺激或支撐作詩時的高度緊張精神。」[168]相對於從心理情緒層面的解釋，其實我們還可以從創作主體的意識精神來考察，為何姚合、賈島詩中一再出現與「寒」、與「冷」相關的精神體驗與創作表述呢？與孟郊喜歡言「寒」又存在何種差異呢？從元和詩人的作品看來，「寒」字與詩人思維及意識的聯繫，並非完全可以以「緊張精神」可解釋的清楚。陳祖言曾重點分析姚合（心懷霜）一詩，認為這首詩表達了姚合「詩人須性格峭冷，思維清冷，寫風格冷峻之詩作」的詩歌思維。[169]說明，我們在看待詩人喜好使用「寒」、「冷」等字彙時，不僅要注意到精神面向，也不能忽略其與詩歌觀念、思維創作的關聯。事實上，元和詩人中，以韓愈為中心的詩人們，的確特別喜歡在詩中使用與「寒」、「冷」相關的詞彙。韓愈描寫李花有「清寒瑩骨肝膽醒，一生思慮無由邪」句；李賀贈詩有「骨重神寒天廟器」句。[170]注李賀詩的王琦曰：「神寒，言其不躁而靜也。」確實更深刻地掌握「神寒」的意義，也與韓愈「清寒瑩骨」之意相近。也就是說，韓愈、李賀詩中的「寒」，不僅是指

[168] 小川環樹：〈詩語與詩人的氣質〉，《風與雲—中國詩文論集》，頁94。

[169] 陳祖言：〈論姚合詩中關於文思的表述〉，《第三屆中國唐代文化學術研討會論文集》（臺北：國立政治大學中國文學系，1997年），頁69～73。

[170] 上述詩例見《韓昌黎詩繫年集釋》，卷7，〈李花二首〉之二，頁779；李賀著，王琦等註：《三家評註李長吉歌詩》（上海：上海古籍出版社，1998年），卷1，〈唐兒歌〉，頁47。

溫度的冷，更指主體精神意識層面的峻潔淡然，所謂「不躁而靜也」。可是韓愈、李賀的「寒」字用法，還未與詩人主體與詩人意識相聯繫，倒是王建〈寄杜侍御〉詩有「詩情冷瘦滴秋鮮」句，[171]明確的將詩情與寒冷之感覺連用。王建所謂的「詩情冷瘦」，是將抽象的創作情感形象化、具體化，表達了詩人創作情感若保持冷靜清醒，往往有生花妙筆之句。

事實上，元和詩人之中，孟郊已屬描寫寒苦之境的代表，所以蘇軾直接以「郊寒」、「寒蟲號」來把握孟詩的總體風格。有趣的是，孟郊之後，以姚合為中心的其他詩人，頻繁地描寫寒冷的天氣，表達冰冷的情緒感受等。從這一時期大量出現詩句中的「寒」字、「冷」字來看，形成比大曆時期還令人注目的詩史現象。[172]晚唐詩人黃滔，曾以生動形象的語言描述這種現象：「逮賈浪仙之起，諸賢搜九仞之泉，唯掬片冰，傾五音之府，只求孤竹。雖為患多之所少，奈何孤峯絕島，前古之未有。」[173]雖然只提到賈島，然而姚合在當時詩壇的地位卻更為重要。黃滔的觀察是立基於李白、杜甫之後的詩歌發展史，故「諸賢搜九仞之泉，唯掬片冰」的譬喻背後，是對賈島等人想要擺脫前人籠罩、欲自樹立的心態描述。這個解釋若與紀昀所謂的「矯語孤高之派」，從一反一正的角度解釋了賈島、姚合面對前輩詩人，特別是元和諸家的創新意識。而這種意識，與他們一再強調的詩人特質、意識、形象等等，是密切不可分的。從九仞深泉掬冰作為寫詩的象徵，在姚、賈等人的詩中，是很明顯的表現，而這一切，仍得從孟郊開始說起。孟郊〈自惜〉詩：

---

[171] 《王建詩集校注》，卷6，〈寄杜侍御〉，頁236。

[172] 趙榮蔚曾統計姚合、馬戴、周賀、鄭巢等人詩中所用的寒字，諸如「寒山」、「寒浪」、「寒水」等復合詞，不下百例，比率之高，頗為驚人。見氏著：《晚唐士風與詩風》（上海：上海古籍出版社，2004年），頁147。作者認為此具有「刺激讀者心目，增強觸覺意象」、「加重詩境峭冷」之功能。然此論立基於寒冷意象的外緣考察，與本文所關注的詩人主體意識，恰可相互補充。不論是孟郊，還是姚合，均有將寒冷視為主體精神的傾向，且明顯地用來指涉詩人。

[173] 董誥等編，孫映逵等點校：《全唐文》（太原：山西教育出版社，2002年），卷823，黃滔〈答陳磻隱論詩書〉，頁5106。

傾盡眼中力，抄詩過與人。自悲風雅老，恐被巴竹嗔。零落雪文字，分明鏡精神。坐甘冰抱晚，永謝酒懷春。徒有言言舊，慚無默默新。始驚儒教誤，漸與佛乘親。[174]

孟郊對於自我文字的憐惜，帶有與世俗流行之歌詞相對抗的意味，因此，現實際遇的冷落挨凍，與其所堅持的人格情操與藝術堅持就有了內在聯繫。「坐甘冰抱晚」之一「甘」字即透露擇善固執的獨立精神。作為描寫寒冷之境極致的〈寒溪九首〉組詩，最可顯露孟郊精神世界中為寒冷折磨、又以冰霜自喻的人格意識：

霜洗水色盡，寒溪見纖鱗。幸臨虛空鏡，照此殘悴身。潛滑不自隱，露底瑩更新。豁如君子懷，曾是危陷人。始明淺俗心，夜結朝已津。淨漱一掬碧，遠消千慮塵。始知泥步泉，莫與山源鄰。[175]

經過冰雪洗滌的大地，雖然冷意逼人，卻更為清澈地彰顯出自我的本質。正如立身於紛亂相混之現實世界的君子胸懷。因此，雖然肉體形軀飽受寒凍煎熬，可是精神意識卻愈為清新絕俗。這種精神，是孟郊面對苦寒的典型心態之一，也受到韓愈的大力推崇。當這種因寒冷而愈顯主體精神境的行為表現於詩歌創作時，就如第五首所說的：「獨立兩腳雪，孤吟千慮新」，即摒棄外在任何依靠，回歸到自我吟詠篇章的純粹與執著。所以，因寒冷而顯性情之絕俗自清，因峭而愈為挺拔的精神表現就自然合流。孟郊〈立德新居十首〉即為代表。第一首：「立德何亭亭，西南聳高隅。陽崖洩春意，井圃留冬蔬。勝引即紆道，幽行豈通衢。碧峰遠相揖，清思誰言孤。寺秩雖未貴，濁醪良可哺。」[176]第四首「疏門不掩水，洛色寒更高。曉碧流視聽，夕清濯衣袍。」[177]二詩都清楚地表達了因

---

174 《孟郊詩集校注》，卷3，〈自惜〉，頁135。
175 《孟郊詩集校注》，卷5，〈寒溪九首〉之一，頁232-233。
176 同前註，卷5，〈立德新居十首〉之一，頁238。
177 同前註，卷5，〈立德新居十首〉之四，頁238。

寒而高、因寒而清的精神境界。也就是說，外在的空間與環境，是與詩人內心的主體意識相得益彰，相輔相成。

　　前文分析姚合「峭」之詩語使用情形時，認為其「詩人多冷峭」語，是其詩人意識自立自顯的表徵。從實際情形來看，「冷」字比「峭」字更適於把握詩人在創作當下的精神意識與心靈狀態。雖然姚合說「詩人多峭冷」，將「峭」與「冷」合用來指涉詩人的本質與特質。但認真講起來，峭與冷仍涉及到不同的內涵與意義。「峭」比較偏於形容主體孤絕挺拔的特質，這是從與他人、社會的關係來說，正如最常為其他詩人所用的峭壁、山峭等，或如孟郊所用的孤峭、清峭等。「冷」則更多傾向於描述詩人內在的性情本質，其外延義也相對地寬泛，霜、寒等字彙其實也具有與冷相近的涵義，如姚合曾用「心懷霜」為題，來表述詩歌創作論。在〈武功縣中作三十首〉中，有三例是描寫到寒冷中的詩歌創作：第八首「夢覺空堂月，詩成滿硯冰。」第十六首「秋燈照樹色，寒雨落池聲。好是吟詩夜，披衣坐到明」，以及第二十首「晴月銷燈色，寒天挫筆鋒」。從這些詩句來看，寒冷的冬夜，冰冷的溫度，反而讓姚合明顯感受到吟詩、寫詩的快樂。這過程或許是難熬的，所謂「寒天挫筆鋒」，但是詩人卻似乎享受其中。而〈心懷霜〉詩，則是集中反映寒冷與詩在本質上的共通關係：

> 欲識為詩苦，秋霜若在心。神清方耿耿，氣肅覺沈沈。皓素中方委，嚴凝得更深。依稀輕夕渚，髣髴在寒林。思勁淒孤韻，聲酸激冷吟。還如飲冰士，勵節望知音。[178]

　　以秋霜在心比喻詩歌創作之艱苦特質，可視為孟郊「獨立兩腳雪，孤吟千慮新」的另一種表述。只不過孟郊將自我彰顯為站於雪地的吟詩者，而姚合則將寒冷視為詩人特有的內在質性，所謂「神清」、「氣肅」以及「思勁淒孤韻，聲酸激冷吟」等表述，正可視

---

[178] 《姚集》，卷10，〈心懷霜〉，頁143。

為孟郊寒苦之吟的內化與轉化。蓋孟郊對於寒冷的體驗，多從外在的貧寒苦凍而來。然而，姚合的冷霜在心，無疑具有更多層次的內涵。最為核心者莫若他將冷霜在心視為詩歌本質思維的觀點。[179]而除了指涉外在溫度的冷之外，另有對外在世界的冷淡、冷漠，此在姚合〈武功縣中作三十首〉有頗為集中地描寫。對現實採取冷淡疏離，多伴隨著寂寞孤獨，此詩所說的「孤韻」以及〈答韓湘〉詩「詩人多冷峭」一語，正可從此理解。同時，姚合在縣級僚佐時期所建立的基本風格，即是官況之冷與詩語之冷的結合。這一點可在其武功主簿時期的作品中有明顯的表現。當這些特質與詩歌主流價值有所抵觸時，遭到冷落、排斥也就可預期了。這也是孟郊在〈偷詩〉、〈懊惱〉所透露的不平之鳴。但即使是孟郊遭受寒凍飢餓，仍不改變其作詩原則，這是詩人的命運，也是詩人的特質。姚合的觀念與此類似，詩末的飲冰士之語，不僅是道德節操的隱喻，更是強調懷霜之詩人的精神特質。關於為詩之苦的描述，孟郊也曾於〈送淡公十二首〉之十二有所論及：

> 詩人苦為詩，不如脫空飛。一生空驚氣，非諫復非譏。脫枯掛寒枝，棄如一唾微。一步一步乞，半片半片衣。倚詩為活計，從古多無肥。詩饑老不怨，勞師淚霏霏。[180]

　　蓋孟郊的晚年目睹盧殷、劉言史等寒素詩人窮困至餓死，內心受到很大的撞擊，所以此詩雖是論「詩人苦為詩」，語調情感卻滿布悲涼怨憤。蓋詩人苦吟，卻於現實世界無所用，猶如飄搖於枯枝上樹葉，又如別人不屑一顧的棄唾。從這些感嘆苦於為詩卻得不到應有尊敬的表述來看，後人以「矯激」論孟郊確有其理。然而，正如寒冷雖然對於肉體甚至精神都是痛苦難熬的，卻是詩人主體存在得以彰顯的必經之痛，飢餓也可作如是觀。從此角度而言，

---

[179] 關於姚合冷霜在心與創作詩歌之間的聯繫，及所代表的思維模式，陳祖言已有深刻的詮釋說明，參見氏著：〈心懷霜：姚合的詩歌思維模式〉，《清華學報》第3期，頁273-293。

[180] 《孟郊詩集校注》，卷8，〈送淡公十二首〉之12，頁387。

孟郊、姚合的詩人本質論、價值論雖表現內涵有所差異，卻都是從內在心性昇華而來。而姚合與孟郊在詩史的聯繫，除了以「峭」論詩人之外，以霜以冷來定義詩人也是頗值得注意。除了〈心懷霜〉之外，還可在姚合詩集中找到不少以冷為詩人質性、以冷為詩歌創作要素的表白。如以下兩首寄贈唱和詩作，〈謝汾州田大夫寄茸氈葡萄〉：「曉起題詩報，寒漸滿筆毫。」〈和李舍人秋日臥疾言懷〉：「松影幽連砌，蟲聲冷到床。詩成誰敢和，清思若懷霜。」[181]以清晨霧滿結冰之筆，來表達內心對於朋友的葡萄之贈；一以「清思懷霜」形容友人贈詩的清峭冷峻。這些話語，若不是出於自身對詩思若霜的肯定與認同，是不太可能出現這些交往作品中的。

　　除此之外，姚合更常用「寒吟」來形容交往密切之詩友的創作情形，這與其〈心懷霜〉的表述是一致的。如〈寄賈島〉詩「吟寒應齒落，才峭自名垂」將冷冽的詩歌創作思維與詩人之峭的聯繫，其他詩例：

> 九衢難會宿，況復是寒天。朝客清貧老，林僧默悟禪。眠遲消漏水，吟苦墮寒涎。異日來尋我，滄江有釣船。〈和屬玄侍御無可上人會宿見寄〉

> 幽島蘚層層，詩人日日登。坐危石是榻，吟冷唾成冰。靜對唯秋水，同來但老僧。竹枝題字處，小篆復誰能。〈陝下屬玄侍御宅五題・吟詩島〉[182]

　　賈島、無可、屬玄均為姚合交往最為密切頻繁的詩友之一。在詩例一之中，姚合對賈島之貶莫可奈何，然而卻以詩歌創作來激勵他對未來的展望。這裡將寒吟與才峭聯繫在一起，也深刻說明冷與峭之間的深刻聯繫。除了形容人之主體特質與存在意義，也用於

---

181 《姚集》，卷9，〈和李舍人秋日臥疾言懷〉，頁120。
182 同前註，卷3，頁38；卷9，頁119；卷7，頁93-94。

抒發當下的情境感受：「窮愁山影峭，獨夜漏聲長。寂寞難成寐，寒燈侵曉光。」（〈秋晚夜坐寄院中諸曹長〉）在詩例二之中，姚合突出屬玄與無可在寒冷之夜的聚會，詩人之間的會宿，最重要者莫過於可以吟詩論藝，而這個情景的描寫，正是以「吟苦墜寒涎」來形容。詩例三則本是歌詠屬玄構築的園林之美，姚合特別挑出屬玄園林中最為優美僻靜的五個景點，其中之一即命為吟詩島。說明屬玄與姚合一樣，即使官至御史，仍以吟詠詩歌作為日常生活的重心。綠苔遍布、清水修竹的幽島，本是園主怡心愜情之地，然而，姚合在此卻描寫出一位「吟冷唾成冰」的詩人。假使吟冷仍偏重於創作過程的話，那麼下一首詩例則更可說明姚合對於語冷詩冷的獨特偏好。〈和座主相公西亭秋日即事〉：「酒濃杯稍重，詩冷語多尖。屬和才雖淺，題高免客嫌」，[183] 將冷冽的詩語篇章視為高超的表現。

當姚合冷峭的詩人氣質，心懷若霜的情懷，表現於詩歌的交際酬贈上，就喜歡強調清寒瑩澈的特質。如〈萬年縣中雨夜會宿寄皇甫甸〉：「縣齋還寂寞，夕雨洗蒼苔。清氣燈微潤，寒聲竹共來。蟲移上階近，客起到門回。想得吟詩處，唯應對酒杯。」詩友寒夜寄宿，這清冷之情境正與詩歌創作相宜。或是〈早春山居寄城中知己〉所說的：「陽和潛發蕩寒陰，便使川原景象深。入戶風泉聲瀝瀝，當軒雲岫影沉沉。殘雲帶雨輕飄雪，嫩柳含煙小綻金。雖有眼前詩酒興，邀遊爭得稱閒心。」嚴冬的寒陰本該讓人感到畏怯，但姚合卻讚美因此而來的清寒深寂景象。說明，姚合自覺有意識地去欣賞寒冷之境的美感。寄給劉禹錫的作品，更表現這種特質。劉禹錫在大和年間的詩名甚為顯著，姚合所作的寄贈詩作，均突出詩景偏冷的一面，如〈送劉禹錫郎中赴蘇州〉：「霽日滿江寒浪靜，春風繞郭白蘋生」；〈寄主客劉郎中〉：「嵩山晴色來城裏，洛水寒光出岸邊。清景早朝吟麗思，題詩應費益州箋」；〈和劉禹錫主客冬初拜表懷上都故人〉：「九陌喧喧騎吏催，百官拜表禁城開。

---

[183] 同前註，卷9，頁115。

林疏曉日明紅葉，塵靜寒霜覆綠苔。」[184]這三首詩中出現的「寒光」、「寒浪」、「寒霜」正是姚合理想的詩語和典型的詩境。說明，擷取寒冷的詩境，凸顯寒冬之中的詩歌創作，成為姚詩常出現的景象：

> 洛下攻詩客，相逢只是吟。夜觴歡稍靜，寒屋坐多深。烏府偶為吏，滄江長在心。憶君難就寢，燭滅復星沉。〈洛下夜會寄賈島〉

> 看月空門裏，詩家境有餘。露寒僧梵出，林靜鳥巢疏。遠色當秋半，清光勝夜初。獨無臺上思，寂寞守吾廬。〈酬李廓精舍南臺望月見寄〉

> 本求仙郡是閒居，豈向郎官更有書。溪石誰思玉匠愛，煙鴻願與弋人疏。自來江上眠方穩，舊在城中病悉除。唯見君詩難便舍，寒宵吟到曉更初。〈酬禮部李員外見寄〉[185]

賈島、李廓本來就是姚合最為重視的詩友之一。在這些酬贈詩中，深坐寒屋吟詩夜觴、寒露清光中寂寞詩境的體會，以及從寒宵吟詩到清曉，無不彰顯姚合性情胸懷與創作個性中愛好寒冷的特質。〈寄周十七起居〉：「冬冬九陌鼓聲齊，百辟朝天馬亂嘶。月照濃霜寒更遠，風吹紅燭舉還低。官清立在金爐北，仗下歸眠玉殿西。莫笑老人多獨出，晴山荒景覓詩題。」[186]詩中以早朝的友人與寒日上山覓詩題的自己作對比，對照出不自由的官吏與自在的詩人兩種人物。這些價值觀的表白，若透過與其交往深厚的朱慶餘、賈島來看，會發現，這正是以姚合為中心之詩人群的精神共象與創作嗜好。朱慶餘〈與賈島顧非熊無可上人宿萬年姚少府宅〉：

---

[184] 同前註，三詩分別見卷1，頁3；卷4，頁46；卷9，頁117。
[185] 同前註，三詩分別見卷3、40；卷9，頁122、123。
[186] 同前註，卷4，頁46。

莫厭通宵坐，貧中會聚難。堂虛雪氣入，燈在漏聲殘。役思殷生病，當禪豈覺寒。開門各有事，非不惜餘歡。[187]

　　詩會的地點正是姚合官宅，寒冷的雪夜沒有讓這群詩人停止苦吟役思，反而特別珍惜把握這次難得的詩歌聚會。這種景象朱慶餘也寫進〈贈韓協律〉詩中：「永日微吟在竹前，骨清唯愛漱寒泉。」[188]以寒泉漱口來彰顯詩人獨具的風骨與清峭。朱慶餘之外，姚合另一位詩友馬戴也有二詩是記述寒冬夜聚姚宅的詩會情況。馬戴的兩首詩如下：

夜木動寒色，雒陽城闕深。如何異鄉思，更抱故人心。微月關山遠，閒階霜霰侵。誰知石門路，待與子同尋。〈雒中寒夜姚侍御宅懷賈島〉

殿中日相命，開尊話舊時。餘鐘催鳥絕，積雪阻僧期。林靜寒光遠，天陰曙色遲。今夕復何夕，人謁去難追。[189]〈集宿姚殿中宅期僧無可不至〉

　　這兩首詩雖未提及吟詩作詩，但馬戴「誰知石門路」與朱慶餘「當禪豈覺寒」一樣，均涉及到同時具有僧人與詩人身份的賈島、無可。這裡可看出，詩人的性情之冷、為詩之苦寒與僧人的夜禪之寒，有著本質上的契合。這種表現，在賈島詩中有著最為深刻的顯示。
　　賈島對於冷之特質的偏嗜，有著比姚合更為自覺的表述。在投獻給孟郊、張籍這兩位詩壇前輩的作品中，賈島即意識到詩人內在情性反映在容貌之上、文字之中的清冷，如〈投孟郊〉：「月中有孤芳，天下聆薰風。江南有高唱，海北初來通。容飄清冷餘，自蘊

187　《全唐詩》，卷514，朱慶餘〈與賈島顧非熊無可上人宿萬年少府宅〉，頁5868。
188　《全唐詩》，卷514，朱慶餘〈贈韓協律〉，頁5876。
189　《全唐詩》馬戴二詩分別見卷556，頁6442，6445。

襟抱中。」〈投張太祝〉：「風骨高更老，向春初陽葩。泠泠月下韻，一一落海涯。」[190]其中「泠泠月下韻」或作「冷冷月下韻」，從詩意來看，應為「泠泠」。因為泠可指物象的清澈明朗，如韓愈〈和崔舍人詠月二十韻〉所說的：「浩蕩英華溢，蕭疏物象泠。」或者狀擬音聲的清越，如陸機〈文賦〉：「文徽徽以溢目，音泠泠而盈耳。」但不管是指物象或聲音，其特質均指向寒冷所帶給人的審美愉悅與精神耽溺。此點在〈戲贈友人〉詩中最為明顯：

> 一日不作詩，心源如廢井。筆硯為轆轤，吟詠作縻綆。朝來重汲引，依舊得清泠。書贈同懷人，詞中多苦辛。[191]

「依舊得清泠」句乃據齊文榜《賈島集校注》，然有的校注者將「清泠」校為「清冷」。從創作者的心靈狀態與賈島精神境界而言，「清泠」或許較符合原意，也較為貼近此詩的整體主旨。因為「泠」另有了然悟解之意，可視為精神上的豁然開朗與醍醐灌頂。如漢劉安《淮南子‧脩務》云：「受教一言，精神曉泠。」因此，賈島早上起來重新檢視昨宵苦吟所得之句，甚為得意，於是寄贈給相同情懷的詩友，希望共同分享其中的甘苦。這種寄望詩學知音的懇切表述，用賈島自己的詩來說，就是「兩句三年得，一吟淚雙流。知音如不賞，歸臥故山秋。」賈島其他詩中表述在寒冷之夜寫詩吟詩論詩者，另有以下數首：

> 閒宵因集會，柱史話先生。身愛無一事，心期往四明。松枝影搖動，石磬響寒清。誰伴南齋宿，月高霜滿城。〈宿姚合宅寄張司業〉

> 公堂秋雨夜，已是念園林。何事疾病日，重論山水心。孤燈明臘後，微雪下更深。釋子乖來約，泉西寒磬音。〈夜集姚

190　《賈島集校注》，卷2，〈投孟郊〉，頁58；卷2，〈投張太祝〉，頁49。
191　同前註，卷2，〈戲贈友人〉，頁71。

梅樹與山木，俱應搖落初。柴門掩寒雨，蟲響出秋蔬。枯槁彰清鏡，屏愚友道書。刊文非不朽，君子自相於。〈酬姚少府〉

天寒吟竟曉，古屋瓦生松。寄信船一隻，隔鄉山萬重。樹來沙岸鳥，窗度雪樓鐘。每憶江中嶼，更看城上峰。[192]〈題朱慶餘所居〉

　　石磬在寒冷中所發出的聲響，正如同詩人在冷霜中發出的吟詩聲音，這是賈島特別偏好的場景描寫。喜歡寫磬音，雖與賈島早年為僧的生活背景有關，但起決定作用的還是他內心對於詩之質素的認定。蓋磬本為僧人入定禪修的敲擊工具，所發出的聲音具有安定人心、澄清思慮的功效，而寒磬發出的聲響，無疑更具有「清寒瑩骨肝膽醒」的警醒作用。[193]從這些詩例的接受對象來看，張籍、姚合、朱慶餘均與賈島有著深刻的詩學聯繫與人事關連。因此，這種以「冷」、「寒」來彰顯詩人主體獨特之意識經驗的表現，就不僅僅是個體的表現，也是群體精神的表徵。

　　然與姚合偏重從詩人性情來強調「寒」或「冷」，賈島本身窮苦潦倒的生活，對於真正的寒冷交迫，有著更為切身的體驗，加上僧人修行生活中的夜禪經驗，其對於冷的描述，又比姚合更為深刻而複雜。〈送僧遊衡嶽〉：「料得逢寒住，當禪雪滿扉。」〈送貞空二上人〉：「石磬疏寒韻，銅瓶結夜澌。」〈送天台僧〉：「遠夢歸華頂，扁舟背岳陽。寒蔬修淨食，夜浪動禪床。雁過孤峰曉，猿啼一樹霜。身心無別念，餘習在詩章。」[194]莫不是將當禪、吟詩

---

[192] 賈島詩分別見《賈島集校注》，卷8，〈宿姚合宅寄張司業〉，頁403；卷8，〈夜集姚合宅期可公不至〉，頁417；卷3，〈酬姚少府〉，頁118；卷7，〈題朱慶餘所居〉，頁356。

[193] 此句乃出自《韓昌黎詩繫年集釋》，卷7，〈李花二首〉之二，頁779。

[194] 《賈島集校注》上述詩例見卷3，〈送僧遊衡嶽〉，頁144；卷3，〈送貞空二上人〉頁131；卷4，〈送天台僧〉，頁152。

的背景設定於寒天冷夜中。即使不是贈給僧人，其對於冷之境界與對詩歌的激發作用，也寫得比姚合玄奧，如〈枕上吟〉：「夜長憶白日，枕上吟千詩。何當苦寒氣，忽被東風吹。冰開魚龍別，天波殊路岐。」[195]吟詩苦寒，而展開天馬行空的想像。此外，在給詩友的作品，賈島則喜歡突出冷之情境下的詩歌創作，如以下兩首：

> 今朝笑語同，幾日百憂中。鳥度劍門靜，蠻歸瀘水空。步霜吟菊畔，待月坐林東。且莫孤此興，勿論窮與通。〈喜雍陶至〉

> 麗句傳人口，科名立可圖。移居見山燒，買樹帶巢烏。遊遠風濤急，吟清雪月孤。卻思初識面，仍未有多鬚。[196]〈酬胡遇〉

第二首的「吟清雪月孤」頗類似孟郊的「獨立兩腳雪，孤吟千慮新」，只是少了其中苦寒之氣。賈島的寒冷，有著生活窮困凍寒的切身體驗，以及僧人夜禪的實踐，與姚合單純描寫詩人之冷，有著本質上的歧異，但這些歧異並沒有阻礙他們透過交往行動來相互對話，相互影響。

三、僻：詩人的病與嗜好

詩人的主體性格往往是透過強烈的個性與獨特的嗜好來呈現，這也成為我們去瞭解其精神面貌的切入點。杜甫有「為人性僻耽佳句，語不驚人死不休」之語，與其內在的詩人自覺緊密相關。這種意識到了中唐元和時期，成為詩人們彰顯自我的最佳表達用語之一。柳宗元〈報崔黯秀才論為文書〉：「凡人好辭工書者，皆病癖也。吾不幸蚤得二病，學道以來，日思砭鍼攻卒不能去，纏結心府

195　《賈島集校注》，卷1，〈枕上吟〉，頁28。
196　《賈島集校注》，卷7，〈喜雍陶至〉，頁366-367；卷7，〈酬胡遇〉，頁367-368。

牢甚，願斯須忘之而不克，竊嘗自毒。」[197]這是從文章說，言下之意既有自衿，也有自豪，但畢竟不敢大肆宣揚。與柳宗元不同，盧仝〈自詠三首〉之三：

> 物外無知己，人間一癖王。生涯身是夢，耽樂酒為鄉。日月
> 黏髭鬚，雲山鎖肺腸。愚公只公是，不用謾驚張。[198]

　　盧仝的癖，是擺脫現實世界的價值標準與行為規範，追求狂放自適的自我。「癖」本意為生理疾病的稱謂，後用為難以禁絕且異於常人的嗜好，如《晉書・杜預傳》中列出當時人的馬癖、錢癖以及杜預的《左傳》癖，因此用來指稱人之性格精神時，與不尋常、冷僻的「僻」常相互挪用。在中唐詩人的用法中，「僻」與「癖」往往具有意義上的關連。以「人間癖王」自謂，顯示盧仝很以自己的獨特性自豪。若透過韓愈作於元和六年〈送盧仝〉詩中刻畫的一個閉門而居，拒絕世俗的異士形象，盧仝刻意與世俗隔絕的行為顯露無遺。在與園林自然景物對話組詩中，盧仝借客人的答話，表達出天地之間只有自然物才能和自我對話溝通的想法，〈蕭宅二三子贈答詩二十首・客答石〉：「遍索天地間，彼此最癡僻。主人幸未來，與君為莫逆。」莫逆之交竟是天地難尋的石頭。無獨有偶，當時另一位狂士劉叉，也表達出相近的觀念，其〈愛碣山石〉：「碣石何青青，挽我雙眼睛。愛爾多古峭，不到人間行。」也是將庸俗眾人與獨一無二的石頭作對比，表達厭絕世俗的人格精神。可是，盧仝、劉叉主要是表現處世精神的「僻」，真正用「癖」來形容詩歌創作者，還是元和時代的代表詩人孟郊與白居易。孟郊〈勸善吟〉「天疾難自醫，詩癖將何攻。」將自己堅持古詩創作的原則視為無法醫治的疾病。白居易也是將詩癖視為自己獨特性的展現之一，或者自覺意識到自己的詩癖，如〈山中獨吟〉：「人各有一癖，我癖在章句。萬緣皆已消，此病獨未去。」其他如〈四十

---

[197]　《柳宗元集》，卷34，〈報崔黯秀才論為文書〉，頁886-887。
[198]　《全唐詩》，卷387，盧仝〈自詠三首〉之三，頁4370。

五〉：「行年四十五，兩鬢半蒼蒼。清瘦詩成癖，粗豪酒放狂。老來尤委命，安處即為鄉。或擬廬山下，來春結草堂。」〈座中戲呈諸少年〉：「興來吟詠從成癖，飲後酣歌少放狂。」〈醉後重贈晦叔〉：「各以詩成癖，俱因酒得仙。」[199]均描述刻畫自己對於詩歌創作近乎病態地投入。說明，將吟詩寫詩當成一種類似病態的嗜好，在元和詩人孟郊、白居易的行為中，已很明顯。而姚合，不僅以實際創作進行自我表述，更透過詩歌的交換，相互認同以詩為僻的嗜好，表現了中晚唐詩人透過詩人意識的覺醒，所達成的社會行為。

　　同孟郊、白居易一樣，姚合較早的時候也用「癖」形容過自己。與孟郊將性情不隨流俗視為天生的疾病一樣，只是還未用來確指對於詩歌病態似的耽溺。其作於元和末年的〈從軍行〉，即云：「濫得進士名，才用苦不長。性癖藝亦獨，十年作詩章。六義雖粗成，名字猶未揚。將軍俯招引，遣脫儒衣裳。」用「癖」形容自己的性情，與孟郊正一致。性情之癖伴隨而來應是藝術表現技巧上的獨特，這種獨特性也使他異於眾人，因此即使十年來苦於詩章，卻名聲未揚。但稍後，姚合更習慣用「僻」來指稱自己的情性，如〈閒居遣懷十首〉之二：「詩篇隨分有，人事度年無。情性僻難改，愁懷酒為除。」雖難改僻性，姚合自身卻不在意，還異常清醒而自覺地體認到自己的僻性，〈武功縣中作三十首〉之二十九：「自知狂僻性，吏事固相疏。只是看山立，無嫌出縣居。」〈遊春十二首〉之一：「正月一日後，尋春更不眠。自知還近僻，眾說過於顛。」又狂且僻的性格，是自己疏於吏政的最佳藉口之一，因此可以恣意地展現自我疏懶冷僻的個性。雖然別人多認為是狂放不羈、精神異常的「顛」，但姚合卻以「僻」來明確地定義這種行為。從這些表述可知，姚合不僅比盧全等人更自覺地定義自己的僻性，也取消了與世對立又隔絕的態度。這種新的精神內涵，在〈拾

---

[199] 上述詩例見《白居易詩集校注》，卷7，〈山中獨吟〉，頁647；卷16，〈四十五〉，頁1295；卷28，〈座中戲呈諸少年〉，頁2234；卷28，〈醉後重贈晦叔〉，頁2244。實際上，大曆詩人錢起在〈江行無題一百首〉曾云：「詩癖非吾病，何妨吮短毫。」但是只出現此例。且錢起的創作表現，與他所宣稱的「詩癖」，缺少密切的聯繫，故暫時存而不論。

得古硯〉詩中有較明白的說明：

> 僻性愛古物，終歲求不獲。昨朝得古硯，黃河灘之側。念此
> 黃河中，應有昔人宅。宅亦作流水，斯硯未變易。波瀾所激
> 觸，背面生蟛隙。質狀朴且醜，今人作不得。捧持且驚歎，
> 不敢施筆墨。或恐先聖人，嘗用修六籍。置之潔淨室，一日
> 三磨拭。大喜豪貴嫌，久長得保惜。[200]

　　不像盧仝、劉叉刻意將不知名的石頭當作稀世珍寶，從而彰顯
自己獨一無二的個性，姚合則偏好一種帶有歷史想像的投射。古老
莫名的石硯，從黃河激湍中得來，由此更顯出在人間世界的難得。
但姚合沒有將此硯與人間對立，反而因為富貴之家的漠視而彰顯其
價值。也就是說，此古硯之所以可貴，是因為有權力者的冷落。這
種境遇正與自身的「性僻」暗合。

　　總之，姚合不僅屢屢說明的自己的僻性，也毫不忌諱地認定
僻性難改。性格情懷既然冷僻，對於偏僻、幽靜的空間，反而成為
自豪自適的所在。如〈武功縣中作三十首〉第十一首：「縣僻仍牢
落，遊人到便回。」第二十二首：「養生宜縣僻，說品喜官微。」
不僅滿意自己居處的偏僻冷落，也喜歡以此讚美他人居宅，如〈送
王建秘書往渭南莊〉：「莊僻難尋路，官閑易出城。」〈酬田就〉
「閒居多僻靜，猶恐道相違。」〈贈張質山人〉「先生居處僻，荊
棘與牆齊。」即使是歌詠裴度的莊宅，姚合也忍不住用「僻」來
讚美園林景物的獨特：〈和裴令公新成綠野堂即事〉：「結構立嘉
名，軒窗四面明。丘牆高莫比，蕭宅僻還清。」〈題李頻新居〉：

> 賃居求賤處，深僻任人嫌。蓋地花如繡，當門竹勝簾。勸僧
> 嘗藥酒，教僕辨書籤。庭際山宜小，休令著石添。[201]

---

[200] 《姚集》，卷10，頁136。
[201] 《姚集》，卷7，頁96。

他人所嫌棄的幽僻居處，姚合卻於其中找到令人賞心悅目的美景，落花滿地可比為繡，無簾可掩則以竹為門，唯一的缺憾是空間過於狹小，因此姚合給李頻的建議是不宜再搬石添景。這種人僻地僻的結果，其詩作有時會讓人感到冷僻，這是姚合自知的，但卻不以為意，如〈武功縣中作三十首〉第十七：「還往嫌詩僻，親情怪酒顛。謀身須上計，終久是歸田。」被人嫌棄詩僻，正是〈從軍行〉說的「性癖藝亦獨」，均可視為姚合對於自己身為詩人，與眾人有著差異的表述。因此，雖然姚合的確注重「求味的藝術旨趣」，排斥如孟郊、盧仝、賈島式的孤介不平之氣，[202]然上述姚合詩中的「僻」字用語，則說明雖然他在語言表現上不尚奇僻，卻是很自覺地在精神意識深處，將自己作為詩人的僻性與僻行，在詩作中表現出來。

雖然賈島不像姚合一樣屢在詩中自稱自己的僻性或以地僻、詩僻自豪，而是將「僻」具體實踐於自己創作之中，甚至以「僻」成為詩歌宗派之一。因此，自晚唐以來即將「僻」變成評價賈島詩歌藝術成就與風格的標準，也就不奇怪了。晚唐詩僧可止〈哭賈島〉詩：

> 燕生松雪地，蜀死葬山根。詩僻降今古，官卑誤子孫。塚欄寒月色，人哭苦吟魂。墓雨滴碑字，年年添蘚痕。[203]

認為賈島詩歌表現「僻」這一方面前無古人，傲睨古今。五代王定保則認為賈島的僻乃是針對元稹與白居易的流行詩風，其云：「元和中，元白尚清淺，島獨變格入僻，以矯浮豔，雖行坐寢食，吟味不輟。」[204]「變格入僻」一詞頗能掌握賈島詩歌藝術精神中的「僻」。王定保所謂的「僻」，當包括下文的苦吟不輟之創作行為，從這一點來說，賈島的僻確實與姚合所說的僻性難改及詩僻

---

202 劉寧：〈姚賈詩風與「元和體」〉，《唐宋之際詩歌演變研究：以元白之「元和體」創作影響為中心》，頁61-63。

203 《全唐詩》，卷825，可止〈哭賈島〉，頁9292。

204 王定保著，姜漢椿校注：《唐摭言》（上海：上海社會科學院出版社，2003年），卷11，頁223。

近似。雖然從人格氣質言，姚合的僻與賈島的僻有其本質上的不同，但是當把這種僻性內化進創作觀念與行為中時，其共同性應大於歧異性。而姚合之所以能獨闢一派，胡震亨以為是得力於他身邊之詩友：「姚秘監洗濯即淨，挺拔欲高。得趣於浪仙之僻，而運以爽亮；取材於籍、建之淺，而媚於蒨芬；殆兼同時數子，巧撮其長者。」[205]認為姚合分別受到張籍、王建與賈島詩歌風格的影響，最後自成一家。關於姚合與張、王之間的關係，在本章有所說明。姚合詩風之僻是否如胡氏所云是得到賈島的啟發呢？正如前文所列出的資料，姚合對於自己的僻性以及由此造成的詩僻，其實有頗為自覺的體認，並堅持不移。堅持僻性的氣質當然會造成他詩歌表現上的一些特徵，正如清人紀昀說的：「武功語僻意淺，大有傖氣，惟一二新異之句，時有可采」、「武功詩欲求詭僻，故多瑣屑之景，以避前人蹊徑。佳處雖有，而小樣處太多。」[206]正是為了追求與眾人殊，在取景用語上也不屑於同流，因此以小景瑣事入題，招致後人批評。至於賈島，在這一面，走得比姚合更為徹底、深入。清人許學夷對此頗有心得，其在《詩源辯體》認為賈島五言律主要可分兩類，並舉出大量詩例加以說明，一屬「氣味清苦，聲韻峭急」；另一即屬「前人所未有」之「奇僻」者。[207]許學夷並總結為：「島五言律氣味清苦，聲韻峭急，在唐體尚為小偏，而句多奇僻，在元和則為大變。」[208]許氏自有其關於正與變的整體論述，雖然貶低賈島，卻也深刻指出賈島詩氣味清苦、聲韻峭急、句多奇僻的特質。賈島詩中僻之傾向，正是紀昀所評姚合的進一步發展。因此，胡應麟說姚合「趣浪仙之僻」，是因為他看到賈島僻之表現甚於姚合的緣故。而事實上，姚合作為賈島的經濟支助者與詩學知音，比較可能的實際情形乃是賈島有意識地深化姚合詩中僻之一面。從賈島贈寄給姚合的詩作中可看出兩人關係，較早的〈黎陽寄姚合〉提到：

---

[205] 胡震亨：《唐音癸籤》，轉引自《明詩話全編》，卷7，頁6884。

[206] 紀昀評語見《瀛奎律髓匯評》〈武功縣中作三十首〉之一「縣去帝城遠」評語，卷6，頁244；〈遊春十二首〉「卑官還不惡」評語，卷10，頁339。

[207] 許學夷：《詩源辯體》（北京：人民文學出版社，1998年），卷25，頁257-258。

[208] 同前註，頁257。

「魏都城裏曾遊熟，才子齋中止泊多。」說明賈島不僅常與姚合聚會，分別之後，對姚合的作品，也「新詩不覺千迴詠。」在〈酬姚合校書〉中也說：「美酒易傾盡。好詩難卒酬。公堂朝共到。私第夜相留。」兩人常在姚合私宅中論詩創作；在〈重酬姚少府〉：「百篇見刪罷，一命嗟未及。滄浪愚將還，知音激所習」[209]說明兩人的關係不僅是共同創作，還共同改詩刪詩，其中「百篇見刪罷」一語，不論是姚合刪削賈詩，還是賈島刪削姚合，更可從中看出兩人詩學關係的平等與密切。用賈島自己的話來說就是：「刊文非不朽，君子自相於。」[210]在創作上，兩人以君子相於期許。可以看出，姚、賈的論交，是以社會地位較高、經濟條件較寬裕的姚合為中心，對於姚合的詩篇以及彼此的詩會，賈島是相當看重的。故齊文榜即認為「賈島五律幽僻風格的形成，既是當時詩壇的情勢所致，也是賈島自覺地誓志開闢的結果。」[211]所謂的當時詩壇，除了指韓愈、孟郊等前輩詩人的影響，與姚合的交往更扮演著舉足輕重的角色。

　　以此看來，既對孟郊傾心欽服，又與姚合在創作上相於論詩的賈島，不可能對於孟、姚主體性情中的「僻」之情調視而不見。只不過，賈島苦吟於詩的特殊表現之一，是自鑄新詞，別闢新路，以苦行僧式的行為具體實踐於創作中，即使在語言詞句上沒有「僻」之用語，可是在意象的創新、風格的幽僻上，卻是別出心裁，獨樹一幟。此可從晚唐之後多以「僻」來定位賈詩之主要風格即可見出此傾向。清人李懷民重新整理中晚唐詩人之風格流派時，更直接尊賈島為清奇僻苦主，推擧為僻苦詩派的開山祖師。齊文榜則認為賈島詩以幽僻開創出自己的變體風格，並主要表現於意象之僻與意境之僻兩個方面。[212]如此看來，中晚唐之際詩人將不同詩風與自我人格結合，透過詩作往還，相互彰顯，並進一步相互影響、擴散，實為詩史上深具詩學意義與社會意義的現象。

---

[209] 《姚集》，卷2，頁38。
[210] 《賈島集校注》，卷3，〈酬姚少府〉，頁118。
[211] 齊文榜：《賈島研究》（北京：人民文學出版社，2007年），頁204。
[212] 同前註，頁196-203。

第六章　元和詩人交往詩論

第一節　元和詩人交往詩的模式與範型

一、交往模式：顯性與隱性

　　開元、元和作為唐詩發展的關鍵階段，向為後人所關注。這兩個時期不但出現了第一流的大詩人，如開元時期的李白、王維等，元和時期的韓愈、白居易等；其餘詩人也多自成一家，標格挺立。因此，「盛唐氣象」，「元和新變」不僅成為詩歌典範，更成為後人的文化理想。[1]從尚永亮統計的數據來看，元和十大詩人彼此之間的交往互動，遠比開元十大詩人頻繁而密切。而透過本論文的分析闡釋，這種數據後面更表現出精神觀念與詩歌風格的變化。元和詩人的交往詩類，是統合主體與社會，個人與群體的創作行為。詩人的交往相從，詩藝是相互認可、深交的基礎，並具體表現出對話與影響的特質。這不僅與魏晉以來的貴游文學集團、侍從文人集團有著本質上的重大差異，甚至與開元詩人缺乏自覺、表現鬆散的交往行為相比，也呈現出獨特的面貌。

　　尚永亮從群體表現特色將交往分成內部交往與外部交往，並認為元和詩人特別著重前者。其分析的結果表明，元和詩人的創作面貌與群體表現，與交往行為存在著密切的聯繫。[2]本論文探究

---

[1]　如宋人石介、歐陽脩、梅堯臣都曾在詩中肯定、讚美元和詩人競新出奇，開闢詩歌新境界的貢獻，且都強調此新局面並非個人單獨登高一呼，而是詩人群體共同的表現。歐、梅文字已在第二章徵引，石介之論則可見其〈贈張績禹功〉詩，云「李唐元和間，文人如蝟起。」見石介著，陳植鍔點校：《徂徠石先生文集》（北京：中華書局，2009），卷2，頁17。從歐、梅、石這些也有相互人事、文學交往的宋人意見中，可知元和詩人不僅各具特色，也是後代文人的群體典範。而探討元和詩人的交往對話與相互影響，對於其「群體」典範地位的形成和重要性，具有一定的解釋效果。

[2]　尚永亮：〈開元、元和兩大詩人群交往創作及其變化的定量分析〉，《唐代詩歌的多元觀照》（武漢：湖北人民出版社，2005年），頁378-379。

元和詩人之交往行為，分成顯性與隱性。顯性交往是指具體可徵的交往活動與創作，如韓孟宏篇巨幅、獨創一格的聯句；元白在唱和詩類開拓「今古之未有」的自覺性體認；或者如劉禹錫、白居易自發性編纂唱和集的行為等。這些交往行動的本身，不僅有濃厚的文學意味，更具備一定的社會意識。他們都知道這些行為本身，不僅受到當代人的注意，也將被後人傳誦。但具體而言，韓孟與元白又表現出不同的特質。韓孟著重於文化理想層面，故特別重視古文創作與古詩；元白著重於文學與社會的結合，故傾心於詩歌表現本身與文人身分的自覺自重，進一步發展出編輯傳播意識。從史書的評價與記載來看，也正顯示出這種分野。《舊唐書・韓愈傳》：「少時與洛陽人孟郊、東郡人張籍友善。二人名位未振，愈不避寒暑，稱薦為公卿間，而籍終成科第。榮於祿仕。後雖通貴，每退公之隙，則相與談讌，論文賦詩，如平昔焉。而頗能誘勵後進，館之者十六七，雖晨炊不給，怡然不介意。大抵以興起名教弘獎仁義為事。」[3]雖然主要論文章，卻也可視為是韓愈文學交往行為的顯著表現，諸如〈師說〉、〈薦士詩〉等，均可視為此種意識的實踐。至於元、白，以詩歌才子活躍於社會的形象，可見於本文第三章的闡述。

相對於顯性交往在文學史上獲得的重視，隱性交往本身確實更為封閉。隱性文學交往，以張籍和王建，姚合和賈島之間的交往最為顯著。從他們的文學歷程來看，他們並沒有建立所謂穩定而明確的論交對象，即使張、王二人淵源甚深，但兩人卻表現出與開元詩人近似的交往特質。因此，張王、姚賈並稱，但彼此的唱和酬贈不超過二十首詩。因此唱和集的編纂就成為現實上不太可行的事，他們甚至沒有嘗試韓孟針對聯句一體，創造前古未有之表現的動力。這種交往態度雖然與他們缺少政治資本有關，但真正起決定性作用的，還是詩學觀念與性情。這使得張籍、王建在當代並非領導風流的詩人，也導致後人低估其影響力。所謂隱性者，並不表示其沒有

3　劉昫等著：《舊唐書・韓愈傳》（北京：中華書局，2002年），卷160，頁4203。

實際的交往行動與表現，而是因為以詩對話、以詩相互影響的特質較為隱晦。他們雖然不以政治地位、雄健才力作為交往活動的中心人物，但他們因之而來的親切平和與詩人意識，卻成為中晚唐已降寒素詩人們的重要效仿對象。從第五章張籍對姚合的影響，姚合對李頻、鄭巢等人的影響，即深知其理。如果用江海河流作為譬喻的話，顯性交往就如長江大河，雄渾壯闊，眾人雖敬之卻畏之不敢逼視，蓋本身難以接近；隱性交往，往往變成詩學歷史中的一道潛流，眾人不必臨崖戰兢，即可取而用之，沾溉之功也不容忽視。

顯性與隱性的差別，既有詩人本身性情人格的差異，也是其歷史感與文化意識的反映。例如元、白之間的互動交往，顯較韓、孟頻繁、廣泛，也更為後代研究者注意。這是因為元白對於彼此的交往互動遠比韓孟更為強烈而自覺，從白居易以「天下英雄君與操」之用語來形容他與劉禹錫、元稹的詩歌交往即可知。詩人的不同個性與詩學觀念，更直接影響其交往的模式與型態。同樣是顯性交往，目標是儒家的詩教與道德復古，韓愈詩人群透過行為實踐、觀念內化轉承的交往方式相互傳遞；而元白則透過新樂府組詩的具體實踐來達成。但他們均自覺性地體認到彼此交往在歷史傳統中的特殊性，元白更透過不同手段來強化、流傳他們的文學交往行為。元、白的文學交往，早已突破固定的主題範疇，而是意識、批評、精神的相互影響與對話。

二、交往詩的三種範型

在文學史的論述中，喜將兩位以上的文人相互並稱，或把數位相關的文人定義為一群體，諸如陶謝、潘陸；或者如建安七子，竹林七賢等等。這些名稱有些是當時人的共識，有些則是後人的歸納建構，但基本上都存在著人事與文學的交往關係。在唐詩領域，詩人並稱顯得比以往更為頻繁普遍。具體而言，許多文人群體的並稱或歸屬，並無深刻的文學活動與行為存在，而只是同一時代的共

性歸納。例如初唐四傑、文章四友；或者只是當時的佼佼者，如沈宋、王孟等。最著者乃韋應物與柳宗元的並稱，兩人無任何文學與人事上的聯繫，後人主要是依據兩人詩歌風格的判斷。這種特殊而流行的詩學現象，明人胡應麟在《詩藪外編》卷三云：「余嘗歷考古今，一時並稱者，多以游從習熟，倡和頻仍，好事者因之以成標目。中間或品格差肩，以跡痕迹離而不能合；或才情迥絕，以聲氣合而不得離，難概論也。」[4]可見，胡應麟也感嘆文學史上並稱之繁複多樣，令後人難窺其究。然而，既然人事與文學關係是將某些作家並稱的基本條件，由此出發，用現代更精確而科學的概念、方法來做出歸納、分析，即是可行的研究途徑之一。本文重點雖不在釐清元和詩人並稱的問題，但透過交往範型的建構與分類，也將達到某種解釋的效果。

明人夏允彝在其〈岳起堂稿序〉，曾對唐宋文人與明代文人的文學活動作了一個比較：

> 唐宋之時，文章之貴賤操之在上，其權在賢公卿；其起也以多延獎，其合也或贊文以獻，挾筆舌權而隨其後，殆有如戰國縱橫之為者，至國朝而操之在下，其權在能自立，其起也以同聲相引重，其成也以懸書示人而人莫之能非。[5]

認為唐宋文人的文學自主性還未建立，有待貴公卿的延獎和推譽，不像明代文人能自立於世，藉本身的文才和社會影響力左右文壇。這個說法值得檢討。從實際的文學歷史看來，中唐時期即開始將文學才能的品鑑、抑揚之權力，轉移到作家群體內部。如果說李白的詩才，有待於賀知章、唐玄宗的賞識；那麼杜甫的典範地位，卻是完成於新興進士階層如元稹、白居易和韓愈手裡。如第二章所論，杜甫險怪驚奇、包羅萬象的創作特質以及李白、杜甫並峙的典

---

4 胡應麟：《詩藪・外編》，轉引自《明詩話全編》，卷3，頁5587。
5 夏允彝：〈岳起堂稿序〉，《陳子龍集》（上海：上海古籍出版社，2008年），頁750。

範地位，正是透過韓愈向其群體成員的宣達而傳承下來。對前輩作家如此，對同輩、晚輩，也不遑多讓。張籍的詩歌是因為韓愈而得以有名於世；賈島、李賀的詩才，也是透過韓愈的獎賞激勵，得以進一步成熟；白居易從不吝嗇推崇劉禹錫的詩歌成就；姚合更是不遺餘力的獎拔年輕寒素詩人。以上種種，莫不說明，中唐時期，詩人彼此之間透過各種交往模式，不僅是尋求知音，更間接造成彼此肯定，確立社會地位。不正是夏允彝所說的「其權在能自立，其起也以同聲相引重」的現象嗎？正是這種熱絡的「同聲相引重」，讓後人都認識到中唐各種流派、詩派的成立，是當時詩歌之盛的顯著表徵。「文學流派不僅像文人社團一樣，必須由一個實體性的作家群體構成；而且還必須具有非實體性的創作風格和理論主張。換句話說，文學流派是有著相同或相近的創作風格和理論主張的作家體。」[6]故研究中國文學流派之著作，莫不把源頭溯至元和時期。這種文學格局，與詩人之間的交往模式，存在著必然的聯繫。「由於人際關係和交往詩作加強了，相互間必定會產生創作理念上的影響和創作風格上的趨同，並為流派特色的最終形成奠定基礎。」[7]因此，元和詩人交往範型的建構，不僅具有創作上的典範意義，更具備詩學解釋的效用。有鑑於此，以上述諸章的分析為基礎，本節加以歸納成三種不同的交往範型。

（一）互為主體詮釋型

所謂「互為主體詮釋型」，交往雙方以平等的方式對待彼此，以同情性的態度參與彼此生活、理解對方感受，並以此為基礎，進行詩歌的交換和創作。正因為有此種深刻的情感作為聯繫紐帶，故交往時間持續而漫長、交往頻率異常密切，彼此理解也隨著交往歷程逐漸深入。這類交往，除了情感經驗與詩歌創作的相互滲透與啟發之外，更對彼此情誼之深厚有著自覺的認識和表述，是生命與詩

---

[6]　郭英德：《中國古代文學集團與文學風貌》（北京：北京師範大學出版社，1998年），頁183。

[7]　尚永亮：〈開元、元和兩大詩人群交往詩創作及其變化的定量分析〉，頁382-383。

歌的對話。白居易對元稹說：「執友居易，獨知其心」；對劉禹錫說：「同年同病同心事」、「文章微婉我知丘」，正是這種表現。元稹與白居易、白居易與劉禹錫即為最典型的範例。宋人楊萬里在讀元、白文集時，即強烈地感受到其中的特質：「讀過元詩與白詩，一生少傅重微之。再三不曉渠何意，半是交情半是私。」[8]白居易為何會選擇元稹、劉禹錫作為生死知交，詩歌密友，並非可透過邏輯思維的分析證成，而是由他們生命歷程所留下的詩歌交換、情感互通之詳細記錄，才可獲得說明。

（二）目的規範型

所謂「目的規範型」，互動交往的核心概念是文化理想，特別是古道古心。詩人之間的交往行為、詩歌創作，以此共同文化理想作為底蘊和基礎。其對待彼此、認識彼此的基本情感是屬於敬慕型的。劉克莊對於韓愈為何欽敬孟郊的心理因素有一深入的看法：「當舉世競趨浮豔之時，雖豪傑不能自拔，孟生獨為一種苦淡不經人道之語，固退之所深喜，何謬敬之有。」[9]很明顯的，「苦淡不經人道之語」的背後，正是一種以古道以抗於時的理想，所謂「古貌又古心」也，這才是韓愈深深推敬孟郊的原因。同理，韓愈推崇張籍「詩文齊六經」、「張生得淵源」，也可作如是解。雖然張籍曾經不滿韓愈的「以文為戲」，最後仍推崇其「獨得雄直氣，發為古文章。」都深可看出這群詩人對彼此的定位與肯定，最終莫不歸結到一種文化理想與人格價值。

以文化理想和復古概念為交往模型的互動者，顯然會面對政治現實的嚴苛考驗，不若元白、劉白以同情共感為互動方式顯得自在從容。在孟郊眼中，韓愈雖然才力詩濤如李白，但在道德節義上卻仍有待進一步完善；而在張籍的眼中，韓愈以文為戲太過頭了，應該回歸到儒家正統。這種相互之間的規勸，不僅是文化理想的商

8　楊萬里著，辛更儒箋校：《楊萬里集箋校》（北京：中華書局，2007），卷10，〈讀元白長慶二集〉，頁521。

9　劉克莊：《後村詩話》，引自吳文治主編：《宋詩話全編》（南京：鳳凰出版社，2006），頁8389。

討，更是生命定位的對話，在此過程中，我們看到一個依違於兩端的韓愈，然而，正是這種思想、創作之中的對立、矛盾，才成就韓愈文學表現的豐富性與複雜度。

以韓愈和孟郊為代表的交往詩範型內涵，除了言志感懷、追求古道理想性之外，另有超越凡俗的反抗性，自由聯想的遊戲性。如韓愈與張籍之間的〈毛穎傳〉辯解、孟郊為聯句的辯解等。韓愈〈雙鳥詩〉：「周公不為公，孔丘不為丘」；孟郊：「小儒哨章句」、「徒言奏狂狷」「丈夫莫矜莊，矜莊不中看」；盧仝〈歎昨日三首〉之「賢名聖行甚辛苦，周公孔子徒自欺」；馬異〈答盧仝結交詩〉：「不教辜負堯為帝，燒我荷衣摧我身」等。這些反抗常俗，追求新異的觀念表述，不僅具體實踐於復古理想的詩文創作，也在遊戲競藝中表現出對於規範的超越。因此，不難理解，與韓愈有詩文交往關係的人物，多同時具有守古執古與放浪形骸的二元對立性格。這種文學交往典範，引起宋人歐陽脩、梅堯臣、石介等的興趣，因此他們當號召文學同盟，表達革新文風時，往往強調韓愈、孟郊等人的作用。

（三）自我實現型

所謂「自我實現型」，指在詩歌交往過程中，詩人的自我主體有著更為清楚的呈現，彼此是以詩人精神相互認同。詩的本質與功用到底為何？詩人的特性又在哪？這些問題可依據不同的立場而有迥異的解釋。而儒家強調積極關懷政治的詩歌觀念，成為歷代文人無法忘懷的政治責任。在此詩學觀念下，詩歌的人生意義與社會意義，通常被政治意識所凌駕。蔣寅認為真正將詩歌與個人生活聯繫起來，視創作為「生命活動的自我實現」，正是從中唐開始。[10]這與其他學者將詩人自覺之表現、詩人意識之張揚聚焦於白居易、孟郊，其認識與判斷是一致的。然而，個體意識的自覺，是在與群體、社會的互動過程中實現的。以詩人形象的自我表現而言，姚

---

[10] 蔣寅：〈以詩為性命—中國古代對詩歌之人生意義的幾種理解〉，《中國古典詩學的現代詮釋》（北京：中華書局，2003年），頁233-255。

合既受到孟郊、白居易、張籍這些前輩詩人的影響，更與賈島、馬戴等人保持詩藝的對話。正如第五章所探討，姚合等詩人的詩人意識與自覺，並非憑空產生，無中生有，而是繼承孟郊、張籍、白居易等元和詩人，並加以轉化成適合自我詩性的展現。從某種程度而言，姚合的交往詩，雖然對象並不固定（相較於白居易、元稹、劉禹錫等人），頻率雖疏，但內部精神的聯繫與風格的一致，卻仍引人注目。尤其是學習姚合、賈島詩風的後繼者，常以詩派的面貌出現在各個朝代。有論者以為，文人結社吟詩的風氣，最早可追溯至中唐時期的幕府詩人，[11]但從姚合的例子看來，他與賈島等人所說的「君子自相於」的「詩會」，無疑是更具自覺性的詩人結社。這種交往特徵與他們自身強烈的詩人意識是緊密聯繫在一起的。

　　姚合與賈島等人的交往詩創作，與韓孟以聯句為主的競藝型態、元白著重情感對話的型態，是不一樣的。閱讀元白、劉白的交往詩，我們知道在什麼時間點、哪種情境下，兩人的情緒感受和思想。但這些特質，卻不容易在姚合與賈島、與馬戴、與厲玄等人的往來詩作中得到清楚的展現。韓愈、孟郊是透過想像力、以對抗姿態彰顯個性；白居易、元稹是著力描寫個人的情感體驗與細微的日常生活經驗來表現自我，而賈島、姚合對自我的表現正介於此兩極之間。相對於韓愈、孟郊等人以酒為媒介的文字飲；元、白馬上連吟十餘里的豪興，姚合、賈島這群詩人的交往狀態正與他們標榜的精神氣質一樣，充滿著冷冽、幽僻與孤峭。這也是為何會將其定義為隱性交往的緣由。

　　元和詩人交往詩範型說明簡表：

11　郭英德：《中國古代文人集團與文學風貌》，頁149。

	互為主體詮釋型	目的規範型	自我實現型
情感互動模式	同情同理心的情感	敬慕、欽佩的情感	以執著於詩為精神共識
內涵特性	無事不可言，無情不可抒，形成私密而感性的對話場域。	注重個體精神的極致表現，以想像、才能相互競爭取勝。	從互動頻率看不出交往的密切，而傾向精神氣質的相互標榜。
文學場域中的互動關係表現	成員之間，平等的互動，生命情境的相互理解。	有一領袖性人物，在道德、文學上成為中心。	雖有中心人物，但彼此距離相對疏遠、平淡。
主要代表人物	白居易與元稹、劉禹錫與白居易	韓愈與孟郊、張籍與韓愈	張籍與姚合、姚合與賈島
與文學流派形成之關係	知音、知交	文化理想型、風格理想型	以詩為性命
主要體裁	各類詩體	聯句、古詩	五言律詩

第二節　元和交往詩的詩學特徵

一、對話性

　　所謂詩歌的對話性，是指在交往詩中，不僅將詩視為人我溝通的媒介，更指自覺地將彼此的情感意志、生活等作為創作主題，這個特點在白居易身上得到最具體而深刻的展現。不論是與元稹的政治對話，還是與劉禹錫刻畫老年的詩篇，均表現出強烈的對話性。對話性的特性之一，是對象的確定，這與一般以應景為主的唱和贈答之作，有著迥異的特質。詩作為語言文字的符碼，本身即具有溝通的功能，故贈答之作淵源流長。然詩歌交往對象的明確設定，元和詩人表現得最為突出。如白居易將元稹設定為前期詩歌交往對象，將劉禹錫設定為後期的交往對象。對象的設定，不僅意味著交往時間的長短，也意味著交往程度的深淺。從白居易生平最重要的兩位詩友元稹、劉禹錫看來，其交往均超過二十年的時間。對象的設定，也意味著詩歌內涵的自動分類，諸如白居易與元稹的政治對話，與劉禹錫的老年對話等。由此引申出對話主題的一貫性與系

統性，如元稹與白居易的政治對話，從諷喻詩作的自覺創作，到政治心態的修正，莫不是兩方心靈的參與和對談。在對話過程中，不僅相互影響，也彼此啟發。從詩歌對話功能的自覺體認上來看，白居易〈與元九書〉、〈祭微之文〉中有清楚的自述，詩對於他們而言，既是窮通之際相互勸勉相戒的語言，也是作為生命存在之心靈精神的對話，所謂「始以詩交，終以詩訣」也。如果說，元白政治性的對話是確認彼此交情的保證，那麼，劉禹錫的詩歌對話，則是政治場域的詩性存有。面對不同的政治情境與人物，劉禹錫有著不同的詩歌情感與語言表現，這種對話性成為晚年劉禹錫詩歌最顯著的創作特質。特別是他與白居易的詩歌交往，是歷經宦途波折，世路坎坷之後的心靈對談，詩中盡是意蘊深刻的人生況味。如果忽略這段交往對於他們的意義，就無法深刻理解劉、白的晚年。舉例而言，趙榮蔚《晚唐士風與詩風》，將洛陽時期的白居易與劉禹錫，分別定義為「游心佛老，詩酒自適」與「礪節守正，傲兀達觀」，認為這是白、劉二人晚年心態的基本格局。[12]這種論點雖然可以成立，但沒有注意到劉、白兩人晚年心境的複雜度與豐富度。畢竟，劉、白密切的交往互動，包括詩歌交換、生命情境的對話等等，是由異趣同，從矛盾掙扎走向和諧的精神歷程，也是獨特的詩歌創作表現。在白居易的觀念中，詩是與知己交談的最佳符碼，舉凡瑣碎的日常生活感受、隱密的記憶、個人的情感，均可成為詩的語言。對話不僅是為了瞭解他者，更在往返過程中逐步認識自我。

與白居易在政治、日常生活的對話不同，韓愈交往詩則開闢出極具個性與創造性的對話模式。這種態度，與他所持「餘事作詩人」的心態恰相表裏。正因為將詩視為文字飲的媒介、逞奇鬥怪、發揮牢籠萬物的工具，其與周遭詩人的往來作品，反而變成嬉笑怒罵、無施不可的符號。他寫給盧仝、賈島、劉師服等人的詩，不妨視為自我與贈詩對象的對話錄，或調侃、或嘲弄、或亦莊亦諧，可

12　趙榮蔚：〈甘露之變與東都閑適詩人群的創作〉，《晚唐士風與詩風》（上海：上海古籍出版社，2004年），頁35-63。

謂眾聲喧嘩。其所謂「文字飲」，最足以代表此種模式。不同個性、不同詩風的人，聚會一堂，透過酣飲而各呈己貌。對話性的張揚和實踐，正是元和詩人交往詩在詩學上最引人注目的貢獻。

二、抒情性

從大曆詩人到元和詩人，交往詩的寫作內涵歷經著從風景、事件為主的唱和到重視主體之情感、個體的獨特價值所在。此可從權德輿、呂溫與白居易、劉禹錫為唱和集所寫的序文得到印證。大曆、貞元年間的詩人集會，留下唱和集是為了讓後人記起盛會，而非詩人主體的獨特面貌與精神。然而，元稹、白居易、劉禹錫卻賦予唱和集傳遞個人委婉情意、承載獨特精神面貌的價值。以抒情詩為主流的詩史傳統中，「情」具有最高的價值與地位。宋人楊萬里在閱讀元、白詩集時，即有感而發地說：「讀過元詩與白詩，一生少傅重微之。再三不曉渠何意，半是交情半是私。」[13]白居易為何如此看重與元稹的關係，私人性的交情正是最重要的因素。如果瞭解白居易早年對元稹道德品行之正直果敢、政事與文學才能的傾慕，即不難理解，白對於元稹的重視。雖然錢鍾書將白居易對元稹的交往視為文人的策略行為，認為：「白傅重微之，適所以自增重耳。」[14]若從當日元白詩之受重視的程度看，此說有一定的道理。寶曆二年（826），白居易在寄給元稹的新詩卷後，題此一絕：「寫了吟看滿卷愁，淺紅箋紙小銀鉤。未容寄與微之去，已被人傳到越州。」[15]這首詩很可以看出元、白誼在當時的反映。所謂愁者，應包括兩人相憶而不得見的哀愁，這種私人性的情感卻被大眾視為審美的對象而傳閱，而從白居易的詩中，也知道這是寄贈雙方也自覺到的社會現象。這種直道當時語的抒情模式，元稹是頗為自覺的體認到，他讀杜甫的詩，就這麼認為：「杜甫天才頗絕倫，

13　《楊萬里集箋校》，卷10，〈讀元白長慶二集〉，頁521。
14　錢鍾書：《談藝錄》（北京：三聯書店，2008年），頁450。
15　白居易著，謝思煒校注：《白居易詩集校注》，卷24，〈寫新詩寄微之偶題卷後〉，頁1944。

每尋詩卷似情親。憐渠直道當時語，不著心源傍古人。」[16]這種不傍古人，直道當時語的精神意識，成為他與白居易詩歌往還的基本原則。清人紀昀的批評，從相反的角度印證元、白抒情模式在當時的創新表現。紀昀附和方回批評元、白相互誇耀州宅的「風俗之弊」時，這麼說：「大抵元白為人皆淺，小小悲喜必見於詩。全集皆然，不但此也。」[17]正是這種「小小悲喜必見於詩」，以及「直道當時語」的創作精神，使得元白交往詩中的抒情性，在詩學的發展史中，別具價值，正如王南指出的，「確立於唐代詩論中的「性情」本質觀在前代「情本」觀念的基礎上增添了更多的個性因素，並且更為自覺而密切地與抒情詩的創作實踐結合，為詩觀念的獨立、深化直至完成體系打下了堅實的基礎。」[18]這種表現，以元、白和劉、白的交往詩最為明顯。

但元稹、白居易以降，交往詩中抒情性的減弱也是不可否認的事實。此可從姚合祭悼賈島的文字中，可出這種變化：

> 白日西邊沒，滄波東去流。名雖千古在，身已一生休。豈料文章遠，那知瑞草秋。曾聞有書劍，應是別人收。

> 杳杳黃泉下，嗟君向此行。有名傳後世，無子過今生。新墓松三尺，空階月二更。從今舊詩卷，人覓寫應爭。[19]

姚合在詩中強調的是賈島詩名在後世的不可磨滅，而不回憶兩人交往情感之深，這種心態可從「應是別人收」、「人覓寫應爭」句看出。對詩友的憶念，不是從自我內心深處體現，而是從他人的行為說起。這與白居易對元稹、劉禹錫之卒的態度是迴異的，不論

---

[16] 元稹著，楊軍箋注：《元稹集編年箋注》（西安：三秦出版社，2002年），〈酬李甫見贈十首〉之2，頁609。

[17] 方回選評，李慶甲集評校點：《瀛奎律髓彙評》（上海：上海古籍出版社，2005年），卷4，頁191。

[18] 王南：《中國詩性文化與詩觀念》（成都：四川民族出版社，2002年），頁246。

[19] 姚合著，劉衍校考：《姚合詩集校考》（長沙：岳麓書社，1997年），卷10，〈哭賈島二首〉，頁141-142。

是「相看掩淚情難說，別有傷心事豈知」，還是「時向歌中聞一句，未容傾耳已傷心」，強調的都是自我內心難以壓抑的悲痛。[20]

抒情性的減弱，不代表交往雙方情感基礎的薄弱，而是表示互動行為中情感因素的轉向。這不僅是群己關係的重新定位，也是詩歌成為人生價值之本質追求的表徵。同韓愈、孟郊相較，姚合、賈島、馬戴等中晚唐之際的詩人，並不會在現實中以對抗姿態自處。也與元稹、白居易早期關懷社會弊病，以強烈感情面對現實的方式也不一樣。這也就難怪，情之本體的彰顯和表現，在姚、賈詩人群的交往詩作中最為淡薄。此一現象在晚唐五代以後，成為新的詩學發展方向，正如愛甲弘志所云：「中唐以後散見一些未能成為官吏的詩人，他們被隔離或不得不遠離傳統的詩道。因此，他們就開始反省自己詩作的存在意義，並從中發現了文學的新意義。」[21]而這一開端，可在張籍、姚合、賈島等人的交往詩中，看到逐漸明顯的自我表現。將存在與詩歌意義密切結合，賦予詩特殊而獨立的地位，是唐宋詩學發展中極為引人注目的表現。其發展與成熟，並不是詩歌抒情本質的取消，而是對詩之本質意義的深化和發展，這些課題，都有待日後作更進一步的詮釋說明。

第三節　元和交往詩的詩學價值與社會意義

一、詩學價值

若與唐代其他重要時期相比較，元和詩人所展現的交往行為，無疑是最為活躍的。李白與杜甫、王維與孟浩然、高適與岑參等人，雖然在詩史上並稱齊名，且有一定的交往關係存在，但在詩歌創作上的聯繫卻顯現出不平衡、不對稱、不熱絡的現象。他們雖然齊名，創作歷程與思想情感卻多保持相對獨立的狀態。在他們的

---

[20] 《白居易詩集校注》，卷36，〈覽盧子蒙侍御舊詩多與微之唱和傷今感昔贈子蒙題於卷後〉，頁2754；卷31，〈聞歌者唱微之詩〉，頁2378。
[21] 愛甲弘志著，劉小俊譯：〈從文人師承現象看中晚唐時期文學觀的變化〉，《師大學報》第55卷第1期（2010），頁124。

文學活動中，與某一特定人物的交誼還未成為自己的創作重心，在創作型態上也沒有成為後人的典範。安史之亂後，文人群體的彼此聯繫更加緊密，代宗大曆至德宗貞元年間，相續出現吳中詩派、浙東、浙西等詩人群體。成員身份多元，包括隱士、僧人、地方官等，彼此之間無礙的互動交往，也是高度地將詩作為溝通媒介。然而，在這些群體之中的交往詩，其表達的詩歌觀念「不是自我表現，不是道德標準的工具，不是脫離場合的純藝術，甚至不是為獲得社會地位而必須掌握的技巧，而是與南朝一樣，將詩歌看成是一種為了社交而存在的社交藝術，一種本身就是社交的消遣。」[22]從情感交流來說，大曆詩人的交往詩，「將創作重心放在對清辭麗句的營造上，思想情感反成了一種類型化的形式，創作主體的情感消失於語詞的經營之中，無法表現出群體或個人的藝術性。」[23]即使如此，這一時期的文學活動和交往模式，在唐詩史上仍別具意義。詩歌技法的討論和詩格著作的出現，聯句體表現功能的探討，莫不與此時的交往活動有著密切的聯繫。

晚唐詩人的交往詩，以皮日休與陸龜蒙為著，從皮、陸二人的創作活動來看，處處受元和詩人的影響，不論是創作觀念，還是詩歌題材，均為韓愈、白居易範型的後續發展。陸龜蒙寫給皮日休的詩中這麼說：「抽毫更唱和，劍戟相磨戞。何大不包羅，何微不挑刮。」[24]這種表述，明顯可以看出韓孟聯句、元白唱和的影子。而為了在主題內涵上有新的內容開拓，皮、陸二人著力於詠物的聯吟，或可視為二人欲爭奇出勝的策略之一。然而在整體的創造力、詩藝的開拓上，並未在元和詩人的基礎上有突破性的進展。

真實的文學歷史，從不同的角度看，往往呈現出不同的風貌。以正史、人物傳記為主要敘述觀點的正統史書，往往忽略複雜、豐富的文學活動。唯有透過各種觀點的互補，才可能盡量接近歷史原

---

[22] 宇文所安著，賈晉華譯：《盛唐詩》（北京：三聯書店，2004年），頁318-319。

[23] 查屏球：〈詩人的學人化與文士的儒士化〉，《從游士到儒士—漢唐士風與詩風論稿》（上海：復旦大學出版社，2005年），頁479。

[24] 彭定求等編：《全唐詩》（北京：中華書局，2003年），卷617，陸龜蒙〈奉酬襲美先輩吳中苦雨一百韻見寄〉，頁7112。

貌。從交往角度觀察文學史的演變、發展，相對於強調個別詩人，顯得更為具體而生動。因為，作為社會群體的一員，不存在所謂完全獨立的自我。他必定與他人、與群體的互動、對話中逐漸確認自己。分析這些交往詩歌，各種聲音得以現身，文本的社會語境得以重構，進而從片段中拼奏出原貌。以姚合而言，其詩歌淵源，多以為得自王維、孟浩然以及大曆詩人，但從詩人意識的考察來看，其受元和詩人孟郊、張籍、白居易的影響，或許更深刻一些。他對於後輩詩人的啟發和提攜，也處處離不開元和詩人的典範作用。以此來看，從交往角度來觀察詩人彼此之間的詩學關係，往往可發現文學史略而未述的罅隙。以元稹和白居易的詩歌交往來說，就是以「文學互動為基礎，促使成員的主動反省和思考，以創造出世俗化傾向的文學作品，並進而改造一代之文風，開闢新的文學道路和創作領域。」[25]

元和詩人所樹立的各類詩歌交往範型，繼續在晚唐之後發揮影響力，宋代詩人們選取適合他們詩學傾向的典範，並變新出奇。元、白透過於唱和酬贈所建立的文學互動，成為宋初李昉等人傾心向慕的盛事。韓、孟以道義相始終、以文章相得磨勵的互動，更成為歐陽修、梅堯臣念茲在茲的典範。而姚合、賈島等詩人，以苦心低吟姿態相互標榜的創作模式，更是晚唐已降苦吟詩人群的創作動力，所彰顯的詩人意識，也對詩藝的精進起著積極的推動作用。由此來看，元和詩人的詩歌交往行動，不僅促使自身新變，更影響啟迪著後代詩人。

進而言之，交往詩研究在文學史上的意義與價值，有助於把握從群體創作活動中衍生的流派意識，以及在交往過程中相互對話，彼此啟發的詩學特質，從一更切實的角度補充前行研究所謂的「元白詩派」、「韓孟詩派」等論述。透過交往的討論，文學風貌的開拓新變、詩學的傳承關係等層面，有一更清楚的顯現。

---

[25] 馬銘浩：《唐代社會與元白文學集團之關係研究》（臺北：臺灣學生書局，1991年），頁170。

二、社會意義

在韓孟、元白等人那裡，詩的交往是確認彼此的關係，藉此告訴對方「我跟你不一樣」；但到了姚合、賈島手中，詩的交換就是彼此關係的見證，告訴對方「我跟你一樣」。即使有此差別，彼此透過詩篇的交換與寄贈來確認雙方關係，達成社會互動則一致。只是姚、賈轉向以行為本身和精神氣質的內顯，而非話語權力的建構和創造、情性價值的肯定與交流。因此我們可以看到，與姚合有交誼關係的詩人們，莫不彼此彰顯自身清峭、冷僻的精神傾向與藝術表現，並由此形成一種「我群」意識。這種「我群」意識的發酵，可在晚唐人張為「清真雅正」的名單中一窺其奧。從張籍、王建，到姚合、項斯、劉得仁、鄭巢等人，正可發現「我群」的隱晦面貌。雖然這種精神特質韓、孟也是相當明顯，但姚、賈等人卻進行內在的轉變。例如取消與外在的尖銳對立感，從內在肯定作為詩人的價值與意義等。

從姚合與其他詩人交往的特質看來，呈現出分化與擴散的現象，不再有類似韓孟、元白、劉白之間平等而密切的互動關係。以詩人意識與形象而言，王建「人怪考詩嚴」和張籍「長吟任此生」，[26]所強調的苦吟適性，對於姚合詩人自我的形塑有著決定性作用。而白居易「海內閒官一人」，新詩千首的型態，則成為姚合詩人自我的理想追求。以此來看，姚合的詩歌表現與創作行為，都可以發現與元和詩人之間的聯繫，並變成屬於他那個時代的個人特色。詩壇之間的交互影響與滲透，在姚合身上得到最複雜的體現。

韓愈、孟郊、盧仝等人的處世風格太激烈、驚世駭俗；而白居易、元稹、劉禹錫詩仕兩全，雖歷經政治升沉，卻開轉出自得閒樂的生命格調。以姚合、賈島等人的才性和際遇，難在此兩端抉擇，

---

[26] 詩句分別見尹占華校注：《王建詩集校注》（成都：巴蜀書社，2006年），卷5，〈閒居即事〉頁202；李建崑校注：《張籍詩集校注》（臺北：華泰文化事業，2001年），卷3，〈江頭〉，頁190。

故轉而尋找中間路線，而張籍、王建恰成為平易親切的對象。這種詩人形象與意識的自我定位，既能顯出與他群的差異，又有賈島、馬戴等友人可資形成獨特的我群。在韓孟等人的意識深處和理想中，是不甘心只作一位詩人；元白劉則較傾向於將詩人視為安頓歷經政治風波後的自我。但姚賈等人卻從張籍、王建的生命歷程中看到：詩人可以成為自我生命價值得以實踐的途徑，也是現實存在的根源。因此，就在這多元的對話、抉擇過程中，姚合、賈島等人找到自己的道路。

呂正惠曾指出元和詩人之間的詩歌交往，與一般性的私誼和模式化社交不同，而是接近現代人所謂的「文學活動」性質。[27]這種現象意謂著，詩歌創作不再是抒發個人感情與思想的工具；更是自我與群體、社會的辯證互動過程。龔鵬程曾有專文討論唐代文學化社會的形成，以及在不同藝術領域的表現。[28]認為唐人對於文士文才的重視，有著超乎前人的迷狂和執著，故以「文學崇拜」一詞來稱謂其所具的社會色彩。[29]這的確說明唐代詩歌創作不依附政治集團，也能獲得社會的普遍承認與肯定。但是龔氏的研究方法是將文學活動視為宗教活動來看，這似乎符合唐人的觀念，還有待檢證。真正從文學活動與社會生活角度對詩歌本質作一觀察者，當以顏崑陽的「詩用學」論述為代表。顏氏指出，先秦以來以詩為用的現象，魏晉以後並未消歇，是抒情傳統以外另一個值得重新加以審視的領域。顏氏曾以此研究方法和詮釋觀點，具體分析了唐人「集體意識詩用」的特質與內涵。[30]在顏氏建構詩用學的系列論文中，核心概念是「詩式社會文化行為」一詞，其定義是「以詩作為符號形式，並時性或歷時性地有多數人在反覆操作而形成模式化的社會行

---

27 呂正惠：《元和詩人研究》（臺北：私立東吳大學中文所博士論文，1983年），頁71。

28 詳見龔鵬程：〈文學化社會之形成〉，《唐代思潮》（北京：商務印書館，2007年），頁213-351。然龔氏此文著重討論進士階層的文學活動與社會化行為，與本論文強調主體之間以詩交往的現象有所不同。

29 可參見龔鵬程：〈文學崇拜的社會〉，《唐代思潮》，頁213-297。

30 顏崑陽：〈論唐代「集體意識詩用」的社會文化行為現象─建構「中國詩用學」初論〉，《東華人文學報》第1期（1999年），頁43-68。

為。」[31]依據此說，元和詩人的交往詩，就不僅是文學創作現象，更是文化傳統與社會活動的具現。在此頻繁地群己互動、對話中，元和詩人對於個體意識的自覺及表現，具有異常強烈的表達衝動。在這種文化背景下，詩歌交往行為中的詩用意識，自然成為顯著的特徵。此可借用顏崑陽對於「個體意識詩用」的定義：「詩的社會性效用在於表現個體的存在經驗與實現個體特有的價值意向。」[32]從元和詩人對話的實質內涵來看，也莫不是關注於「個體的存在經驗」及「特有的價值意向」，而這些正表現於他們相互往來的交往詩中。

從上述學者的前行研究以及本論文各章對於「交往詩」之對話性與相互影響的特質來看，元和詩人的交往行為，實為唐詩最具社會性概念的創作表現。韓愈的古文創作活動，明顯地帶有策略操作意識，以利於爭取對抗駢文的話語權力與資本。[33]但古文是與政治場域、歷史場域緊密相扣的文類，不若詩之為體所具的情感本質和藝術特質。從韓愈和柳宗元的古文交往尤可看出其中差別。[34]如白居易與元稹「遞唱豔曲」「十餘里」，時人「莫不眾觀」，如癡如醉的社會現象，說明詩人不僅自豪自己的詩才詩興，更強烈自覺到聽眾的在場。而元稹日後回憶這種「表演」的創作，仍充滿無盡的懷念。元白詩之所以在當時「二十年間，禁省觀寺郵候牆壁之上無不書，王公妾婦牛童馬走之口無不道」，「處處皆是」，「無可奈

---

[31] 顏崑陽：〈用詩，是一種社會文化行為模式—建構「中國詩用學」初論〉，《淡江中文學報》第18期（2008年），頁279-302。

[32] 顏崑陽：〈論唐代「集體意識詩用」的社會文化行為現象—建構「中國詩用學」初論〉，頁47。由於顏氏此文著重闡明「集體意識詩用」的詩學現象，所以只對「個體意識詩用」只提出定義，還未展開具體論述與分析。

[33] 可多看陳文新：〈韓柳古文派與古文統序的確立〉，《中國文學流派意識的發生和發展—中國古代文學流派研究導論》（武昌：武漢大學出版社，2003年），頁35-40。朱國華：〈文學與符號權力：對中唐古文運動的另一種解讀〉，載《文學與權力文學合法性的批判性考察》（上海：華東師範大學出版社，2006年），頁160-179。

[34] 方介曾詳細探討韓愈、柳宗元古文創作上的交往情形以及相互影響，認為「韓、柳為文確有競勝心理，且是韓作先出，柳作在後，可見韓文對柳影響之大。」見氏著：〈韓、柳交誼與相互影響〉，《韓柳新論》（臺北：臺灣學生書局，1999年），頁317。這個看法與胡楚生在〈從韓愈詩中看韓柳交誼〉所說的「從以上諸詩中，我們可以見到柳韓二人，真情流露，相互關懷，交誼深厚的一面」，正是不同的認識。可以發現，詩的交往有其無法替代的文類質性和藝術性，和其他文體，特別是古文有著不同的表現。胡氏著作見：《韓柳文新探》（臺北：臺灣學生書局，1991年），頁201-206。

何」，[35]正與兩人自覺地進行傳播媒介的開發與創新，諸如詩屏的設立、題壁詩的書寫、詩筒的相互往來等等，這些都說明，元和詩人比起前人，更為自覺地認識到，想要造成社會轟動、眾所矚目，必須透過某種行為操作。實際的文本創作與傳播是如此，如何博得社會認可與價值肯定，來作為自己的社會資本，也是當時人常進行的活動。寒素、後輩文人是如此，即使官高名重的裴度，欲讓自己贈馬的義舉、自己園林之美為世所知，也是透過與當時重要詩人的唱和之作，達到宣傳的目的。[36]如此來看，「詩人」、「詩」到了元和，已非傳統觀念所可束縛，而是成為具有獨立意義、獨特價值的社會活動與創作行為。這種觀念的轉變，對於宋代以後的詩學、詩史影響，很值得繼續深入探討。

---

[35] 元稹著，冀勤點校：《元稹集》（北京：中華書局，2000年），卷51，〈白氏長慶集序〉，頁555。

[36] 在洛陽詩人的詩歌創作活動中，物之交換贈與成為詩歌主題是如此的普遍，如裴度贈張籍馬、裴度向白居易索鶴、劉禹錫贈白居易鶴，以及園林觀賞的相互邀約等活動。其詳細內容可參看楊曉山著，文韜譯：《私人領域的變形：唐宋詩歌中的園林與玩好》（南京：鳳凰出版社，2008年）。

參考書目

說明

一、所引參考書目以論文中曾徵引為主。

二、古籍部分以經、史、子、集為序。

三、近人專書著作以姓氏筆畫為序,外籍學者譯著則另成一類。

四、期刊論文、會議論文、學位論文均以出版年先後為排序。

一、古籍

(一)經

孟子著,朱熹集注,蔣伯潛廣解:《孟子》臺北:啟明書局

(二)史

司馬遷著:《史記》(臺北:鼎文書局,1980)

范曄著:《後漢書》(北京:中華書局,2001)

魏徵等著:《隋書》(臺北:文史出版社,1974)

李林甫等著,陳仲夫點校:《唐六典》(北京:中華書局,2005)

王溥:《唐會要》(上海:上海古籍出版社,2006)

劉昫等:《舊唐書》(北京:中華書局,2002)

歐陽脩、宋祁:《新唐書》(北京:中華書局,2003)

歐陽脩:《新五代史》(北京:中華書局,1995)

司馬光:《資治通鑑》(北京:中華書局,1995)

辛文房著,傅璇琮等主編:《唐才子傳校箋》(北京:中華書局,2002)

徐松著,趙守儼點校:《登科記考》(北京:中華書局,1993)

(三)子

荀子著,李滌生集釋:《荀子》(臺北:臺灣學生書局,1979)

王充著,黃暉校釋:《論衡》(臺北:商務印書館,1964)

王符著，王繼培箋，彭鐸校正：《潛夫論箋校正》（北京：中華書局，2010）

葛洪著，楊明照校箋：《抱樸子外篇校箋》（北京：中華書局，1996）

丁如明等人校點：《唐五代筆記小說大觀》（上海：上海古籍出版社，2000）

劉肅：《大唐新語》（臺北：新宇出版社，1985）

張鷟：《朝野僉載》（北京：北京出版社，2000）

封演：《封氏聞見記》（臺北：廣文書局，1968）

李肇：《國史補》（臺北：世界書局，1968）

趙璘：《因話錄》收入《唐國史補八種》（臺北：世界書局，1968）

范攄：《雲谿友議》收入《唐國史補八種》（臺北：世界書局，1968）

王定保著，姜漢椿校注：《唐摭言校注》（上海：上海社會科學院出版社，2003）

王讜著，周勛初校證：《唐語林校證》（北京：中華書局，2008）

（四）集

1、總集別集類

逯欽立編錄：《先秦漢魏晉南北朝詩》（臺北：學海出版社，1991）

嚴可鈞輯：《全上古三代秦漢三國六朝文》（北京：中華書局，1999）

彭定求等編：《全唐詩》（北京：中華書局，2003）

董誥等人編，孫映逵等點校：《全唐文》（太原：山西教育出版社，2002）

陳尚君輯校：《全唐詩補編》（北京：中華書局，1992）

陳尚君輯校：《全唐文補編》（北京：中華書局，2005）

陳鴻墀纂：《全唐文紀事》（北京：中華書局，1959）

孔延之編，鄒志方點校：《會稽掇英總集》（北京：人民出版社，2006）

杜甫著，仇兆鰲注：《杜詩詳註》（北京：中華書局，1999）

錢起著，阮廷瑜校注：《錢起詩集校注》（臺北：新文豐，1996）

權德輿著，郭廣偉校點：《權德輿詩文集》（上海：上海古籍出版社，2008）

韋應物著，阮廷瑜校注：《韋蘇州詩校注》（臺北市：華泰，2001）

劉長卿著，儲仲君箋注：《劉長卿詩編年箋注》（北京：中華書局，1996）

韓愈著，錢仲聯集釋：《韓昌黎詩繫年集釋》（上海：上海古籍出版社，1998）

韓愈著，馬其昶校注：《韓昌黎文集校注》（上海：上海古籍出版社，1998）

韓愈著，屈守元、常思春主編：《韓愈全集校注》（成都：四川大學出版社，1996）

孟郊著，華忱之、喻學才校注：《孟郊詩集校注》（北京：人民文學出版社，1995）

孟郊著，郝世峰箋注：《孟郊詩集箋注》（石家莊市：河北教育出版社，2002）

孟郊著，邱燮友、李建崑校注：《孟郊詩集校注》（臺北：新文豐出版有限公司，1997）

張籍著，李建崑校注：《張籍詩集校注》（臺北：華泰文化事業股份有限公司，2001）

張祜著，尹占華校注：《張祜詩集校注》（成都：巴蜀書社，2007）

王建著，尹占華校注：《王建詩集校注》（成都：巴蜀書社，2006）

李賀著，王琦等注：《李賀歌詩集注》（上海：上海古籍出版社，1998）

韋應物著，孫望校箋：《韋應物詩集繫年校箋》（北京，中華書局，2002）

白居易著，朱金城箋校：《白居易集箋校》（上海：上海古籍出版社，2003）

白居易著，謝思煒校注：《白居易詩集校注》（北京：中華書局，2006）

元稹著，冀勤點校：《元稹集》（北京：中華書局，2000）

元稹著，楊軍箋注：《元稹集編年箋注》（西安：三秦出版社，2002）。

柳宗元著：《柳宗元集》（北京：中華書局，2000）

柳宗元著，王國安箋釋：《柳宗元詩箋釋》（上海：上海古籍出版社，1998）

劉禹錫，卞孝萱校定：《劉禹錫集》（北京：中華書局，2000）

劉禹錫著，瞿蛻園箋證：《劉禹錫集箋證》（上海：上海古籍出版社，1989）

劉禹錫著，蔣維崧等人箋注：《劉禹錫詩集編年箋注》（濟南：山東大學出版社，1997）

劉禹錫著，陶敏、陶紅雨校注：《劉禹錫全集編年校注》（長沙：岳麓書社，2003）

姚合著，劉衍校考：《姚合詩集校考》（長沙：岳麓書社，1997）

賈島著，齊文榜校注：《賈島集校注》（北京：人民文學出版社，2001）

賈島著，黃鵬箋注：《賈島詩集箋注》（成都：巴蜀書社，2002）

賈島著，李嘉言校：《長江集新校》（開封：河南大學出版社，2008）

賈島著，李建崑校注：《賈島詩集校注》（臺北：里仁出版社，2002）

李德裕著，傅璇琮、周建國校箋：《李德裕文集校箋》（石家莊市：河北教育出版社，2000）。

沈亞之著，蕭占鵬、李勃洋校注：《沈下賢集校注》（天津：南開大學出版社，2003）

李商隱著，劉學鍇、余恕誠集解：《李商隱詩歌集解》（北京；中華書局，2004）

杜牧著，吳在慶校著：《杜牧集繫年校注》（北京：中華書局，2008）

梅堯臣著，朱東潤校注：《梅堯臣集編年校注》（上海：上海古籍出版社，1980）

歐陽脩著，洪本健校注：《歐陽脩詩文集校注》（上海：上海古籍出版社，2009）

楊萬里著，辛更儒箋校：《楊萬里集箋校》（北京：中華書局，2007）

袁枚著：《小倉山房詩文集》（上海：上海古籍出版社，2007）

2、詩文評類

吳文治主編：《宋詩話全編》（南京：鳳凰出版社，2006）

吳文治主編：《明詩話全編》（南京：鳳凰出版社，2006）

計有功著，王仲鏞校箋：《唐詩紀事校箋》（北京：中華書局，2007）

阮閱編，周本淳校點：《詩話總龜》（北京：人民文學出版社，1998）

何文煥編：《歷代詩話》（北京：中華書局，2001）

丁福保編：《續歷代詩話續編》（北京：中華書局，2001）

沈德潛編：《唐詩別裁集》（上海：上海古籍出版社，2008）

清高宗敕編：《唐宋詩醇》（瀋陽：春風文藝出版社，1995）

趙翼：《甌北詩話》（北京：人民文學出版社，2005）

胡仔纂集：《苕溪漁隱叢話》（臺北：長安出版社，1978）

魏泰著，陳應鸞校注，《臨漢隱居詩話校注》（成都：巴蜀書社，2001）

馮贄編，張力偉點校：《雲仙散錄》（北京：中華書局，2008）

許學夷著：《詩源辯體》（北京：人民文學出版社，1998）

張為著：《詩人主客圖》收入《歷代詩話續編》（北京：中華書局，2001）

孟棨著：《本事詩》收入《歷代詩話續編》（北京：中華書局，2001）

二、近人專著

王夢鷗：《傳統文學論衡》（臺北：時報出版公司，1991）

王夢鷗：《中國古典文學論叢》（臺北：中外文學編輯部出版，1976）

王壽南：《唐代人物與政治》（臺北：文津出版社，1999）

王汝濤：《唐代小說與唐代政治》（長沙：岳麓書社，2005）

王達津：《唐詩叢考》（上海：上海古籍出版社，1986）

王基倫：《韓柳古文新論》（臺北：里仁書局，1996）

王基倫：《唐宋古文論集》（臺北：里仁書局，2001）

王勛成：《唐代銓選與文學》（北京：中華書局，2001）

王南：《中國詩性文化與詩觀念》（成都：四川民族出版社，2002）

王武召：《社會交往論》（北京：北京大學出版社，2002）

尹楚兵：《令狐楚年譜令狐綯年譜》（上海：上海古籍出版社，2008）

毛蕾：《唐代翰林學士》（北京：社會科學文獻出版社，2000）

方介：《韓柳新論》（臺北：臺灣學生書局，1999）

卞孝萱：《劉禹錫年譜》（北京：中華書局，1963）

卞孝萱：《劉禹錫叢考》（成都：巴蜀書社，1988）

卞孝萱：《唐人小說與政治》（廈門：鷺江出版社，2003）

卞孝萱：《唐代文史論叢》（山西：人民出版社，1986）

田耕宇：《唐音餘韻—晚唐詩研究》（成都：巴蜀書社，2001）

田耕宇：《中唐至北宋的文學轉型研究》（北京：中國社會科學出版社，2009）

江雅君：《文選贈答詩流變史》（臺北：文津出版社，1999）

何寄澎：《典範的繼承：中國古典詩文論叢》（臺北：文史哲出版社，2002）

何寄澎：《唐宋古文新探》（臺北：大安書局，1990）

汪懷君：《人倫傳統與交往倫理》（濟南：山東大學出版社，2007）

吳偉斌：《元稹考論》（鄭州：河南人民出版社，2008）

吳偉斌：《元稹評傳》（鄭州：河南人民出版社，2008）

吳相洲：《中唐詩文新變》（臺北：商鼎文化出版社，1996）

吳相洲：《唐詩創作與詩歌傳唱關係研究》（北京：北京大學出版社，2004）

吳汝煜等編著：《唐五代人交往詩索引》（上海：上海古籍出版社出版，
　　1993）

吳在慶：《唐五代文史叢考》（九江：江西人民出版社，1995）

吳承學：《中國古代文體型態研究》（廣州：中山大學出版社，2002）

吳小如：《古典詩詞札叢》（天津：天津古籍出版社，2004）

李卓藩：《韓愈詩初探》（臺北：文史哲出版社，1999）

李卓藩，《韓孟詩派闡微》（臺北：天工書局，2001）

李建崑：《中晚唐苦吟詩人研究》（臺北：秀威資訊科技股份有限公司，
　　2005）

李建崑：《韓孟詩論叢》（臺北：秀威資訊科技股份有限公司，2005）

李建崑：《敏求論詩叢稿》（臺北：秀威資訊科技股份有限公司，2007）

李建崑：《韓愈詩探析》（臺北：花木蘭文化，2009）

李德輝：《唐代文館制度及其與政治和文學之關係》（上海：上海古籍出版
　　社，2006）。

李德輝：《唐代交通與文學》（長沙：湖南人民出版社，2003）

李乃龍：《雅人深致與宗教情緣：唐代文人的生活樣態》（臺北：文津出版
　　社，2000）

李春青：《烏托邦與詩─中國古代士人文化與文學價值觀》（北京：北京師範
　　大學出版社，1995）

朱金城：《白居易年譜》（臺北：文史哲出版社，1991）

朱金城：《白居易研究》（臺北，文史哲出版社，1992）

朱金城：《白居易文集箋校》（上海：上海古籍出版社，2003）

朱易安等主編：《全宋筆記》（第一編）（鄭州：大象出版社，2003），

岑仲勉：《唐人行第錄》（外三種）（臺北：九思出版社，1978）

杜曉勤：《隋唐五代文學研究》（北京：北京出版社，2001。）

余恕誠：《唐詩風貌》（合肥：安徽大學出版社，2000）

周相錄：《元稹年譜新編》（上海：上海古籍出版社，2004）

周祖譔主編：《中國文學家大辭典》（唐五代卷）（北京：中華書局，1992）

周勛初：《唐人筆記小說考索》（揚州：江蘇古籍出版社，1996）

呂正惠編：《唐詩論文選集》（臺北：長安出版社，1985）

呂正惠：《抒情傳統與政治現實》（臺北：大安出版社，1989）

呂正惠：《杜甫與六朝詩人》（臺北：大安出版社，1989）

孟二冬：《中唐詩歌之開拓與新變》（北京：北京大學出版社，1998）。

尚永亮、李乃龍：《浪漫情懷與詩化人生：唐代文人的精神風貌》（臺北：文津出版社，2000）

尚永亮：《元和五大貶謫詩人及其文學考論》（臺北：文津書局，1993）

尚永亮：《唐代詩歌的多元關照》（武漢：湖北人民出版社，2005）

林明珠：《劉禹錫詩新論》（臺北：五南出版社，2002）

郁賢皓、陶敏：《唐代文史考論》（臺北：紅葉文化有限公司，1999）

紀昀等輯：《四庫全書總目題要》（石家莊市：河北人民出版社，2000）

侯迺慧：《唐詩主題與心靈療養》（臺北：三民書局，2005）

查屏球：《從游士到儒士—漢唐士風與詩風論稿》（上海：復旦大學出版社，2005）

姚亞平：《文化的撞擊：語言交往》（吉林省：吉林教育出版社，1990）

胡可先：《中唐政治與文學——以永貞革新為研究中心》（合肥：安徽大學出版社，2000）

胡可先：《唐代重大歷史事件與文學研究》（杭州：浙江大學出版社，2007）

胡楚生：《韓柳文新探》（臺北：臺灣學生書局，1991）

馬自力：《中唐文人之社會角色與文學活動》（北京：中國社會科學出版社，2005）

馬銘浩：《唐代社會與元白文學集團關係研究》（臺北：臺灣學生書局，1991）

孫康宜：《抒情與描寫：六朝詩歌概論》（上海：三聯書店，2006）

唐曉敏：《中唐文學思想研究》（北京：北京師範大學出版社，2000）。

曹衛東：《交往理性與詩學話語》（天津：天津社會科學院，2001）

畢寶魁：《韓孟詩派研究》（瀋陽：遼寧大學出版社，2000）

梅家玲：《漢魏六朝文學新論：擬代與贈答篇》（北京：北京大學出版社，2004）

莫礪鋒：《唐宋詩歌論集》（南京：鳳凰出版社，2007）

陶敏：《全唐詩人名考証》（西安：人民教育出版社，1996）

陶敏、李一飛、傅璇琮著：《唐五代文學編年史》（瀋陽：遼海出版社，1998。）

章士釗：《柳文指要》（北京：中華書局，1971）

程千帆：《古詩考索》（武昌：武漢大學出版社，2008年）

張國剛：《唐代官制》（西安：三秦出版社，1987）

張伯偉：《全唐五代詩格校考》（南京：鳳凰出版社，2002）

張震英：《寒士的低吟——賈島詩歌藝術新探》（北京：中國社會科學出版社，2006）

張崇福：《李賀研究》（成都：巴蜀書社，2009）

張玉興：《唐代縣官與地方社會研究》（天津：天津古籍出版社，2009）

張國剛：《唐代政治制度研究論集》（臺北：文津出版社，1994）

張忠綱等著：《中國新時期唐詩研究述評》。（合肥：安徽大學出版社，2000）

張朝富：《漢末魏晉文人群落與文學變遷—關於中國古代「文學自覺」的歷史闡釋》（成都：巴蜀書社，2008）

彭萬隆：《唐五代詩考論》（杭州：浙江大學出版社，2006）。

黃景進：《意境論的形成—唐代意境論研究》（臺北：臺灣學生書局，2004），

黃鳴奮：《藝術交往論》（北京：文化藝術出版社，1999）

黃亞卓：《漢魏六朝公宴詩研究》（上海：華東師範大學出版社，2007）

黃永年：《唐史史料學》（上海：上海書店出版社，2002）

黃永年：《六至九世紀中國政治史》（上海：上海書店出版社，2004）

傅璇琮：《唐代詩人叢考》（北京：中華書局，1980）

傅璇琮：《唐五代人物傳記資料綜合索引》（北京：中華書局，1982）

傅璇琮：《李德裕年譜》（濟南：齊魯書社，1984）

傅璇琮、張忱石、許逸民編：《唐五代人物傳記資料綜合索引》（臺北：文史哲出版社，1993）

傅璇琮：《唐代科舉與文學》（臺北：文史哲出版社，1994）

傅錫壬：《牛李黨爭與唐代文學》（臺北：東大出版社，1984）

楊矗：《對話詩學》（北京：人民出版社，2009）

聞一多：《唐詩雜論》（上海：上海古籍出版社，1998）

賈晉華：《唐代集會總集與詩人群研究》（北京：北京大學出版社，2001）

趙昌平：《趙昌平自選集》（桂林：廣西師範大學出版社，1997）

齊文榜：《賈島研究》（北京：人民文學出版社，2007）

寧欣：《唐代選官研究》（臺北：文津出版社，1995）

熊海英：《北宋文人集會與詩歌》（北京：中華書局，2008）

趙以武：《唱和詩研究》（蘭州：甘肅文化出版社，1997）

萬曼：《唐集敘錄》（開封：河南大學出版社，2008）

葉嘉瑩：《迦陵論詩叢稿》（石家莊：河北教育出版社，2000）

葉維廉：《中國詩學》（北京：三聯書店，1996）

葉煒：《南北朝隋唐官吏分途研究》（北京：北京大學出版社，2009）

劉康：《對話的喧聲：巴赫汀文化理論述評》（臺北：麥田出版社，2005）

劉石：《有高樓續稿》（南京：鳳凰出版社，2005）

劉航：《中唐詩歌嬗變的民俗觀照》（北京：學苑出版社，2004）

劉寧：《唐宋之際詩歌演變研究—以元白之「元和體」創作影響為中心》（北京：北京師範大學出版社，2002）

錢穆：《中國文學論叢》（北京：三聯書店，2002）

錢鍾書：《談藝錄》（北京：三聯書店，2008）

盧寧：《韓柳文學綜論》（北京：學苑出版社，2006）

曹衛東：《交往理性與詩學話語》（天津：天津社會科學院，2001）

霍松林、傅紹良著：《盛唐文學的文化透視》（西安：陝西師範大學出版社，2000）

陳才智：《元白詩派研究》（北京：社會科學文獻出版社，2007年）

陳友冰：《海峽兩岸唐代文學研究史（1949－2000）》（桂林：廣西師範大學
　　出版社，2001）
陳尚君：《漢唐文學與文獻論考》（上海：上海古籍出版社，2008）
陳尚君：《唐代文學叢考》（北京：中國社會科學出版社，1997）
陳寅恪：《元白詩箋證稿》（上海：三聯出版社，2002）
陳克明：《韓愈年譜及詩文繫年》（成都：巴蜀書社，1999）
陳文新：《中國文學流派意識的發生和發展——中國古代文學流派研究導論》
　　（武昌：武漢大學出版社，2003）。
陳弱水：《唐代文士與中國思想的轉型》（桂林：廣西師範大學出版社，
　　2009）
陳鍾琇：《唐代和詩研究》（臺北：秀威資訊科技股份有限公司，2008）
滕守堯：《對話理論》（臺北：揚智文化出版，1995）
郭英德：《中國古代文人集團與文學風貌》（北京：北京師範大學出版社，
　　1998）
蔣寅：《大曆詩風》（上海：上海古籍出版社，1992）
蔣寅：《大曆詩人研究》（北京：中華書局，1995）
蔣寅：《古典詩學的現代詮釋》（北京：中華書局，2003）
蔣寅主編：《中國古代文學通論－隋唐五代卷》（瀋陽：遼寧人民出版社，
　　2005），
謝海平：《唐代文學家及文獻研究》（高雄：麗文文化出版社，1996）
謝思煒：《白居易集綜論》（北京：中國社會科學出版社，1997）
謝思煒：《唐宋詩學論集》（北京：商務印書館，2004）
戴偉華：《唐代幕府與文學》（北京：現代出版社，1990）
戴偉華：《唐方鎮文職僚佐考》（天津：天津古籍出版社，1994）
戴偉華：《唐代使府與文學研究》（桂林：廣西師範大學出版社，1998）
戴偉華：《唐代文學研究叢稿》（臺北：臺灣學生書局，1999）
戴建業：《孟郊論稿》（上海：上海古籍出版社，2006）
鍾優民：《元白詩派研究》（瀋陽：遼寧大學出版社，2000）
蕭占鵬：《韓孟詩派研究》（臺北：文津出版社，1994）
顏崑陽：《李商隱詩箋釋方法論—中國古典詮釋學例說》（臺北：里仁書局，
　　2005）
趙榮蔚：《晚唐士風與詩風》（上海：上海古籍出版社，2004）
鄭毓瑜：《六朝情境美學》（臺北：里仁出版社，1997）
鄭振鐸：《插圖本中國文學史》（北京：北京出版社，1999）
羅聯添：《韓愈研究》（臺北：臺灣學生書局，1977）
羅聯添：《唐代文學論集》（臺北：臺灣學生書局，1989）
羅聯添：《唐代四家詩文論集》（臺北：學海出版社，1996）
羅宗強：《隋唐五代文學思想史》（北京：中華書局，1999）
羅琴、胡嗣坤：《李頎及其詩歌研究》（成都：巴蜀書社，2009）

外籍學者譯著

松本肇：《唐代文學の視點》（東京：研文出版，2006）。

松本肇：《柳宗元研究》（東京：創文社出版，2000）。

清水茂：《中國詩文論藪》（東京：創文出版社，1989）

太田次男：《中唐文人考》（東京都：研文出版，1993）

川合康三著，劉維治、張劍、蔣寅譯：《終南山的變容：中唐文學論集》（上海：上海古籍出版社，2007）

花房英樹：《白居易研究》（京都：世界思想社，1971）

小川環樹著，周先民譯：《風與雲―中國詩文論集》（北京：中華書局，2005）

小川環樹著，潭汝謙等編譯：《論中國詩》（香港：中文大學，1986）

舒茲（Alfred Schutz 1899～1959）著，盧嵐蘭譯：《社會世界的現象學》（臺北：桂冠出版社，1991）

宇文所安（Stephen Owen）著，陳引馳、陳磊譯：《中國中世紀的終結：中唐文學文化論集》（北京：三聯書店，2006）

斯蒂芬・歐文（Stephen Owen）著，田欣欣譯：《韓愈和孟郊的詩歌》（天津：天津教育出版社，2004）

宇文所安（Stephen Owen）著，田曉菲譯：《他山的石頭記》（南京：江蘇人民出版社，2006）

宇文所安（Stephen Owen）著，鄭學勤譯：《追憶》（北京：三聯書店，2004）

Stephen Owen：《The Late Tang：Chinese poetry of the Mid-Ninth Century》（Harvard University Press，2006）

哈貝馬斯，曹衛東譯：《交往行為理論》（第一卷）（上海：上海人民出版社，2004）

楊曉山著，文韜譯：《私人領域的變形》（南京：江蘇人民出版社，2008）

喬治布萊（George Poulet 1902～1991）著，郭宏安譯：《批評意識》（桂林：廣西師範大學出版社，2002）

海德格爾（Martin Heidegger 1889～1976）著，孫周興譯：《荷爾德林詩的闡釋》（北京：商務印書館，2002）

韋伯（Max Weber 1864～1976）著，顧忠華譯：《社會學的基本概念》（桂林：廣西師範大學出版社，2005）

巴赫金（M．M Bakhtin 1895～1975）著，曉河等譯：《巴赫金全集》（石家莊：河北教育出版社，1998）

姚斯（Hans Robert Jauss）著，顧建光等譯：《審美經驗與文學解釋學》（上海：上海譯文出版社，1997）

三、期刊論文

陳貽焮：〈從元白和韓孟兩大詩派略論中晚唐詩歌的發展〉《社會科學戰線》第1輯（1980年）

吳汝煜：〈中唐詩人瑣考〉，《文學遺產增刊》第18輯（1989年）

吳汝煜：〈中唐詩人瑣考五題〉，《江海學刊》第2期（1989年）

孫菊園：〈唐代文人和妓女的交往及其與詩歌的關係〉，《文學遺產》第三期（1989年）

周勛初：〈元和文壇的新風貌〉，《唐代文學研究》第3輯，（桂林：廣西師範大學出版社，1992年）

朱易安：〈元和詩壇與韓愈的新儒學〉，《文學遺產》第3期（1993年）

朱琦：〈論韓愈與白居易〉，載《唐代文學研究》第4輯。（桂林：廣西師範大學出版社，1993年），頁177-203。

楊慧文：〈柳宗元與呂溫──柳宗元交游論〉，收入《唐代文學研究》第五輯，傅璇琮等主編（桂林：廣西師範大學出版社，1994年）

尹占華：〈論郊島與姚賈〉，《文學遺產》第1期（1995年）

王東春：〈論韓愈和中唐文士的思想特徵〉，《復旦學報》第1期（1995年），頁60-65。

王紅麗：〈論韓愈酬贈詩的藝術創新〉，《青海社會科學》第5期（1995年），頁70-73。

陳祖言：〈心懷霜：姚合的詩歌思維模式〉，《清華學報》第3期（1995年），頁273-293。

卞孝萱：〈劉禹錫詩何焯批語考訂〉，《唐研究》第2卷（1996年），頁671-213。

李建崑：〈韓孟詩人集團之詩歌唱和研究〉，《國立中興大學文史學報》第26期（1996年），頁1-47。

林明珠：〈試論白居易詩中的老年世界〉，《花蓮師院學報》第7期（1996年)，頁177-216。

林明珠：〈試論白居易詩中表現自我的藝術〉，《國際人文年刊》第5期(1996年)，頁81-110。

齋藤茂：〈關於孟郊的〈石淙十首〉─從聯句到連作詩〉，《中國文學研究》第4期（1996年），頁27-32。

韓學宏：〈白居易詩中的「老境」〉，《華梵學報》第1期（1997年），頁1-18。

黃正建：〈韓愈日常生活研究─唐貞元長慶間文人型官員日常生活研究之一〉，收入《唐研究》第4卷（1998年），頁151-164。

顏崑陽：〈論唐代「集體意識詩用」的社會文化行為現象─建構「中國詩用學」初論〉，《東華人文學報》第1期（1999年），頁43-68。

李建崑：〈中晚唐苦吟詩人探論〉，《興大中文學報》第13期（2000年），頁11-28。

蔣寅：〈「武功體」與吏隱主題的發展〉，《揚州大學學報》第3期（2000年），頁26-31。

李寶玲：〈皓首同歸兩心知—試論劉禹錫與白居易的際遇與詩藝〉，《逢甲人文社會學報》第1期（2000年），頁55-74。

湯吟菲：〈中唐唱和詩述論〉，《文學遺產》第3期（2001年），頁49-58。

張高評：〈五十年來唐宋文學研究的回顧與前瞻〉，《漢學研究通訊》總第77期（2001年），頁6-19。

周裕鍇：〈詩可以群—略談元祐體詩歌的交際性〉，《社會科學研究》第5期（2001年），頁129-134。

李寶玲：〈商山道上的白居易〉，《逢甲人文社會學報》第5期（2002年），頁67-88。

謝海平：〈論應酬詩在古籍整理的價值—以唐大曆詩人作品為例〉，《逢甲人文社會學報》第6期（2003年），頁29-42。

金燕：〈從劉禹錫集中的聯句詩看劉禹錫的政治心理〉，《沙洋師範高等專科學校學報》第1期（2004年），頁19-22。

蔡玲婉：〈李白詩的知己意識〉，《南師學報》第1期（2004年），頁217-236。

王基倫：〈韓愈散文分期意義之探討〉，《漢學研究集刊》第1期（2005年），頁49-66。

王卓華：〈從幾部唐代唱和總集看劉禹錫的唱和詩〉，《殷都學刊》第4期（2005年），頁76-79。

阮忠：〈韓愈的交游與古文之興〉，《華中師範大學學報》第2期（2005年），頁120-125。

馬勝科、張巍：〈論晚唐時期劉白詩人群的文學活動與詩詞創作〉，《甘肅聯合大學學報》第2期（2005），頁46-49。

王文進：〈陶謝並稱對其文學範型流變的影響—兼論陶謝「田園」、「山水」詩類空間書寫的區別〉，《東華人文學報》第9期（2006年），頁69-110。

常思春：〈韓愈論李杜新探〉，《四川師範大學學報》第1期（2006年），頁63-69。張震英：〈論姚賈與張王〉，《社會科學家》第5期（2006年），頁28-30。

鞏本棟：〈關於唱和詩詞研究的幾個問題〉，《江海學刊》第3期（2006年），頁161-170。

蔣寅：〈孟郊創作的詩歌史意義〉，《唐代文學研究》第11輯（桂林：廣西師範大學出版社，2006年），頁502-516。

蔡耀慶：〈對話的意義〉，《國立歷史博物館學報》第33期（2006年），頁127-137。

顏崑陽：〈論先秦「詩社會文化行為」所展現的「詮釋範型」意義〉，《東華人文學報》（2006年），頁55-88。

侯雅文：〈從「社會學」的視域論「文學流派」研究的新方向〉，《淡江中文學報》第16期（2007年），頁261-284。

羅琴：〈論李頎的交往詩及其人物素描〉《重慶師大學學報》第4期（2008年）頁92-96。

橘英範：〈中唐唱和文學の展開—《劉白唱和集》への道〉，《日本中國學會報》第60集（2008年），頁117-131。

顏崑陽、蔡英俊：〈中國古典文學研究的現代視域與方法〉，《政大中文學報》第9期（2008年）。

顏崑陽：〈用詩，是一種社會文化行為模式—建構「中國詩用學」初論〉，《淡江中文學報》第18期（2008年），頁279-302。

鍾曉峰：〈政治託諭與禽鳥詩—以元和詩人之貶謫創作為探究中心〉，《中正大學中文學術年刊》第12期（2008年），頁89-120。

鍾曉峰：〈論孟郊的詩人意識與自我表述〉，《淡江中文學報》第20期（2009年），頁189-216。

鍾曉峰：〈中唐縣級僚佐的官況書寫—以王建、姚合為討論中心〉，《東華人文學報》第15期（2009年），頁69-100。

愛甲弘志著，劉小俊譯：〈從文人師承現象看中晚唐時期文學觀的變化〉，《師大學報》第55卷第1期（2010年），頁109-132。

四、會議論文

羅宗濤：〈貫休與唐五代詩人交往詩淺談〉，《佛教與中國文化國際學術會議論文集》（1995年），頁715-734。

洪順隆：〈六朝祖餞、贈答詩論略〉，《第三屆中國詩學會議論文集》（1996年），頁63-99。

陳祖言：〈論姚合詩中關於文思的表述〉，《第三屆中國唐代文化學術研討會論文集》（臺北：國立政治大學中國文學系，1997年），頁69-73。

李建崑：〈論賈島之詩風及其在中晚唐詩壇之地位〉，國立彰化師範大學國文系主辦「第四屆中國詩學會議—唐代詩學」研討，1998年。

何寄澎：〈從美學風格典範之變易論元和詩歌的文學史意義〉，衣若芬、劉苑如主編：《世變與創化—漢唐、唐宋轉換期之文藝現象》（臺北：中央研究院中國文哲研究所，2000年），頁327-351。

蔡振念：〈杜甫對韓孟詩派的影響〉，《第五屆唐代文化學術研討會論文集》（高雄：麗文文化事業股份有限公司，2001年），頁253-278。

劉漢初：〈李商隱與白居易—從一則詩話傳言說起〉，《鄭因百先生百歲冥誕國際學記研討會論文集》（臺北：臺灣大學中國文學系編印，2005年），頁127-152。

李建崑：〈試論李頎交往詩之人物形象與史料價值〉，《唐宋詩詞國際學術研討會》，明道大學中國文學系暨國學研究所出版（2006年）

五、學位論文

呂正惠：《元和詩人研究》（臺北：私立東吳大學中文所博士論文，1983）

徐玉美：《姚合及其詩研究》（臺北：國立臺灣師範大學中文系碩士論文，
1985）

金南喜：《魏晉交誼詩類研究》（臺北：國立臺灣大學中文系博士論文，
1993）

陳玉雪：《裴度交往詩研究》（臺中：私立中興大學中文系碩士論文，1995）

胡正之：《中唐士人文化反省研究》（臺北：私立輔仁大學中文所博士論文，
1996）

林明珠：《白居易詩探析》（臺北：私立東吳大學中國語文系博士論文，
1996）

簡貴雀：《姚合詩及其極玄集研究》（高雄：國立高雄師範大學博士論文，
2000）

趙建梅：《大和至大中初的洛陽詩壇——以晚年白居易為中心》（北京：中國
社科院中國古代文學研究所博士論文，2002）

侯雅文：《常州詞派構成與變遷析論》（桃園：中央大學中文所博士論文，
2002）

岳娟娟：《唐代唱和詩研究》（上海：上海復旦大學中國語言文學系博士論
文，2003）

金太熙：《中唐文人社會意識之研究》（臺北：私立文化大學中文所博士論
文，2004）

陳家煌：《白居易詩人自覺研究》（高雄：國立中山大學中文所博士論文，
2007）

鍾佳璇：《距離與對話—元白贈答詩的書信性質研究》（臺南：國立成功大學
中國語文學系碩士論文，2007）

張瑀琳：《遊與友：魏晉名士交往行動研究》（臺南：國立成功大學中文系碩
士論文，2008）

邱月兒：《元稹與白居易唱和詩研究》（上海：復旦大學中文系博士論文，
2009）

秀威經典　　PG1816　國立東華大學中國語文學系人文叢書01

詩意的對話與影響：
元和詩人交往詩論

作　　者 / 鍾曉峰
責任編輯 / 盧羿珊
圖文排版 / 周好靜
封面設計 / 楊廣榕

出版策劃 / 秀威經典
發 行 人 / 宋政坤
法律顧問 / 毛國樑　律師
印製發行 / 秀威資訊科技股份有限公司
　　　　　114台北市內湖區瑞光路76巷65號1樓
　　　　　電話：+886-2-2796-3638　傳真：+886-2-2796-1377
　　　　　http://www.showwe.com.tw
劃撥帳號 / 19563868　戶名：秀威資訊科技股份有限公司
　　　　　讀者服務信箱：service@showwe.com.tw
展售門市 / 國家書店（松江門市）
　　　　　104台北市中山區松江路209號1樓
　　　　　電話：+886-2-2518-0207　傳真：+886-2-2518-0778
網路訂購 / 秀威網路書店：http://www.bodbooks.com.tw
　　　　　國家網路書店：http://www.govbooks.com.tw

2017年9月　BOD一版
定價：450元

國家圖書館出版品預行編目

詩意的對話與影響：元和詩人交往詩論 / 鍾曉峰
著. -- 一版. -- 臺北市：秀威經典, 2017.09
　　面；　公分. -- (國立東華大學中國語文學
系人文叢書；1)
　BOD版
　ISBN 978-986-94998-0-4(平裝)

　1.唐詩 2.詩評

820.9104　　　　　　　　　　　106009591

讀 者 回 函 卡

感謝您購買本書，為提升服務品質，請填妥以下資料，將讀者回函卡直接寄回或傳真本公司，收到您的寶貴意見後，我們會收藏記錄及檢討，謝謝！
如您需要了解本公司最新出版書目、購書優惠或企劃活動，歡迎您上網查詢或下載相關資料：http:// www.showwe.com.tw

您購買的書名：＿＿＿＿＿＿＿＿＿＿＿＿＿＿＿＿＿＿＿＿＿＿＿＿

出生日期：＿＿＿＿＿＿年＿＿＿＿＿＿月＿＿＿＿＿＿日

學歷：□高中 (含) 以下　　□大專　　□研究所 (含) 以上

職業：□製造業　□金融業　□資訊業　□軍警　□傳播業　□自由業
　　　□服務業　□公務員　□教職　　□學生　□家管　　□其它＿＿＿＿

購書地點：□網路書店　□實體書店　□書展　□郵購　□贈閱　□其他

您從何得知本書的消息？

　　□網路書店　□實體書店　□網路搜尋　□電子報　□書訊　□雜誌

　　□傳播媒體　□親友推薦　□網站推薦　□部落格　□其他＿＿＿＿＿＿

您對本書的評價：(請填代號　1.非常滿意　2.滿意　3.尚可　4.再改進)

　　封面設計＿＿＿　版面編排＿＿＿　內容＿＿＿　文／譯筆＿＿＿　價格＿＿＿

讀完書後您覺得：

　　□很有收穫　□有收穫　□收穫不多　□沒收穫

對我們的建議：＿＿＿＿＿＿＿＿＿＿＿＿＿＿＿＿＿＿＿＿＿＿＿＿

＿＿＿＿＿＿＿＿＿＿＿＿＿＿＿＿＿＿＿＿＿＿＿＿＿＿＿＿＿＿＿＿

＿＿＿＿＿＿＿＿＿＿＿＿＿＿＿＿＿＿＿＿＿＿＿＿＿＿＿＿＿＿＿＿

＿＿＿＿＿＿＿＿＿＿＿＿＿＿＿＿＿＿＿＿＿＿＿＿＿＿＿＿＿＿＿＿

請貼
郵票

11466
台北市內湖區瑞光路 76 巷 65 號 1 樓
秀威資訊科技股份有限公司 收
BOD 數位出版事業部

....
（請沿線對折寄回，謝謝！）

姓　　名：_____ 年齡：_____ 性別：□女　□男

郵遞區號：□□□□□

地　　址：_____

聯絡電話：(日) _____ (夜) _____

E-mail：_____